그리스 로마 신화를
보다

그리스 로마 신화를 보다 1

초판 1쇄 발행 2016년 1월 1일
개정판 1쇄 발행 2021년 8월 1일

지은이 토머스 불핀치 **옮긴이** 노태복 **해설** 강대진 **펴낸이** 박찬영
편집 서유진, 이현정, 김은영 **교정·교열** 박민주, 리베르스쿨 편집부 **그림** 문수민
디자인 박민정, 류아름, 박경민 **마케팅** 조병훈, 박민규, 최진주
발행처 (주)리베르스쿨 **주소** 서울특별시 성동구 왕십리로 58 서울숲포휴 11층
등록번호 제2013-16호 **전화** 02-790-0587, 0588 **팩스** 02-790-0589 **홈페이지** www.liber.site
커뮤니티 blog.naver.com/liber_book(블로그)
e-mail skyblue7410@hanmail.net **ISBN** 978-89-6582-311-7(44840), 978-89-6582-310-0(세트)

리베르(Liber 전원의 신)는 자유와 지성을 상징합니다.

일러두기

1. 이 책의 원서는 토머스 불핀치의 『신화의 시대(The Age of Fable, or Stories of Gods and Heroes)』다. 원서에 실린 이집트·인도·북유럽 신화와 관련된 내용은 제외하고 번역했다.

2. 이 책에 등장하는 신의 이름, 인명, 지명 등은 국립국어원의 그리스어 표기법 시안에 따랐다. 로마 신화에만 등장하는 신의 이름은 라틴어 표기법을 따랐다. 일부 현재에도 존재하는 지역의 이름에 대해서는 표준국어 대사전에 등재되어 있는 표기를 기준으로 현실 지명을 채택했다.

3. 문장 부호는 다음의 경우에 따라 달리 표기했다.
   『』: 단행본, 「」: 신문·잡지·회화·조각·영화·시

이미지와 스토리텔링의 신화 여행

그리스로마신화를
보다

1

머리말

우리의 삶에서 재산을 늘리거나 사회적 지위를 높이는 데 도움이 되는 지식만이 유용하다면, 신화는 별 쓸모가 없을 것입니다. 하지만 우리를 더 행복하고 나은 사람으로 만들어 주는 지식이 꼭 필요하다고 느낀다면, 신화는 아주 중요하고 유용한 지식인 셈입니다. 고대 신화는 바로 문학의 원천이고, 문학이야말로 덕을 기르고 행복을 키우는 우리 삶의 고귀한 밑거름이기 때문이지요.

신화를 알지 못하면 영어로 쓰인 아름다운 문학 작품들을 제대로 이해하고 감상하기가 어렵습니다. 이를테면 시인 바이런은 로마를 가리켜 '여러 나라의 니오베'라고 부르거나, 베네치아를 두고 '바다에서 갓 올라온 키벨레 같다.'고 해요. 신화를 아는 사람들에게는 그런 표현이 천 마디의 자세한 묘사보다 훨씬 더 생생하고 감동적으로 다가오지요. 하지만 신화를 모르는 사람들은 고개만 갸우뚱할 뿐입니다.

『실낙원』으로 유명한 영국 시인 밀턴도 비슷한 표현들을 풍부하게 썼어요. 밀턴이 지은 「코머스」라는 짧은 시에도 서른 가지가 넘는 신화 속 이야기들이 담겨 있지요. 「그리스도의 탄생에 부치는 찬가」는 절반 이상이 신화의 내용이랍니다. 그리고 『실낙원』에도 신화 속 이야기가 군데군데 나와요. 그런 까닭에 교양 있는 이들 중에서도 밀턴의 작품을 즐기지 못하는 사람이 많다는 말이 심심찮게 들리지요. 하지만 그런

사람들도 이 이해하기 쉬운 책을 읽고 신화에 대한 지식을 얻게 되면, '난해하고 아리송하다'고 여겼던 밀턴의 시도 대부분 '아폴론의 리라 연주처럼 감미롭게' 느껴질 것입니다.

이 책에는 스물여섯 명 이상이나 되는 시인들의 작품에서 인용한 시들이 실려 있어요. 스펜서부터 롱펠로에 이르기까지 여러 시인의 작품들을 읽어 보면, 신화에서 빌려 온 표현이 얼마나 많은지 알 수 있지요.

산문 작가들 또한 아름다우면서도 암시적인 표현을 위해 신화 속 이야기를 빌려 온답니다. 「에딘버러 리뷰」나 「쿼털리 리뷰」 같은 잡지를 보면 그런 예가 많아요. 매콜리가 쓴 밀턴에 관한 논문에도 그런 예가 스무 군데 정도 되지요.

하지만 그리스어와 라틴어로 쓰인 신화를 어떻게 일반 독자들에게 전달할 수 있을까요? 그리스 로마 신화는 죄다 기상천외한 사건과 오래 전에 사라져 버린 옛 신앙에 관한 이야기랍니다. 이런 이야기를 요즘처럼 실용적인 시대를 살아가는 일반 독자들이 깊게 파고들기란 어렵겠지요. 심지어 어린이들도 과학적 사실만을 주입받는 시대인지라, 상상 속 신화 이야기에 시간을 쏟을 겨를이 별로 없는 듯합니다.

그렇다면 고대 시인들의 작품을 번역한 책들을 읽으면, 신

화를 이해하기 위해 우리에게 꼭 필요한 지식을 얻을 수 있을
까요? 정작 이런 책들은 분야가 너무 광범위하다 보니 초보
자가 접근하기에는 무리가 있지요. 그리고 번역 작품들을 읽
으려 해도 사전 지식이 얼마쯤 있어야만 이해가 된답니다. 거
짓말이라고 생각된다면 『아이네이스』의 첫 장을 읽어 보세
요. '헤라의 원한'이니 '파르카의 섭리'니 '파리스의 심판'이
니 '가니메데스의 영예'니 하는 말들이 쏟아지거든요. 그러니
사전 지식이 없는 독자는 당최 알아들을 수가 없지요.

혹시 짧은 설명글이나 고전 문학 사전을 보면 그런 지식을
얻을 수 있을까요? 자신 있게 말하는데, 두 가지 모두 읽기가
너무 번거로워서 대다수 독자들은 잘 몰라도 대충 넘어가는 쪽
을 택하기 쉽습니다. 게다가 그런 자료는 신화 이야기의 본래
매력을 드러내지 못하고 건조한 사실들만 나열할 뿐이에요. 그
리고 신화에서 시를 빼 버리면 시적인 멋은 사라지고 말지요.
이 책에선 한 장(章)에 걸쳐 다루는 케익스와 알키오네 이야기
를 가장 좋다고 하는 고전 문학 사전에서는 고작 여덟 줄밖에
다루고 있지 않습니다. 다른 이야기들도 마찬가지예요.

그런 문제점을 말끔히 씻어 주는 것이 바로 이 책이지요.
이 책을 통해 우리는 신화의 즐거움을 마음껏 음미할 수 있습
니다. 또한 이 책은 고대의 권위 있는 자료에 따라 내용을 정
확하게 전달하도록 노력했어요. 따라서 독자들은 어떤 내용

이 인용되더라도 굳이 출처를 찾아볼 필요가 없답니다. 이 책은 학문 연구가 아니라 즐거움을 위해 신화를 전달하려 해요. 흥미진진한 이야기들을 따라가다 보면 저절로 지식이 쌓이도록 하는 거예요.

이 책에 담긴 그리스 로마 신화는 대부분 고대 로마의 시인 오비디우스와 베르길리우스의 시에서 가져왔어요. 하지만 작품들을 라틴어에서 글자 그대로 옮기지는 않았습니다. 왜냐하면 시를 번역할 때 산문으로 옮기면 읽는 맛이 사라지기 때문이에요. 설령 시로 번역하더라도 마찬가지랍니다. 어조나 운율을 다른 언어로 충실히 옮긴다고 해서 원래 시의 맛을 그대로 살리기란 거의 불가능하기 때문이지요. 그래서 기본적으로는 산문으로 옮기되, 번역을 하더라도 본래 시에 담긴 생각을 가능한 한 많이 살릴 수 있도록 애썼답니다. 그리고 산문으로 바꾸었을 때 어울리지 않는 부분은 과감히 삭제하였답니다.

이 책에 자유롭게 실어 놓은 시들은 소중한 역할을 많이 하리라 봅니다. 각 이야기의 내용을 다시 되짚어 주기도 하고 인명이나 지명 등을 정확히 표시해 주기도 해요. 또한 주옥같은 시들은 우리의 정신을 풍요롭게 해 준답니다. 그중 몇몇 시들은 다른 책을 읽거나 사람들과 대화를 나눌 때 자주 써먹을 수 있습니다.

그리고 문학과 관계 깊은 신화 이야기를 담고자 했기에, 품위 있는 고전 문학을 즐기는 독자들에게 필요한 이야기라면 하나도 빠짐없이 싣도록 애썼답니다. 하지만 미풍양속을 해치는 이야기는 싣지 않았어요. 그런 내용은 자주 언급되지도 않는 데다, 설령 언급되더라도 모른 채 넘겨도 그만이랍니다.

이 책은 학식 깊은 이들을 위한 책이 아니에요. 신학자나 철학자를 위한 것도 아니지요. 남녀노소를 불문하고, 일반 대중을 위한 책이에요. 강연자나 비평가나 시인들이 자주 인용하거나, 고상한 대화를 나눌 때 화제가 되곤 하는 이야기를 이해하고 싶은 사람이든, 책 속에 등장하는 신화의 내용을 제대로 이해하고 싶은 사람이든 누구나 읽을 수 있답니다.

분명 이 책은 청소년 독자에게는 즐거움을 만끽하게 해 주고, 성인 독자에게는 독서 생활을 함께하는 폭넓은 책 읽기의 안내자가 되어 줄 것입니다. 또한 여행하며 미술관이나 박물관을 찾는 사람에게는 그림이나 조각의 해설서가 되어 줄 거예요. 그리고 교양 있는 모임에 나가는 사람에게는 가끔 듣게 되는 비유적 표현을 해석할 수 있는 열쇠가 되어 주겠지요. 마지막으로, 인생의 뒤안길에 선 노인은 자신을 어린 시절로 이끄는 문학의 여로를 되짚어 가는 기쁨을 누릴 것이랍니다. 한 걸음 한 걸음마다 생의 여명과 조우(遭遇)하며 인생의 푸르렀던 날들을 되살려 내겠지요.

이렇듯 영원히 지속되는 신화와 독자의 만남은 영국 시인 S. T. 콜리지가 지은 유명한 아래 시구에 아름답게 표현되어 있어요. 이 시는 『피콜로미니 부자(父子)』 제2막 4장에 수록되어 있답니다.

옛 시인들이 그려 낸 신비로운 모습들

오래된 종교가 낳은 고상한 인물들

힘의 신, 아름다움의 신, 다스림의 신

이들은 계곡에서나 깊은 산속에서 출현하였지.

숲이나 유유한 강가나 자갈 깔린 샘에도

아니면 땅의 갈라진 틈새나 깊은 물속에도 나타났지.

하지만 이제는 모두 사라져 버렸네.

이성을 신봉하는 세상에 더는 설 자리가 없다네.

하지만 우리의 가슴은 여전히 어떤 언어를 찾네.

오랜 본능은 아직도 옛 이름들을 떠올리고 있네.

정령들과 신들은 인간의 친구가 되어

이 세상을 우리와 함께 살아가곤 하였지.

그리고 오늘날까지 우리에게

제우스는 위대한 것이라면 무엇이든 가져다주고

아프로디테는 아름다움이라면 무엇이든 가져다주네.

토머스 불핀치 씀

차례

1 세상은 신들의 놀이터 |
고대 그리스와 로마의 신들

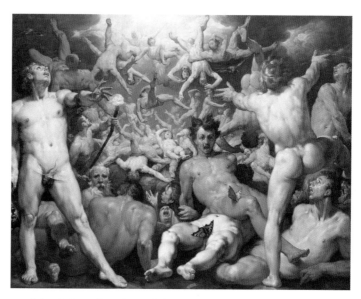

세상을 한번 둘러보세요. 빛나는 태양, 푸르른 하늘, 드넓은 바다, 아름다운 나무와 꽃들이 가득 펼쳐져 있어요. 고대 그리스인과 로마인들은 감수성이 풍부했던지라 삼라만상에 신이 존재한다고 여겼답니다. 태양은 태양의 신이 태양 마차를 타고 하늘을 날기 때문에 세상을 밝게 비추고, 밤이면 달의 여신이 달을 띄우고, 바다는 바다의 신이 다스린다고 여겼어요. 음악은 음악의 신이 있어서 세상에 음악이 아름답게 흐르고요. 심지어 꽃과 나무, 인간의 사랑이나 불화, 전쟁 등 세상만사가 모두 신들의 일이라고 여겼지요. 온갖 신들이 활약하던 신화 속 세계는 과연 어떤 곳일지 궁금하지 않으세요? 이제부터 펼쳐질 이야기를 따라 신들의 세계로 들어가 보아요!

- 크로노스는 아버지 우라노스의 남근을 잘라 바다에 던졌다. 그때 흘렀던 핏물에서 에리니에스인 알렉토, 티시포네, 메가이라가 태어났다. (아폴로도로스 『도서관』)
- 키클롭스들이 제우스에게 번개와 벼락을, 하데스에게 투구를, 포세이돈에게 삼지창을 주었다. (아폴로도로스 『도서관』)
- 크로노스가 어둑한 타르타로스로 쫓겨나니, 세상은 제우스의 아래로 들어갔다. (오비디우스 『변신 이야기』)

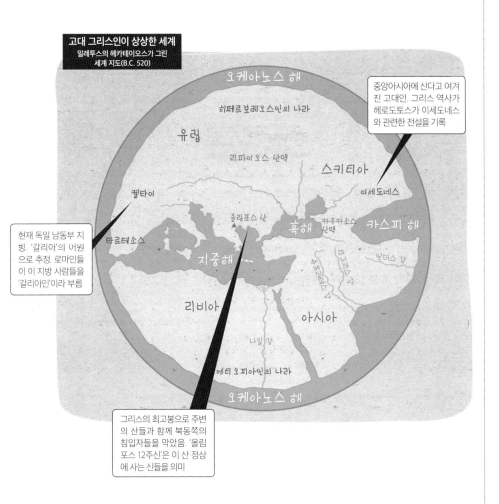

고대 그리스인이 상상한 세계
밀레투스의 헤카테이오스가 그린
세계 지도(B.C. 520)

오케아노스 해

히페르보레오스인의 나라

유럽

리파이오스 산맥

스키티아

켈타이

올림포스 산

이세도네스

타르테소스

흑해

카우카소스 산맥

카스피 해

인더스 강

지중해

리비아

아시아

나일강

에티오피아인의 나라

오케아노스 해

중앙아시아에 산다고 여겨진 고대인. 그리스 역사가 헤로도토스가 이세도네스와 관련한 전설을 기록

현재 독일 남동부 지빙. '갈리아'의 어원으로 추정. 로마인들이 이 지방 사람들을 '갈리아인'이라 부름

그리스의 최고봉으로 주변의 산들과 함께 북동쪽의 침입자들을 막음. '올림포스 12주신'은 이 산 정상에 사는 신들을 의미

신들의 세계로 초대합니다

고대 그리스와 로마의 종교는 이제 호랑이 담배 필 적 이야기입니다. 올림포스 산의 신들을 실제로 믿는 사람은 현재 단 한 명도 없지요. 올림포스 신들은 오늘날 종교가 아니라 문학과 예술 속에 살아요. 그 안에서 굳건히 자리를 잡았고 앞으로도 마찬가지일 거랍니다. 왜냐고요? 고대 그리스와 로마의 신들은 예나 지금이나 최상의 시와 그림에 나오는 등장인물이라는 사실! 그러니 망각의 블랙홀 속으로 사라질 리가 없지요.

이런 신들에 관해 옛날부터 내려오는 이야기를 전해 드리고자 합니다. 지금도 많은 시인과 작가 그리고 재담꾼들이 다루는 내용이지요. 앞으로 펼쳐질 흥미롭기 이를 데 없는 이야기를 만끽해 보세요. 그러다 보면 어느새 지성의 들판을 적시는 소중한 단비와 같은 지식도 얻게 될 거랍니다.

이야기를 이해하려면 우선 알아야 할 것이 있어요. 뭐냐 하면, 그리스인들이 바라보던 우주의 구조에 우리도 익숙해져야 합니다. 로마인은 그리스인에게서, 그리고 다른 여러 민족은 로마인에게서 과학과 종교를 물려받았기 때문이지요.

올림포스 산, 그리스 신들의 영원한 거처

그리스인들은 지구가 평평한 원이라고 믿었습니다. 자기네 나라가 그 가운데를 차지하고 있다고 믿었어요. 한가운데는 신들의 거처인 올림포스 산이거나 아니면 신탁으로 유명한 델포이 산이라고 여겼지요.

원반 모양인 지구를 큰 바다가 동서로 흐르며 양분하고 있었

신탁
신이 자신의 뜻을 사람에게 알려 주는 것. 그리스의 신전에서 사람들이 기도를 하면 사제들이 신탁의 형태로 신의 답변을 알려 주었다고 한다.

습니다. 그리스인들은 이 바다를 지중해라고 불렀어요. 그리고 지중해와 이어진 흑해가 있었지요. 지중해와 흑해가 그리스인들이 아는 바다의 전부였답니다.

지구 주변은 강처럼 흐르는 큰 바다인 오케아노스가 둘러싸고 있었어요. 오케아노스의 물길은 지구의 서쪽 편에서는 남에서 북으로 흐르고 동쪽 편에서는 반대 방향으로 흘렀지요. 돌풍이나 폭풍이 불어와도 언제나 잔잔하고 평온하게 흘렀습니다. 바다와 지구상의 모든 강은 그곳에서 물을 받았어요.

지구의 북쪽에는 히페르보레오스라는 행복한 종족이 산다고 여겼습니다. 높은 북쪽 산맥에는 큰 동굴이 있는데, 그리스인들은 거기서 살을 에는 북풍이 쏟아져 내려온다고 믿었지요. 그래서일까요? 북쪽 산맥 너머에는 계절이 늘 봄인 곳이 있고, 거기에는 영원히 행복한 종족이 산다고 상상했답니다. 이 종족이 사는 나라는 땅으로도 바다로도 접근이 불가능했어요. 다들 고생도, 전쟁도 모르고 무병장수한다고 보았지요. 아일랜드 시인 토머스 무어는 「어느 히페르보레오스인의 노래」라는 시를 남겼어요. 그 시는 이렇게 시작한답니다.

올림포스 산
그리스에서 가장 높은 산이다. 그리스인들은 이곳에 신화 속 주인공인 제우스를 비롯한 열두 신이 살고 있다고 믿었다. ⓒHermann Hammer

내 고향은 햇살 가득하여

황금빛 들판이 눈부신 곳

북풍은 조용히 잠이 들어

고둥 껍질이 울리지 않는 곳

지구의 남쪽, 오케아노스 가까이에는 에티오피아인이 살았습니다. 히페르보레오스인만큼이나 행복하고 낙천적인 사람들이었지요. 신들은 에티오피아인을 매우 좋아해서 가끔씩 올림포스 산을 떠나 남쪽으로 내려갔어요. 에티오피아인들이 바치는 제물과 만찬을 즐기기 위해서였답니다.

지구의 서쪽 가장자리에는 오케아노스 옆에 엘리시온 평야라는 낙원이 있었어요. 그곳 사람들은 신들의 총애를 받는 까닭에 죽음을 맛보지 않고 영원한 행복을 누리고 살았지요. 이 낙원을 가리켜 '행운의 들판' 또는 '축복의 섬'이라고도 했습니다.

이처럼 고대 그리스인들은 자기 나라의 동쪽과 남쪽 그리고 지중해 연안에 사는 사람들 말고는 거의 알지 못했어요. 대신 지중해의 서쪽 지역에는 거인들, 괴물들 그리고 마녀들이 산다고 상상했지요. 또한 지구라는 원반의 가장자리에 그리 넓지 않은 땅이 있다고 여겼답니다. 신들의 총애를 받아 행복과 장수를 누리는 민족은 그곳에 산다고 믿었던 거예요.

새벽과 해와 달은 오케아노스의

오케아노스(Okeanos)
포세이돈 이전의 바다 신으로 티탄족이다. 이 바다를 의인화한 신의 이름이기도 하다. 대양을 뜻하는 영어 단어 오션(Ocean)이 오케아노스에서 유래했다. ⓒDave& Margie Hill/Kleerup 나폴리 국립 고고학 박물관 소장

동쪽에서 솟아올라 신과 인간을 비춘다고 여겼습니다. 별들도 북두칠성이나 그 주위의 별 말고는 오케아노스에서 솟는다고 믿었어요. 밤이 되면 태양의 신은 날개 달린 배를 타고 출발해 지구의 북쪽을 돌아 다시 동쪽으로 내려갔지요. 밀턴은 「코머스」라는 시에서 바로 그 이야기를 하고 있답니다.

> 이제 한낮의 빛나던 마차도
>
> 바퀴에 달린 황금빛 굴대도
>
> 깊은 대양 속으로 가라앉네.
>
> 기울던 해는 다시 빛살을 뻗네.
>
> 어두운 북녘 땅을 향해
>
> 또 다른 목적지를 향해
>
> 동쪽에 마련된 방으로.

신들의 거처는 테살리아에 있는 올림포스 산의 꼭대기에 있었습니다. 그곳에서는 계절의 여신인 호라이들이 구름의 문을 지키고 있었어요. 천상의 신들이 지상으로 내려가거나 다시 올라올 때 호라이들이 구름의 문을 열어 주었지요. 모든 신들은 저마다 거처가 따로 있었지만, 부름을 받으면 모두 제우스의 궁전으로 향했답니다. 거처가 땅이나 물 또는 지하에 있는 신들도 마찬가지였어요. 신들이 매일 암브로시아와 넥타를 즐기던 곳도 바로 올림포스의 왕인 제우스의 궁전이었지요. 암브로시아는 신들의 음식이고, 넥타는 음료랍니다. 특히 넥타는 여신 헤베가 돌아가면서 신들에게 건넸다고 해요.

제우스의 궁전에서 신들은 천상과 지상의 일들을 의논했습니다. 신들이 넥타를 들이켤 때면 음악의 신 **아폴론**이 리라를 연주해 흥을 돋우고, 이 곡조에 맞춰 **뮤즈**들이 노래를 불렀어요. 하지만 이거 아세요? 신들도 해가 지고 나면 각자의 처소로 돌아가 잠을 잤다는 사실!

『오디세이아』에 나오는 다음 구절을 보면, 이 서사시의 지은이 호메로스가 올림포스를 어떻게 여겼는지 알 수 있어요.

「아폴론과 두 뮤즈」
이탈리아 화가 폼페오 바토니의 작품이다. 리라를 든 아폴론과 뮤즈가 함께 자리하고 있다. 아폴론은 제우스의 아들로 태양과 예언, 의술, 활쏘기, 음악, 시를 주관하는 신이다.
빌라누프 궁전 박물관 소장

리라
현악기의 일종이다. 원형이 메소포타미아에서 비롯해 이집트, 아시리아, 고대 그리스에까지 퍼졌다.

파란 눈의 여신 아테나는

올림포스에 올랐네.

신들이 사는 영원의 왕좌로

그곳은 폭풍도 어지럽히지 못하고

비와 눈도 침범하지 못하는 평온의 장소

푸른 하늘 끝없고

한낮의 순수한 햇살 가득하니

여기서 신들이 영원을 즐기고 있도다.

여신들이 입는 화려한 옷은 지혜의 여신 아테나와 미의 여신들인 카리테스가 짰답니다. 그리고 단단한 장신구들은 온갖 금속들로 만들었어요. 헤파이스토스(불카누스)는 건축가이자 갑옷과 전차도 만드는 대장장이 신이었습니다. 그러니까 못 만드는 게 없는 올림포스의 장인이었지요. 헤파이스토스는 신들이 사는 집을 청동으로 만들었어요. 신들이 하늘이나 물 위를 걸을 수 있게 황금 신발도 만들었고요. 황금 신발을 신으면 이곳저곳을 바

람처럼 빠르게 다닐 수 있었답니다. 또한 하늘을 달리는 말의 발굽에 청동 편자를 달았어요. 덕분에 신들의 마차는 하늘이나 물 위를 마음껏 질주했지요.

헤파이스토스는 자기가 만든 물건에 저절로 움직이는 능력을 주었답니다. 그래서 의자나 식탁 등 헤파이스토스가 만든 물건은 드넓은 궁전 안팎을 스스로 돌아다녔어요. 게다가 황금으로 시녀를 만들고서는 정신을 불어넣어 시중을 들게 했지요.

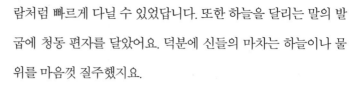

제우스(로마의 유피테르, 영어로는 주피터)는 여러 신들과 인간들의 아버지로 불렸습니다. 하지만 제우스에게도 부모가 있었지요. 크로노스(사투르누스)가 아버지고 레아(옵스)가 어머니랍니다. 크로노스와 레아는 티탄족에 속했지요. 티탄족은 우라노스(하늘)와 가이아(땅)의 자식이며, 우라노스와 가이아는 카오스(혼돈)에서 태어났어요. 자세한 이야기는 다음 장에서 할게요.

또 하나의 창조설에 따르면 태초에 가이아와 에레보스(암흑) 그리고 에로스(사랑)가 있었다고 합니다. 에로스는 카오스에 떠다니던 밤의 알에서 나왔어요. 에로스의 화살과 횃불이 닿으면 만물에 생명과 기쁨이 솟아났지요.

티탄족에는 크로노스와 레아 말고도 다른 신들이 있었습니다. 오케아노스, 히페리온, 이아페토스 그리고 오피온 등의 남신들과 테미스, 므네모시네, 에우리노메 같은 여신들도 있었지요. 티탄족 신들은 구세대의 신들이라고 불려요. 나중에 권력을 다른 신들에게 빼앗겼기 때문이지요. 크로노스는 제우스에게, 오케아노스는 포세이돈에게, 히페리온은 아폴론에게 지배권을 넘겨주었답니다. 히페리온은 해와 달 그리고 새벽의 아버지였어요. 최초의 태양신이었던 셈이지요. 하지만 히페리온의 빛나는 아름다움은 나중에 아폴론에게 넘어가고 만답니다. 셰익스피어는 『햄릿』에서 히페리온의 아름다움을 이렇게 슬쩍 암시하고 있어요.

「아들을 삼키는 크로노스」
스페인 화가 프란시스코 고야의 작품이다. 제우스의 아버지 크로노스는 신들의 왕이 된 후 권좌를 지키기 위해 자식들을 먹어 치웠다.
프라도 미술관 소장

히페리온의 곱슬머리, 제우스의 이마

처음에는 오피온과 에우리노메가 올림포스를 다스렸는데, 나중에 크로노스와 레아에게 지배권이 넘어갔습니다. 권력을 빼앗긴 두 신은 인간을 꾀어내 타락시키는 데 능했던 것 같아요. 어떻게 아냐고요? 밀턴이 지은 『실낙원』의 다음 시구를 보시길.

「제우스와 테티스」

프랑스 화가 장 오귀스트 도미니크 앵그르의 작품이다. 제우스의 발치에 앉은 여인은 테티스로 님프이자 여신이다. 아킬레우스의 어머니이다. 아킬레우스는 트로이 전쟁을 승리로 이끈 그리스 신화의 영웅이다.

그라네 미술관 소장

전하기를, 오피온이라 불리는 뱀이

(아마도 세상을 널리 지배하려 한 이브인) 에우리노메와 함께

높은 올림포스를 처음에 지배했으나

나중에 크로노스가 이들을 쫓아냈도다.

크로노스에 관한 이야기는 그다지 앞뒤가 맞지 않습니다. 어떤 책에서는 크로노스가 다스리던 때가 결백과 순결의 황금시대였다고 하지만, 또 어떤 책에서는 자기 자식을 잡아먹은 괴물로 나오거든요. 하지만 제우스는 이런 운명에서 비켜 갔지요. 그리고 어른이 되어서는 메티스를 아내로 맞았답니다. 크로노스에게 설사약을 먹여 배 속에 있던 자식들을 토하게 만든 이도 제우스의 아내였대요. 제우스는 형제자매와 힘을 합쳐 아버지 크로노스를 포함한 티탄족을 공격해 무찔렀지요. 일부 신들은 지하 감옥 타르타로스에 가두고 또 다른 신들은 다른 형벌에 처했습니다. 이를테면 아틀라스는 양어깨로 하늘을 떠받치는 벌을 받았지요.

크로노스가 자리에서 물러나자 제우스는 형제인 포세이돈(넵투누스), 하데스(플루톤)와 함께 크로노스의 통치 구역을 나누어 가졌습니다. 제우스는 하늘을, 포세이돈은 바다를, 하데스는 죽은 자들의 세계를 차지했어요. 그리고 지상과 올림포스는 공동으로 소유했지요. 이렇게 해서 제우스는 인간과 신의 왕으로 등극했답니다. 제우스의 무기는 번개였고, 아이기스라는 무적의 방패도 지녔어요. 둘 다 헤파이스토스가 만들어 주었지요. 제우스는 독수리를 애지중지했는데, 번개도 독수리가 지니고 다녔답니다.

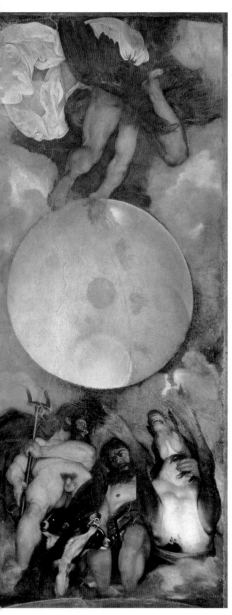

「제우스, 포세이돈, 하데스」
이탈리아 화가 카라바조의 작품이다. 아버지 크로노스를 물리
친 세 신의 모습이다. 각자 자신을 상징하는 것을 들고 있다. 제
우스는 독수리로, 하데스는 지옥을 지키는 개 케르베로스로, 포
세이돈은 삼지창으로 자신을 드러낸다.
본콤파니 루도비시 빌라 소장

혜라(유노)는 제우스의 아내이자 신들의 여왕이었어요. 무지개의 여신인 이리스가 혜라의 시녀이자 전령이었지요. 혜라가 총애하는 동물은 공작새였답니다.

하늘의 명장, 헤파이스토스는 제우스와 혜라 사이에서 태어난 아들이었어요. 태어날 때부터 절름발이인 데다 얼굴도 못났던지라 혜라는 아들을 하늘나라에서 쫓아냈답니다. 부부 싸움이 났는데 어머니편을 드는 바람에 제우스가 지상으로 내던졌다는 이야기도 있습니다. 그렇다면 이때 떨어진 바람에 절름발이가 된 셈이에요. 헤파이스토스는 하루 종일 떨어지다가 마침내 렘노스 섬에 닿았지요. 이후부터 렘노스 섬은 헤파이스토스의 성지가 되었답니다. 밀턴은 『실낙원』 1권에서 바로 그 이야기를 하고 있어요.

아침부터 한낮까지
한낮부터 이슬 내리는 저녁까지
어느 여름날에 저무는 해와 함께
천상에서 떨어졌네, 별똥별처럼
에게 해의 섬 렘노스에

전쟁의 신 아레스(마르스)도 제우스와 헤라의 아들이었습니다. 그리고 궁술과 예언과 음악의 신 아폴론은 제우스와 레토(라토나) 사이에서 태어났어요. 아폴론은 태양의 신이기도 했고, 여동생 아르테미스(디아나)는 달의 여신이었지요.

사랑과 미의 여신 **아프로디테**(로마의 베누스, 영어로는 비너스)는 제우스와 디오네 사이에서 태어났습니다. 바다의 파도 거품에서 나왔다는 말도 있어요. 서풍을 타고 물결을 따라 키프로스 섬으로 밀려갔다고 해요. 그곳에서 계절의 여신들이 아름다운 옷을 입힌 다음, 신들이 모인 궁전으로 안내했지요.

모든 신들이 아프로디테의 아름다움에 반해 아내로 삼기를 바랐답니다. 하지만 제우스가 결정한 신랑감은 바로 헤파이스토

마르스(Mars)
태양계의 '화성'을 뜻하는 영어 단어도 마스(Mars)다. 서양인들이 화성의 붉은 빛깔을 전쟁의 불길과 연관시켰기 때문이라 추측된다.

「아프로디테의 탄생」
이탈리아 화가 산드로 보티첼리의 작품이다. 사랑과 미의 여신인 아프로디테는 푸른 바다 거품으로부터 태어났다. 왼쪽에서 서풍의 신 제피로스와 그의 연인 클로리스가, 오른쪽에서 외투를 든 계절의 여신 호라이가 아프로디테를 맞이하고 있다.
우피치 미술관 소장

스! 번개를 만들어 준 공로에 대한 보상이었어요. 그래서 가장 아름다운 여신은 가장 못생긴 신의 아내가 되고 말았지요.

아프로디테가 가진 케스토스라는 자수 놓인 허리띠는 사랑을 불러왔답니다. 아프로디테가 좋아하는 새는 백조와 비둘기였고, 이 여신에게 바치는 식물은 장미꽃과 도금양(Myrtle, 관목의 일종으로, 잎은 반짝거리고 분홍색이나 흰색의 꽃이 핌)이었어요.

사랑의 신 에로스(큐피드)가 바로 아프로디테의 아들이지요. 둘은 함께 붙어 다니는 것으로 유명하답니다. 에로스는 활을 메고 다니면서 소망의 화살을 신과 인간의 가슴에 쏘아 댔답니다.

아프로디테에겐 안테로스라는 아들도 있었어요. 안테로스는 이루어지지 않은 사랑에 대해 복수하는 신이기도 하고, 때로는 온전한 사랑의 상징으로 그려지기도 합니다. 다음 전설은 이 신에 대한 이야기예요.

어느 날 아프로디테는 세상 이치를 주관하는 테미스 여신에게 불평을 늘어놓았지요. 자기 아들이 더 이상 자라지 않고 늘 어린 아이의 상태에 머물러 있다는 볼멘소리였습니다. 테미스는 이렇게 말해 주었어요. 지금 아들이 외롭기 때문이니, 만약 동생이 생긴다면 에로스가 빨리 자랄 것이라고 했지요. 곧이어 안테로스가 태어나자 에로스는 금세 자랐고 힘도 세어졌답니다.

지혜의 여신 **아테나**(미네르바)는 제우스의 딸이지만 어머니가 없었어요. 아테나는 팔라스라고도 불렸지요. 아테나는 완전 무장을 한 채로 아버지의 머리에서 태어났다고 해요. 아테나가 좋아하는 새는 부엉이고, 이 여신에게 바치는 식물은 올리브지요.

「팔라스 아테나」

오스트리아 화가 구스타프 클림트의 작품이다. 아테나는 전쟁과 시, 의술, 지혜, 상업, 기술, 음악의 여신이다. 아테나는 티탄족 팔라스의 가죽을 벗겨 방패에 붙였다. 그래서 팔라스 아테나라고 부르기도 한다.
빈 미술관 카를스플라츠 소장

영국 시인 바이런은『귀공자 해럴드의 순례(巡禮)』에서 아테나의 탄생을 이렇게 노래하고 있습니다.

폭군을 무찌를 자는 폭군뿐인가
자유는 용사도 아이도 볼 수 없을까?
컬럼비아가 낳았던 무장한 순결의 여신
아테나와 같은 이는 어디에 있을까?
그런 인물은 야생의 울창한 숲 속에서
폭포가 쏟아지는 곳에서만 자랄까?
대자연이 어린 워싱턴에게 미소 지었듯
대지는 그러한 씨를 품고 있지 않을까?
유럽에도 그러한 대지가 있지 않을까?

헤르메스(메르쿠리우스)는 제우스와 마이아 사이에서 태어난 아들이었어요. 장사를 주관하는 신이기도 하고, 레슬링이나 여러 운동 심지어 도둑질 등 솜씨와 손재주가 필요한 모든 것을 주관하는 신이었지요. 또한 제우스의 전령이기도 해서 날개 달린 모자를 쓰고 날개 달린 신발도 신고 있었답니다. 손에는 두 마리의 뱀이 감긴 케리케이온이라는 지팡이를 들고 다녔어요.

「헤르메스」
플랑드르 화가 페테르 루벤스의 작품이다. 헤르메스는 전령의 신이다. 날개 달린 모자와 신발을 착용하고 두 개의 뱀이 휘감고 있는 지팡이 케리케이온을 들고 있는 모습으로 묘사된다.
프라도 미술관 소장

리라를 발명한 신도 헤르메스라고 합니다. 어느 날 헤르메스는 거북 한 마리를 잡았어요. 껍질을 취해서 양쪽 모서리에 구멍을 내고 그 사이에 줄을 걸어 리라를 완성했지요. 줄의 수는 아홉 개였는데, 아홉 명의 뮤즈를 상징한답니다. 헤르메스가 리라를 아폴론에게 선물하자, 그 답례로 받은 것이 바로 케리케이온 지팡이었어요.

데메테르(케레스)는 크로노스와 레아 사이에서 난 딸이었습니다. 데메테르에게는 페르세포네(프로세르피네)라는 딸이 있었는데, 이 딸이 하데스의 아내가 되었어요. 죽음의 나라의 여왕이 된 셈이지요. 데메테르는 농사를 주관했답니다.

술의 신 디오니소스(바쿠스)는 제우스와 세멜레 사이에서 태어난 아들이었어요. 디오니소스는 술에 취하게 만드는 능력을 상징하기도 하지만, 사교에 도움을 주는 술의 유익한 면을 상징하기도 합니다. 그래서 문명을 촉진하고 평화를 사랑하는 신으로도 여겼어요.

흔히 뮤즈라고 하는 아홉 명의 무사(Mousa, 그리스 신화의 시가, 문예, 음악, 무용, 학문 등의 여신. 복수형은 무사이, 영어로는 뮤즈) 여신들은 제우스와 기억의 여신 므네모시네 사이에서 난 딸들입니다.

무사 여신들은 음악을 주관했고 기억을 떠올리게 하는 일도 맡았어요. 그리고 저마다 문학, 예술, 과학 등의 특정 분야를 담당했지요. 칼리오페는 서사시, 클레이오는 역사, 에우테르페는 서정시, 멜포메네는 비극, 테르프시코레는 합창단의 춤과 노래, 에라토는 연애시, 폴리힘니아는 성가, 우라니아는 천문학 그리고 탈레이아는 희극을 각각 맡았답니다.

미의 여신들인 카리테스는 만찬, 무용 그리고 온갖 유희와 기품 있는 예술을 주관했어요. 이 여신들은 모두 세 명이었지요. 각각의 이름은 에우프로시네, 아글라이아 그리고 탈레이아였습니다.

영국 시인 스펜서는 세 여신의 역할을 이렇게 묘사하고 있어요.

세 여신은 온갖 훌륭한 선물을 주시네.
몸을 치장하고 마음을 풍요롭게 하여
인간을 아름답고 보기 좋게 만드시네.
고상한 태도와 친절한 환대
어여쁜 외모와 마음을 잇는 우애
예의 바른 모든 행동
세 여신은 각계각층의 인간에게 가르치시니
저마다 때론 낮게 때론 높게 친구로 또는 적으로
처신하는 방법을. 우리가 예절이라고 부르는 것을.

운명의 여신들도 세 명이었습니다. 클로토와 라케시스 그리고 아트로포스였어요. 이 셋에서 인간의 운명을 결정하는 실을 짰지요. 그리고 큰 가위를 갖고 있어서 마음이 내키면 실을 잘라 버렸답니다. 세 여신들은 제우스 곁에서

조언을 해 주던 여신인 테미스의 딸들이었어요.

복수의 여신들인 에리니에스(푸리아이)도 세 명이었습니다. 이들은 보이지 않는 바늘을 갖고 있었어요. 왜일까요? 법을 어기거나 죄를 짓는 사람들을 바늘로 푹!

세 여신들은 머리가 뱀으로 감겨 있고 외모가 끔찍하고 무시무시했답니다. 각각의 이름은 알렉토, 티시포네 그리고 메가이라였어요. 에리니에스는 에우메니데스라고도 불렸지요. 네메시스도 복수의 여신이었습니다. 신들의 정의로운 분노를 대변했어요. 특히 교만하고 불손한 자들은 단단히 혼을 냈지요.

판은 가축과 양치기 목자의 신이었습니다. 이 신은 아르카디아의 들판에서 즐겨 살았어요. 숲과 들의 신들은 사티로스였지요. 이 신들은 온몸이 까칠까칠한 털로 덮여 있고, 머리에는 짧은 뿔이 돋아 있으며 발은 염소 발 같았답니다. 모모스는 비웃음의 신이었고, 플루토스는 재물의 신이었어요.

「운명의 세 여신」
스페인 화가 프란시스 고야의 작품이다. 손이 묶인 채 공중에 떠 있는 남성을 운명의 세 여신이 빙 둘러싸고 있다. 운명에서 벗어날 수 없는 인간의 삶을 상징한다. 프라도 미술관 소장

푸리아이(Furiae)
복수의 여신들을 뜻하는 라틴어 푸리아이에서 분노를 뜻하는 영어 단어 '퓨리(Fury)'가 나왔다.

로마 축제는 신들의 영광을 위한 것

지금까지 소개한 그리스의 신들을 로마인들도 받아들였습니다. 앞으로 소개할 신들은 로마 신화에만 나온답니다.

사투르누스는 고대 이탈리아의 신이었어요. 하지만 그리스의 크로노스와 동일한 신으로 보기도 하지요. 전설에 의하면 제우스에게 왕위를 빼앗기자 사투르누스는 이탈리아로 도망갔다고 해요. 그곳을 지배하면서 이른바 황금시대를 열었습니다.

사투르누스가 다스린 태평성대를 기념하려고 매년 겨울철에 그곳에선 사투르날리아라는 축제가 열렸어요. 축제 동안에는 모든 생업이 중지되고, 전쟁이나 죄인의 처형도 연기되었으며, 친구들끼리 선물을 주고받았지요. 더구나 이때는 노예들조차 한껏 자유를 누렸답니다. 노예들도 버젓이 식탁에 앉아 잔치를 즐겼는데, 놀랍게도 주인이 시중을 들었다고 해요. 사투르누스의 나라에서는 모든 인간이 본디 평등하고 모든 재산이 골고루 나누어진다는 것을 보여 주기 위해서였답니다.

사투르누스의 손자인 파우누스는 들판과 목동의 신으로 숭배를 받았습니다. 그리고 예언의 신으로도 불렸어요. 파우누스의 복수형은 파우니지요. 파우니는 그리스의 사티로스처럼 익살스러운 한 무리의 신들을 뜻했답니다. ('좋은 여신'이라는 뜻을 지닌 파우나라는 여신도 있었어요.)

키리누스는 전쟁의 신이었습니다. 키리누스는 원래 로마의 시조인 로물루스라는 인간이었어요. 특이하게도 죽은 다음에 신의 자리에 올랐지요. 전쟁의 여신으로는 벨로나가 있었답니다.

테르미누스는 땅의 경계를 정하는 신이었어요. 들판의 경계를 정하기 위해 거친 돌이나 기둥에다 이 신의 조각상을 새겼지요. 팔레스는 가축과 목장을 맡아보는 여신이었어요. 포모나는 과일나무를 돌보는 여신이었고요. 플로라는 꽃의 여신, 루키나는 출산의 여신이었어요.

베스타(그리스의 헤스티아)는 화로를 주관하는 여신이었습니다. 베스타를 모시는 신전에

「벨로나」
네덜란드 화가 렘브란트의 작품이다. 벨로나는 전쟁의 여신답게 방패와 갑옷, 검으로 무장하고 있다. 로마의 사제들은 전쟁에 참여할 때 벨로나 신전 앞에서 개전을 선포하는 의식을 치렀다고 한다.
메트로폴리탄 미술관 소장

는 신성한 불, 즉 성화가 늘 타올랐어요. 베스탈이라 불리는 여섯 명의 처녀 사제들이 불꽃을 돌보았지요. 도시의 안전은 성화와 직결된다고 여겼답니다. 그래서 처녀 사제들은 성화를 꺼뜨리면 엄한 벌을 받았어요. 꺼트린 성화는 햇빛으로 다시 불붙였지요. 리베르는 그리스의 디오니소스에 해당되며, 물키베르는 그리스의 헤파이스토스에 해당됩니다.

야누스(Janus)는 하늘의 문지기였어요. 새해를 여는 일도 야누스가 맡았지요. 그래서 영어로 일월을 뜻하는 단어 재뉴어리(January)가 바로 야누스에서 비롯되었습니다. 하늘 문을 지킬 때의 야누스는 흔히 두 개의 머리를 지닌 모습으로 그려져요. 왜냐하면 모든 문은 길을 두 방향으로 나누기 때문이지요. 로마에는 야누스의 신전이 많았습니다. 전쟁 때에는 중요한 신전들의 문은 언제나 열려 있었어요. 평화로운 시기에는 닫혀 있었고요. 제2대 왕 누마부터 아우구스투스 황제(기원전 63~14년) 시대까지 신전의 문이 몇 번 닫혔는지 아시나요? 전쟁의 나라답게, 딱 한 번!

페나테스는 가정의 행복과 번영을 지켜 주는 신들이었습니다. 페나테스라는 이름은 페누스, 즉 이 신들에게 바치는 음식을 보관하는 찬장에서 따왔어요. 따라서 한 집안의 가장은 가정의 수호신 페나테스의 사제인 셈이지요. 라레스도 가정을 지키는 신들이었습니다. 하지만 페나테스와 달리 이들은 원래는 인간의 영혼인데, 신처럼 여겨졌어요. 가정의 라레스는 자손들을 지키고 보호하는 조상의 영혼이었답니다.

로마인들은 남자한테는 저마다의 게니우스가 있고 여자한테는 저마다의 유노가 있다고 믿었습니다. 이 두 영혼이 모든 남녀

「플로라」

영국 화가 에블린 드 모건의
작품이다. 플로라는 꽃과 봄
과 번영의 여신이다. 로마에
서는 기원전부터 플로랄리
아라는 플로라에게 바치는
축제가 열렸다.

드 모건 센터 소장

에게 생명을 내리며, 평생 동안 수호자가 되어 준다고 믿었어요. 생일날이 되면 남자들은 게니우스에게, 여자들은 유노에게 선물을 바쳤지요.

한 시인은 로마의 신들을 이렇게 노래했답니다.

게니우스
프랑스 화가 엘리자베스 루이 비제 르 브룅의 「운명의 수호신」이다. 로마인들이 남자의 수호신이라고 믿었던 게니우스는 보통 날개가 달린 벌거숭이 소년의 모습으로 표현된다.
베를린 국립 회화관 소장

포모나는 과수원을 사랑하네
리베르는 포도나무를 사랑하네
팔레스는 밀짚 헛간을 사랑하네
암소의 입김처럼 뜨거웁게
그리고 베누스는 사랑한다네
은은한 달빛이 내려앉는
봄날의 밤나무 그늘 아래서
순정을 맹세하는 남녀의 속삭임을

매콜리, 「카피스의 예언」에서

몸이 가장 불편한 신에게
왜 가장 좋은 재주를 주었을까요?

보통 신들은 완벽한 존재라고 생각한다. 하지만 그리스 신화에서 대장장이 신 헤파이스토스는 다리를 저는 모습으로 나온다. 다리를 절게 된 까닭에 대해 두 가지 판본이 전해진다. 하나는 제우스와 헤라가 서로 싸웠을 때 어머니 편을 든 헤파이스토스를 제우스가 땅으로 집어 던졌다는 이야기이다. 이 이야기는 『일리아스』에 나온다. 이 책에서 헤파이스토스는 이 이야기를 들려준 후 일부러 다리를 심하게 절면서 다른 신들의 웃음을 유발한다. 또 하나의 판본에서는 헤파이스토스에게 태어날 때부터 장애가 있었다고 소개한다. 제우스가 머리로 아테나를 낳는 것을 보고, 헤라가 여자도 혼자 아이를 낳을 수 있다는 것을 보여 주기 위해 혼자서 아이를 낳았다. 이때 낳은 아이의 다리에 장애가 있는 것을 보고 아이를 내다 버렸다는 이야기이다. 헤파이스토스는 나중에야 신들에게 간다. 헤파이스토스가 다리를 저는 것은 그리스인들의 균형 감각을 보여 주는 사례이다. 몸이 가장 불편한 신에게 가장 좋은 재주를 주었기 때문이다. 이따금 헤파이스토스는 신들 중 가장 못생겼다고 묘사된다. 그런 그에게 가장 아름다운 여신 아프로디테가 아내로 주어졌으니 이 역시 균형 감각의 반영이라 할 만하다. 다른 설명도 있다. 전통 사회에서 이동이 불편한 사람은 한자리에서 할 수 있는 일을 택했다. 실제로 대장장이 중에는 다리 저는 사람이 많았다고 한다. 따라서 대장장이의 수호신도 다리를 저는 모습으로 만들었다.

대장간에 있는 헤파이스토스와 아프로디테

2 불을 훔쳐 인간에게 주다 |
프로메테우스와 판도라

인간은 어떻게 불을 피우게 되었을까요? 왜 이 세상에는 질병, 다툼, 시기, 원한과 불만 등 온갖 해로운 것들이 가득할까요? 오늘날의 과학과 문화는 이러저러한 이성적이고 논리적인 해답을 내놓고 있습니다. 하지만 신들이 세상을 다스리던 시대에는 전혀 다른 답변이 존재했어요. 단지 우리의 머리를 자극하는 답변이 아니라, 우리의 가슴을 활짝 열어 주고 인생의 지혜와 이 세상의 신비를 느끼게 해 주는 신화적인 해답이지요. 처음에 신들만이 존재하던 세계에서 드디어 인간이 창조되어 신과 인간이 함께 활약하는 시대가 열립니다. 그 시작이 바로 불을 훔쳐 인간에게 준 프로메테우스 그리고 무시무시한 상자를 열어 세상에 재앙을 퍼뜨린 판도라의 이야기예요.

- 두려움과 믿음이 쓰러졌다. 신들 중 마지막으로 처녀신 아스트라이아가 피에 젖은 대지를 떠났다.
  (오비디우스 『변신 이야기』)

- 교활한 자, 모질고 모진 자여. 하루살이 인간에게 명예를 주는 죄를 짓다니. 불을 주다니.
  (아이스킬로스 『결박된 프로메테우스』)

- 인간들을 구한 덕분에 괴롭고 딱한 고문을 당하고 있습니다. 인간을 동정하다가 동정받을 필요 없는 자로 낙인찍히고 말았습니다. 하지만 제가 이리 가혹한 벌을 받고 있는 모습은 제우스에게도 불명예입니다.
  (아이스킬로스 『결박된 프로메테우스』)

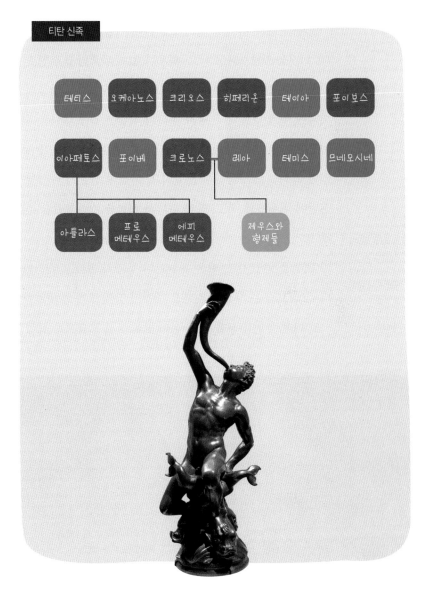

티탄 신족

테티스 · 오케아노스 · 크리오스 · 히페리온 · 테이아 · 포이보스

이아페토스 · 포이베 · 크로노스 ― 레아 · 테미스 · 므네모시네

아틀라스 · 프로메테우스 · 에피메테우스 · 제우스와 형제들

판도라 상자가 열리고 문명이 시작되다

세상은 어떻게 생겨났을까요? 이 불가사의는 원래부터 사람들의 크나큰 관심사였습니다. 고대 그리스인들은 성경의 천지창조 이야기를 몰랐지요. 하지만 자신들만의 고유한 창세 이야기가 있었답니다. 이런 내용이에요.

땅과 바다와 하늘이 생기기 이전에 만물은 한 덩어리였답니다. 이것을 카오스라고 해요. 형체가 없이 뒤죽박죽 섞인 덩어리로서 죽어 있는 물질에 불과했지요. 하지만 그 속에 만물의 씨앗이 깃들어 있었습니다. 땅과 바다와 하늘은 전부 하나로 뒤섞여 있었어요. 지금과 달리 땅은 단단하지 않았고 바다는 물렁하지 않았고 하늘은 투명하지 않았지요. 마침내 신들이 나서서 이런 혼란에 마침표를 찍고, 땅과 바다와 하늘을 갈라놓았습니다. 가장 뜨거운 부분은 가벼워서 위로 올라가 하늘이 되었어요. 공기가 하늘을 채웠지요. 땅은 하늘보다 무거워 아래로 내려왔답니다. 그리고 물은 가장 낮은 데로 내려가 땅을 뜨게 해 주었어요.

그 다음에 이름 모를 어떤 신이 땅을 온갖 모습으로 질서 정연

「카오스」
영국 화가 조지 프레더릭 왓츠의 작품이다. 카오스는 우주가 발생하기 이전의 원시적인 상태, 즉 혼돈이나 무질서 상태를 이르는 말로 널리 쓰이고 있다.
테이트 브리튼 갤러리 소장

하게 배열했지요. 강과 만을 제자리에 놓았고 산을 솟아오르게
했습니다. 계곡을 움푹하게 파냈고, 숲과 샘과 비옥한 들판 그리
고 황무지를 여기저기 흩어 놓았어요. 공기가 맑아지자 별들이
나타났답니다. 물고기들이 바다를 채우고 새들이 하늘을 날고
네발짐승들이 땅을 어슬렁댔어요.

하지만 더 고상한 동물이 필요했던지라 인간이 만들어졌지요.
창조주가 인간을 만들 때 신의 재료를 썼는지, 아니면 방금 하늘
에서 분리되어 천상의 기운을 품고 있던 땅의 재료를 썼는지는
아무도 모릅니다. 어쨌든 프로메테우스가 흙을 취해 물로 반죽하
여 신들의 모습대로 인간을 만들었어요. 그리고 인간을 똑바로
선 자세가 되도록 만들었지요. 덕분에 인간은 하늘을 향해 고개
를 들고 별을 바라보게 되었답니다. 다른 동물들은 전부 고개를
숙인 채 땅을 바라보는데 말이에요.

프로메테우스는 티탄족, 즉 거인 신족에 속했습니다. 인간이
생기기 전에는 이 신들이 세상을 지배했어요. 티탄족 중에서 프
로메테우스와 그의 동생 에피메테우스가 인간을 만드는 역할을

맡았지요. 그리고 인간을 포함해 모든 동물들이 살아가는 데 필요한 능력을 주는 일도 맡았답니다. 에피메테우스가 능력을 주고 나면 프로메테우스는 그 능력이 제대로 쓰이도록 감독했어요. 에피메테우스는 다양한 동물들에게 알맞게 용기나 힘 또는 민첩성이나 지혜를 주었지요. 어떤 동물은 날개를, 어떤 동물은 발톱을, 또 어떤 동물은 몸을 덮는 껍질을 에피메테우스에게 받았어요.

드디어 만물의 영장인 인간에게 능력을 부여할 차례가 되었습니다. 하지만 에피메테우스는 인간에게 줄 것이 남아 있지 않았어요. 이미 많은 능력을 흥청망청 써 버린 탓이지요. 당황한 에피메테우스는 형 프로메테우스에게 도움을 청했습니다. 그러자 프로메테우스는 여신 아테나의 도움을 받아 하늘로 올라갔어요. 거기서 태양 마차의 불을 횃불에 옮겨 붙이고 내려와 인간에게 불을 전해 주었지요. 불을 갖게 되면서 인간은 다른 동물들은 감히 넘볼 수도 없는 존재가 되었답니다. 또한 불 덕분에 다른 동물들을 굴복시킬 무기를 만들 수 있었어요. 땅을 경작할 농기구도 만들었지요. 거처를 따뜻하게 하여 날씨에 아랑곳없이 살 수도 있었습니다. 마침내는 공예품도 만들고 상거래의 수단이 될 돈도 만들어 냈어요.

하지만 아직 여자는 만들어지지 않았어요. (꽤 터무니없는) 이야기이긴 하지만, 그제야 제우스가 여자를 만들었답니다. 여자를 만들어서는 프로메테우스와 그의 동생에게 보냈지요. 왜냐고요? 바로 하늘에서 불을 훔쳐 간 두 형제를 벌주기 위해서였습니다. 아울러 인간에게도 보냈는데, 이 또한 불을 받은 벌을 주기

위해서였대요. 최초의 여자가 바로 판도라였지요. 판도라가 천상에서 만들어졌을 때, 신들은 판도라를 완벽하게 만들려고 저마다 무언가를 주었답니다. 이를테면 아프로디테는 아름다움을, 헤르메스는 설득력을, 아폴론은 음악적 재능을 주었어요. 이런 능력을 갖추고서 판도라는 지상으로 내려와 에피메테우스에게 갔지요. 에피메테우스는 판도라를 기쁘게 아내로 맞이했습니다. 이때 형 프로메테우스는 제우스의 계략일지 모르니 조심하라고 일러 주었어요.

아니나 다를까! 에피메테우스의 집에는 상자가 하나 있었어요. 상자 속에는 해로운 것들이 가득 들어 있었답니다. 인간이 새로운 거처에 적응하는 데 쓸모가 없는 것들은 상자 속에 꾹꾹 눌러 담아 두었던 거예요. 판도라는 상자 안에 무엇이 들었을까 늘 궁금했어요. 그러던 어느 날 뚜껑을 열고 안을 들여다보고 말았습니다. 순식간에 온갖 재앙들이 빠져나왔어요. 인간에게 불행을 가져다주는 것들이었지요. 몸에 해로운 통풍, 류머티즘, 배앓이 그리고 마음에 해로운 질투심, 원한, 복수심 등이 새어 나와 마구마구 퍼졌답니다. 판도라는 급히 뚜껑을 닫았어요! 하지만 상자 속에 든 것들은 이미 모조리 빠져나가고 딱 하나만 남았어요. 상자 밑바닥에 유일하게 남은 것은 바로 희망! 덕분에 오늘날에도 온갖 어려움이 닥쳐도 희망이 우릴 떠나지 않는 것이랍니다. 희망을 품고 있는 한 어떠한 불행이 찾아와도 우리는 굳건히 이겨 나갈 수 있습니다.

또 다른 이야기에 의하면 제우스는 인간을 축복하려는 선한 뜻으로 판도라를 보냈다고 합니다. 상자에는 결혼 선물이 담겨 있었대요. 모든 신들은 저마다 축복을 그 속에 담아 주었지요. 그런데 판도라가 경솔하게 상자를 여는 바람에 다른 축복들은 모조리 빠져나가고 희망만이 남았습니다. 이 이야기가 앞의 이야기보다 더 그럴듯하게 들리지요. 온갖 불행이 가득한 상자에 소중하기 이를 데 없는 희망이 담겨 있긴 어려울 테니까요.

이렇게 해서 세상에 사람들이 살게 되었답니다. 처음에는 순진무구하고 행복이 넘치는 시대여서, '황금시대'라고 불렸어요. 법도 없고, 사람을 겁주거나 벌주는 관리가 없어도 진실과 정의가 가득했지요. 배를 만들려고 숲의 나무들을 베지 않는 시대였고, 아직 도시 주위에 요새를 쌓지 않던 시절이었습니다. 칼이나 창, 투구 같은 것들도 없었어요. 사람이 사는 데 필요한 것들은 전부 자연이 내주었기에, 힘들게 농사를 짓지 않아도 되었지요. 계절은 늘 봄이고, 꽃은 저절로 피었어요. 강에는 우유와 포도주가 흐르고, 나무에서는 황금빛 꿀이 흘러나왔답니다.

그다음은 '은 시대'예요. 황금시대보다는 못하지만 청동 시대보다는 나았지요. 제우스는 봄을 짧게 만들고 한 해를 여러 계절로 나누었습니다. 그러자 사람들은 심한 더위와 추위를 견뎌야 했고 집이 필요해졌어요. 처음에는 동굴에서 살다가 나뭇잎을 덮은 숲속 은신처로 옮겼고, 나중에는 나뭇가지로 오두막을 지어 살았지요. 곡식들은 애써 심어 기르지 않으면 자라지 않았답니다. 농부는 씨를 뿌려야만 했고, 소는 힘겹게 쟁기를 끌어야 했어요.

다음에는 '청동 시대'가 찾아왔지요. 사람들의 성품이 더 거칠어져 싸움이 잦았지만 아직은 덜 사악한 시대였습니다. 가장 혹독한 최악의 시기는 '강철 시대'였어요. 범죄가 봇물처럼 터졌고,

「황금시대」
독일 화가 루카스 크라나흐
의 작품이다. 근심 걱정이 없
었던 황금시대를 표현했다.
신화 속 황금시대는 성서에
등장하는 에덴동산에 비유
된다.
오슬로 국립 미술관 소장

겸손과 진실과 명예는 헌신짝처럼 버려졌지요. 그 대신 사기와
속임수와 폭력 그리고 사악한 욕심이 들어섰답니다. 사람들은
숲에서 나무를 베어 배를 만들었어요. 뱃사람들이 배를 타고 나
가자 바다가 어지러워졌지요. 땅은 이전에는 모두 함께 경작했
는데, 이제는 각자의 소유로 나누어지기 시작했답니다. 사람들
은 땅 표면에서 나오는 것에 만족하지 않고서 더 깊이 파서 기어
이 광물을 꺼냈어요. 해로운 쇠와 더욱 해로운 금이 세상에 나왔
지요. 두 금속을 이용해 만든 무기로 전쟁이 빗발쳤습니다. 벗의
집에 놀러간 손님도 안전하지 않았고, 가족들도 서로를 믿지 못
했어요. 심지어 아들이 아버지가 죽기를 바랐지요. 유산을 물려
받으려는 욕심 때문이었답니다. 가족의 사랑은 온데간데없이 사
라졌어요. 땅이 살육의 피로 흥건히 젖자 신들은 하나둘 땅을 떠

**「정의의 여신
아스트라이아」**
이탈리아 화가 살바토르 로
사의 작품이다. 인간을 사랑
했던 아스트라이아는 대지를
떠날 때 자신이 들고 있던 천
칭을 하늘에 걸어 놓았다고
한다. 이것이 천칭자리이다.
빈 미술사 박물관 소장

났지요. 끝까지 홀로 남아 지상을 지키던 아스트라이아마저도 마침내 떠나고 말았습니다.

참고로 말하자면, 아스트라이아는 순결과 순수의 여신이에요. 땅을 떠난 후에는 별에 자리를 잡았지요. 처녀자리가 바로 이 여신의 별자리랍니다. 아스트라이아의 어머니는 정의의 여신 테미스예요. 테미스는 양팔 저울을 들고 있는 모습을 하고 있지요. 서로 맞서는 사람들의 주장을 저울질하기 위해 들고 있는 것이랍니다.

옛 시인들은 이런 여신들이 언젠가 돌아와 황금시대를 되살려 주기를 바랐어요. 심지어 기독교의 찬가에도 그런 마음이 담겨 있지요. 영국 시인 알렉산더 포프가 지은 「메시아」의 한 구절을 읽어 볼까요?

이윽고 모든 죄가 사라지고 고대의 기만도 그치며
정의의 여신이 돌아와 양팔 저울을 높이 들리라.
평화의 여신이 올리브 가지를 온 세상에 뻗으며
흰옷의 여신 아스트라이아가 하늘에서 내려오리니.

"어미의 뼈를 뒤로 던져라!"

제우스는 세상 돌아가는 모습을 보고서 불같이 화를 냈습니다. 그래서 회의를 열려고 신들을 불렀어요. 다들 요청을 받아들여 천상의 궁전을 향해 길을 떠났지요. 그 길이 바로 맑은 밤이면 하늘에서 밝게 빛나는 은하수랍니다. 은하수를 따라 위대한 신들의 궁전이 늘어서 있었대요. 서열이 아래인 신들은 길 양 옆으로 멀찍이 떨어져 살았지요.

신들이 모이자 제우스가 연설을 시작했습니다. 지상의 참담한 상황을 설명하고 나서 인간 세상을 모조리 쓸어버릴 작정이라고 했어요. 처음 만든 인간과는 다른 새로운 종족을 세상에 내놓자는 뜻이었지요. 생명을 받을 가치가 있고 신들을 진심으로 숭배하는 인간을 새로 만들려고 했답니다. 말을 마치자마자 제우스는 번개를 들고 세상을 향해 내던지려 했어요. 쇠뿔도 단 김에 빼자고, 세상을 몽땅 불태워 버리겠다는 생각이었죠. 하지만 자칫 잘못했다가는 신들이 사는 하늘나라까지 불길이 번질 위험성을 알아차렸지요. 그래서 마음을 바꾸어 세상을 물로 멸망시키기로 했습니다.

구름이 흩어지지 않도록 북풍을 사슬로 묶고 남풍을 멀리 쫓아냈어요. 곧 하늘은 어두컴컴한 구름으로 뒤덮였지요. 구름들이 서로 부닥치며 굉음을 울리더니 하늘에 구멍이 뚫린 듯 비가 쏟아졌답니다. 곡식들이 몽땅 물에 잠기는 바람에 피땀 흘려 기른 농부들의 결실이 물거품처럼 사라졌어요. 제우스는 자기가 쏟아부은 물로는 성이 안 차, 동생인 바다의 신 포세이돈에게 도와 달라고 했지요. 포세이돈은 강을 범람시켜 땅을 잠기게 했습

이탈리아 화가 안드레아 만
테냐의 작품이다. 신들이 어
울려 놀고 있는 파르나소스
산 정상에 마르스와 아프로
디테가 서 있다. 현재 산 중
턱에 아폴론 성지 델포이가
자리 잡고 있다. 로마 시인들
은 영감의 원천으로 이 산을
숭배했다.
루브르 박물관 소장

니다. 아울러 지진으로 땅을 뒤흔들었어요. 그러자 바닷물이 넘
실넘실 뭍으로 밀려왔지요. 가축과 사람과 집이 한데 뒤엉켜 쓸
려 내려갔답니다. 신성한 담으로 둘러싸인 신전들도 더렵혀졌어
요. 우뚝 선 건물들이 물에 잠겼고 높은 탑조차 거센 파도에 휩쓸
렸지요.

　이제 해변은 사라지고 온 세상에 바닷물이 넘실거렸습니다.
여기저기 돌출된 산꼭대기엔 간혹 살아남은 사람들이 보였어
요. 몇몇은 얼마 전까지도 쟁기질하던 곳을 배를 타고 노 저어 다
녔지요. 물고기들은 나무 꼭대기까지 헤엄쳤답니다. 큰 배의 닻
은 물속에 잠긴 정원으로 가라앉았어요. 온순한 양들이 노닐던
곳엔 사나운 물범들이 팔딱거렸지요. 늑대가 양들 사이에서 헤

엄치고 사자와 호랑이가 물속에서 싸움을 벌였답니다. 물속에서는 멧돼지의 힘도, 사슴의 재빠른 발도 아무 소용이 없었어요. 새들은 날다 지쳐도 쉴 땅을 찾지 못해 물에 빠졌지요. 간신히 물난리를 피한 생명들도 결국에는 굶어 죽었습니다.

다른 모든 산들은 물에 잠기고 파르나소스 산만이 물 위에 솟아 있었어요. 그곳에는 피신해 온 프로메테우스의 아들 데우칼리온과 그의 아내 피라가 있었지요. 데우칼리온은 정직한 사람이었고 아내도 신들을 독실하게 숭배했답니다. 살아남은 자는 이들 부부밖에 없었습니다. 둘 다 착하고 신실한 것을 알고서 제우스는 마음을 고쳐먹었어요. 북풍에게 구름을 거두어 가라고 명령했고 푸른 하늘이 땅 위에 비치도록 했지요. 포세이돈도 아들 트리톤에게 소라고둥을 불라고 시켰답니다. 왜냐고요? '물아, 썩 물렀거라.'는 퇴각 신호였다는 사실! 그러자 물은 고분고분 명령을 따랐어요. 이제 바다는 해안가로 돌아갔고 강은 원래 물길로 돌아갔지요.

마침내 데우칼리온은 아내 피라에게 이렇게 말했습니다.

"여보, 당신만이 살아남은 유일한 여인이로군요. 우리는 처음에는 혈연과 결혼으로 맺어졌고, 지금은 둘이 함께 재앙을 겪고 있네요. 내 아버지 프로메테우스와 같은 능력이 있어 그분이 인간을 처음 만들었듯이 우리가 인간을 새롭게 만들 수만 있다면야! 하지만 우린 그럴 수가 없으니, 저기 보이는 신전으로 갑시다. 가서 신들에게 우리가 어떻게 해야 할지 물어보자고요."

그들은 신전으로 들어갔습니다. 신전은 끈적끈적한 오

트리톤
이탈리아 조각가 잠볼로냐의 작품이다. 트리톤은 바다의 신 포세이돈과 암피트리테의 아들로 상반신은 인간, 하반신은 인어의 모습을 하고 있다. 소라를 든 모습으로 자주 표현된다. ⓒsailko

물로 더럽혀져 있었어요. 제단에 다가갔더니 성화도 꺼져 있었지요. 둘은 제단 앞에 엎드려 여신에게 기도했답니다. 어떻게 하면 이 참담한 현실에서 빠져나올 수 있을지 알려 달라고 빌었어요. 그러자 이런 신탁이 내려졌지요.

"머리를 베일로 감싸고 옷은 벗은 채로 신전을 나가거라. 나갈 때 너희 어미의 뼈를 뒤로 던져라."

둘은 신탁을 듣고 깜짝 놀랐습니다. 먼저 피라가 침묵을 깼어요.

"그럴 수는 없어요. 부모님의 유골을 더럽힐 수는 없지요."

둘은 수풀이 우거진 그늘로 가서 신탁의 뜻을 곰곰이 생각했지요. 드디어 데우칼리온이 입을 열었답니다.

"내 생각이 옳다면 신탁을 따라도 불효가 되지 않아요. 땅은 만물의 위대한 어머니지요. 돌은 땅의 뼈고요. 그러니까 돌을 뒤로 던지기만 하면 된답니다. 이것이 바로 신탁의 뜻이지 싶군요. 밑져 봐야 본전이니 한번 해 봅시다."

둘은 옷을 벗은 채 얼굴을 베일로 감싸고 돌을 주워서 뒤로 던졌습니다. 희한하게도 돌이 말랑말랑해지더니 형체를 띠기 시작했어요. 형체는 차츰 인간의 모습을 닮아 갔지요. 마치 조각가의 손에서 반쯤 완성된 사람 조각상처럼 되었답니다. 돌에 묻은 진흙은 살이 되었고, 돌 자체는 뼈가 되었으며, 돌에 난 결은 핏줄이 되었어요. 남자가 던진 돌은 남자가 되었고 여자가 던진 돌은 여자가 되었지요. 이렇게 만들어진 종족은 튼튼해서 힘든 일도 거뜬히 해냈답니다. 오늘날의 우리가 바로 이들의 후손이지요.

성서의 이브는 그리스 신화의 판도라와 판박이입니다. 그 점을 잘 포착한 시인이 바로 밀턴이에요. 밀턴은 『실낙원』 제4권에

서 이렇게 노래하고 있지요.

> 판도라보다 어여쁜 이브 대신에
>
> 판도라는 신들에게서 온갖 선물을 받았네.
>
> 오, 하지만 애석한 일을 벌인 건 매한가지였다네.
>
> 헤르메스가 판도라를 야펫의 바보 아들에게 데려가니
>
> 인간은 그녀의 아름다운 모습에 홀려
>
> 제우스의 불을 훔친 죗값을 치르게 되었나니.

프로메테우스와 에피메테우스는 이아페토스의 아들이었습니다. 하지만 밀턴은 이아페토스를 야펫으로 바꾸어 놓았어요. 야펫은 노아의 방주 이야기에 나오는 노아의 아들 야벳이지요.

인간을 사랑한 티탄이 참혹한 형벌을 받다

프로메테우스는 예로부터 시인들이 좋아하는 주제입니다. 인간의 친구로 표현되는 신이에요. 제우스가 인간에게 진노했을 때에도 인간의 편을 들었기 때문이지요. 게다가 인간에게 문명과 기술을 전해 주었답니다. 그러다 보니 제우스의 뜻을 거스르고 말았어요. 신과 인간의 통치자인 제우스의 분노를 사고 말았지요. 급기야 제우스는 프로메테우스를 카우카소스 산의 바위에 쇠사슬로 묶어 놓고 독수리를 보내 간을 쪼아 먹게 했답니다. 간은 먹히자마자 다시 생겨났어요.

이 고통은 프로메테우스가 마음만 먹으면 끝낼 수 있었지요. 제우스에게 기꺼이 복종했더라면 말입니다. 더군다나 프로메테우스는 제우스의 왕위를 지키는 데 관련된 비밀도 알고 있었어요. 따라서 비밀을 말해 주었더라면 곧바로 제우스의 총애를 받을 수도 있었지요. 하지만 프로메테우스는 끝내 굴복하지 않았습니다. 이리하여 프로메테우스는 영웅적인 인내심과 불굴의 의지의 상징이 되었지요.

영국 시인 바이런과 셸리는 이 주제를 자주 다루었어요. 아래시는 바이런의 작품이랍니다.

티탄이여! 그대 불멸의 눈에는

인간들이 겪는 고통도

인간들의 비참한 현실도

신이 외면할 수 없는 것이었네.

그대의 연민은 무슨 보상이 있었는가?

이 악물고 견딘 극심한 괴로움 속에

바위와 독수리 그리고 사슬에 묶여

고귀한 자는 고통을 느끼더라도

끝내 그 아픔을 드러내지 않았네.

숨 막히는 두려움도 내비치지 않았네.

그대의 신성한 죄란 바로 애정이었네.

당신이 전해 준 교훈 덕분에

인간의 비참함은 줄어들었고

인간은 제정신을 차리고 강해졌지만

그대의 높은 경지에 비하면 초라하고

넘치는 기운에 비하면 하찮을 뿐이네.

불굴의 의지에서 나오는

그대의 인내와 저항은

천상천하 누구도 꺾을 수 없었으니

소중하기 그지없는 교훈을 우리는 얻는다네.

바이런은 「나폴레옹 보나파르트에게 부치는 송시」에서도 같은 이야기를 노래하고 있지요.

천상에서 불을 훔친 자처럼

그대는 괴로움을 견디려는가?

끝내 용서받지 못한 자처럼

독수리와 바위의 고통을 겪으려는가?

신들의 세계는 평화로웠을까요?

프로메테우스와 판도라 이야기에는 신과 신, 신과 인간 사이의 불화가 살짝 엿보인다. 프로메테우스가 신들에게서 불을 훔친 것에 대한 보복으로 제우스가 판도라를 인간에게 보냈으니 말이다. 신들의 탄생과 계승을 전하는 헤시오도스의 작품 『신들의 계보』에는 이보다 훨씬 험악한 일들이 많이 소개되어 있다. 제우스는 아버지 크로노스를 쫓아냈고, 크로노스 역시 아버지 우라노스의 신체를 베어 내고 쫓아 버렸다. 제우스가 크로노스를 몰아낼 때는 제우스 세대의 신들과 그 이전 세대의 신(티탄)들 사이에 큰 전쟁이 있었다. 제우스 역시 그 다음 세대의 도전을 받았으나 이 도전을 큰 전쟁으로 막아 냈다. 거인과의 전쟁, 티폰과의 전쟁이 그것이다. 불핀치는 점잖은 19세기 기독교 문화(빅토리아 시대 문화)를 반영해 잔인하거나 야한 이야기는 대체로 피해 갔다. 사실 고대 작가는 좀 더 폭력적이고, 성적인 내용을 노골적으로 그려 보여 주었다. 제우스 역시 권력을 차지한 초기에 가혹하고 무자비하게 통치한 것으로 알려져 있다. 그리스 비극 작가 아이스킬로스는 『결박된 프로메테우스』에서 이 미숙한 통치자의 완력을 앞세운 통치를 보여 준다. 호메로스의 『일리아스』에서도 다른 신들이 제우스에게 반항하고, 제우스가 이 반항을 힘으로 억누르는 모습이 많이 등장한다.

∞
제우스의 아내 헤라를 범하려 한
익시온의 최후

3 사랑의 영원한 본질 |
아폴론과 다프네, 피라모스와 티스베,
케팔로스와 프로크리스

고 대 신화 속 세계에도 사랑이 꽃피었답니다. 신화 속 사랑은 인간끼리의 사랑만이 아니었지요. 신과 신, 신과 님프, 신과 인간의 사랑까지 더해져 사랑의 폭과 깊이와 다채로움이 상상을 초월한답니다. 하지만 사랑의 본질이랄까요? 그런 것은 지금과 마찬가지였어요. 한쪽은 사랑의 마음에 불타올라 애태우지만 다른 한쪽은 거들떠보지도 않지요. 또는 둘 다 너무나 사랑하지만 거대한 현실의 벽에 가로막혀 사랑이 이루어지지 않아요. 한편, 사랑이 높고 깊을수록 오해와 불안도 커져서 결국에는 사랑하는 이를 파멸로 이끌기도 합니다. 고대 신화는 이러한 사랑의 다채로운 감정들을 표현한 아름답고도 슬픈 이야기들을 많이 간직하고 있답니다.

- 신탁소를 지키는 뱀 피톤이 갈라진 틈을 가로막자 아폴론은 피톤을 죽이고 신탁소를 차지했다. (아폴로도로스 『도서관』)

- 나무여, 우리를 기억하소서. 우리의 피로 열매를 검게 물들여 사람들이 이 비극을 기억하게 하소서. (오비디우스 『변신 이야기』)

- 바로 이 창이 나를 울게 합니다. 내가 오래 산다면 오랫동안 울게 할 것입니다. 이 창이 나와 사랑하는 아내를 파멸시켰습니다. 내가 왜 이것을 선물로 받았을까요. (오비디우스 『변신 이야기』)

올림포스 신족

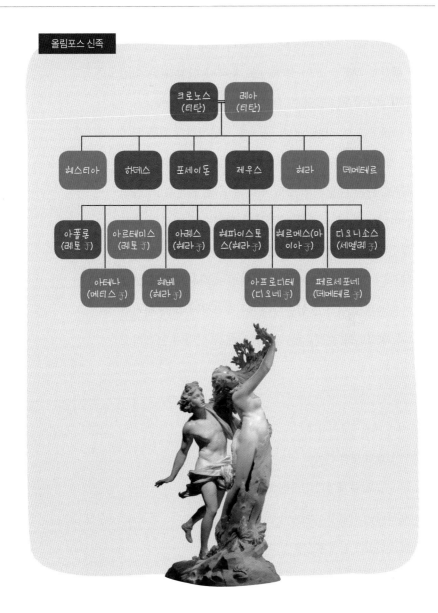

크로노스(티탄) — 레아(티탄)

헤스티아 / 하데스 / 포세이돈 / 제우스 / 헤라 / 데메테르

아폴론(레토♀) / 아르테미스(레토♀) / 아레스(헤라♀) / 헤파이스토스(헤라♀) / 헤르메스(마이아♀) / 디오니소스(세멜레♀)

아테나(메티스♀) / 헤베(헤라♀) / 아프로디테(디오네♀) / 페르세포네(데메테르♀)

태양신의 활이 파르나소스를 겨누다

홍수가 물러나자 온 세상은 진흙투성이였습니다. 하지만 덕분에 땅이 비옥해져서 온갖 생명체가 생겨났어요. 좋은 것도 있고, 나쁜 것도 있었지요.

특히 피톤이라는 큰 뱀이 기어 다녀 사람들을 두려움에 떨게 했답니다. 뱀이 사는 곳은 파르나소스 산의 깊은 굴속이었어요. 아폴론이 화살로 피톤을 쏘아 죽였지요. 토끼나 산양 같은 약한 짐승이나 사냥감에게는 결코 쓴 적이 없는 화살로 말이에요.

그래서 아폴론은 이 자랑스러운 승리를 기념하려고 피톤 경기라는 것을 개최했습니다. 역도, 육상, 마차 경주의 우승자에게는 너도밤나무로 만든 관을 씌워 주었다고 해요. 왜 월계수, 즉 올리브나무가 아니냐고요? 아직은 아폴론이 월계수를 자신의 나무로 삼지 않은 시대였기 때문이지요.

벨베데레의 아폴론이라고 불리는 유명한 조각상은 피톤 뱀을 무찌른 아폴론을 표현하고 있습니다. 이 조각상에 대해 바이런은 『귀공자 해럴드의 순례』 제4권 161절에서 이렇게 노래하고 있어요.

활을 쏘면 백발백중이라네.

의술과 노래와 빛의 신이여

인간의 모습을 한 태양의 신이라네.

승리로 빛나는 저 눈부신 이마여

번쩍이는 화살은 신의 복수를 싣고서

지금 막 시위를 떠났네.

「아폴론과 피톤」

독일 출신 플랑드르 화가 얀 보에코르스트의 작품이다. 피톤은 태초 신 가이아의 아들이다. 가이아에게 저지른 죄를 씻기 위해 파르나소스 산 델포이 신전에서는 8년마다 한 번씩 피톤에 대한 제사를 지냈다고 전한다.

그 눈과 콧날에 숭고한 경멸과

무적의 위엄이 찬란하게 빛나네.

누구든 힐끗 보기만 해도

신이 납시었음을 알 수 있다네.

실패한 사랑을 승리의 관에 아로새기다

다프네는 아폴론의 첫사랑이었습니다. 우연히 만난 사이가 아니라 에로스(큐피드)의 심술이 빚어낸 슬픈 인연이었어요. 어찌된일인지 알아볼까요? 아폴론은 어느 날 한 꼬마가 활과 화살을 갖고 노는 모습을 보았지요. 얼마 전에 피톤을 무찔러 한껏 우쭐해있던 아폴론은 꼬마에게 이렇게 말한답니다.

"건방진 꼬마야, 위험한 무기는 왜 들고 있니? 그런 건 마땅히어울리는 사람한테 넘겨야지. 꼬마야, 알고는 있니? 저런 무기로내가 위대한 승리를 거두었다는 걸 말이야. 온 세상이 벌벌 떨던무시무시한 큰 뱀을 내가 해치웠거든! 너

「승리자 에로스」
이탈리아 화가 카라바조의 작품이다. 에로스는 로마 신화에서 쿠피도 혹은 아모르라고 부른다. 신화에서 에로스의 금화살은 사랑을, 납화살은 혐오를 불러일으킨다. 프라도 미술관 소장

같은 꼬마는 횃불이 제격이지. 심심하면횃불로 불장난이나 하렴. 앞으론 내 무기에 손댈 생각은 꿈도 꾸지 말고."

아프로디테의 아들 에로스는 이렇게 맞받아쳤어요.

"당신의 화살은 모든 걸 다 맞추지만 정작 자기 자신을 맞출 수는 없지요. 하지만내가 쏜 화살은 당신을 맞출 거랍니다."

말이 끝나자마자 에로스는 파르나소스

산의 바위 위로 올라갔어요. 화살통에서 화살 두 개를 꺼냈어요. 하나는 사랑에 빠지게 만드는 화살, 다른 하나는 사랑을 거부하게 만드는 화살이었답니다. 하나는 금으로 만든 뾰족한 화살, 다른 하나는 납으로 만든 뭉툭한 화살이었어요. 에로스는 납 화살을 쏘아 다프네라는 님프(요정)를 맞혔지요. 다프네는 강의 신 페네이오스의 딸이랍니다. 그리고 에로스는 금 화살을 쏘아 아폴론의 가슴에 명중시켰지요. 이리하여 아폴론은 님프에게 홀딱 반했지만 다프네는 사랑이라면 진저리를 치게 되었습니다. 다프네는 숲 속에서 짐승들을 쫓으며 사냥을 낙으로 삼았어요. 구혼자들이 줄줄이 찾아왔지만 다프네는 번번이 퇴짜를 놓았지요. 숲 속을 뛰어다닐 뿐 연애니 결혼이니 하는 것은 안중에도 없었답니다. 다프네의 아버지는 틈만 나면 말했어요.

"다프네야, 나한테 사윗감도 데려오고 손자도 안아 보게 해 줘야지."

하지만 다프네는 결혼이라면 끔찍한 범죄처럼 여기던 터라, 어여쁜 얼굴을 붉히며 아버지 품에 안겨 보챘어요.

"아이 아빠, 부탁이에요. 저도 평생 처녀로 살게 해 주세요. 아르테미스 여신처럼요."

아버지는 마지못해 승낙하면서도 이렇게 덧붙였답니다.

"하지만 얼굴이 너무 예쁘니, 네 뜻대로 될지 모르겠구나."

사랑에 빠진 아폴론은 다프네를 간절히 얻고 싶었습니다. 아폴론은 다른 이들의 운명을 내다보는 예언의 신이면서도, 정작 자기 운명은 알지 못했어요. 다프네의 머리카락이 어깨 위에 너저분하게 걸쳐 있는데도 아폴론은 혼자 이렇게 되뇌었지요.

"헝클어진 모습도 저토록 매혹적이니 단정하게 정돈하면 얼마나 더 아름다울까?"

아폴론은 별처럼 반짝이는 다프네의 눈과 예쁜 입술을 보고 또 보았답니다. 보는 것만으로는 도저히 만족할 수 없었지요. 손에서 시작해 팔을 거쳐 미끈하게 드러난 어깨를 보면서 감탄했어요. 그리고 옷 속에 감춰진 부분은 얼마나 더 아름다울까 상상했답니다. 드디어 아폴론이 용기를 내어 달려들자 다프네는 줄행랑을 쳤어요. 걸음아 날 살려라, 바람보다 더 빠르게 달아났지요. 아폴론은 애타게 말했답니다.

"잠깐만 기다려 줘요. 페네이오스의 따님이여, 해치려는 게 아닙니다. 양이 늑대를 피하듯이 비둘기가 매를 피하듯이, 날 피해 도망치지 마세요. 사랑하기 때문에 뒤쫓는 거랍니다. 돌부리에 걸려 넘어져 다치기라도 하면 어쩌려고 그래요? 다친다면 전부 내 잘못이니, 제발 천천히 좀 달려요. 그러면 나도 천천히 따라가겠습니다.

나는 시골뜨기도 아니고 무식한 농사꾼도 아니에요. 바로 제우스 신의 아들이며 델포이와 테네도스의 군주이지요. 그리고 현재와 미래의 모든 것을 훤히 알고 있답니다. 나는 음악의 신이기도 해요. 내 화살은 쏘았다 하면 백발백중이에요. 하지만 아, 내 것보다 더욱 치명적인 화살이 내 가슴을 꿰뚫었습니다! 나는 의술의 신이며 모든 약초의 효능을 알지요. 하지만 지금은 어떤 약도 고칠 수 없는 병을 앓고 있네요!"

그러거나 말거나 님프는 계속 달아나기만 할 뿐 아무런 응답이 없었습니다. 하지만 달아나는 모습조차 아폴론에게는 매력적

이었어요. 바람에 다프네의 옷자락이 홀렁홀렁 나풀거리고 머리
카락이 찰랑찰랑 나부꼈으니까요. 아폴론은 애걸복걸해도 소용
이 없자 더 이상 참을 수가 없었지요. 애타는 마음을 채찍질하며
다프네를 바짝 따라잡았습니다. 마치 토끼를 쫓던 사냥개가 아
가리를 벌려 토끼를 막 물려는데, 연약한 토끼가 악착같이 벗어
나는 형국이었어요. 그렇게 아폴론과 다프네는 쫓고 쫓기었지
요. 한 명은 사랑의 날개를 달고서 다른 한 명은 두려움의 날개
를 달고서. 하지만 뒤쫓는 이가 더 빠르다 보니 쫓기는 이를 거
의 다 따라잡았답니다. 이제 아폴론의 헐떡이는 숨소리가 다프
네의 귓가에 들릴 만큼 둘은 가까워졌어요. 힘이 빠지기 시작한
다프네는 휘청휘청하더니 강의 신인 아버지를 다급
히 불렀어요.

"아버지, 도와주세요! 땅을 벌려 저를 숨겨
주시거나, 아니면 제 모습을 바꾸어 주세요. 제
외모 때문에 이 끔찍한 일이 벌어졌으니까요."

말이 끝나기가 무섭게 다프네는 몸이 변하
기 시작했습니다. 다리는 뻣뻣하게 굳고, 젖
가슴은 연한 껍질로 뒤덮였어요. 게
다가 머리카락은 수북한 이파리로 바
뀌고, 팔은 가지가 되고, 발은 뿌리처럼 땅에
박혔답니다. 아름다운 얼굴만 나무 꼭대기에
남아 있을 뿐, 예전 모습은 온데간데없어졌지
요. 아폴론은 깜짝 놀라 발걸음을 멈추었답
니다. 나무둥치를 만져 보니 새로 돋은

「아폴론과 다프네」
이탈리아 조각가 잔 베르니
니의 작품이다. 아폴론에게
붙잡힐세라 다프네가 다급
하게 달아나고 있다. 손과 발
부터 나무로 변하고 있다.
©Alvesgaspar
보르게세 미술관 소장

「아폴론과 다프네」
영국 화가 존 워터하우스의
작품이다. 다프네가 월계수
로 모습을 바꾼 후, 아폴론은
월계수를 성목으로 삼았다.
월계관은 고대부터 승리자
의 머리를 장식하던 관이다.
개인 소장

껍질 속에서 다프네의 몸이 부들부들 떨리
고 있었어요. 아폴론은 나무를 부여안고 거
듭거듭 입을 맞추었지요. 입을 대면 나뭇가
지들이 움츠러들었어요. 그러자 아폴론은
이렇게 말했답니다.

"나의 신부가 될 수 없다면, 기어이 나의
나무로라도 삼겠어요. 이 나무로 내 왕관을
만들어 쓸 것이고, 나의 리라와 화살통도 이
나무로 장식하겠어요. 위대한 로마의 장군
들이 승리를 거두고 제우스 신전에 의기양양하게 들어올 때, 그
대의 잎으로 만든 관이 장군들의 이마에 씌워질 거예요. 또한 내
가 영원한 젊음을 누리듯 그대의 이파리도 늘 초록이며 결코 시
들지 않을 거예요."

월계수로 완전히 바뀐 다프네는 감사의 뜻으로 머리를 숙였
지요.

아폴론이 음악과 시의 신이라는 점은 전혀 이상하지 않습니
다. 하지만 의술의 신이기도 하다는 건 조금 의아해요. 시인이자
의사이기도 한 존 암스트롱은 다음 시에서 그 점을 노래하고 있
지요.

음악은 기쁨을 더하고 슬픔을 덜어 주네.
병을 몰아내고 고통을 누그러뜨리네.
그런 까닭에 옛 현자들은 숭배했나니
의술과 음악과 시를 한 몸에 품은 신을.

아폴론과 다프네의 이야기는 시인들이 자주 노래하는 주제입니다. 영국 시인 에드먼드 월러도 마찬가지예요. 아래 나오는 월러의 연애시는 은밀히 만나던 여자의 마음을 사로잡지는 못했지만 이 시인에게 명성을 안겨 주었지요.

> 하지만 그가 불멸의 가락에 실어 부른 노래는
> 성공하지는 못했으나 결코 헛되지는 않았네.
> 그의 잘못을 탓하는 이는 님프 한 명뿐, 누구나
> 그의 열정에 귀 기울이고 그의 노래를 칭찬하네.
> 그러하니 아폴론은 구하지도 않은 감사를 얻었고
> 여인에게 덤벼들어 월계수 잎을 가득 받아 안았네.

셸리의 「아도네이스」에서 따온 다음 구절은 바이런이 비평가들과 처음 논쟁했을 때의 일을 노래하고 있습니다.

> 먹잇감을 쫓을 때만 떼거리로 달려드는 늑대들아
> 시체 위에 몰려들어 울어 대는 역겨운 까마귀들아
> 지배자의 깃발만 따라다니는 독수리들아
> 너희들은 황폐함이 먹고 남긴 것을 주워 먹고
> 깃털에서 병균을 퍼뜨리는 자들이로다.
> 아폴론이 금빛 활에서 화살 하나를 쏘고
> 미소 지었을 때, 황급히 달아나던 자들처럼
> 너희 약탈자들은 두 번째 화살을 불러들이지 않으려고
> 너희들을 경멸하는 의기양양한 발밑에서 아양을 떠네.

"붉은 열매로 우리 사랑을 기억해 주세요."

피라모스는 바빌로니아에서 가장 잘생긴 총각이고 티스베는 가장 아름다운 처녀였습니다. 세미라미스 여왕이 바빌로니아를 다스리고 있을 때의 이야기예요. 둘은 어렸을 때부터 서로 이웃한 집에 살았지요. 우정이 무르익어 어느덧 사랑으로 발전했답니다.

두 사람은 간절하게 결혼을 원했지만 양가의 부모들이 반대했어요. 그러나 둘의 가슴속 깊이 타오르는 사랑의 불길은 꺼트릴 수가 없었지요. 두 사람은 눈짓과 몸짓으로밖에 말할 수 없었지만, 사랑의 불길은 더더욱 커져만 갔습니다. 서로 맞붙어 있는 두 집 사이의 벽에는 건물의 하자로 인해 갈라진 틈이 하나 있었어요. 아무도 그런 틈이 있는지 몰랐지만 애타는 두 연인은 찾아내고 말았지요! 둘은 틈 사이로 은밀히 사랑을 속삭였답니다. 두 사람이 내쉬는 숨이 틈으로 스며들어 한데 섞일 만큼 가까웠지만 서로를 안을 수는 없었어요. 피라모스와 티스베는 말했지요.

"잔인한 벽아, 어째서 사랑하는 우리 둘 사이를 갈라놓느냐? 그래도 너에게 고마워. 덕분에 우린 서로 사랑을 속삭일 수 있으니까."

둘은 벽의 이쪽과 저쪽에서 그런 말을 나누었답니다. 밤이 오면 작별의 인사로 벽에 입술을 대고 눌렀어요. 남자는 벽의 이쪽에, 여자는 벽의 저쪽에 입을 맞추었답니다. 아무리 해도 더 이상 다가갈 수 없는 벽을 사이에 놓고서 말이지요.

이튿날 아침 새벽의 여신 에오스(아우로라)가 별들을 내쫓았고, 떠오른 태양이 풀잎에 맺힌 이슬을 말렸습니다. 둘은 늘 만나던 벽 앞에 다시 섰어요. 기구한 운명을 한탄하고서 둘은 약속했

지요. 그날 밤 모두 다 잠들었을 때, 감시의 눈길을 피해 야반도
주하자고 했답니다. 각자 집을 빠져나와 마을 밖 들판을 지나 니
누스의 무덤이라는 유명한 기념비가 있는 곳으로 가자고요. 먼
저 거기에 도착한 사람이 뒤에 도착할 사람을 근처 나무 아래서
기다리자고 했지요. 맑은 샘 옆에 서 있는 흰 뽕나무 밑에서 만나
자고 철석같이 약속을 했답니다. 그러고서 둘은 종일 해가 지고
밤이 오기만을 하염없이 기다렸어요.

이윽고 한밤중이 되자 티스베가 얼굴을 베일로 가리고 가족들
몰래 집을 빠져나왔지요. 기념비가 있는 곳에 도착해서 나무 아
래에 앉았습니다. 주위를 둘러보는데 어슴푸레한 달빛 아래 암
사자 한 마리가 보였어요. 암사자는 목을 축이려고 샘으로 어슬
렁어슬렁 다가오고 있었지요. 뭔가를 잡아먹었는지 피비린내를

잔뜩 풍기면서! 티스베는 황급히 도망쳐 멀리 떨어진 바위 뒤로 숨었답니다. 그러다 그만, 도망치면서 쓰고 있던 베일을 떨어뜨렸어요. 암사자는 목을 축이고 다시 숲으로 향하다 천이 눈에 띄자 사정없이 물어뜯었는데⋯⋯.

한편, 뒤늦게 약속 장소에 도착한 피라모스는 모래 위에 난 사자 발자국을 보자 얼굴에 핏기가 싹 가셨습니다. 곧이어 갈기갈기 찢어진 피 묻은 베일이 눈에 띄었어요. 피라모스는 이렇게 탄식했답니다.

"오, 불행한 내 사랑! 나 때문에 죽었구나! 내가 죽고 네가 살아야 하는데 나만 살아남다니. 나도 따라갈게. 다 내 탓이니까. 이런 위험천만한 곳에서 만나자고 해 놓고도 널 지켜 주지 못하다니! 사자야, 바위 뒤에서 썩 나오너라. 나와서 이 죄 많은 살점을 이빨로 물어뜯어라."

아무런 기척이 없자 피라모스는 베일을 집어 들고서 둘이 만나기로 했던 나무 밑으로 갔어요. 베일에다 거듭 입을 맞추고 그 위에 눈물을 뚝뚝 흘렸지요.

"내 피로 이 베일을 적시리라."

이렇게 말하고 피라모스는 단검을 꺼내 자기 가슴을 깊숙이 찔렀답니다. 가슴에서 피가 얼마나 많이 뿜어져 나왔던지, 흰 뽕나무가 온통 검붉게 변했어요. 피는 땅을 흥건히 적시고 뿌리에까지 스며들었답니다. 이어서 검붉은 핏빛은 나무줄기를 타고 뽕나무 열매로까지 올라갔지요. 뽕나무 열매인 오디의 색깔이 검붉은 까닭은 바로 이 때문이라고 합니다.

그때까지 티스베는 두려움에 벌벌 떨고 있었지요. 하지만 사랑하는 남자를 마냥 기다리게 할 수는 없기에 조심조심 걸어 나왔답니다. 하마터면 큰일 날 뻔했던 이야기를 들려줘야지 하면서 뽕나무 있는 데로 다가갔어요. 와 보니 뽕나무 색이 달라져 있었지요. '어? 여기가 아닌가?' 주위를 둘러보니 죽음의 고통에 몸부림치는 누군가의 형체가 보였어요. 그녀는 깜짝 놀라 한 걸음 물러섰답니다. 다시 공포가 엄습했지요. 마치 갑자기 불어온 바람으로 고요한 연못에 파문이 퍼져 나가듯 티스베의 머리끝에서 발끝까지 전율이 흘렀습니다. 그 형체가 피라모스임을 알아차리자 티스베는 비명을 질렀어요. 가슴은 놀라 두근거리고 눈에서는 하염없이 눈물이 흘렀지요. 그녀는 죽어 가는 연인을 끌어안고서 차디찬 입술에 연거푸 입을 맞추었답니다. 곧이어 울부짖으며 말했어요.

"아니, 피라모스, 어떻게 된 거야? 말 좀 해 봐. 내가 이렇게 묻고 있잖아. 아, 내 사랑, 고개를 들고 날 좀 쳐다봐!"

티스베의 울부짖는 목소리에 피라모스는 간신히 눈을 떴지만 곧 다시 눈을 감고 말았어요. 마침내 티스베는 피 묻은 채 찢겨 있는 자신의 베일과 피라모스의 빈 칼집을 보았지요.

"나 때문에 스스로 목숨을 끊다니! 나도 딱 한 번 용기를 내 보겠어. 너의 사랑만큼이나 내 사랑도 진실하니까. 나도 따라 죽을게. 다 내 잘못이야. 저승에서 다시 만나 영원히 너와 함께하겠어. 그리고 불쌍한 부모님, 우리 둘의 간절한 소원을 들어주세요. 일편단심 서로 사랑하다 한날한시에 죽으니, 우리 둘을 한 무덤에 묻어 주세요. 그리고 뽕나무여, 너의 검붉은 열매로 사람들이 우리의 죽음을 기억하게 해 다오."

　말을 마치자 티스베도 단검으로 가슴을 깊숙이 찔렀답니다.
둘의 부모님은 티스베의 소원을 들어주었어요. 신들도 그랬고
요. 그리하여 두 시체는 하나의 무덤에 묻혔고, 뽕나무는 오늘날
까지도 검붉은 열매를 맺고 있습니다.

　시인 토머스 무어는 「공기 정령의 무도회」라는 시에서 '데이비
의 안전등'에 대해 말하면서 피라모스와 티스베를 갈라놓은 벽을
떠올려요.

　오, 저 램프의 금속망은

　안전을 위해 철사로 엮은 커튼

　데이비가 교묘하게 쳐 놓았네.

「피라모스와 티스베」
프랑스 화가 피에르 고테로
의 작품이다. 비탄에 젖은 티
스베의 표정이 눈에 띈다. 이
이야기는 셰익스피어의 비
극 「로미오와 줄리엣」의 원
형으로 여겨진다.
루브르 박물관 소장

데이비의 안전등
영국의 화학자 험프리 데이
비 경이 발명한 탄광용 안
전등을 말한다.

은밀히 타오르는 위험한 불길에!

그는 불꽃과 공기 사이에 벽을 두었네.

(젊은 티스베의 기쁨을 앗아간 벽처럼)

서로 볼 수는 있지만 입맞춤은 못 하게

가련한 두 남녀를 갈라놓은 벽처럼.

포르투갈 시인 카몽이스는 서사시 『오스 루시아다스』에서 피라모스와 티스베의 이야기 그리고 뽕나무 열매의 전설을 이렇게 노래하고 있어요. 시인은 여기서 '사랑의 섬'을 묘사하고 있지요.

「오베론과 티타니아의 논쟁」 부분
스코틀랜드 화가 조셉 노엘 파톤의 작품이다. 오베론과 티타니아는 셰익스피어의 작품 『한여름 밤의 꿈』에 등장하는 요정 왕과 여왕이다. 이 작품은 피라모스와 티스베 이야기를 희극적으로 차용했다.
국립 스코틀랜드 미술관 소장

이 섬에서 경작하는 들에는 포모나가 내려 준

온갖 결실이 농사짓지 않아도 저절로 열리네.

인간이 수고로이 길러 낸 그 어떤 것보다

맛은 더욱 달콤하고 빛깔은 더욱 아름답네.

버찌도 여기서는 진홍색으로 반짝거리고

연인의 피로 얼룩진 검붉은 오디도

휘청휘청 늘어진 가지마다 알알이 맺혀 있고.

가련한 피라모스와 티스베의 가슴 저미는 이야기를 희극적으로 그린 작품도 있답니다. 젊은 독자들 중에서 그런 작품을 즐길 만큼 강심장이 있다면, 셰익스피어의 『한여름 밤의 꿈』을 읽어 보세요.

"프로크리스여, 사랑을 확인하려 하지 마오."

케팔로스는 잘생긴 청년이었고 남자다운 활동을 좋아했습니다. 새벽같이 일어나서는 짐승을 뒤쫓곤 했어요. 새벽의 여신 에오스가 케팔로스의 사냥하는 모습을 보고는 첫눈에 반해 버렸지요. 그래서 케팔로스를 납치했답니다. 하지만 케팔로스는 갓 결혼한 새신랑이었고 아내를 끔찍이 사랑했어요. 아내의 이름은 프로크리스였지요. 프로크리스는 사냥의 여신 아르테미스의 총애를 받고 있었습니다. 예전에 아르테미스는 세상에서 가장 빠른 사냥개 한 마리와 던지면 백발백중인 창 하나를 프로크리스에게 선물했어요. 프로크리스는 선물을 남편에게 주었지요. 케팔로스는 아내를 너무나 사랑했기에 에오스의 온갖 유혹에 꿈쩍도 하지 않았답니다. 어쩔 수 없이 에오스는 벌컥 화를 내며 케팔로스를 풀어 주었어요. 그러면서 이렇게 말했지요.

"가거라, 배은망덕한 놈아! 가서 네 여편네나 끼고 살아라. 하지만 내 짐작이 틀리지 않다면, 돌아간 것을 후회하는 날이 반드시 오리라."

돌아온 케팔로스는 이전처럼 아내와 행복하게 지내면서 숲 속에서 사냥을 즐겼습니다. 그러던 어느 날, 어떤 신이 홧김에 사나운 여우 한 마리를 보내는 바람에 온 나라가 어지러웠어요. 사냥꾼들이 사력을 다해 여우를 뒤쫓았지요. 하지만 아무 소용이 없었답니다. 어떤 사냥개도 따라잡을 수 없을 만큼 빠른 여우였으니까요.

마침내 사냥꾼들은 케팔로스에게 와서 세상에서 가장 빠른 사냥개를 빌려 달라고 했답니다. 그 유명한 사냥개의 이름은 라이

라프스였답니다. 풀어 주자마자 라이라프스는 쏜살같이 달려 사
람들의 시야에서 감쪽같이 사라졌지요. 만약 땅 위에 길게 이어
진 발자국이 없었더라면 다들 개가 하늘로 날아가 버린 줄 알았
을 거예요. 그만큼 빨랐어요.

　케팔로스와 사냥꾼들은 언덕 위로 올라가 추격전을 지켜보기
로 했지요. 여우는 사냥개를 따돌리려고 온갖 수를 다 쓰고 있었
습니다. 빙글빙글 돌기도 하고, 어느새 갑자기 획 방향을 바꾸기
도 했어요. 라이라프스는 풀쩍풀쩍 뛰면서 주둥이를 쩍 벌리고

여우를 곧 덮칠 기세였지요. 하지만 번번이 허탕을 쳤답니다. 안 되겠다 싶어 케팔로스가 창을 막 던지려는데 갑자기 사냥개와 여우가 딱 멈췄어요. 두 동물을 만든 천상의 신들께서 어느 한쪽이 지는 모습을 보고 싶지 않았던 거지요.

둘은 어떻게 되었을까요? 팔팔하게 뛰어다니던 모습 그대로 돌로 변했다는 사실! 하나는 껑충 뛰어 달아나고 다른 하나는 짖으며 뒤쫓는 동작 그대로였습니다. 너무나 생생해서 누가 보더라도 두 짐승은 살아 있는 것처럼 보였어요.

케팔로스는 아끼는 사냥개를 잃긴 했지만, 여전히 계속 사냥을 즐겼어요. 새벽마다 나가서는 혼자 숲 속을 누볐답니다. 도와줄 사람 없이 다닌 까닭은 무적의 창을 갖고 있었기 때문이에요. 해가 하늘 높이 뜰 때쯤이면 사냥에 지쳐 휴식을 취했지요. 시냇물이 흐르는 시원한 곳을 찾아 옷을 벗은 채 풀 위에 누워 산들바람을 쐬었습니다. 가끔씩은 큰 소리로 외치곤 했답니다.

"불어라, 아우라여! 이리 와서 내 가슴에 부채질을 해 다오. 가슴속에 타오르는 열기를 식혀 다오."

어느 날 누군가 그 근처를 지나다 케팔로스가 허공에 대고 하는 말을 들었어요. 어리석게도 케팔로스가 어떤 처녀에게 하는 말이라고 믿었지요. 곧장 달려가서 프로크리스에게 비밀이랍시고 일러바쳤답니다. 사랑이 깊을수록 의심도 깊은 법! 프로크리스는 갑작스러운 충격에 기절하고 말았어요. 조금 지나 정신을 차린 후 이렇게 말했지요.

"사실일 리가 없어요. 내가 직접 목격하지 않는 한 믿지 않겠어요."

아우라
그리스 신화에서 산들바람의 여신이다. 몸이 가볍고 빨랐다. 숲으로 맹수 사냥 다니길 즐겼다.

그래서 초조한 마음을 억누르며 다음 날 새벽까지 기다렸답니다. 남편이 여느 때처럼 사냥을 하러 나가자 프로크리스는 뒤를 밟았어요. 이윽고 고자질한 사람이 알려 준 곳에 이르러 근처 덤불에 몸을 숨겼지요. 마침 사냥에 지친 케팔로스는 시냇가 옆 풀 위에 누워 늘 하던 대로 외쳤답니다.

"불어라, 아우라여! 이리 와서 내 가슴에 부채질해 다오. 너는 어찌나 감미로운지! 사냥하러 숲 속을 혼자 뛰어다녀도 네 덕분에 기쁘기만 하구나."

이런 말을 줄줄 내뱉고 있는데, 덤불 속에서 흐느끼는 소리가 들려왔어요. 어쩌면 들린다고 여겼을 뿐인지도. 어쨌거나 짐승

「프로크리스의 죽음」
이탈리아 화가 피에로 디 로렌조의 작품이다. 숨을 거둔 프로크리스의 왼쪽에는 반인반수인 숲의 신 사티로스가, 오른쪽에는 아르테미스가 선물한 개 라이라프스가 자리하고 있다. 케팔로스 대신 사티로스가 등장하는 이유는 그림이 코레지오의 당대 희곡 『케팔로스』에 영향을 받았기 때문이다.
내셔널 갤러리 소장

의 소리라고 짐작하고선 덤불을 향해 창을 던졌답니다. 백발백
중인 창답게 이번에도 외마디 비명 소리가 숲을 뒤흔들었어요.
그곳으로 달려가 보니, 세상에나! 아내가 피를 흘리며 쓰러져 있
었지요. 자신이 선물한 창을 자기 가슴에서 빼내려고 안간힘을
쓰면서 말이에요.

케팔로스는 프로크리스를 일으켜 안고서 피를 멎게 하려고 온
힘을 다했답니다. 그러면서 제발 살아나 달라고, 자신을 비참하
게 만들지 말라고, 아내를 죽인 죄로 평생 자책하지 않게 해 달라
고 애원했어요. 프로크리스는 간신히 눈을 뜨고는 마지막 혼신
의 힘을 다해 짧게 말했지요.

"당신이 나를 평생 사랑했다면, 내가 당신의 따뜻한 손길을 받을 자격이 있다면 말이에요. 부디 이 마지막 부탁을 들어주세요. 그 얄미운 아우라와는 절대 결혼하지 말아 주세요!"

그제야 모든 의문이 풀렸습니다. 하지만 이제 와서 무슨 소용이 있나요? 프로크리스는 끝내 숨을 거두었으니까요. 그러나 얼굴만큼은 평온해 보였지요. 때늦게 케팔로스가 죽은 아내에게 목이 터져라 자초지종을 설명하기 시작했답니다. 그때 프로크리스의 얼굴은 남편이 가엾은 듯, 다 용서한다는 표정이었다고 해요.

무어는 「전설적 민요」라는 시에서 케팔로스와 프로크리스의 이야기를 노래하고 있어요. 시는 이렇게 시작한답니다.

옛날에 한 사냥꾼이 숲에 누웠네.

한낮의 빛나는 햇살을 피하려고

누운 채, 산들바람에게 간청했네.

한숨을 일으켜 이마를 식혀 달라고

그래도 벌의 날갯소리 들리지 않으며

사시나무 이파리조차 나부끼지 않자

사냥꾼은 노래했네, "산들바람아, 불어오렴!"

메아리가 대답했네, "불어오렴, 산들바람아!"

피라모스와 티스베가 그리스인이 아니라고요?

피라모스와 티스베 이야기는 바빌론이 배경이다. 바빌론은 메소포타미아 지역에 있던 도시기 때문에 이 이야기는 그리스 신화도 아니고 로마 신화도 아니다. 그렇다면 우리가 보통 그리스 로마 신화라고 알고 있는 불핀치 책에 이 이야기가 들어간 까닭은 무엇일까? 바로 이 책이 로마 시인 오비디우스의 『변신 이야기』 내용을 따르고 있기 때문이다. 『변신 이야기』에도 피라모스와 티스베 이야기가 있다. 또한 불핀치 책 제목은 애초에 '그리스 로마 신화'가 아니라 그냥 '신화의 시대'였다. 오비디우스 역시 『변신 이야기』에서 온 세상의 이야기를 '변신'이라는 주제에 연결시켜 엮었을 뿐이다. 주인공들이 변신하는 내용만 들어 있으면 이야기가 어느 지역을 배경으로 삼든 문제될 것이 없었다는 뜻이다. 불핀치의 책에는 피라모스와 티스베 이야기처럼 지중해 동쪽 지역, 즉 '근동'의 이야기가 더러 들어 있다. 뒤에 등장하는 아도니스 이야기도 그중 하나다. 이 이야기는 자기 아버지를 사랑했다가 나무로 변한 불행한 아시리아 공주 미르라의 사연에 이어진다. 아도니스는 미르라의 아들이다. 불핀치는 도덕적으로 문제가 될 만한 내용은 모두 제거했기 때문에 미르라는 이 책에 소개되지 않는다. 하지만 알리기에리 단테의 『신곡』 「지옥편」에는 미르라가 꽤 중요한 인물로 나온다. 『신곡』을 읽을 생각이 있다면 불핀치가 삭제한 부분까지 다 알아 두는 게 좋다.

나무로 변한 미르라와
아도니스의 탄생

4 여신들의 무시무시한 복수 |
헤라와 연적들, 아르테미스와 악타이온, 레토와 농부들

고대 신화 속에는 사랑만큼이나 질투도 많았답니다. 사랑에는 늘 시샘이 따르는 법이니까요. 대표적인 경우가 바로 제우스와 헤라예요. 제우스는 바람기가 심해 걸핏 하면 인간 세상의 아리따운 아가씨에게 눈독을 들였지요. 그랬다 하면 아내 헤라는 남편의 연인을 찾아가 무시무시한 복수를 펼친답니다. 헤라의 복수는 정말로 무자비했지요. 아름다운 여인을 흉측한 짐승으로 바꾸어 버리기도 했어요. 헤라 못지않게 다른 여신들도 버릇없는 인간에게는 가차 없는 벌을 내렸습니다. 아르테미스 여신의 벌거벗은 모습을 본 죄로 끔찍한 벌을 받은 악타이온, 그리고 레토 여신에게 지은 죄로 미물로 변한 농부들까지 신들의 무서운 복수 이야기를 따라가 보아요.

- 네 남편과 아들을 소 떼에서 찾아야 하는구나! 이토록 억장이 무너지는데 죽을 수 없으니 내가 신이라는 사실이 괴롭다. 죽음은 내 것이 아닌데 슬픔은 영원하구나. (오비디우스 『변신 이야기』)
- 칼리스토를 보자 제우스의 머리는 욕망으로 뜨거워졌다. (오비디우스 『변신 이야기』)
- 레토는 델로스 섬에 도착해 먼저 아르테미스를 낳았다. 아르테미스가 도와 이후 아폴론도 낳았다. (아폴로도로스 『도서관』)

신화에서 레토가 아르테미스와 아폴론을 낳은 곳. 고대에 아폴론 숭배의 중심지. 페르시아에 대항해 그리스 국가들이 '델로스 동맹'을 맺음

미모의 님프가 암소로 변신한 까닭은?

어느 날 한낮에 갑자기 해가 사라지고 온 세상이 캄캄해졌습니다. 헤라는 자기 남편 제우스의 소행임을 직감했어요. 엉큼한 짓을 하려던 제우스가 아무도 못 보도록 구름으로 하늘을 뒤덮은 것이지요.

「제우스와 이오」
이탈리아 화가 안토니오 알레그리의 작품이다. 이오가 어둠으로 변한 제우스와 사랑을 나누고 있다.
빈 미술사 박물관 소장

헤라가 구름을 걷은 다음 멀리 내다보았답니다. 초록이 파릇파릇한 강둑에 남편이 있었고 곁에는 어여쁜 암소가 한 마리가 있었지요. 암소 안에 인간 모습을 한 깜찍한 님프가 들어 있으리라고 헤라는 짐작했어요. 과연 짐작대로였지요. 암소의 정체는 강의 신 이나코스의 딸 이오였답니다. 제우스는 이오와 사랑을 나누다가 아내에게 들키자, 다급하게 이오를 암소로 변신시켰지요.

헤라는 남편에게 다가갔습니다. 짐짓 아름다운 암소라고 칭찬한 다음 주인이 누구인지 어느 혈통인지 캐물었어요. 난처한 질문에 제우스는 그냥 새로 태어난 품종이라고 얼버무렸지요. 그럼 선물로 줄 수 있냐고 헤라가 물었답니다.

제우스인들 뭘 어쩌겠어요? 자기 여인을 내주긴 싫었지만 암소 한 마리를 선물로 달라는 사소한 부탁을 거절하긴 어려웠지요. 그래서 승낙하고 말았습니다. 아직도 여신은 의심을 거두지 않았어요. 그래서 암소를 아르고스에게 데려가 엄중히 감시하라고 시켰지요.

아르고스는 눈이 백 개인 데다, 잘 때도 최소한 눈 두 개는 꼭 뜨고 있었습니다. 따라서 이오를 늘 감시할 수 있었어요. 낮에는 마음껏 풀을 뜯게 내버려 두었다가, 밤이 되면 끔찍한 밧줄을 목에 꽁꽁 매어 묶어 두었지요. 이오는 두 팔을 뻗어 아르고스에게 풀어 달라고 사정하고 싶었답니다. 하지만 소로 변한 몸인지라 뻗을 팔이 없었어요. 목소리를 내 보았지만 스스로도 놀랄 정도로 큰 소의 울음소리만 날 뿐이었지요.

그러던 어느 날, 이오는 아버지와 자매들을 보고 다가갔답니다. 다들 "아름다운 암소네."라면서 등을 쓰다듬어 주었어요. 아버지는 풀을 한 움큼 건넸지요. 이오는 아버지 이나코스가 내민 손을 하염없이 핥았습니다. 자신이 딸이라는 사실을 아버지에게 알리고 소원을 말하고 싶었지만 말을 못하니 어쩔 수가 없었어요. 그러다 문득 좋은 생각이 떠올랐지요. 뭐냐 하면, 이름을 쓰자는 것! 마침 이름이 짧았으니까요. 이오는 발굽으로 땅에 이름을 썼답니다. 아버지는 글씨를 보고서 자기 딸인지 알아차렸어요. 오랫동안 찾아 헤맸던 딸이 암소로 바뀌어 숨어 지냈던 사실을 이제야 알았지요. 아버지는 슬픔에 겨워 딸의 하얀 목을 끌어안고 통곡했습니다.

"이게 무슨 일이냐, 내 딸아! 너를 잃어버려 영영 못 찾는 편이 덜 비통했을 것 같구나!"

이나코스의 탄식을 듣고서 아르고스가 다가와 이오를 데려갔어요. 사방 어디로든 내려다보이는 높은 언덕 위로 가서 다시 자리를 잡았지요.

제우스는 애인이 고생하는 모습이 애처로웠습니다. 그래서 헤르메스를 불러 아르고스를 무찌르라고 명령했어요. 헤르메스는 서둘러 채비를 했지요. 발에는 날개 달린 신발을 신고, 머리에는 모자를 쓰고, 잠을 불러일으키는 지팡이를 챙겨 천상의 탑에서 지상으로 풀쩍 뛰어내렸답니다.

내려와서는 날개를 떼어 놓고 지팡이만 들고서 마치 양 떼를 모는 목동인 척 했어요. 양 떼를 몰고 이리저리 다니며 피리도 불었지요. 이때 헤르메스가 분 피리가 바로 시링크스 피리 또는 판의 피리였답니다. 아르고스는 일찍이 들어 본 적이 없는 아름다운 악기 소리에 마음을 홀딱 빼앗겼어요.

"이보게, 젊은이." 아르고스가 말했지요.

"여기 와서 내 옆 이 돌 위에 앉게. 양 떼가 풀을 뜯기에는 이보다 더 좋은 곳은 없다네. 그리고 내 옆자리는 양치기가 쉬기에 안성맞춤인 그늘이라네."

헤르메스는 아르고스 옆에 앉아 이런저런 이야기를 나누며 날이 저물기를 기다렸어요. 이윽고 어두워지자 무척이나 잔잔한 곡조를 피리로 불었답니다. 감시하는 눈들을 잠재우기 위해서였지요. 하지만 아무 소용이 없었어요. 눈이 백 개다 보니, 대부분 감고 있더라도 두어 개는 악착같이 뜨고 있었으니까요.

헤르메스는 자기가 부는 피리를 어떻게 만들었는지 아르고스에게 이야기해 주었습니다.

"시링크스라는 님프가 있었어요. 사티로스와 숲의 님프들이 몰려와 구애를 했지요. 하지만 시링크스는 콧방귀를 뀌면서 거들

「판과 시링크스」
프랑스 화가 장 프랑수아 드
트루아의 작품이다. 시링크
스는 아르카디아의 산에 사
는 님프로 아르테미스를 숭
배했다. 관악기인 판파이프
(팬플루트)의 유래가 되었다.
게티 센터 소장

떠보지도 않았대요. 오로지 아르테미스 여신만을 충실히 섬기며 사냥을 즐길 뿐이었답니다. 누구라도 사냥복을 입은 시링크스의 모습을 본다면 아르테미스라고 착각할 정도였어요. 단지 활만 달랐지요. 시링크스의 것은 뿔로 만들었고 아르테미스의 것은 은으로 만든 차이만 있었답니다.

어느 날 사냥을 마치고 돌아오는 길에 시링크스는 숲과 들의 신 판을 만났어요. 판은 온갖 말로 시링크스를 유혹했답니다. 사탕 발린 말에 넘어가지 않으려고 시링크스는 줄행랑을 쳤지요. 그러나 판이 쫓아와 어느 강둑에서 따라잡았습니다.

궁지에 몰린 시링크스는 친구인 물의 님프들에게 도와 달라고 외쳤어요. 절박한 부탁을 친구들이 들어주었지요. 판은 팔을 뻗어 덥석 시링크스를 껴안았어요. 드디어 님프가 품속에 있을 줄로만 알았는데, 정작 품에 안겨 있는 건 갈대 한 다발뿐! 판은 허탈한 마음에 한숨을 푹 내쉬었답니다. 그랬더니만 한숨 소리가 갈대를 울려 구슬픈 가락이 흘러나왔어요. 판은 처음 들어 보는 아름다운 선율에 흠뻑 사로잡혀 이렇게 말했지요. '이런 모습의 너라도 차지하고 말겠다.' 그러고선 갈대의 길이를 서로 다르게 잘라 나란히 붙여 악기를 만들었습니다. 이것이 바로 시링크스라는 피리인데……."

헤르메스가 이야기를 채 끝내기도 전에 아르고스의 눈들은 전부 잠들어 있었습니다. 아르고스가 가슴께까지 고개를 늘어뜨리자 헤르메스는 그의 목을 단번에 잘랐어요. 아르고스의 머리는 돌 위로 툭 떨어지고 말았지요.

아, 불쌍한 아르고스! 백 개의 눈에서 반짝이던 빛들이 한꺼번에 꺼지다니! 헤라는 아르고스의 눈들을 가져와 자기가 아끼는 공작의 꼬리에 장식으로 붙였답니다. 오늘날 우리가 보는 공작

「아르고스에게 설화를
들려주는 헤르메스」
스페인 화가 디에고 벨라스
케스의 작품이다. 아르고스
는 아르카디아를 망치는 사
티로스를 무찌르고 통행인
을 약탈하던 에키드나를 물
리쳤다. 죽어서 공작이 되었
다고도 하고 그의 눈들이 공
작 날개를 장식했다고도 전
한다.
프라도 미술관 소장

꼬리의 눈이 바로 아르고스의 눈이라는 사실!

헤라는 복수심에 불타올랐어요. 이오를 괴롭히려고 쇠파리 한 마리를 날려 보냈지요. 소의 피를 빨아먹는 쇠파리가 끊임없이 쫓아오자 이오는 늘 도망을 다녔습니다. 온 세상 구석구석 안 가 본 곳이 없을 정도였어요. 자신의 이름을 딴 이오니아 바다를 헤엄쳐 건너 일리리아의 들판을 헤맸습니다. 하이모스의 산에 올랐고, 트라키아의 해협을 지났지요. 이 해협을 보스포로스 해협이라고 하는데, 보스포로스는 소가 건넜다는 뜻이에요. 이오는 스키티아를 지나 킴메리아인들의 나라를 떠돌다가, 마침내 나일 강 기슭까지 다다랐어요.

참다못해 제우스가 헤라에게 사정했지요. 제발 이오를 소가 아닌 원래 모습으로 되돌려 달라고 부탁했답니다. 그러면서 앞으로는 이오에게 눈곱만큼도 관심을 보이지 않겠다고 다짐했어요. 마지못해 헤라도 남편의 부탁을 들어주었지요.

그러자 신기하게도 이오는 차츰 원래 모습으로 돌아왔습니다. 거친 털이 몸에서 빠지고, 큼지막한 뿔이 조금씩 줄어들다 사라졌어요. 왕방울 같던 눈이 깜찍하게 작아지고, 입도 원래 크기로 돌아오고, 발굽 대신에 손과 손가락이 나왔어요. 이제 아름다운 님프로 다시 바뀌었지요. 암소의 모습은 어디에도 없었답니다. 처음에 이오는 음메 소리가 날까 봐 말을 할 엄두가 나지 않았어요. 하지만 점차 자신감을 되찾고 아버지와 자매들에게 돌아갔지요.

존 키츠는 리 헌트에게 바친 시에서, 판과 시링크스의 이야기를 넌지시 노래하고 있어요.

누군가 가지들을 헤쳐 놓아

숲 속이 훤히 보이게 하였네.

……

아름다운 시링크스는 벌벌 떨며

아르카디아의 판을 피해 달아났네.

가련한 님프, 가련한 판

그는 울며 찾았지만 갈대 핀 시냇가에

바람의 애처로운 한숨 소리뿐

달콤한 절망과 향기로운 고통 속에

들릴 듯 말 듯한 음악 소리뿐

별자리가 되어도 헤라의 질투는 피할 수 없네

칼리스토는 헤라의 질투심을 자극한 또 다른 미녀였습니다. 이번에는 소가 아니라 곰으로 바꾸어 버렸어요. 헤라는 말했지요.

"내 남편을 사로잡은 너의 미모를 앗아 가겠노라."

칼리스토는 여신 앞에 무릎을 꿇고 팔을 뻗어 간청했어요. 하지만 이미 두 팔은 검은 털로 북슬북슬 덮이기 시작했지요. 양손은 둥그스름해지더니 구부러진 발톱이 돋으면서 발이 되고 말았답니다. 제우스가 침이 마르도록 칭찬하던 칼리스토의 예쁜 입은 무시무시한 주둥이로 변했고요. 듣는 이의 마음을 애잔하게 했던 가냘픈 목소리는 으르렁거리는 소리로 돌변했지요. 이제 그 울음소리를 들으면 머리카락이 쭈뼛! 소름이 쫙! 하지만 마음만은 이전과 똑같았답니다. 으르렁거리며 신세를 한탄하면서도 최대한 똑바로 서서, 자비를 내려 달라는 듯 양발을 치켜들었어요.

제우스는 야속하다고 느끼면서도 아무 말도 못하는 벙어리 신세였지요.

아, 숲 속에서 깊은 밤을 홀로 지새우기 두려워 예전에 살던 마을 근처를 얼마나 떠돌았는지요! 얼마 전까지만 해도 사냥을 즐겼건만, 이젠 사냥개에 놀라고 사냥꾼들이 무서워 도망치는 신세라니요! 칼리스토는 자신이 짐승이 된 줄도 모르고 짐승들이 무서워 줄곧 피해 달아났어요. 곰이 되었는데도 다른 곰이 무서워 벌벌 떨었지요.

세월이 한참 흐른 어느 날 칼리스토는 사냥하러 나온 한 청년을 보았습니다. 자세히 보니 이제는 다 자라서 성인이 된 자기 아

「칼리스토와 아르테미스로 변신한 제우스」
프랑스 화가 프랑수아 부셰의 작품이다. 칼리스토는 아르테미스의 시중을 들던 님프였다. 제우스가 아르테미스로 변신해 칼리스토와 사랑을 나누었다고 전한다. 넬슨-앳킨스 미술관 소장

「사냥꾼 아르테미스」
프랑스 화가 기용 세냑의 작
품이다. 아르테미스가 처녀
를 지키지 못한 칼리스토를
벌하기 위해 곰으로 만들었
다는 설도 있다. 아르테미스
는 처녀의 수호신이며 순결
의 상징이다. 사냥을 좋아하
며 활의 명수다.

들이었어요. 한참 멍하니 바라보다 아들을 안아 보고 싶어졌지요. 칼리스토가 다가가자 청년은 깜짝 놀라 사냥용 창을 치켜들었답니다. 창으로 막 찌르려는 찰나, 제우스가 내려다보고서 둘의 움직임을 멈추게 했어요. 그런 다음 둘을 하늘로 데려다가 큰곰자리와 작은곰자리 별자리로 만들었지요.

헤라는 자신의 연적들이 그처럼 명예로운 대접을 받자 분통이 터졌습니다. 그래서 서둘러 바다의 신인 늙은 테티스와 오케아노스에게 갔어요. 두 신이 왜 왔는지 묻자 헤라는 이렇게 대답했지요.

"신들의 여왕인 내가 천상을 떠나 이 깊은 바닷속으로 왜 내려왔는지 물으시는 건가요? 천상의 내 자리를 다른 누군가가 차지했기 때문이에요. 믿기 힘드시겠지만 밤이 찾아와 세상이 어두워질 때 보세요. 하늘에 별자리 두 개가 떡하니 떠 있답니다. 북극 근처에 아주 작은 별자리 말이에요.

이러니 내가 불평을 안 하려야 안 할 수가 없지요. 내 속을 박박 긁어 놓고서도 저런 대접을 받으니 다들 날 만만히 보지 않겠어요? 내가 아무리 애써 본들 아무 소용이 없다고요! 사람 모습을 못하게 변신을 시켰더니만, 세상에! 반짝반짝 하늘의 별자리를 차지해 버렸다니까요! 벌을 내려 보았자 다 헛수고랍니다. 내 능력은 고작 이 정도밖에 안 돼요! 차라리 이오처럼 칼리스토도 예전 모습으로 바꾸는 게 나을 뻔했어요. 설마 내 남편이 그년한테 새장가를 들고 나를 내쫓을 작정은 아니겠죠? 하지만 나를 길러 주신 두 분이시여! 내가 불쌍해 보이신다면, 내가 부당한 취급을 받아서 화가 나신다면, 제발 저 두 별자리가 바다에까지 내려오지는 못하게 해 주세요."

바다의 신들은 헤라의 부탁을 들어주었어요. 그래서 큰곰자리와 작은곰자리는 하늘에서만 맴돌 뿐 다른 별자리들과 달리 바다 밑으로는 내려오지 않게 되었지요.

밀턴은 결코 지지 않는 큰곰자리와 작은곰자리를 이렇게 노래했습니다.

> 한밤중에 등불이 비추게 해 다오.
> 우뚝 선 어느 고즈넉한 탑 위로
> 종종 곰자리를 바라보는 그곳으로.

J. R. 로웰의 시에서 프로메테우스는 이렇게 노래하고 있답니다.

> 하나, 둘 별들이 떠오르고 지는데
> 내 사슬의 흰 서리는 오늘도 반짝이네.
> 큰곰은 밤새 북극성 주변을 맴돌다
> 이제 자기 굴속으로 숨어 버리네.
> 새벽의 쾌활한 발자국에 깜짝 놀라.

작은곰자리의 꼬리 제일 끝에 있는 별이 북극성이에요. 북극성은 '키노수라'라고도 한답니다. 밀턴은 이렇게 노래했지요.

참으로 내 눈은 새로운 기쁨을 만났네.

그 주위의 풍경을 요모조모 가늠해 보네.

......

그것이 내려다보는 돌탑과 성곽이

울창한 숲 위로 높이 펼쳐져 있나니

그곳엔 어느 미인이 자리하고 있으리.

키노수라가 우리의 눈길을 사로잡나니.

다음 시는 나침반의 방향이 늘 향하는 쪽에 있는 까닭에 선원들의 길잡이 역할을 하는 북극성을 노래하고 있습니다. 밀턴은 북극성을 '아르카디아의 별'이라고도 불러요. 칼리스토의 아들 이름이 아르카스이고, 두 사람이 아르카디아에 살았기 때문이지요. 밀턴의 「코머스」에서 형은 숲 속에서 날이 저물자 이렇게 노래한답니다.

차츰 사위어 가네! 연약한 촛불이여.

흙집의 가는 틈새에서 새어 나오는

빛일지언정, 우리를 찾아와 다오.

한결같이 오래오래 흐르는 빛이 되어

우린 그대를 아르카디아의 별로 삼으리니

티로스 선원들의 북극성으로 삼으리니

순결한 여신의 알몸을 훔쳐본 죄

위의 두 이야기에서 헤라가 자신의 연적을 얼마나 고깝게 여겼는지 알아보았습니다. 그럼 이번에는 순결한 여신 아르테미스가 자기 사생활을 침범한 이를 어떻게 벌했는지 알아보아요.

때는 한낮, 해가 중천에 높이 떠 있었지요. 카도모스 왕의 아들인 젊은 악타이온은 산에서 함께 사냥을 하던 친구들에게 말했답니다.

"애들아, 그물과 무기가 벌써 짐승들의 피로 흠뻑 젖고 말았어. 오늘은 사냥을 할 만큼 했으니 이제 그만 끝내고 내일 다시 하자. 태양의 신 아폴론이 대지를 바짝 말리는 동안 우리는 사냥 도구를 내려놓고 푹 쉬자고."

산에는 삼나무와 소나무로 울창하게 둘러싸인 계곡이 하나 있었어요. 사냥의 여신 아르테미스의 것이었지요. 계곡 깊은 곳에 동굴이 하나 있었답니다. 일부러 꾸미지 않았는데도 마치 자연이 만들어 낸 예술품 같았어요. 동굴 천정의 둥글게 휘어진 부분이 돌로 덮여 있었는데, 장인의 손길이 빚어낸 듯이 매우 아름다웠기 때문이지요. 한쪽에서는 샘이 퐁퐁 솟았는데, 파릇파릇한 풀들이 샘 주위를 둥글게 감싸고 있었습니다. 숲의 여신 아르테미스는 여기에 자주 와서 사냥의 피로도 풀 겸, 순결한 몸을 반짝이는 샘물에 담그곤 했어요.

아르테미스가 시중을 드는 님프들과 그곳에 있을 때였지요. 여신은 자신의 창과 화살통 그리고 활을 한 님프에게 맡겼고 옷은 다른 님프에게 맡겼

「악타이온」
반인반마 케이론에게 가르침을 받은 영웅이다. 이아손과 헤라클레스 등과 함께 황금 양털을 찾는 원정에 참여했다. ⓒArnaud 25
브장송 미술관 소장

답니다. 세 번째 님프는 여신의 신발을 벗겼고요. 그리고 님프들 중에서 가장 솜씨가 좋은 크로칼레는 여신의 머리를 빗겼지요. 네펠레와 히알레 그리고 나머지 님프들은 큼지막한 항아리에 물을 길었습니다.

이처럼 여신이 한창 몸단장을 하고 있을 때, 친구들과 헤어진 악타이온이 거기로 왔어요. 별 생각 없이 어슬렁대다가 우연히 이르렀던 거랍니다. 악타이온이 동굴 입구에 들어서자 님프들은 사내를 보고서 깜짝 놀랐어요. 비명을 지르며 여신에게 달려가 자신들의 몸으로 여신을 가렸지요. 하지만 여신은 키가 컸기 때문에 님프들이 둘러싸도 머리는 덩그러니 드러났습니다. 아르테미스도 화들짝 놀라며 얼굴이 저녁이나 새벽 어스름의 구름 빛깔로 변했어요. 님프들로 둘러싸여 있었지만 겨우 몸을 돌려서 급히 활을 찾았지요. 하지만 활이 손에 닿지 않자, 대신 침입자의 얼굴에 물을 끼얹으며 이렇게 쏘아붙였답니다.

"오냐. 네 놈이 그럴 수 있거든, 가서 아르테미스의 알몸을 보았다고 해 보거라."

이 말이 끝나자마자 악타이온의 몸이 이상해졌어요. 머리에 사슴의 뿔이 한 쌍 돋아났답니다. 목이 쭉쭉 늘어났고, 귀는 끝이 뾰족해졌지요. 양손은 두 발이 되었고, 두 팔은 긴 다리가 되었답니다. 마침내 온몸이 털이 난 가죽으로 덮였어요. 이전에는 대담무쌍한 영웅이었건만 이젠 기겁을 하고 밖으로 도망을 쳤지요. 얼마나 빨리 달리는지 스스로도 감탄했답니다. 하지만 잠시 쉬며 물에 비친 제 모습을 보니, 머리에 뿔이 나 있었어요.

"아, 이런 비참한 꼴이라니!"라고 말하고 싶었지만 아무리 애써

「아르테미스와 악타이온」
프랑스 화가 장 밥티스트 카미유 코로의 작품이다. 아르테미스는 어렸을 적 아버지 제우스에게 영원한 처녀성을 선물로 달라고 졸랐다고 전한다. 상징인 활과 화살은 키클롭스에게 받았다.
메트로폴리탄 미술관 소장

도 사람 목소리가 나오지 않았지요. 꺼이꺼이 울면서 눈물만 하염없이 쏟았습니다. 더 이상 사람의 모습이 아닌 얼굴에 눈물이 가득 번졌어요. 하지만 마음은 사람 그대로였지요. 이제 어쩌면 좋을까요? 궁궐로 되돌아간다? 아니면 숲 속에서 숨어 지낸다? 숲에서 지내기는 무서웠고 집으로 돌아가자니 부끄러웠어요.

한참을 망설이는 사이에 사냥개들이 악타이온을 발견했지요. 제일 먼저 스파르타의 개인 멜람푸스가 신호를 하자 팜파고스, 도르케우스, 라일랍스, 테론, 나페, 티그리스 등 수많은 개들이 일제히 바람보다 더 빨리 쫓아왔답니다. 바위 절벽을 타 넘고, 이전에는 엄두도 못 냈을 협곡을 지나 악타이온은 달아났고 사냥개들은 뒤쫓았어요. 악타이온이 사람이던 시절에는 자신이 사냥개를 격려하며 사슴을 쫓았지요. 이제는 반대로 사냥개한테 쫓기는 신세이고, 동료 사냥꾼들은 자기 사냥개를 격려하고 있었습니다.

"나는 악타이온이다. 주인도 못 알아보느냐?"라고 말하고 싶은 마음이 굴뚝같았어요. 하지만 뜻대로 말이 나오지 않았지요. 사냥개 짖는 소리만 하늘에 가득 울려 퍼졌답니다. 곧 한 마리가 악타이온의 등에 달려들었고 다른 한 마리는 어깨를 물고 늘어졌어요. 두 사냥개가 주인을 붙잡아 놓자 나머지 개들도 몰려와서 다들 이빨을 주인의 살 속에 깊이 박았지요.

악타이온은 신음을 토해 냈는데, 사람의 목소리도 아니고 그렇다고 꼭 사슴의 목소리도 아니었습

「악타이온과 그의 개들」
이탈리아 조각가 프란체스코 파넬리의 작품이다. 사슴으로 변한 채 자신의 개들로부터 공격당하는 악타이온의 모습을 표현했다.
월터스 미술관 소장

니다. 결국 무릎을 꿇고서는 고개를 치켜들었어요. 만약 두 팔이 있었더라면, 왕자니 주인이니 할 것 없이 두 팔을 들고 살려 달라고 빌었겠지요. 친구들과 동료 사냥꾼들은 사냥개들을 부추기며, 악타이온도 사냥에 동참하라고 고래고래 큰 소리로 불렀어요.

자기 이름을 듣고 친구들 있는 쪽을 바라보았건만, 친구들은 악타이온이 멀리 가 버렸나 보다고 했지요. 정말 그렇다면 얼마나 좋겠느냐고 악타이온은 한탄했답니다. 이전에는 개들이 세운 공을 보며 흡족해 했지만, 자신이 직접 당해 보니 너무나 끔찍했어요. 사냥개들이 잔뜩 몰려들어 주인을 갈가리 물어뜯었지요. 악타이온의 목숨이 다해 아르테미스의 진노가 풀릴 때까지.

셸리의 시 「아도네이스」에는 악타이온의 이야기를 은근히 내비치고 있답니다.

무명의 시인들 중에서 한 연약한 이가 나타났다네.
살아 있는 유령과 같이, 벗할 친구도 없이
물러가는 폭풍의 마지막 구름자락 같네.
천둥마저도 그의 죽음을 알리는 종소리 같으니
아마 그는 자연의 벌거벗은 아름다움을 보았으리.
저 악타이온처럼, 이제 이리저리 도망치고 있구나.
서투른 걸음걸이로 세상의 황무지를 방황하나니
자신이 낳은 사상이 격분한 사냥개처럼 쫓아와
어버이이자 먹잇감인 그를 물어뜯고 있나니.

여기서 '그'는 셸리 자신인 듯해요.

레토가 신을 우습게 본 농부들을 단죄하다

악타이온의 이야기를 두고 어떤 이들은 아르테미스 여신이 지나치게 엄한 처벌을 내렸다고 여겼습니다. 반면에 순결의 여신답게 마땅히 할 일을 했다고 칭찬하는 이들도 있어요. 새로운 사건은 늘 비슷한 옛 사건을 떠올리게 만들지요. 악타이온 이야기를 듣고 있던 어떤 사람이 다음과 같은 이야기를 꺼냈답니다.

옛날에 리키아의 시골 사람들이 여신 레토를 험담한 적이 있어요. 물론 다들 무사하지 못했지요.

제가 아직 젊었을 때, 아버지께서는 나이가 많이 드셔서 힘든 농사일을 하기 어려우셨답니다. 그래서 나를 리키아에 보내 튼튼한 소 몇 마리를 몰고 오라고 하셨죠. 가서 보니 연못과 늪이 있었는데, 그걸 보니까 묘한 호기심이 생기더군요. 옆에는 오래된 제단이 있었는데, 제물을 태운 연기로 시커멓게 그을려 갈대숲에 뒤덮여 있었습니다. 어떤 신의 제단인지 주위 사람들에게 물었지요. 숲의 신 판인지, 강의 신 나이아스인지 아니면 근처 산에 사는 신인지 궁금했던 거랍니다. 내 질문에 시골 사람들 중 한 명이 이렇게 대답했어요.

"산의 신도, 강의 신도 저 제단의 주인이 아닙지요. 고귀하신 여신 헤라의 시샘을 받아 정처 없이 떠돌며 쌍둥이를 키웠던 레토가 주인입지요. 양팔로 두 어린 신들을 안고서 레토 여신은 이곳에 이르렀습니다요. 두 아기의 무게로 기진맥진해 있었고 갈증에 입이 바싹 말라 있었구먼요. 그러던 중에 우연히 골짜기 바닥에서 맑은 물이 솟아나는 이 연못을 발견했습지요. 마침 마을 사람들이 그곳에서 버들가지를 모으고 있었구먼요. 레토가 다가가 연못가에 무릎을 꿇고 목을 축이려고 하는데, 마을 사람들이 나서서 마시지 못하게 했지 뭡니까요. 레토는 말했습지요.

'왜 못 마시게 하나요? 물은 누구나 마실 수 있어요. 햇빛이나 공기나 물은 대자연의 것이지 어느 누구의 소유가 아니니까요. 자연이 공평하게 내려 주는 축복 가운데 내 몫을 취하러 왔을 뿐이에요. 그렇긴 해도 지금 나는 여러분께 부탁할게요. 팔다리를 씻으려는 게 아니라, 너무 지쳐 목이라도 축이려는 생각이에요. 지금 나는 입이 바짝 말라서 말하기도 어렵답니다. 물 한 모금도 지금 나에겐 생명수일 거예요. 한 모금만 마셔도 생기를 되찾을 테니, 평생 은혜를 잊지 않을 거랍니다. 이 어린것들을 봐서라도 허락해 주세요. 아기들도 마치 간청하듯 두 팔을 내밀고 있잖아요.'

말마따나 아기들도 양팔을 쑥 내밀고 있었습니다요.

누가 여신의 이런 간절한 부탁을 외면할 수 있겠습니까요? 하지만 고약한 사람

「레토와 그녀의 자녀 아폴론과 아르테미스」
미국 조각가 윌리엄 헨리 라인하트의 작품이다. 레토는 티탄 신족이었지만 제우스와 사랑을 나누었다. 헤라는 레토가 낳을 쌍둥이가 제우스 다음가는 권력을 누릴 것이란 말을 듣고 레토의 해산을 막으려고 노력했다. ⓒAd Meskens
메트로폴리탄 미술관 소장

「사람들을 개구리로 만드는 레토」
이탈리아 화가 틴토레토의 작품이다. 리키아 사람들이 흙탕물을 만들고 있다. 쌍둥이를 안은 레토는 사람들을 개구리로 만들려고 하고 있다. 코톨트 미술 학교 소장

들은 계속 무례하게 굴었구먼요. 심지어 여신을 조롱하면서 썩 꺼지지 않으면 해코지를 하겠다고 위협까지 했습지요. 그게 다가 아니었습니다요. 연못에 들어가 발로 휘저어 흙탕물을 일으켰구먼요. 물을 마시지 못하게요. 레토는 화가 머리끝까지 치솟아 목마름도 느껴지지 않았습지요. 부탁은 집어치우고 하늘로 두 손을 치켜들고 외쳤습니다요.

'이 자들이 연못에서 떠나지 못하고 영원히 여기서 살게 해 주세요!'

그랬더니만 소원대로 되었습지요. 지금도 그들은 물에서 살고 있구먼요. 물속에 완전히 잠겨 있다가 가끔 수면 위로 머리를 내밀거나 헤엄을 칩니다요. 때로는 연못가로 나왔다가 금세 물속으로 폴짝 뛰어들고 말입지요. 지금도 물을 몽땅 차지하고 있는데도 뭐가 불만인지, 상스러운 목소리로 욕을 해 대고 있습니다요. 그리고 부끄러운 줄도 모르고 개골개골 시끄럽게 우는구먼요. 목소리는 거칠고 목구멍은 부어 있고 입은 늘 불평을 해 대다보니 쭈욱 늘어나 있습지요. 목이 자꾸 줄어들어 사라지는 바람

에 머리가 몸통에 딱 달라붙어 버렸습니다요. 등은 초록색이고, 꼴사납게 부푼 배는 흰색입지요. 한마디로 말하면 그 사람들은 개구리로 변해 지금도 진흙투성이 연못 속에 살고 있는 것이구먼요."

이 이야기를 아는 사람은 「나의 논문에 대한 비방에 관하여」라는 밀턴의 소네트(14행시)가 무슨 뜻인지 알 수 있답니다.

나는 예부터 내려온 자유에 관한 저명한 법칙에 따라
그들의 고난을 끝내 달라고 만인에게 호소하였을 뿐이네.
그런데 부엉이와 뻐꾸기와 당나귀와 원숭이와 개들이
모여들어 난잡한 소리를 내며 떠들어 대고 있다네.
마치 개구리로 변한 그 옛날 농부들이
레토의 쌍둥이에게 악담을 퍼부었을 때처럼
하지만 두 아이는 훗날 해와 달의 신이 되었다네.

레토가 헤라에게 핍박을 받았다는 이야기는 이뿐만이 아닙니다. 전설에 의하면, 아폴론과 아르테미스를 낳기 전에 레토는 헤라의 분노를 피해 달아났어요. 에게 해에 있는 온갖 섬에서 피신처를 찾았지만, 다들 하늘의 여왕인 헤라가 무서워 레토를 도우려 하지 않았지요. 겨우 델로스 섬만이 장차 태어날 두 신들의 탄생지가 되어 주었답니다.

당시에 델로스는 둥둥 떠다니는 섬이었어요. 하지만 레토가 도착하자 제우스는 섬과 바다 밑바닥을 튼튼한 쇠사슬로 묶어 고정시켰지요. 자기 애인의 안전한 휴식처로 만들어 주기 위해서였답니다. 바이런은 「돈 후안」이라는 시에서 델로스 섬을 이렇게 노래하고 있어요.

그리스의 섬들이여! 그리스의 섬들이여!
열정 어린 사포가 사랑을 하고 시를 읊은 곳
전쟁과 평화의 예술이 함께 자란 땅이여!
델로스 섬이 솟고 아폴론 신이 태어난 곳

레토 신전
레토를 위해 지어진 신전이다. 델로스 섬에 위치하며, 기원전 550년 경에 세워진 것으로 추정된다. ⓒZde

옛사람들은 왜 별자리를 님프라고
상상했을까요?

칼리스토 이야기는 큰곰자리와 작은곰자리가 바다로 가라앉지 않는 이유를 알려 준다. 연적인 님프와 그녀의 아들을 질투한 헤라가 바다 신들에게 한 부탁 때문이다. 이와 같이 어떤 자연물이나 자연 현상이 생겨난 이유를 설명하는 이야기를 '원인 설화'라고 한다. 현대 과학에서는 별들이 동쪽에서 떠서 서쪽으로 움직이는 듯 보이는 건 지구가 자전하기 때문이라고 설명한다. 위도에 따라 바다로 가라앉는 별들의 숫자가 다르다고도 말한다. 적도에서는 모든 별이 수평선 또는 지평선 아래로 지는 것으로 보인다. 반대로 북극에서는 그렇게 지는 일 없이 모든 별이 머리 위 한 점을 중심으로 빙빙 도는 것으로 보인다. 따라서 우리나라나 그리스처럼 극지방과 적도 사이에 있는 지역에서는 몇몇 별들은 수평선이나 지평선 아래로 지지만, 북극성 부근에 있는 별들은 지지 않는 것으로 보인다. 옛사람들은 아직 이 사실을 몰랐기 때문에 어떻게든 설명을 해 보려고 칼리스토 이야기와 같은 원인 설화를 만들어 낸 것이다. 우리 옛이야기 중에도 원인 설화가 몇 가지 있는데 대표적인 것이 '해와 달 이야기'다. 호랑이가 썩은 동아줄을 타고 올라가다 줄이 끊어지는 바람에 수수깡에 엉덩이를 찔렸다. 여기서 나온 피가 묻어서 수수깡이 빨갛게 되었다는 이야기이다. 이런 이야기들은 과학적 설명은 아니다. 하지만 이 세계의 현상들을 의미 있는 것으로 만든다. 이를 통해 옛사람들은 세상을 질서 있는 것으로 받아들였다.

아르테미스로 변신한 제우스와
님프 칼리스토의 밀회

5 신의 영역에 도전하다 |
파에톤

우 리의 삶을 이끄는 것, 우리를 진정으로 살아 숨 쉬게 만드는 것은 무
엇일까요? 누구든 하나씩은 있을 거예요. 우정, 장래 희망, 여행, 사랑
등등. 그런데 우리의 삶을 높은 곳으로 이끄는 것은 때로는 위험천만할 수도
있지요. 진정한 우정이나 사랑을 위해 목숨을 버리기도 하고, 미지의 대륙을
찾아 목숨을 건 여행을 떠나기도 해요. 우리의 깊은 내면에는 비록 위험이
따르더라도 높고 고귀한 세계에 다다르고자 하는 숭고한 갈망이 있기 때문
이지요. 고대 신화에서 인간의 이러한 염원이 잘 나타난 이야기가 바로 파에
톤이랍니다. 파에톤은 대담하게도 아버지 아폴론에게 태양 마차를 몰고 하
늘을 날 수 있게 해 달라고 합니다. 과연 무모한 고집일까요? 인간의 위대한
도전 정신일까요?

- 너는 어리석구나. 아버지에 대해 둘러댄 어머니 말을 그대로 믿고 우스운 희망에 부풀어 있으니.
  (오비디우스 『변신 이야기』)
- 제우스는 마부를 마차에서 끌어내리고 죽음으로 쫓아냈다. 파에톤이 불이 되니 세상의 불은 꺼졌다.
  (오비디우스 『변신 이야기』)
- 헬리아데스 중 셋째가 두 손으로 머리카락을 쥐었는데 뜯겨져 나온 것은 나뭇잎이었다. 한 명은 줄기가 다리를 감싸고 있다고 소리쳤고, 다른 한 명은 두 팔이 나뭇가지로 변하는 고통에 비명을 질렀다.
  (오비디우스 『변신 이야기』)

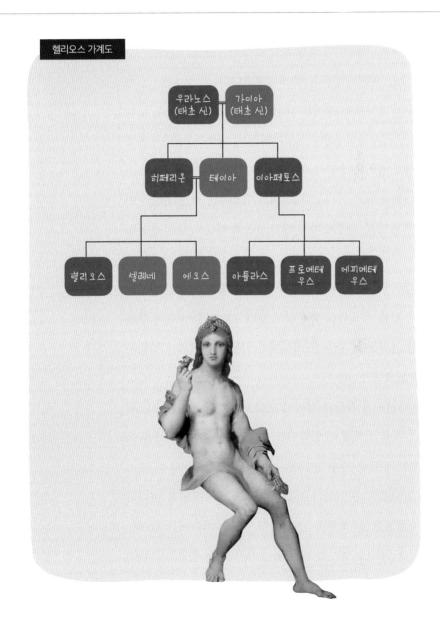

헬리오스 가계도

우라노스 (태초 신) — 가이아 (태초 신)

히페리온 · 테이아 · 이아페토스

헬리오스 · 셀레네 · 에오스 · 아틀라스 · 프로메테우스 · 에피메테우스

아폴론의 아들

파에톤은 아폴론과 님프인 클리메네 사이에서 태어난 아들입니다. 어느 날 한 친구가 파에톤에게 진짜 신의 아들이 맞느냐며 놀렸어요. 파에톤은 분하고 부끄러워 어머니한테 따졌지요.

"어머니, 제가 정말 천상의 신에게서 태어난 자식이라면 증거를 보여 주세요. 그래야 더 이상 놀림을 당하지 않을 거예요."

클리메네는 하늘로 양손을 뻗어 말했답니다.

"우리를 내려다보고 계시는 태양신을 걸고 맹세하건대, 너에게 한 말은 사실이란다. 만일 거짓이라면 이 어미는 더는 저 햇빛을 쬐지 않고 죽어도 좋단다. 하지만 네가 직접 가서 알아보는 것도 그리 어려운 일은 아니고말고. 해가 떠오르는 곳은 우리의 이웃 땅이란다. 해의 신에게 가서 네가 그분의 아들이 맞는지 물어보거라."

파에톤은 기뻐서 어쩔 줄을 몰랐어요. 해가 뜨는 곳인 인도를 향해 당장 길을 떠났지요. 뿌듯함과 설렘으로 가슴이 한껏 부풀어 신나게 가다 보니, 어느덧 아버지가 하늘의 운행을 시작하는 목적지에 도착했습니다.

태양신의 궁전은 황금과 진귀한 보석으로 반짝이는 기둥들 위에 찬란하게 서 있었어요. 반짝반짝 윤이 나는 상아가 천장을 이루고 있었고 문들은 모두 은이었지요. 하지만 재료보다 더 뛰어난 것은 솜씨였답니다. 왜냐고요? 헤파이스토스가 땅과 바다와 하늘과 사람들을 온 벽에다 그려 놓았거든요. 바다에는 님프들이 있었어요. 누구는 파도를 타며 놀고 또 누구는 물고기의 등에 올라타 있고, 나머지 님프들은 바위에 앉아 초록빛 바다 빛깔의

「일출」

프랑스 화가 프랑수아 부셰의 작품이다. 해가 떠오르는 순간을 표현했다. 아폴론이 화면 중심에서 태양을 상징하는 화사한 장밋빛 옷을 입고 있다. 바다의 여신 테티스는 옆에서 녹색 옷을 입고 아폴론 옆에 떠 있다. 그 아래로 해신과 님프들이 소라 고동을 불고 있다. 한편 파에톤은 원래 티탄족인 헬리오스의 아들이다. 아폴론이 후대에 헬리오스의 신격을 이어받으면서 자주 헬리오스와 혼동되었다.

월리스 컬렉션 소장

「아폴론과 시간」
독일 화가 게오르크 프리드
리히 케어스팅의 작품이다.
시간의 신들이 마차를 모는
아폴론을 감싸고 있다.
귀스트로 시립 박물관 소장

긴 머리카락을 말리고들 있었지요. 모두들 얼굴이 똑같지도 않고 그렇다고 아주 다르지도 않은 것이 마치 자매들 같았답니다. 땅에는 마을과 숲과 강과 전원의 신들이 있었어요. 그 위로는 찬란한 하늘의 모습이 새겨져 있었지요. 은으로 된 문에는 한 짝에 여섯 개씩 황도십이궁이 펼쳐져 있었습니다.

클리메네의 아들은 가파른 계단을 올라 아버지의 집으로 들어갔어요. 자기 아버지가 맞는지 아닌지 줄곧 궁금했는데 드디어 판가름할 수 있게 되었지요. 아버지가 있는 곳으로 다가가다 파에톤은 멀찍이서 걸음을 멈추었답니다. 빛이 너무 환해서 눈을 뜰 수 없었기 때문이에요. 태양신 아폴론은 호화찬란한 다이아몬드 왕좌에 자줏빛 옷을 입고 앉아 있었지요. 아폴론의 좌우에는 날(Day)의 신, 달(Month)의 신, 해(Year)의 신, 그리고 일정한 간격을 두고 시간 (Hour)의 신이 서 있었습니다.

봄의 여신은 머리에 꽃을 꽂은 채로, 여름의 여신은 옷을 훌러 덩 벗고서 익은 곡식의 줄기로 엮은 관을 쓴 채로, 가을의 여신은 발이 포도즙에 물든 채로, 그리고 겨울의 여신은 머리에 흰 서리를 쓰고 꽁꽁 언 채로 서 있었어요. 이처럼 시중드는 신들로 인해 태양신의 위엄은 한층 더 돋보였지요. 또한 태양신은 천리안을 지니고 있었답니다. 난생 처음 대하는 장관에 어리둥절해 있는 청년의 모습이 멀리서도 훤히 보였어요. 무슨 일로 이곳에 왔는지 태양신이 묻자 청년은 이렇게 대답했지요.

"오, 끝없는 세계의 빛, 태양의 신이시여! 이 말을 허락해 주신다면, 저의 아버지시여. 간청하나니, 제가 아버지의 아들이라는 증거를 보여 주소서."

파에톤이 말을 마치자 아버지는 머리에 환하게 빛나던 햇살을 거두고 아들에게 가까이 오라고 했어요. 아들을 품에 안고 아폴론은 말했지요.

"내 아들아, 너는 누가 뭐래도 내 아들이 맞다. 네 어미가 한 말은 사실이란다. 더 이상 의심이 들지 않도록 받고 싶은 선물이 있으면 말하여라. 무엇이든 들어주마. 나도 본 적은 없다만 우리 신들이 가장 엄숙한 약속을 할 때 내세우는 무시무시한 강을 걸고 맹세한다."

곧바로 파에톤은 태양 마차를 몰 수 있도록 해 달라고 말했어요. 아버지는 약속한 것을 후회했지요. 빛나는 머리를 몇 번씩이나 흔들며 이렇게 탄식했답니다.

"내가 경솔했구나. 그 부탁만은 들어줄 수가 없다. 제발 부탁을 물러 다오. 위험천만한 일이라서 그렇단다. 내 아들아, 너의 젊음과 체력으로도 감당할 수 없는 일이다. 어쨌든 너는 인간일 뿐인데, 인간의 힘을 뛰어넘는 일을 하겠다고 우기는구나. 뭘 잘 모르고서 너는 신들조차도 감당하기 힘든 일을 갈망하고 있는 것이란다. 나 말고는 어느 누구도 불타는 태양 마차를 몰 수 없다. 하늘 길의 첫 구간은 가파르기 이를 데 없기에 아침이라서 기운이 쌩쌩한 말들도 겨우겨우 오른단다. 가운데 구간은 하늘 위 아주 높은 곳이어서, 나도 발밑에 놓인 땅과 바다를 볼라치면 오금이

스틱스 강
'무시무시한 강'이란 저승 주위를 흐르는 스틱스 강을 말한다. 그리스의 신들은 이 강을 걸고 약속이나 맹세를 했다고 한다. 이 강을 걸고 한 맹세는 신들의 왕 제우스라도 물릴 수 없었다.

저리고 식은땀이 흐른단다. 마지막 구간은 아주 가파른 내리막 길이어서 가장 조심해야 할 곳이다. 그 아래에서 기다리고 있는 바다의 여신 테티스도 내가 거꾸로 곤두박질치진 않을까 노심초사할 정도란다.

뿐만 아니라 하늘은 늘 빙글빙글 돌면서 별들을 운행하고 있단다. 모든 것을 휩쓸어 버리는 별의 운행에 휩쓸리지 않도록 나도 늘 신경을 곤두세워야 할 판이다. 그러니 마차를 빌려준대도 네가 뭘 어쩌겠느냐? 별들이 빙빙 도는 하늘에서 하늘 길을 놓치지 않고 마차를 몰 수 있겠느냐? 아마 넌 저 위에도 숲이나 마을, 신들의 거처 그리고 궁궐이나 사원들이 있겠거니 여길 것이다. 천만의 말씀! 하늘 길에는 끔찍한 괴물들이 쫙 깔려 있단다. 황소자리의 뿔 곁을 지나야 하고, 활을 든 반인반마의 괴물 앞을 지나야 하고, 사자자리의 턱 바로 옆을 지나야 하지. 게다가 전갈자리가 한쪽 집게를 뻗는 곳 그리고 게자리가 반대 방향으로 집게를 뻗는 곳도 지나야 한단다.

말들을 이끌기도 쉽지 않을 거다. 심장에 불을 담고 있는 녀석들인지라 숨 쉴 때마다 입과 코에서 불길이 뿜어져 나오거든. 말들이 사납게 날뛰며 고삐를 거부할 때는 나조차도 감당하기가 벅차다. 아들아, 제발 부탁이니, 너에게 그런 치명적인 선물을 줄 수는 없다. 아직 시작하기 전이니 부탁을 스스로 거두어라.

네가 내 핏줄이라는 증거를 달라고 하지 않았느냐? 네가 잘못될까 봐 두려워 어쩔 줄 모르는 지금 내 모습이 그 증거란다. 내 얼굴을 보면 훤히 쓰여 있지 않느냐? 만약 내 가슴속을 네가 들여다볼 수 있다면, 아비의 온갖 근심들이 똑똑히 보일 거란다. 마

지막으로 한 번 더 말할 테니,"

아폴론은 잠시 말을 멈춘 후 다시 이었어요.

"세상을 둘러보고 땅과 바다에 있는 가장 소중한 것을 무엇이든 고르려무나. 아무 걱정 말고 뭐든 말해 다오. 하지만 아까 부탁한 그것만은 안 된다. 지금 너의 소원은 명예로운 일이 아니라 죽음을 자초하는 짓이다. 왜 아직도 고집을 꺾지 않고 그것만을 원하느냐? 맹세는 반드시 지켜야 하니 네가 정 우긴다면 어쩔 수 없지만, 제발 더 현명한 선택을 내리기 바라마."

아버지가 이토록 간절하게 말렸지만 막무가내인 아들은 끝까지 고집을 꺾지 않았어요. 더 이상 어쩔 수가 없자 마침내 아폴론도 태양 마차가 있는 곳으로 아들을 데려갔지요.

「태양 마차를 몰게 해 달라고 아폴론에게 부탁하는 파에톤」
프랑스 화가 외스타슈 르 쉬외르의 작품이다. '파에톤'이란 '눈부신', '빛나는'이란 뜻이다. 고대 로마 시인 오비디우스가 쓴 『변신 이야기』에 파에톤 일화가 가장 자세히 실려 있다.
루브르 박물관 소장

태양 마차가 세상을 불구덩이로 만들다

헤파이스토스의 작품인 태양 마차는 금으로 되어 있었습니다. 차축도 금이고 채와 바퀴도 금이었고, 바퀴살만 은이었어요. 좌석에는 빙 둘러 가며 감람석과 다이아몬드가 줄줄이 박혀 있어서 밝은 햇빛을 사방으로 반사시키고 있었지요. 대범한 청년이 감탄 어린 눈길로 마차를 바라보고 있을 때, 이른 새벽의 신이 동쪽의 보라색 문들을 열어젖혔답니다. 바야흐로 장밋빛으로 물든 하늘 길이 모습을 드러냈어요. 별들은 샛별(금성)의 지휘하에 사라졌고, 샛별도 이윽고 자취를 감추었지요.

아버지는 대지가 붉은 빛으로 물들고 달의 신이 물러나는 모습을 보고서, 시간의 신들에게 명령해 말의 등에 마구를 얹게 했답니다. 그리고 시간의 신들은 암브로시아를 배불리 먹인 말들

「아폴론의 태양 마차를 끄는 파에톤」
프랑스 화가 니콜라 베르탱의 작품이다. 파에톤이 아폴론의 충고를 들으며 막 태양 마차를 끌기 시작하는 모습을 다루었다. 태양 마차 신화는 그리스로부터 유대, 바빌로니아, 이란, 인도를 거쳐 유라시아 대륙에 널리 퍼졌다. 루브르 박물관 소장

을 마구간에서 끌어내 고삐를 채웠어요. 마지막으로 아버지는 아들의 얼굴에 영험한 약물을 발라 주었지요. 눈부신 불꽃을 오래 쬐어도 견딜 수 있게 해 주는 약물이었습니다. 그리고 머리에 빛의 관을 씌워 주면서 앞일을 예감한 듯 이렇게 말했어요.

"아들아, 정 가겠다면 아비의 마지막 충고만은 새겨듣도록 해라. 채찍질을 삼가고 고삐를 단단히 움켜쥐어라. 말들은 제멋대로 휘달리기 때문에 너는 있는 힘껏 속력을 조절해야 한다. 다섯 개의 궤도 사이를 곧장 질러가지 말고 왼쪽으로 비껴가거라. 늘 중간 지대를 벗어나지 말고, 북극이나 남극 지대는 피해야 한다. 하늘에 마차 바큇자국이 나 있을 테니, 그것만 따라가면 된단다. 그리고 하늘이든 땅이든 제각기 알맞게 열을 받도록 해야 한다. 그러니 너무 높이 올라가서 하늘의 집들을 태우지 말거라. 또한 너무 낮게 내려와 땅을 불바다로 만들어서도 안 된다. 가장 안전한 가운데 길이 최상임을 늘 명심하여라.

이제 운명에게 너를 맡길 테니, 행운이 너와 함께하기만을 간절히 바란다. 밤이 서쪽 문들로 빠져나가고 있으니 더 이상 지체할 수가 없구나. 고삐를 쥐어라. 그러나 만일 자신이 없어지거든 내 말대로 하면 된다. 어디든 안전한 곳에서 말을 멈추고, 지구를 따뜻하게 비추는 일은 아비에게 맡겨라."

아버지의 말씀을 한 귀로 흘려듣고서 성급한 이 청년은 마차에 올라탔지요. 똑바로 서서 고삐를 움켜쥔 아들은 기뻐서 어쩔 줄을 몰랐답니다. 그리고 여전히 노심초사하고 있는 아버지에게 거듭 감사의 인사를 올렸지요.

그동안 말들은 불타는 콧김과 숨을 허공에 쉭쉭 내뿜고 발을 구르며 안달하고 있었습니다. 드디어 빗장이 풀리고 무한한 우주 공간이 눈앞에 활짝 펼쳐졌어요. 말들은 쏜살같이 달려 나가 시야를 막고 있던 구름을 헤치며 날아올랐지요. 동쪽 지점에서 같이 출발한 아침 바람을 가뿐히 앞질렀답니다. 곧 말들은 이전보다 짐의 무게가 더 가볍다는 걸 알아차렸어요. 배의 경우 밑바닥에 평형수를 덜 채우면 바다에서 뒤뚱뒤뚱 흔들리지요. 마찬가지로 마차도 평소 익숙하던 짐의 무게가 아니라 마치 빈 차처럼 덜컹거렸습니다. 때문에 마차는 더 빨리 내달리다가 원래의 하늘 길에서 벗어났지요.

파에톤은 깜짝 놀랐지만 말들을 어떻게 다루어야 할지 몰랐어요. 설령 알았던들 다룰 힘도 없었답니다. 잠시 후 맨 처음으로 큰곰자리와 작은곰자리가 열기에 그슬렸어요. 만약 그럴 수만 있다면 두 별자리는 물속으로 풍덩 뛰어들고 싶었겠지요. 이어서 북극성 주변에 또아리를 튼 채로 얌전히 무료한 나날을 보내던 뱀자리가 열기에 뜨거워졌습니다. 그러자 뱀자리는 금방 사나운 성질이 되살아났어요. 전하는 말에 의하면, 견우성은 쟁기를 들고 있어 몸이 굼떴는데도 태양 마차를 피해 잽싸게 달아났다고 해요.

하늘이 미쳐 날뛰자 겁에 질린 파에톤은 땅을 내려다보았습니다. 하지만 발밑으로 보이는 지상은 까마득히 멀리 있었어요. 파에톤은 아찔함에 얼굴이 노래졌고 두려움에 무릎이 덜덜 떨렸지요. 주변에 온통 불꽃이 가득한데도 시야는 자꾸만 어두워졌답니다. 이제야 파에톤은 후회하며 속으로 이렇게 되뇌었어요.

'아버지의 마차를 건드리지 말걸! 아버지가 누군지 듣지 말걸.

마차 따위 달라고 하지 않았으면 좋았을 것을.'

파에톤은 마치 폭풍에 휩쓸린 배의 항해사처럼 속수무책이었지요. 간절한 기도를 하늘이 들어주길 바랄 뿐이었습니다. 뭘 어찌해야 할까요? 이미 먼 길을 지나오긴 했지만, 앞으로 남은 길이 더 많았지요. 이쪽저쪽 두리번거리며 갈

팡질팡하고 있었답니다. 한 번은 하늘 길을 처음 시작한 동쪽 땅을 바라보았다가 또 한 번은 해가 지는 서쪽 땅을 바라보았어요. 하지만 서쪽 땅은 이제 결코 다다를 가망이 없는 곳이었지요.

파에톤은 자제력을 잃고서 어떻게 해야 할지 몰랐습니다. 고삐를 더 바짝 당겨야 할지 느슨하게 풀어야 할지도 감을 잡을 수 없었어요. 말들의 이름도 잊어버렸고요. 게다가 하늘 여기저기서 출몰하는 괴물들 때문에 완전히 겁에 질렸지요. 특히 전갈자리는 커다란 집게발 두 개를 크게 벌리고 몸통에 붙은 작은 발들과 꼬리를 황도 십이궁의 두 별자리를 향해 뻗고 있었답니다. 전갈은 파에톤을 보자 독을 내뿜으며 독침으로 위협을 가해 왔어요. 아차! 하는 순간에 마차가 하늘 길에서 벗어나면서 파에톤은 고삐를 그만 손에서 놓치고 말았지요. 고삐가 풀리자 말들은 무작정 내달리기 시작했습니다. 미지의 영역으로 뛰어들어 가 별들 사이를 제멋대로 휘젓고 다녔어요. 마차는 길도 없는 곳으로 내던져지더니 이제는 하늘 높이 솟구쳤다가 또 지상 근처까지

곤두박질치기도 했지요.

달의 여신은 오빠의 마차가 바로 자기 발밑까지 올라온 것을 보고 깜짝 놀랐답니다. 사방에 연기가 자욱했고 산꼭대기는 불길에 휩싸였어요. 들판은 열기로 인해 바싹 마르고 식물은 시들었습니다. 이파리 무성하던 나무들은 불탔고, 거두어 놓은 곡식도 불길에 휩싸였지요! 하지만 이건 약과입니다. 거대한 도시들은 성벽과 탑들이 무너지면서 멸망했어요. 온 국민과 더불어 여러 나라들이 잿더미로 변하고 말았지요! 아토스, 타우로스, 트몰로스, 오이테 등 숲이 무성하던 산들도 불탔습니다. 맑은 샘이 많기로 유명했던 이데 산도 민둥산이 되어 버렸어요. 무사 여신들이 사는 헬리콘 산도 하이모스 산도 마찬가지였지요. 에트나 화산은 안팎에서 불이 치솟고, 파르나소스 산의 두 봉우리에도 불이 붙었답니다.

만년설로 덮여 있던 로도페 산도 눈의 왕관을 벗어야만 했어요. 원래 추운 곳이었지만 스키티아도 더 이상 버티지 못했지요. 카우카소스 산도 불탔습니다. 오사 산과 핀도스 산 그리고 이 두 산보다 더 높은 올림포스 산까지 불타 버렸지요. 하늘 높이 솟은 알프스 산맥의 봉우리도, 늘 구름 왕관을 쓰고 있던 아펜니노 산맥의 봉우리도 똑같은 운명이었어요.

온 세상이 불타는 열기에 파에톤은 더 이상 견딜 수가 없었지요. 대기는 화로에서 뿜어져 나오는 공기처럼 뜨거운 재가 가득 섞여 있었고, 연기는 시커먼 그을음이 가득했답니다. 파에톤은 그 한가운데를 무작정 내달리고 있었어요. 소문에 의하면 에티오피아 사람들은 그 열기로 몸속의 피가 피부로 갑자기 내몰리면

「아폴론과 아홉 무사」
프랑스 화가 귀스타브 모로의 작품이다. 신화에서 아폴론과 무사 여신들이 헬리콘 산 동쪽 사면에 살았다. 그리스 중동부 남부에 있는 헬리콘 산에 무사의 신전, 극장터 등이 현재 남아 있다.
개인 소장

서 살갗이 검어졌다지요. 그리고 리비아는 열기에 메말라 사막이 되었는데, 오늘날까지도 그대로 남아 있는 것이라고 합니다.

샘의 님프들은 머리카락이 열기에 부스스해진 채로, 물이 말라 가는 참상을 애통해 했어요. 둑 아래를 흐르는 강물도 마찬가지로 무사하지 못했지요. 타나이스 강에서는 연기가 피어올랐고, 카이코스, 크산토스, 마이안드로스 강도 메말라 버렸답니다. 바빌로니아의 유프라테스 강과 갠지스 강, 사금이 나는 타고스 강과 백조가 노니는 카이스트로스 강도 마찬가지 운명이었어요.

나일 강은 도망치다 머리를 사막에다 처박았는데, 지금도 여전히 그 모습으로 그대로 있지요. 옛날에 나일 강은 일곱 개의 물길이 바다로 흘러들었지만, 이제는 일곱 개의 마른 강바닥이 드러났습니다. 땅이 바짝바짝 말라 갈라졌고, 그 틈새로 빛이 지하 세계 타르타로스까지 비추어 저승의 왕과 여왕까지도 놀라게 만들었어요.

바다는 줄어들었지요. 예전에 바닷물이 가득했던 곳이 이제는 평야가 되었답니다. 그리고 바닷물에 잠겨 있던 산들은 머리를 드러내어 섬이 되었어요. 물고기들은 수심이 아주 깊은 곳으로 내려갔고, 돌고래들은 더 이상 수면 위에서 노닐지 못했지요. 해신(海神) 네레우스조차 아내 도리스와 네레이스라 불리는 딸들을 모조리 데리고 바다 속 깊은 동굴로 대피했습니다. 바다의 신 포세이돈은 세 번이나 물 밖으로 머리를 내밀어 보았지만 열기를

「포세이돈과 네레이스」
독일 화가 프리드리히 에른스트 볼프람의 작품이다. 네레이스는 네레우스와 도리스 사이에서 태어난 바다의 님프이다. 바다의 신 포세이돈과 함께 바다를 항해하는 선원들을 돕는다.
개인 소장

못 이겨 결국 물속으로 다시 들어갔어요. 대지의 여신은 아직 물에 둘러싸여 있긴 했지만 머리와 어깨는 이미 드러난 채였지요. 손으로 얼굴을 가리고서 하늘을 올려다보며 쉰 목소리로 제우스 신을 불렀답니다.

"오, 신들의 통치자시여! 불길에 타들어 가는 지금 내 운명이 당신의 뜻이라면, 왜 번개를 마다하시나이까? 적어도 당신의 손으로 죽게 해 주소서. 이것이 내가 그동안 순종하며 땅에서 거둔 수확에 대한 보답인가요? 내가 이 꼴을 당하려고 가축에게 풀을 내놓고 인간에게 과일을 내놓고 당신의 제단에 유향을 바쳤단 말입니까? 나는 그렇다 쳐도 왜 내 동생인 대양의 신 오케아노스까지 그런 운명을 짊어져야 하는지요? 설령 우리 둘 다 가엾지 않으시더라도 간청하오니, 당신이 사는 하늘을 걱정해 주세요. 당신의 궁전을 떠받치는 두 기둥에서 연기가 나고 있답니다. 기둥이 파괴되면 궁전도 필시 무너질 거예요. 아틀라스 신도 기진맥진하고 있으니 지고 있는 짐을 더 이상 감당하지 못하겠지요. 만약 바다와 땅과 하늘이 없어져 버리면 우리는 다시 옛날처럼 카오스에 빠지고 말 것입니다. 아직 남아 있는 세상만이라도 저 날름거리는 불길에서 구해 주소서. 오, 이 무시무시한 순간에 부디 우리를 구원해 주소서!"

여기까지 말하고서 대지의 여신은 열기와 갈증으로 파김치가 되어 더는 말을 이을 수 없었습니다. 그러자 전지전능한 신 제우스는 모든 신들을 불러 모았어요. 태양 마차를 빌려준 장본인도 불렀지요.

아틀라스
그리스 신화에 의하면 아틀라스 신이 지구를 양어깨로 떠받치고 있다고 한다.

별똥별을 그리며 추락한 신의 아들

제우스는 시급히 조치를 취하지 않으면 온 세상이 멸망할 것이라고 말한 다음, 높은 탑 위에 올라갔답니다. 평소라면 그곳에서 우선 땅을 뒤덮은 구름들을 흩고 난 다음에 뾰족한 번개를 던졌겠지요. 하지만 이제 땅과 하늘 사이에 구름이나 빗줄기는 눈을 씻고도 찾아볼 수 없었어요.

곧장 우레를 일으킨 다음에, 제우스는 오른손에 번쩍이는 번개를 잡고 휘두르다가 태양 마차를 향해 던졌습니다. 순식간에 번개가 마차에 내리꽂히자 파에톤은 마차에서 떨어졌어요. 머리털에 불이 붙은 채 추락하는 모습은 마치 밤하늘에 빛의 꼬리를 남기며 떨어지는 별똥별 같았지요. 거대한 강의 신 에리다노스는 파에톤을 받아 안고서 불타는 몸을 식혀 주었답니다. 이탈리아의 나이아스(샘이나 강의 님프)들은 파에톤을 묻고서 묘비에다 이런 글을 새겼어요.

「파에톤의 추락」

프랑스 화가 귀스타브 모로의 작품이다. 파에톤의 주검을 받아 준 에리다노스는 클리메네와 남매간이다. 파에톤에게는 외숙이다.
루브르 박물관 소장

> 아폴론의 마차를 몰았던 파에톤이
> 제우스의 번개에 맞아 여기 묻혔나니
> 아버지의 불 마차를 부리진 못했으나
> 높이 오르려던 꿈만은 고귀하였노라.

파에톤의 누이들인 헬리아데스는 오라버니의 운명을 애통해 한 나머지 강기슭의 포플러나무로 변했지요. 쉴 새 없이 흐르던 누이들의 눈물은 강에 방울방울 떨어져 호박(보석)이 되었습니다.

영국 시인 밀만은 「세이모어」라는 시에서 파에톤의 이야기를

「포플러 나무로 변신하는 파에톤의 누이들」
이탈리아 화가 산티 디 티토의 작품이다. 파에톤의 누이들이 흘린 눈물이라고 전하는 호박은 인류가 사용한 가장 오래된 보석으로 알려져 있다.
베키오 궁전 소장

다음과 같이 노래하고 있어요.

깜짝 놀란 우주는 꼼짝 못 하고
그저 말없이 바라보고만 있었네.
태양신의 아들인 대담한 청년이
아비의 불운한 마차를 몰고서
겁먹은 하늘 괴물들 사이를 날았을 때
분노한 제우스의 번개에 맞은 청년은
메마른 에리다노스 만에 곤두박질쳤고
누이들은 포플러나무가 되어 아직도
때 이른 주검 위에 호박 눈물 흘리네.

영국 시인 월터 새비지 랜더가 노래한 아름다운 시에는 소라 껍데기에 대해 묘사한 부분이 나온답니다. 거기에는 태양신의 궁전과 마차를 노래한 대목이 있어요. 시 속에서 물의 님프가 이렇게 말하지요.

내게는 진주처럼 빛나는 소라 껍데기들이 있네.
태양신의 궁전에서 고삐 풀린 태양 마차 바퀴가
파도치는 바닷물에 반쯤 잠겨 있을 때
그 반짝이는 껍데기들이 들이마셨던 것도 있네.
하나를 흔들어 보라, 그러면 눈 뜰 테니
그 반질반질한 입술에 귀를 대어 보라, 그러면
소라는 위엄 가득한 옛 집을 떠올리고
대양이 속삭이듯 그대 귀에 속삭이리니.

파에톤이 하늘 길에서 마주친
무서운 동물들의 정체는 무엇일까요?

파에톤과 태양 마차 이야기를 보면 파에톤은 아버지의 태양 마차를 몰고 하늘 길을 달리다가 무서운 동물들 사이에서 그만 고삐를 놓친다. 대체 이 무서운 동물들은 무엇인가? 이들은 대개 '황도 십이궁'이라 부르는 별자리들이다. 해가 떠오르는 위치는 계절에 따라 달라진다. 새벽에 동쪽 하늘에서 해가 뜨면 별자리들은 모두 사라진다. 황도 십이궁은 해 뜨기 직전에 그 자리에 있던 별자리를 열두 개 꼽아 놓은 것이다. '황도'란 '태양이 지나가는 길'이란 뜻이다. 하늘에 총총히 박힌 별들 위로 태양이 일 년 동안 죽 지나간다. 한해가 지나면 해가 다시 같은 별자리에 다다른다. 황도 십이궁에는 대개 짐승이름이 붙어 있는데, 그리스 신화에서 따온 것이 대부분이다. 예를 들면 양자리는 아르고 호 영웅들이 찾으러 떠났던 황금 양털을 가진 양이고, 게자리는 헤라클레스가 머리 여럿 달린 물뱀 히드라와 싸울 때 헤라클레스를 물었던 거대한 게가 변한 것이다. 이 과에서 파에톤은 전갈의 무서운 독침을 보고 그만 고삐를 놓친다. 전갈자리는 오리온을 죽였다는 전갈이 변한 것이다.
별자리들의 유래는 헬레니즘 시대 시인인 아라토스의 『천문 현상론』에 많이 전한다. 황도 십이궁의 영어 명칭(Zodiac)은 원래 그리스어로 '동물들의 원'이란 뜻이다. 황도 십이궁에 속하는 별자리 중 여럿이 동물 이름을 갖고 있기 때문이다. 하지만 처녀자리나 천칭자리처럼 동물이 아닌 것도 거의 절반이다.

황도 십이궁

6 인생에서 정말로 소중한 것 |
미다스, 바우키스와 필레몬

인간은 바라는 것이 참 많습니다. 맛있는 음식을 먹으면 더 맛있는 음식이 먹고 싶고, 아름다운 것을 보면 더 아름다운 것이 보고 싶지요. 하지만 더 많이 먹는다고 더 아름다워진다고 돈이 더 많아진다고 해서 우리의 삶이 더 행복해지지는 않는답니다. 때로는 더 많은 것이 더 나쁜 것이 되기도 하지요. 신화 속 미다스 왕의 이야기는 그러한 진리를 잘 말해 주고 있습니다. 이번 장에서는 한 나라의 왕이면서도 너무 많은 것을 원했던 미다스가 어떤 곤경에 처했는지 들어 보아요. 그리고 미다스 왕과는 반대로, 소박하지만 인정 어린 삶을 산 노부부 바우키스와 필레몬 이야기는 정말로 소중한 인생의 가치가 무엇인지 다시금 생각해 보게 한답니다.

- 미다스가 훌륭한 음식들을 입에 넣으면 황금 조각들이 이 사이로 씹힐 뿐이었다. (오비디우스 『변신 이야기』)
- 바라노니 저를 불쌍히 여기시어 이 번쩍이는 재앙에서 구해 주십시오! (오비디우스 『변신 이야기』)
- 나뭇가지들에 화환이 걸린 것을 직접 보았습니다. 나도 나뭇가지에 화환을 걸어 놓고 말했습니다. "신이 아끼는 자는 신이 될 것이다. 신을 모시는 자는 모심을 받는 법이다." (오비디우스 『변신 이야기』)

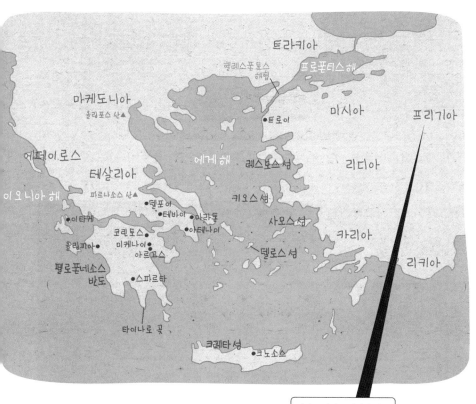

미다스 왕이 프리기아 왕국을 건설. 레아가 디오니소스의 광증을 치료한 곳. 레아는 프리기아의 '대지의 여신'

"미다스 귀는 당나귀 귀!"

어느 날 디오니소스는 어릴 적 스승이자 양아버지인 실레노스가 행방불명이 되었다는 사실을 알게 되었습니다. 술에 취해 이리 저리 헤매는 그 노인을 시골 농부들이 보고서 미다스 왕에게 데 려갔던 것이에요. 미다스는 노인이 실레노스인지 알아보고서 공 손히 대접했지요. 열흘 밤낮으로 잔치를 열어 즐거움을 만끽하 도록 배려했답니다. 열하루 만에 왕은 실레노스를 제자에게 무 사히 데려다주었지요. 그러자 디오니소스는 답례를 하고 싶다며 미다스에게 무엇이든 다 들어줄 테니 소원을 말하라고 했어요. 미다스는 자기 손으로 무엇을 만지든 황금으로 변하게 해 달라 고 말했답니다. 디오니소스는 '더 나은 소원을 말했으면 좋았을 텐데.'라며 아쉬워하면서도 소원을 들어주었어요.

「술에 취한 실레노스」
플랑드르 화가 안토니 반 다 이크의 작품이다. 거나하게 취한 실레노스가 반인반수 인 숲의 신 사티로스의 부축 을 받고 있다. 실레노스는 대 개 술에 취한 모습으로 작품 에 등장한다.
내셔널 갤러리 소장

새로 얻은 능력에 마냥 기뻐하며 미다스는 되돌아갔지요. 쇠뿔도 단김에 빼라고, 곧바로 시험을 해 보았답니다. 떡갈나무에서 가지를 뽑아냈더니만 황금으로 변했지 뭐예요. 두 눈으로 똑똑히 보고도 믿을 수가 없었지요. 돌을 주워 들자 역시 황금으로 변했습니다. 잔디를 만지자 똑같은 일이 벌어졌어요. 나무에서 사과를 땄더

니, 마치 헤스페리스의 정원에서 사과를 훔친 것 같았지요. 미다스는 기뻐서 어쩔 줄을 몰랐답니다. 궁궐에 도착하자마자 왕은 산해진미를 차려 오라고 시켰어요. 엄청난 횡재를 하게 된 걸 축하하고 싶었겠지요. 그런데 이게 어찌 된 일일까요? 빵을 만졌더니 손에서 딱딱해졌습니다. 음식을 입에 대니 바로 굳어 씹을 수가 없었어요. 포도주 한 잔을 마셔 보았지요. 마치 녹은 황금이 흘러내리듯 목구멍을 따라 내려갔답니다.

들도 보도 못한 사태에 깜짝 놀라 미다스는 그 능력을 버리려고 온갖 애를 썼어요. 방금 전까지 탐냈던 능력이 이젠 끔찍하게 싫어졌지요. 하지만 아무 소용이 없었습니다. 이대로 굶어 죽는 일만이 그를 기다리고 있는 것 같았어요. 미다스는 황금으로 번쩍거리는 두 팔을 들어 디오니소스에게 기도를 올렸지요. 번쩍번쩍 눈부시게 죽어 가는 자신을 구해 달라고 빌고 또 빌었답니다. 디오니소스는 자비로운 신이기에 기도를 들어주겠다며 이렇게 말했어요.

"그러면 팍톨로스 강으로 가거라. 강이 시작하는 곳으로 거슬러 올라가 거기서 머리끝까지 물에 몸을 담그라. 그리고 너의 경솔함과 죄를 씻어라."

미다스가 그대로 하자, 황금으로 변화시키는 능력은 물속으로 옮겨갔지요. 그래서 모래가 황금으로 바뀌는 바람에 오늘날에도 강바닥에서 사금이 나온다는 사실!

이후로 미다스는 부유하고 호사스러운 생활을 멀리 하고 시골에서 살면서 들판의 신인 판을 숭배했습니다. 어느 날 판은 무모하게도 음악 실력을 겨루어 보자며, 리라의 신 아폴론에게 도전장을 던졌어요. 아폴론이 도전을 수락하자 산의 신인 트몰로스가 심판으로 뽑혔지요. 이 노인은 음악이 잘 들리게 귀에서 자라난 나무들을 베어 내고 자리에 앉았어요. 신호가 떨어지자 판은 자신의 악기인 피리를 불었지요. 목가풍의 가락이 아름답게 흘러나왔답니다. 연주하는 판 자신은 물론이고 마침 그곳에 있던 미다스도 크게 만족했어요. 이 연주가 끝나자 트몰로스는 태양신에게 고개를 돌렸지요. 주위의 나무들도 덩달아 아폴론을 바라보았습니다.

아폴론은 벌떡 일어났어요. 머리에는 파르나소스 산의 월계수로 만든 관을 썼고, 티로스 지방에서 나는 보라색 염료로 물들인

「팍톨로스 강이 시작되는 곳에서 씻는 미다스」
프랑스 화가 푸생의 작품이다. 미다스가 몸을 씻는 모습을 강의 신 팍톨로스가 지켜보고 있다. 팍톨로스 강은 현재 터키 지방 에게 해 연안을 흐른다.
메트로폴리탄 미술관 소장

옷자락이 땅에 우아하게 끌렸지요. 곧바로 왼손에 든 리라의 현을 오른손으로 튕겼답니다. 아름다운 음률에 매혹된 트몰로스는 더 들어 볼 것도 없이 그 자리에서 리라의 신이 이겼다고 선언했어요. 미다스 말고는 다들 판정에 수긍했지요. 미다스는 수긍할 수 없다며 공정한 판정이 아니라고 딴지를 걸었습니다. 그러자 아폴론은 어떻게 저런 한심한 귀가 인간의 귀에 달려 있냐며 혀를 찼어요. 그래서 어떻게 했을까요? 미다스의 귀를 길게 늘이고 안팎으로 털이 수북이 나고 귓불이 움직이게 만들었답니다. 영락없이 당나귀 귀로 변하고 말았지요.

흉한 몰골로 변했으니, 미다스 왕은 크게 체면을 구겼습니다. 초라한 모습은 커다란 터번을 하거나 모자를 쓰면 숨길 수 있어

「아폴론과 판의 경연」
이탈리아 화가 세바스티아노 리치의 작품이다. 피리(판파이프)와 리라는 각각 판과 아폴론을 상징하는 악기이다. 아폴론에게 도전한 존재는 신화에서 여럿 있다. 대부분 도전자에게 끔찍한 형벌이 떨어진다.

서 그나마 다행이었어요. 하지만 미다스의 이발사는 비밀을 알고 있었지요. 만약 비밀을 누설했다가는 엄한 처벌을 내릴 거라고 미다스는 단단히 엄포를 놓았답니다. 하지만 이발사는 비밀을 폭로하고 싶어 견딜 수가 없었어요. 그래서 들판에 나가 땅에 구멍을 파고 그 위로 몸을 구부렸지요. 왜냐고요? 거기에 비밀을 쏟아 내기 위해서였답니다. 그러고선 흙으로 구멍을 메웠어요. 얼마 후 억새가 들판에 빽빽이 자랐는데, 줄기가 단단해지자마자 미다스 왕의 비밀을 속삭이기 시작했지요. 이때부터 오늘날까지 그곳 억새밭에 바람이 불기만 하면, '미다스 왕은 당나귀 귀'라는 속삭임이 흘러나옵니다.

미다스 왕의 이 이야기는 여러 가지 다른 형태로도 전해지고 있어요. 존 드라이든은 『바스 부인의 이야기』에서 미다스의 왕비가 비밀을 누설했다고 보고 있지요.

「미다스 왕」
이탈리아 화가 안드레아 바카로의 작품이다. 미다스가 다스렸던 프리기아는 근방에서 가장 부유했던 나라였다. 한편 손대는 일마다 큰 성과를 내는 사람을 빗대어 '미다스의 손'이라고 한다.

이것을 안 미다스는 귀의 상태를
아내 외에는 아무에게도 차마 말하지 못
했네.

미다스는 프리기아라는 나라의 왕이었습니다. 아버지 고르디아스는 가난한 농부였지만, 사람들이 신탁의 뜻을 받들어 왕으로 추대했어요. 신탁은 미래의 왕이 짐마차를 타고 올 것이라는 내용이었지요. 신탁을 놓고서 사람들이 무슨 내용인지 궁금해 하고 있을 때, 마침 고르디아스가 처자식을 짐마차에 태우고 마을 광장으로 들어왔답니다.

고르디아스는 왕이 된 후, 신탁을 내린 신에게 짐마차를 바쳤어요. 이때 짐마차를 견고한 매듭을 지어 묶어 두었지요. 이것이 그 유명한 '고르디아스의 매듭'이랍니다. 후세에 매듭을 푸는 사람이 아시아 전역을 다스리는

「고르디아스의 매듭」
이탈리아 화가 조반니 파올로 파니니의 작품이다. 알렉산드로스 대왕이 검을 뽑아들어 고르디아스의 매듭을 자르고 있다. '고르디아스의 매듭'은 너무 어려워 해결하기 힘든 문제를 의미한다.
월터스 미술관 소장

왕이 된다는 소문이 퍼졌지요. 많은 사람들이 시도했지만 아무도 성공하지 못했습니다. 알렉산드로스 대왕도 프리기아에 원정을 왔을 때 시도했지만 다른 이들처럼 실패만 거듭했지요. 그러자 분통이 터진 대왕은 검을 뽑아 매듭을 댕강 잘라 버렸답니다. 나중에 대왕이 아시아 전역을 정복하는 데 성공하자 사람들은 대왕이야말로 신탁의 참뜻을 실현했다고 여겼어요.

바우키스 부부가 한날한시에 나무가 된 사연

프리기아의 한 언덕, 낮은 담으로 둘러싸인 곳에 보리수 한 그루와 참나무 한 그루가 서 있었습니다. 거기서 멀지 않은 곳에 늪이 하나 있었어요. 이전에는 집이 들어서기 좋은 땅이었지만, 지금은 웅덩이가 널려 있어서 물새들이 사는 곳이 되었지요. 어느 날 제우스는 사람의 모습을 하고서 이 나라에 내려왔답니다. 아들

헤르메스도 날개는 떼어 놓고 지팡이는 지니고서 함께 왔어요. 둘은 지친 나그네 행색으로 하룻밤 묵을 곳을 찾아 집집마다 들렀지요. 하지만 때가 늦었기에 문이 전부 닫혀 있었답니다. 게다가 대부분 인정머리 없는 사람들이어서 굳이 일어나 손님을 맞으려 하지 않았어요.

마침내 한 초라한 집이 둘을 맞아 주었지요. 초가지붕을 한 작은 오두막이었는데, 신실한 할머니 바우키스와 남편 필레몬이 젊어 혼인한 이후 줄곧 그 집에서 동고동락하며 살아왔답니다. 둘

「바우키스와 필레몬과 함께한 제우스와 헤르메스」
이탈리아 화가 안드레아 아피아니의 작품이다. 독일 작가 괴테의 『파우스트』에는 바우키스 부부가 겸허한 삶의 상징으로 등장한다.

은 가난해도 부끄러워하지 않았고, 겸손하며 따뜻한 마음가짐으로 소박하게 지냈어요. 집에서는 주인과 하인을 따로 찾을 필요가 없었지요. 식구라고는 둘뿐이니 서로 주인이자 하인인 셈이었습니다.

천상의 두 손님이 머리를 숙이고 낮은 대문을 지나 남루한 집 안으로 들어오자, 바우키스가 자리를 마련해 주었어요. 친절한 할머니는 재빨리 자리 위에 천을 펴고 앉기를 권했지요. 그리고 화로 속의 재를 뒤져 숯불을 찾아내 마른 이파리와 나무껍질을 얹었어요. 연약한 숨을 훅훅 불자 불꽃이 크게 일었지요. 바우키스는 한쪽 구석에서 나무 막대와 마른 가지를 꺼내 부러뜨린 후, 작은 냄비 아래에 놓았습니다.

남편이 텃밭에서 채소를 뜯어 오자 할머니는 줄기에서 잎을 따서 냄비에 넣었어요. 남편은 굴뚝에 걸어 둔 고기 한 덩이를 꼬챙이로 집어 내렸고, 잘게 썬 한 조각을 냄비에 넣어 채소와 함께 끓였지요. 나머지는 다음에 먹기 위해 보관해 두었답니다. 그리고 손님들이 손을 씻게끔 나무 대야에 따뜻한 물을 넉넉히 받아 왔어요. 이처럼 갖가지 준비를 하는 중에도 말을 건네 손님들이 심심하지 않게 배려했지요.

손님용 의자에는 해초 더미를 채운 방석이 놓여 있었습니다. 방석 위에는 깔개를 덮어 놓았어요. 꽤 낡고 소박한 깔개였지만, 그래도 집안에 큰일을 치를 때나 내놓는 것이었지요. 할머니는 앞치마를 두르고 손을 덜덜 떨면서 식탁을 날랐답니다. 식탁은 한쪽 다리가 다른 것보다 짧았지만 얇은 돌을 끼워 수평을 맞추었어요. 이렇게 손을 본 다음, 할머니는 좋은 향이 나는 풀로 식탁을 닦았지요.

식탁 위에다 순결한 아르테미스 여신의 나무인 올리브 열매 몇 개와 식초에 절인 산딸기를 놓았답니다. 또한 무와 치즈 그리고 재에 묻어 두어 살짝 구운 계란도 올렸어요. 모든 음식은 흙으로 만든 접시에 담겨 나왔고, 그 옆에 흙 주전자와 나무로 만든 잔이 놓여 있었지요. 모든 것이 갖추어지자 마지막으로 김이 무럭무럭 나는 스튜가 올라왔습니다. 아주 오래된 것은 아니지만 포도주도 곁들여졌고 후식으로 사과와 꿀이 나왔어요. 음식도 음식이지만 밝고 상냥한 두 내외의 얼굴과 소박하면서도 진심 어린 마음씨가 가장 빛났지요.

식사를 하는 동안 두 늙은이는 깜짝 놀랐답니다. 포도주를 잔에 따랐는데도 주전자에 저절로 포도주가 새로 채워졌기 때문이에요. 그제야 화들짝 놀라며 바우키스와 필레몬은 두 손님이 천상의 신임을 알아차렸어요. 둘 다 무릎을 꿇고 두 손을 모아 보잘것없는 대접을 용서해 달라고 빌었답니다. 마침 집에 늙은 거위가 한 마리 있었어요. 남루한 오두막을 지켜 주는 동물로 키우는 거위였지요. '이 거위를 제물로 바쳐 천상의 손님들을 대접해야지.' 부부는 생각했습니다. 하지만 거위는 발뿐만 아니라 날개도 있기에 여간 민첩하지 않았어요. 두 노인네가 쫓아가자 요리조리 잘도 피하더니, 급기야 신들 사이에 가서 떡하니 자리를 잡았지요. 두 신은 거위를 죽이지 말라고 하면서 이렇게 일렀답니다.

"우리는 신이니라. 이 인정머리 없는 마을은 불경죄에 대한 벌을 받을 것이다. 너희만이 벌을 면하리라. 이 집을 떠나 우리와 함께 저 언덕 꼭대기로 올라가자."

늙은 부부는 지체 없이 지팡이를 짚고 나섰어요. 두 신을 따라 가파른 언덕배기를 올라갔지요. 꼭대기에 거의 다다라 고개를 돌려 내려다보니 온 마을이 호수에 잠겼고 그들의 집만 달랑 남아 있었습니다. 화들짝 놀란 두 사람이 이웃들의 운명을 슬퍼하는 동안 그들의 집은 신전으로 변하고 있었어요. 구석에 서 있던 나무 기둥들은 웅장한 원기둥으로 바뀌고, 초가지붕은 점점 노래지더니 금박을 입힌 지붕으로 변했답니다. 바닥에는 대리석이 깔렸고, 문은 조각과 황금 장식물로 아름답게 꾸며졌지요. 이윽고 제우스는 인자한 말투로 이렇게 말했습니다.

"훌륭한 노인이여, 그리고 남편에 걸맞은 여인이여! 무엇이든 소원이 있으면 말해 보라. 받고 싶은 은총이 있거든 말하여라."

필레몬은 잠시 바우키스와 이야기를 나누더니 둘의 소원을 신

「폭풍우 치는 풍경」
플랑드르 화가 페테르 루벤스의 작품이다. 마을에 폭풍우를 내리는 제우스와 이를 두려워하는 바우키스, 떠나려는 마을을 바라보는 필레몬의 모습이 그려져 있다.
빈 미술사 박물관 소장

**신전 계단 앞에서
이야기를 나누는
바우키스와 필레몬**
독일 화가 야누스 제넬리의
「바우키스와 필레몬」 부분이
다. 신전 계단 앞에서 이야기
를 나누는 부부의 모습을 표
현했다.
드레스덴 국립 미술관 소장

들에게 이렇게 터놓았어요.

"우리는 당신들의 신전을 지키는 사제와 지킴이가 되길 바랍니다. 또한 이곳에서 우리 부부는 평생 해로했으니 한날한시에 죽기 바랍니다. 서로의 무덤을 바라보는 일이 없도록 하여 주십시오."

두 사람의 기도는 받아들여졌어요. 둘은 살아 있는 동안 신전의 지킴이가 되었지요. 세월이 더 흘러 꼬부랑 할머니 할아버지가 된 어느 날, 둘은 성전의 계단 앞에 서서 그 장소에 대해 이야기하고 있었답니다. 그때 바우키스는 필레몬의 몸에서 나뭇잎이 돋는 것을 보았지요. 필레몬이 본 바우키스의 몸도 마찬가지였어요. 나뭇잎으로 엮인 관이 둘의 머리에서 자라나는 것이었습니다. 두 사람은 말을 할 수 있을 때까지 작별 인사를 나누었어요.

"안녕, 사랑하는 내 님이여!"

바로 그 순간, 동시에 둘의 입은 나무껍질로 뒤덮였지요. 지금도 티아나 지방에 가면 양치기들이 나무가 된 이 선량한 노부부가 나란히 서 있는 그곳으로 안내를 해 준답니다.

바우키스와 필레몬의 이야기를 모방하여 조너선 스위프트는 익살맞은 글을 지었어요. 스위프트는 『걸리버 여행기』를 쓴 작가랍니다. 이 익살 광대극에서 제우스와 헤르메스는 두 나그네 성자로 나와요. 오두막집은 교회로 바뀌고, 필레몬은 목사로 나오지요. 다음은 글의 일부 내용이에요.

그들은 말이 없었네, 그때 매끄럽게

지붕이 드높이 펼쳐지기 시작하고

모든 대들보와 서까래가 솟아오르고

무거운 벽이 차근차근 올라갔다네.

굴뚝은 넓어지고 높게 세워져

첨탑 없은 교회 탑이 되었다네.

주전자는 꼭대기까지 들어 올려져

그리하여 들보에 단단히 묶였으며

하지만 거꾸로 묶인 모습인지라

아래로 기울어져 있었어라.

우월한 힘이건만 헛되이

아래로 향하니, 제 경로를 멈추고

영원히 매달려 있어야 할 운명이네.

이제 주전자가 아니고 종이라네.

데우는 용도로 쓰지 않아 거의

못 쓰게 되어 버린 나무 기중기.

갑자기 무언가 달라진 느낌이 드네.

내부의 새 바퀴에 의해 끌어올려졌네.

한데 더욱 놀랍게도

그 때문에 움직임이 더 느려졌지.

예전에 회전날개는 납덩이를 달아도

너무 빨리 돌아 볼 수조차 없었지.

그런데 지금은 어떤 비밀의 힘 때문에

이젠 한 시간에 한 뼘도 움직이지 않네.

나무로 변한 바우키스와 필레몬
바우키스와 필레몬 이야기는 오비디우스가 『변신 이야기』에서 처음 썼다. 이후 20세기에 이르기까지 산문, 시, 오페라 등에 여러 차례 수용되었다.
드레스덴 국립 미술관 소장

나무 기중기와 굴뚝이 동맹하더니만
저리도 서로를 떠나지 않고 있네만
굴뚝이 자라서 뾰족한 첨탑이 되면
기중기 혼자 남아 있으려나?
하지만 첨탑을 따라 올라가
시계가 되어 붙어 있다는 말씀
일상의 가사일에 대한 사랑은 여전해
날카로운 소리로 정오를 고한다네.
음식 만드는 아가씨여, 태우지 마세요.
타 버린 고기는 되돌리지 못하네.
의자는 삐거덕거리며 기기 시작하는데
마치 큰 달팽이가 벽을 오르는 듯하네.
거기서 누구라도 보이게 높이 달렸네.
살짝 형태를 바꾸어 설교단이 되었네.
여기 옛적 침대가 하나 있소.
판재를 여러 겹 촘촘히 대어 만들었는데
우리 조상님이 쓰던 것과 비슷하오.
이제는 교회당 의자로 바뀌었건만
침대의 오랜 속성은 달라지지 않아
고달픈 나그네가 잠자리로 쓰노라.

'임금님 귀는 당나귀 귀' 이야기는 어디에서 생겨났을까요?

왕이 당나귀처럼 길쭉한 귀를 갖고 있었다는 이야기는 동서양을 막론하고 널리 퍼진 설화의 한 가지 유형이다. 우리나라에도 비슷한 이야기가 『삼국유사』에 전한다. '임금님 귀는 당나귀 귀'라고 알려진 설화이다. 미다스 왕 이야기의 구조는 다음과 같다. 이발사가 구덩이에 대고 왕의 비밀을 외쳤고 여기서 자라난 갈대가 속삭여 비밀이 퍼진다. 『삼국유사』에 나오는 신라 경문왕의 경우에는 왕의 모자를 만드는 사람이 대나무 밭에 가서 외쳐 비밀이 퍼진다. 이런 이야기는 전 세계에서 40개 이상 보고되었다. 대개 비밀을 알고 있는 사람이 구덩이를 파고 비밀을 외치면 이 구덩이에서 나무가 자라난다. 다른 사람이 그 나무로 악기를 만들자 악기에서 비밀이 흘러온다는 설정이다. 나무 종류는 나라마다 다르지만, 필리핀 설화에서는 우리나라 경우와 같이 대나무다. 이 이야기들은 한 개의 원천에서 퍼져 나간 것일까, 여러 곳에서 개별적으로 생겨난 것일까? 학자들은 대개 한군데에서 퍼져 나간 것으로 생각하고 그 근원이 오비디우스의 『변신 이야기』라고 본다. 『변신 이야기』가 1세기 초에 나왔으니, 『삼국유사』가 쓰인 13세기 말까지 로마에서 우리나라까지 이야기가 전달될 시간은 충분하다. 경문왕이 살았던 9세기를 기준으로 해도 시간은 넉넉하다. 경문왕 이야기에는 왕이 긴 귀를 갖게 된 이유에 대한 설명이 없다. 반면, 『변신 이야기』에는 미다스가 길쭉한 귀를 갖게 된 사연까지 담겨 있다.

아폴론과 판의 경연에서
판의 손을 들어주는 미다스

7 소중한 이를 찾아서 |
페르세포네, 글라우코스와 스킬라

우 리는 저마다 소중한 이가 있습니다. 자기만의 소중한 이를 잃으면 누구든 온 세상을 뒤져서라도 찾아 나설 수밖에 없답니다. 고대 신화 속의 신들도 마찬가지였어요. 불멸의 존재로서 영원한 행복만을 맛볼 것 같은 신들도 가장 소중한 이를 잃으면 방방곡곡 세상천지를 뒤져서 찾아다녔습니다. 어여쁜 딸 페르세포네가 저승 세계의 신 하데스에게 납치당하자, 곡물과 수확의 여신 데메테르는 행방도 모르는 딸을 찾아 오랜 세월 온 세상을 헤맵니다. 여신은 급기야 저승 세계에까지 내려가지요. 과연 딸을 찾았을까요? 그리고 이 이야기의 깊은 속뜻은 무엇일까요? 아울러 간절하게 사랑을 찾았던 글라우코스와 이로 인해 결국 괴물이 되어 버린 스킬라의 슬픈 운명도 함께 살펴보아요.

- 하데스이시여, 더 이상 갈 수 없습니다. 데메테르께서 원하지 않으면 당신은 그분의 사위가 될 수 없습니다. 그분의 딸을 납치하다니요. 당신은 청혼을 했어야 합니다. (오비디우스 『변신 이야기』)
- 아이를 돌려준다면 납치한 것은 참겠습니다. 당신도 딸에게 도둑을 섬기라고 할 순 없을 테지요. (오비디우스 『변신 이야기』)
- 당신을 경멸하는 여자를 경멸하시고, 당신을 따르는 여자를 따르세요. (오비디우스 『변신 이야기』)

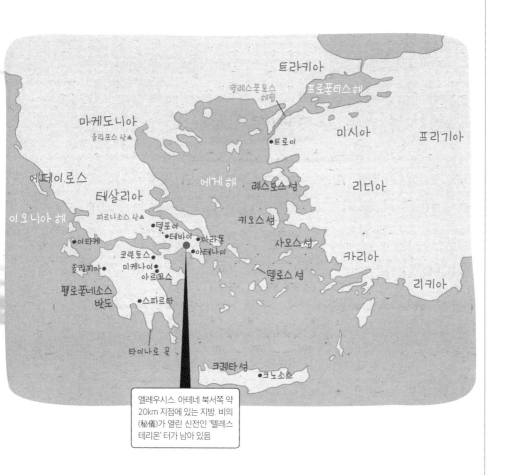

엘레우시스 아테네 북서쪽 약 20km 지점에 있는 지방. 비의 (秘儀)가 열린 신전인 '텔레스테리온' 터가 남아 있음

딸을 잃은 여신은 세상을 돌보지 않는다

제우스가 형제들과 힘을 합쳐 티탄족을 무찔러 저승 세계로 몰아내자 새로운 적이 나타났습니다. 티폰과 브리아레오스 그리고 엥켈라도스 등이었어요. 어떤 이는 팔이 백 개나 되었고, 또 어떤 이는 불을 내뿜었지요. 하지만 결국 패하여 에트나 산 밑에 산 채로 묻혔답니다. 이들이 가끔씩 도망치려고 애쓰는 통에 지금도 섬 전체에 지진이 일어나는 거예요. 이들이 내쉬는 숨이 바로 화산 폭발이지요.

이 괴물들이 추락하면서 땅을 뒤흔드는 바람에 지하에 있는 저승 세계의 왕 하데스가 깜짝 놀랐습니다. 자신이 다스리는 세계가 햇빛에 드러나지는 않을까 두려웠지요. 급기야 하데스는 검은 말들이 모는 이륜마차를 타고 몸소 순시를 떠났어요. 저승 세계가 입은 피해가 어느 정도인지 가늠해 보기 위해서였답니다. 하데스가 한참 순시를 하고 있던 바로 그때, 아프로디테는 아들 에로스와 함께 에릭스 산 위에 앉아 놀다가 하데스를 보고서 이렇게 말했어요.

"아들아, 제우스조차도 벌벌 떨게 만드는 너의 화살을 뽑아라. 화살 하나를 저 저승 세계의 왕에게 날려 보내 가슴에 명중시켜라. 왜 저 양반이 혼자 쏘다니고 있지? 아들아, 너와 나의 영토를 넓힐 기회를 놓치지 마라. 너도 알다시피 하늘에서도 우리의 힘을 얕잡아 보는 이들이 있지 않니? 지혜의 여신 아테나와 사냥의 여신 아르테미스가 우리를 멸시한단다. 게다가 데메테르의 딸 페르세포네도 꼴사납게 그런 여신들 흉내를 내려고 한단다. 너 자신의 미래를 위해서도, 우리가 한 배를 탄 처지임을 명심하여라."

에로스는 화살통을 열어 가장 뾰족하고 명중률이 높은 화살을
뽑았답니다. 무릎에 의지해 활을 구부려 활시위를 당긴 후 정확
히 겨누었어요. 시위를 놓자 화살이 하데스의 가슴에 정통으로
꽂혔지요.

한편, 엔나라는 지방의 골짜기에는 숲으로 둘러싸인 호수가
하나 있었습니다. 호수 주변 땅은 촉촉한 물기를 머금어 꽃들이
만발했어요. 뜨거운 햇살이 호수에 내리쬐는 것을 숲이 막아 준
덕분이지요. 그곳은 봄의 여신이 일 년 내내 다스렸답니다.

여기서 페르세포네는 친구들과 놀면서 백합꽃과 제비꽃을 모아 바구니와 앞치마에 가득 담고 있었어요. 마침 순시 중이던 하데스는 페르세포네를 보자마자 납치를 해 버렸지요. 페르세포네는 어머니와 친구들에게 도와 달라고 비명을 질렀습니다. 무서워 허둥대는 바람에 앞치마 자락을 놓치자 꽃들이 쏟아져 버렸어요. 페르세포네는 안 그래도 슬픈데 꽃마저 잃어버리자 더욱 처량해졌지요. 납치범은 말들의 이름을 하나씩 부르며 더 빨리 달리라고 채근했어요. 머리와 목에다 쇳빛 채찍을 날렸답니다. 키아네 강에 이르러 길이 막히자, 하데스는 삼지창으로 강기슭을 찔렀어요. 그러자 땅이 쩍 갈라지면서 저승 세계로 통하는 길이 열렸지요.

데메테르는 온 세상을 뒤지며 사라진 딸을 찾았습니다. 빛나는 머릿결의 에오스(새벽의 여신)가 아침에 나타났을 때도, 헤스페로스(금성)가 저녁에 별들을 데리고 나왔을 때도 데메테르는 딸을 찾느라 여념이 없었습니다. 하지만 모든 노력이 허사였지요. 마침내 지쳐 버린 데메테르는 슬픔에 젖어 어느 바위 위에 풀썩 주저앉았답니다. 아흐레 밤낮을 앉아 있었어요. 뜨거운 햇살을 그대로 받다가, 달

빛을 받다가, 때로는 빗줄기에 흠뻑 젖어 가면서 꼬박 아흐레를
지새웠지요. 그곳은 지금 엘레우시스라는 마을이 있는 곳이고,
당시에는 켈레오스라는 노인의 집이 있던 곳이었습니다. 그때
노인은 들에 나가 도토리와 산딸기를 따고, 땔감을 모으고 있었
어요. 노인의 어린 딸이 염소를 두 마리 몰고 가다가 여신의 곁을
지나게 되었지요. 데메테르 여신이 나이 든 여자로 변신해 있는
줄 모르고 여자아이는 이렇게 말했답니다.

"어머니," 데메테르에게는 이 말이 얼마나 반가웠을까요?

"왜 바위 위에 혼자 앉아 계신가요?"

노인도 짐이 많아 바삐 가던 걸음을 멈추고, 누추하지만 자기

집에서 하룻밤 묵어가라고 여인에게 권했지요. 데메테르가 거절하는데도 노인은 계속 권했답니다.

"제발 내버려 두세요." 데메테르는 또 다시 거절하며 이렇게 말했어요.

"당신은 딸이 있으니 좋겠네요. 저는 딸을 잃어버렸답니다."

이 말과 함께 여인은 닭똥 같은 눈물을, 아니지! 신은 눈물이 없으니 눈물 비슷한 어떤 것을 뚝뚝 흘렸지

엘레우시스 비의(秘儀)
'닌니온 태블릿'이다. 엘레우시스 비의 장면을 표현했다. 엘레우시스에서는 기원전 8세기부터 4세기까지 데메테르와 페르세포네에게 바치는 비밀 의식이 치뤄졌다. 고대 세계에서 손꼽히는 큰 의식이었다. 데메테르가 메타네이라에게 명령해 의식이 시작되었다고 전한다.
©Marsyas
아테네 국립 고고학 박물관 소장

요. 눈물은 뺨을 타고 가슴까지 흘러내렸답니다. 마음씨 착한 노인과 어린 딸도 함께 눈물을 쏟았어요. 잠시 후 노인이 말했지요.

"우리와 함께 가시지요. 집이 누추해 송구스럽지만요. 가서 기다리면 따님이 당신 곁으로 무사히 돌아올지도 모릅니다."

"그럼 앞장서 주세요." 여인이 말했지요.

"간절히 청하시니 거절할 수가 없네요."

드디어 여인이 바위에서 일어났고, 셋은 함께 갔습니다. 가는 길에 노인은 여인에게 이런 말을 했어요. 집에 유일한 아들인 사내아이가 앓아누웠는데 열이 펄펄 나서 며칠째 잠을 못 잔다고 했지요. 그 말을 듣고 여인은 허리를 구부려 무언가를 땄답니다. 마침 근처에 있던 양귀비꽃이었어요. 셋이 오두막에 들어섰을 때 집안 식구들은 모두 큰 상심에 잠겨 있었지요. 아무래도 아들이 살아날 가망이 없었던 겁니다. 그런 중에도 아이 어머니인 메

타네이라는 데메테르를 따뜻하게 맞아 주었어요. 여신은 허리를 숙이고 아픈 사내아이의 입술에 입을 맞추었지요. 순식간에 아이의 창백한 얼굴에 혈색이 돌면서 건강한 활력을 되찾았답니다. 그러자 온 식구, 온 식구라고 해도 하인이 없으니 아이의 부모와 어린 딸뿐이지만, 어쨌든 온 식구는 기뻐서 어쩔 줄을 몰랐어요. 셋은 식탁을 펴더니 치즈랑 크림이랑 사과 그리고 벌집에 든 꿀을 올렸지요. 식사하는 동안 데메테르는 양귀비즙을 아이가 마실 우유에 탔습니다.

밤이 깊어 모두 잠들었을 때 데메테르는 일어나서 잠자는 아이를 안고서 팔다리를 주물렀어요. 그러고선 엄숙한 주문을 세 번 외운 다음 아이를 화롯가의 재 위에 뉘었지요. 그런데 잠결에 깬 아이 어미가 여인이 하는 짓을 보고 말았답니다. 어미는 비명을 지르며 잽싸게 달려가 아이를 불에서 꺼냈어요. 이때 데메테르는 원래 모습으로 바뀌었습니다. 방 안은 광채로 흘러넘쳤지요. 온 식구가 놀라서 기겁을 하고 있을 때 데메테르가 말했습니다.

"어미여, 너는 아들을 아끼는 마음 때문에 몹쓸 짓을 하고 말았구나. 네 아들을 불사의 몸으로 만들 참이었는데, 네가 망쳐 놓았구나. 그래도 어쨌든 네 아들은 훌륭하고 쓸모 있는 인물이 될 것이다. 쟁기 사용법과 더불어 땅을 일구며 성실하게 사는 삶의 보람을 사람들에게 가르칠 테니 말이다."

이 말을 끝으로 데메테르는 구름으로 몸을 감싸더니 자신의 이륜마차를 타고 그곳을 떠났답니다.

데메테르는 바다와 강을 건너 이 땅 저 땅으로 하염없이 딸을 찾아다녔어요. 그러다 마침내 처음 길을 떠났던 곳인 시칠리아 섬으로 돌아와 키아네 강가에 섰지요. 페르세포네를 납치한 하데스가 저승 세계의 통로를 만들었던 바로 그 강기슭이랍니다. 강의 님프는 자신이 목격한 사실을 여신에게 터놓고 싶었지만 엄두가 나지 않았어요. 하데스의 보복이 두려워서였지요. 대신에 님프는 페르세포네가 발버둥을 치다가 떨어뜨린 앞치마의 허리끈을 간신히 집어 여신의 발밑으로 흘려보냈답니다. 허리끈를 보자 데메테르는 딸이 영영 사라졌다는 사실을 그제야 받아들였어요. 하지만 이유를 몰랐기에 애꿎은 땅을 걸고넘어졌지요.

"배은망덕한 땅아," 여신은 말했답니다.

"내가 너에게 비옥한 거름을 주고 식물들과 영양 가득한 곡식들로 너를 덮어 주었건만. 이제 더는 나의 은혜를 누리지 못하리라!"

석류빛 입술을 가진 저승의 왕비

그러자 한동안 가축들이 죽고, 쟁기가 밭고랑에서 부러지고, 씨앗이 싹트지 못하고, 가뭄이 몰려오거나 홍수가 지고, 새들이 씨앗을 훔쳐 갔어요. 자라는 것이라고는 엉겅퀴와 가시덤불뿐이었지요. 이 사실을 알게 된 샘의 님프 **아레투사**가 땅을 돕기 위해 나섰답니다.

"여신이시여!" 아레투사는 말했어요.

"땅을 나무라지 마세요. 따님이 끌려간 길을 땅이 열긴 했지만 그건 어쩔 수가 없었어요. 제가 따님의 운명을 알려 드리겠습니다. 제 두 눈으로 똑똑히 보았으니까요. 저는 엘리스 출신이라 여기는 저의 고향 땅이 아니랍니다. 저는 숲의 님프였으니 사냥을

즐겼어요. 다들 예쁘다며 제게 사탕 발린 소릴 했지만 저는 거들 떠보지도 않았지요. 사냥을 하여 짐승을 잡는 일이 마냥 뿌듯할 뿐이었습니다.

　어느 날 사냥을 마치고 숲에서 나오는 길이었어요. 온몸이 땀에 젖어 있던 터라 맑은 물이 흐르는 강가로 갔어요. 너무 맑아서 바닥의 조약돌을 하나하나 셀 수 있을 정도였지요. 주위에 큰 버드나무가 넉넉하게 그늘져 있었고 비스듬한 강기슭에는 풀들이 파릇파릇했답니다. 저는 다가가서 강물에 발을 담갔어요. 무릎 높이까지 들어갔지만 그래도 아쉬워 아예 옷을 벗어 버드나무 가지에 걸어 두고 물속으로 풍덩 뛰어들었지요. 물속에서 신나게 멱을 감고 있는데, 깊은 물속에서 웅얼거리는 소리가 들려왔습니다. 저는 급히 물을 빠져나와 가까운 강가로 피했어요. 그

「알페이오스와 아레투사」
이탈리아 화가 카를로 마라타의 작품이다. 알페이오스는 오케아노스와 테티스 사이에서 태어난 수많은 강의 신 가운데 하나이다. 현재 알페이오스(알페이오스) 강은 펠로폰네소스 반도의 서부를 흐르는 큰 강이다.

「페르세포네」
영국 화가 단테이 게이브리얼 로세티의 작품이다. 이미 지하 세계 음식인 석류
를 먹은 모습이다. 붉은 입술과 석류가 관능적이다. 로세티가 사랑하는 여인인
제인 모리스를 모델로 페르세포네를 그렸다.
테이트 브리튼 갤러리 소장

때 이런 목소리가 또렷이 들렸
지요.

'왜 달아나느냐, 아레투사야.
나는 이 강의 신 알페이오스다.'

제가 달아나자 알페이오스는
쫓아왔지요. 처음엔 제가 더 빨
랐지만 지치는 바람에 체력이
강한 알페이오스에게 따라잡히
고 말았답니다. 마침내 기진맥
진한 저는 아르테미스 여신에
게 도와 달라고 외쳤어요.

'살려 주세요, 여신님! 당신을
숭배하는 님프를 살려 주세요!'

여신께서 듣고서 짙은 안개로
저를 재빨리 감쌌지요. 강의 신
은 두리번거리면서 제 곁에 두
번이나 바싹 다가왔는데도 저
를 보지는 못했답니다.

'아레투사, 아레투사!' 내 이
름만 연거푸 외쳐 댈 뿐이었어
요. 아, 얼마나 떨리는 순간이
었는지요! 가까이서 으르렁대
는 늑대의 울음소리를 듣고 있
는 한 마리 양이 된 심정! 그때

제 몸은 식은땀이 줄줄 흐르더니 머리카락도 물처럼 흘러내렸습니다. 제가 서 있던 곳은 작은 웅덩이가 되어 버렸지요. 그러니까 순식간에 저는 샘으로 변하고 말았던 거예요. 그런 모습인데도 알페이오스는 끝내 저를 알아보고서 자기 물을 내 물과 섞으려고 덮쳐 왔답니다. 그때 아르테미스 여신이 재빨리 땅을 갈랐어요. 저는 몸을 피하고자 갈라진 틈 속으로 뛰어들었지요. 그리고 땅 속의 빈 공간을 떠돌다가 이곳 시칠리아 섬까지 오게 되었답니다. 그런데 제가 땅 아래를 지나는 도중에 페르세포네를 보았어요. 슬픈 기색이었지만 얼굴에 두려움의 빛은 어려 있지 않았지요. 따님은 여왕이 된 것 같았어요. 에레보스의 여왕, 즉 저승 세계의 왕비 말이에요."

이 말을 듣고서 데메테르는 얼빠진 듯 서 있었지요. 잠시 후 정신을 차리고는 이륜마차를 몰고 하늘로 향했습니다. 촌각을 다투어 달리자 어느덧 제우스의 왕좌 앞에 이르렀어요. 자식을 잃은 사연을 늘어놓고서 딸을 되찾게 해 달라고 제우스에게 애원했지요. 제우스는 그러겠다고 하면서도 한 가지 조건을 달았습니다. 페르세포네가 저승 세계에 머무는 동안 그곳 음식을 먹었다면 도와줄 수 없다는 것이었어요. 음식을 먹었다면 설령 제우스가

「페르세포네의 귀환」
영국 화가 프레더릭 레이턴의 작품이다. 페르세포네가 데메테르에게 돌아가는 장면이다. 페르세포네의 운명은 곡식의 순환 과정을 상징한다. 페르세포네가 데메테르에게 돌아가는 것은 곡식이 싹트는 것이고, 하데스에게 가는 것은 수확이 끝나 곡식이 땅 위에서 사라지는 것이다.

풀어 주고 싶어도 운명의 여신들이 반대하면 어쩔 수 없다고 했지요. 그리하여 제우스의 명을 받은 헤르메스가 봄의 여신을 대동하고 지하로 내려가 페르세포네를 돌려 달라고 요구했습니다. 약삭빠른 하데스는 제우스의 뜻에 따르겠다고 했어요.

하지만, 아! 이미 페르세포네는 하데스가 준 석류를 받아서 그 씨에 붙은 달콤새콤한 즙을 빨아먹었던 터였지요. 따라서 완전히 풀려날 수는 없는 처지였습니다. 하지만 천만다행으로 타협이 이루어졌어요. 한 해의 절반은 지상에서 어머니와, 나머지 절반은 지하에서 하데스와 함께 보내기로 했지요.

데메테르는 이 절충안을 기꺼이 받아들였고, 땅에도 이전처럼 은혜를 베풀었답니다. 또한 켈레오스와 그 식구들을 떠올렸고, 특히 노인의 어린 아들 트립톨레모스에게 한 약속이 생각났어요.

그래서 아이가 자라서 어른이 되었을 때, 쟁기 사용법과 씨 뿌리는 법을 가르쳤지요. 게다가 데메테르는 날개 달린 용들이 끄는 이륜마차에 트립톨레모스를 태우고 세상 모든 나라를 돌아다녔답니다. 트립톨레모스는 여행을 하면서 인류에게 소중한 곡식 종자를 나누어 주고 농사 지식을 전수했어요.

여행에서 돌아온 트립톨레모스는 데메테르를 위하여 엘레우시스 지방에 웅장한 신전을 세웠지요. 그러고는 '엘레우시스의 신비'라는 이름을 내걸고 여신을 숭배하는 의식을 행하기 시작했습니다. 숭배 의식의 호화로움과 장엄함은 그리스의 다른 어떤 종교 의식도 따라갈 수 없었어요.

데메테르와 페르세포네의 이야기는 필시 어떤 깊은 뜻을 담고 있는 우화랍니다. 페르세포네는 곡물의 씨앗을 의미하지요. 씨

「트립톨레모스 왕에게 농업을 가르치는 데메테르」
프랑스 화가 루이 장 프랑수아 라그레네 1세의 작품이다. 트립톨레모스는 '세 번 밭 가는 자'라는 뜻이다. 신화에서 농업을 전파한 인물로 알려졌다. 엘레우시스 비의에서 중요한 인물로 숭배되었다. 베르사유 궁전 소장

앗은 가을에 땅 속에 묻히면 자기 모습을 감춘 채 숨어 있어요. 즉, 지하의 신에게 납치되는 것이죠. 하지만 봄이 되면 다시 나타납니다. 페르세포네가 어머니에게로 되돌아가는 것을 뜻하지요. 봄의 여신이 씨앗을 싹 틔워 햇빛 속에 곡식을 자라게 하는 것이에요.

밀턴은 『실낙원』 제4권에서 페르세포네 이야기를 노래하고 있어요.

저 아름다운 엔나의 들판
페르세포네가 꽃을 꺾고 있었네.
하지만 그녀는 더욱 아름다운 꽃
결국 어둠의 왕에게 꺾이고 말았네.
딸을 찾아 온 세상을 헤매던
데메테르의 모진 시련, 그 고통이
에덴동산에도 닥쳤으려니.

영국 시인 토머스 후드는 「우울에 부치는 송시」에서 이 이야기를 실로 아름답게 노래하고 있지요.

용서해 주오, 내 언젠가 슬픔에 겨워
지금 이 순간의 행복을 잊는다 해도
겁먹은 페르세포네가 하데스를 보자
손에 쥔 꽃을 놓치던 때도 그랬다오.

알페이오스 강은 실제로 일부가 땅 밑으로 사라져 지하로 흐르다가 다시 땅 위로 나타난다고 합니다. 전하는 말에 따르면 시칠리아의 아레투사 샘은 알페이오스 강이 바다 밑을 흐르다 다시 땅으로 솟아난 것이라고 해요. 알페이오스 강에 컵을 하나 던지면 아레투사 샘에 다시 나타난다는 이야기는 여기서 유래된 것이지요. 알페이오스 강의 땅 속 샘은 영국 시인 콜리지의 시 「쿠빌라이 칸」에서 이렇게 그려지고 있습니다.

아레투사 샘
이탈리아 시칠리아 섬 시라쿠사에 위치한 샘이다. 샘 중앙에는 종이 원료가 되는 파피루스가 자라고 있다. 고대 로마 철학자 키케로는 시라쿠사를 '가장 위대하고 아름다운 그리스의 도시'라 칭했다.
ⓒGiovanni Dall'Orto

쿠빌라이 칸은 명하였네.

상도(上都)라는 곳에 환락의 궁전을 지으라고

거기엔 성스러운 강 알페이오스가 흐르네.

인간은 가늠할 수 없는 동굴을 지나

해가 뜨지 않는 바다 밑으로.

　무어는 젊은 시절에 쓴 시에서 이 이야기를 다루고 있어요. 무
어의 시에는 꽃다발 등의 가벼운 물체를 강에 던져 흘려보냈다
가 나중에 다시 떠오르게 한다는 내용이 나오지요.

　　오, 내 사랑, 얼마나 신성하리만큼 감미로운가.

　　비슷한 영혼이 서로 만날 때의 순수한 기쁨이란!

　　마치 지하의 물길을 따라 흐르고 있던 강의 신이

　　유일한 빛인 사랑을 만나 동굴 밑을 빠져나왔듯이

　　그리하여, 올림포스 시녀들이 장식해 놓은

　　온갖 꽃다발과 축제의 반지들을 한가득

　　둘의 만남에 바치는 선물로 의기양양하게

　　아레투사의 빛나는 발밑으로 띄워 올렸네.

　　마침내 그가 샘의 신부를 만날 때, 생각해 보라.

뒤섞인 물결은 얼마나 완전한 사랑으로 떨리겠는가!

둘 다 서로에게 스며, 결국 하나로 합쳐지리니

둘의 운명은 양지에서나 음지에서나 똑같으리니

진정한 사랑의 모범으로, 깊고 깊게 흘러가리니.

이탈리아 화가 알바노는 「에로스들의 춤」이라는 유명한 그림을 그렸습니다. 이 그림에 대해 무어는 「여행의 시」라는 작품에서 설명하고 있어요.

대지에서 엔나의 꽃을 훔쳐 와서는

흥겹게 춤추는 이 장난꾸러기들은

초록나무 둘러싼 광야의 님프 같네.

환하게 웃으며 아주 가까이들 붙어 있네.

꽃다발의 장미 봉오리들처럼 볼을 맞댔네.

더 멀리엔 다른 무리들이 있어

날개 밑으로 작은 눈들이 반짝인다.

자, 보라! 구름 속에서 가장 만형이

방금 날아올라 환한 미소로 말하도다.

하데스가 아름다운 어머니를 조롱하건만

어머니는 장난치는 아들에게 입을 맞추나니.

스킬라가 질투라는 독물에 몸을 담그다

글라우코스는 어부였습니다. 어느 날 그물을 끌어올렸더니 온갖 물고기들이 한가득 잡혔어요. 그물을 턴 다음 풀밭에서 물고기들을 종류별로 모았지요. 그곳은 강 한가운데에 있는 아름다운 섬이어서 아무도 살지 않고 가축도 기르지 않았지요. 오로지 글라우코스 혼자만 찾는 아주 한적한 장소였답니다. 그런데 느닷없이 풀밭 위의 물고기들이 생기를 되찾더니만 마치 물속인 듯 지느러미를 움직이기 시작했어요. 글라우코스가 깜짝 놀라 멍하니 바라보고 있는 사이, 물고기들은 하나 둘씩 물가로 다가가서 풍덩 뛰어들어 헤엄쳐 사라졌지요. 도대체 영문을 모를 일이었습니다. 신이 그런 것인지 아니면 어떤 신비스러운 힘이 풀밭에 깃들어 있는지 알 길이 없었어요.

"혹시 풀에 이런 힘이 있는 걸까?"

글라우코스는 궁금해져 풀을 몇 가지 뜯어 맛을 보았지요. 풀 즙의 맛을 채 느끼기도 전에 물을 마시고 싶어졌답니다. 도저히 갈증을 참을 수 없자, 땅에 작별을 고하고 강 속으로 풍덩 뛰어들었어요. 그러자 황송하게도 물의 신들이 환대를 하며 글

「글라우코스와 스킬라」
플랑드르 화가 바르톨로메우스 슈프랑거의 작품이다. 스킬라의 아름다운 자태를 보고 사랑에 빠진 글라우코스의 모습을 표현했다.
빈 미술사 박물관 소장

라우코스를 동료로 받아들여 주었지요. 신들은 바다의 지배자인 오케아노스와 그의 아내 테티스의 허락하에 글라우코스가 지닌 인간의 속성을 모조리 씻어 내기로 했습니다. 백 줄기의 강이 한꺼번에 몸에 쏟아지자, 글라우코스의 예전 성격과 마음이 모조리 사라졌어요. 다시 정신을 차렸을 때는 겉모습도 내면도 완전히 달라져 있었지요. 그의 머리칼은 초록빛 바다색으로 물 위에 길게 드리워졌고, 양어깨는 드넓게 펼쳐졌어요. 허벅지와 종아리 부분은 달라붙어 물고기 꼬리 모양으로 변했답니다. 바다의 신들은 외모가 바뀐 글라우코스를 칭찬했어요. 스스로도 이젠 잘생긴 멋쟁이가 되었다고 흡족해 했지요.

어느 날 글라우코스는 아름다운 처녀 스킬라를 보았습니다. 물의 님프들이 가장 좋아하는 아가씨였는데, 물가를 거닐다가 마침 편한 장소를 찾아 맑은 물에 늘씬한 다리를 씻고 있었어요. 글라우코스는 단번에 스킬라에게 반해서 물 위로 모습을 드러내 수작을 걸었지요. 달콤한 말로 아가씨를 붙들어 둘 속셈이었답니다. 하지만 스킬라는 낯선 모습이 불쑥 나타나자 기겁을 하고 도망부터 쳤어요. 마침내 바다가 내려다보이는 벼랑에 이르자, 일단 걸음을 멈춘 다음 그게 신인지 바다짐승인지 보려고 고개를 돌렸지요. 글라우코스의 모습과 빛깔을 보고는 깜짝 놀랐답니다. 글라우코스는 물에 절반쯤 드러난 몸을 바위에 기댄 채 말했어요.

"아가씨, 나는 괴물도 아니고 바다짐승도 아니라오. 나는 신이랍니다. 프로테우스나 트리톤과 마찬가지란 말이지요. 한때는 인간이었기에, 먹고 살기 위해 바다에 나갔답니다. 하지만 이제는 온전히 바다에 속한 존재가 되었지요."

그러고선 자신이 변신한 이야기며, 어떻게 해서 지금처럼 신의 자리에 올랐는지 들려주었답니다. 또한 이런 말도 덧붙였어요.

"하지만 아가씨의 마음을 움직이지 못한다면, 그 모든 일들이 무슨 소용이겠어요?"

글라우코스는 어떻게든 이처럼 말을 이으려 했지요. 하지만 스킬라는 홱 몸을 돌리더니, 걸음아 날 살려라 달아났습니다.

상심에 젖어 있던 글라우코스에게 좋은 생각이 하나 떠올랐어요. 마녀이자 여신인 키르케에게 상의하면 어떨까 하는 생각이었지요. 그래서 키르케가 사는 섬으로 갔답니다. 그곳은 나중에 오디세우스가 찾아가게 될 섬인데, 이 내용은 다음에 이야기할게요. 서로 인사를 나눈 후에 글라우코스가 입을 뗐어요.

"여신이여, 부디 도움을 청합니다. 오직 그대만이 나의 고통을 누그러뜨릴 수 있어요. 약초의 효력을 나도 잘 알아요. 덕분에 나는 지금과 같은 모습으로 바뀌었답니다. 신이 된 후에 나는 스킬라를 만나 홀딱 반하게 되었지요. 터놓기 부끄럽지만, 스킬라에게 별의별 말로 구애와 맹세를 했지만 되돌아온 것은 비웃음뿐이었어요.

간곡히 부탁드리오니, 주문을 외워 주시거나 아니면 약초의 효력이 더 강하다면 약초를 써 주세요. 사랑의 상처를 낫게 해 달라는 뜻이 아닙니다. 내가 스킬라를 사랑하듯이 스킬라도 나를 사랑하도록 만들어 달라는 것이지요."

이 말에 키르케는 대답했어요.

"당신을 좋아하는 상대를 찾는 편이 좋을 거예요. 당신은 충분히 그런 짝을 만날 자격이 있으니, 헛되이 쫓아다니지 마세요. 자신감을 잃지 말고 자신의 가치를 깨달으시고요. 단언하건대 여신에다 약초와 주문에도 통달한 나라도 당신의 구애를 받으면 거절하지 못할 거랍니다. 여자한테 비웃음을 당하면 비웃음으로 되갚으세요. 서로 마음이 맞는 사람을 만나야 해요. 그래야 둘 다 서로 사랑을 주고받으며 온전한 인연이 된답니다."

이 말에 글라우코스는 대답했어요.

"바다 밑바닥에 나무가 자라고 산꼭대기에 해초가 우거지는 날이 올지언정, 스킬라만을 사랑하는 내 마음은 변치 않을 겁니다."

여신은 화가 났지만 글라우코스를 벌할 수도 없었고, 그러고 싶지도 않았지요. 여신의 마음속에 글라우코스가 둥지를 틀어 버렸으니까요. 그래서 여신은 자신의 분노를 연적에게로 돌렸답니다. 아, 가엾은 스킬라! 여신은 독초들을 모아 한데 섞고서 주문을 외웠어요. 그러고선 자신의 요술에 걸려 미쳐 날뛰는 짐승들 사이를 유유히 지나 스킬라가 사는 시칠리아의 어느 해변으로 갔지요. 그곳에 작은 만이 하나 있었는데, 스킬라는 한낮의 더위를 피해 그곳에서 쉬면서 바다 공기도 쐬고 미역도 감았습니다. 바닷물에다 여신은 독약을 쏟은 다음 강력한 마력이 깃든 주문을 외웠어요.

「키르케와 스킬라」
영국 화가 존 스트루드위크의 작품이다. 키르케는 신화에 등장하는 대표적인 마녀이다. 주로 사람을 동물로 변신시키는 마법을 쓴다. 그림 뒤쪽으로 독을 푼 물로 들어가려는 스킬라가 보인다.

아무것도 모른 채 스킬라는 허리까지 차는 물속으로 뛰어들었지요. 너무나 놀랍게도 한 무리의 뱀과 짖어 대는 괴물들이 주위를 감쌌지 뭐예요! 처음에는 그것들이 자기 몸의 일부인지 상상조차 못 했답니다. 벗어나 도망치려고 했지만 아무리 달아나도 따라왔어요. 게다가 몸을 만지려고 손을 뻗었더니, 자기 손이 괴물의 쩍 벌린 턱을 만지는 것이었지요. 스킬라는 한동안 넋을 놓고 그 자리에 서 있었습니다. 한데, 차츰차츰 스킬라의 성격도 외모와 마찬가지로 흉악해졌어요. 어떻게 아냐고요? 바로 운수 사나운 뱃사람들을 닥치는 대로 붙잡아 우걱우걱 먹어 치우기 시작했으니까요. 그리하여 스킬라는 오디세우스의 동료 여섯 명을 잡아먹었고 아이네이아스의 배를 난파시키려 했습니다. 그러다가 결국에는 바위로 변해 지금까지도 뱃사람들을 두려움에 떨게 만들고 있지요.

존 키츠는 「엔디미온」이라는 시에서 글라우코스와 스킬라 이야기의 새로운 결말을 들려준답니다. 여기서는 글라우코스가 키르케의 앙큼한 유혹에 넘어가고 말지요. 하지만 어느 날 우연히 여신이 짐승을 거칠게 대하는 장면을 목격해요. 글라우코스는 여신의 잔인한 본모습에 역겨움을 느끼고 도망치려고 했지만 붙잡혀 돌아왔지요. 여신은 글라우코스를 비난하면서, 노쇠한 몸으로 고통스럽게 천 년을 지내라며 저주를 내리고 쫓아냈어요. 이리하여 바닷가로 돌아간 글라우코스는 스킬라의 시체를 보게 되지요. 스킬라는 원래 이야기처럼 여신이 변신시킨 괴물이 아니라 물에 빠져 죽은 모습으로 나온답니다.

이때 글라우코스는 자신의 운명을 깨달았어요. 물에 빠져 죽은 모든 연인들의 시체를 천 년 동안 모으면서 지내다 보면 이윽고 신들이 아끼는 청년이 나타나 자신을 구해 줄 것을 말이지요. 마침내 엔디미온이 그의 예언을 실현시켜 줍니다. 엔디미온은 글라우코스에게 젊음을 되찾아 주고, 더불어 스킬라를 포함한 모든 익사한 연인들을 되살려 냈어요.

다음 구절은 변신 후 글라우코스의 심정을 노래하고 있지요.

나는 생사를 걸고 뛰어들었네.

입과 코를 진한 바닷물로 채우나니

고통스럽다고 볼 수도 있겠지.

그러나 나는 감탄을 금할 길 없어라.

물이 수정처럼 내 몸을 매끄럽게 감쌌도다.

나는 매일매일 경이로움에 젖어 살았네.

나의 의지 따윈 완전히 내다 버렸네.

다만 위대한 밀물과 썰물에 몸을 맡겼네.

갓 깃털이 돋은 어린 새가 처음 나타나

아침의 추위 속으로 깃털을 펼치듯이

조심조심 내 의지의 날개를 펴 보았지.

'이것이 바로 자유! 마침내 이르렀네.

바다 밑 세계의 무한한 경이로움에!'

농사짓는 법은
어떻게 온 세상에 퍼졌을까요?

페르세포네가 하데스에게 납치되었다가 돌아온 이야기에는 농사법이 온 세상에 퍼지게 된 사연이 슬며시 끼어들어 가 있다. 데메테르 여신은 딸 페르세포네를 찾으러 다니다가 켈레오스라는 노인의 집에 머물렀다. 데메테르는 이 집 아들 트립톨레모스를 병에서 고쳐준 후 그가 농사법을 전파하도록 했다. 불핀치는 데메테르에게 못되게 굴던 소년이 도마뱀으로 변했다는 『변신 이야기』 내용 대신에 데메테르가 켈레오스 집 소년인 트립톨레모스를 치료하고 제자로 삼았다는 오비디우스의 『축제 달력』 이야기를 끼워 넣었다. 읽는 사람의 마음을 불편하게 할 만한 내용이어서 교체한 것으로 추측한다. 이와 같이 인간들에게 새로운 기술이나 문화를 전해 주는 존재를 '문화 영웅'이라 부른다. 인간들에게 불을 가져다주고 여러 기술을 가르쳐 주었다는 프로메테우스도 문화 영웅 중 하나이다. 중국 신화에서는 삼황오제 중 신농이 인간들에게 농사법을 가르쳐 주고 약초에 대해서도 알려 주었다. 신농은 머리는 소고 몸은 사람인 일종의 미노타우로스이다. 데메테르와 페르세포네는 보통 어머니와 딸로 알려져 있지만, 근동에서 널리 섬기던 땅의 여신이 두 가지 모습으로 나타난 것이라는 설명도 있다. 이런 유형의 두 여신에게는 작은 남성 신이 딸려 있는 경우가 많다. 트립톨레모스도 이러한 존재라고 할 수 있다.

트립톨레모스에게 농사법을 가르치는 데메테르

8 변신 이야기 | 피그말리온, 드리오페, 아프로디테와 아도니스, 아폴론과 히아킨토스

우리는 가끔씩 변신을 꿈꿉니다. 새가 되어 하늘을 날아 보았으면. 돌고래가 되어 바닷속을 헤엄쳐 봤으면. 고대 신화 속 세상에서는 이것이 단지 꿈이나 상상이 아니었답니다. 세상 만물은 고정된 형태를 지닌 존재가 아니라 서로의 형태를 넘나들며 자유롭게 바뀌는 존재였어요. 이러한 변신 이야기에는 여인 조각상이 살아 있는 진짜 여인으로 바뀌어 조각가와 남녀의 인연으로 맺어지는 기쁨의 장면도 있지요. 하지만 영문도 모른 채 나무로 변해 가족과 이별하는 이야기며, 사랑하는 이가 죽자 꽃으로 바뀌어 오래오래 그 아름다움과 추억을 간직한다는 슬픈 이야기도 있답니다. 흥미진진한 신화 속의 변신 이야기를 따라가 보아요.

- 신들은 스미르나를 불쌍히 여겨 나무로 변신시켰다. 열 달 후에 나무가 갈라지고 그곳에서 아도니스가 태어났다. 아프로디테는 아도니스의 아름다움에 사로잡혀 어린아이를 몰래 상자에 감추고 페르세포네에게 맡겼다. (아폴로도로스 『도서관』)

- 풀 위에 누운 아프로디테는 아도니스의 가슴에 머리를 기대고 때때로 입맞추며 이야기했습니다. (오비디우스 『변신 이야기』)

- 아폴론과 히아킨토스는 벗은 몸에 올리브기름을 발라 몸을 번쩍이게 한 후 원반던지기를 시작했소. (오비디우스 『변신 이야기』)

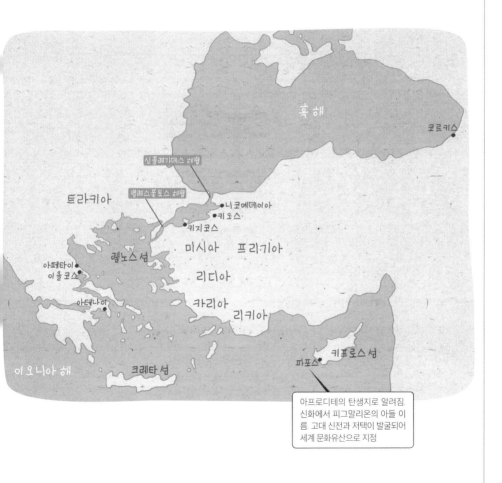

아프로디테의 탄생지로 알려짐. 신화에서 피그말리온의 아들 이름. 고대 신전과 저택이 발굴되어 세계 문화유산으로 지정

상아에서 태어난 이상적인 아내

피그말리온은 여자를 보기만 하면 결점만 눈에 왕창 들어왔습니다. 결국엔 여자는 쳐다보기도 싫어져 평생 독신으로 살겠노라 마음을 먹었어요. 피그말리온은 조각가였는데, 뛰어난 솜씨로 상아 조각상을 만들었지요. 세상의 어떤 여자도 견줄 수 없을 정도로 아름다운 작품을 만들어 냈답니다. 정말로 살아 있는 여자를 빼다 박은 모습이었는데, 움직이지 않는 까닭은 다만 수줍음을 타서인 것만 같았어요. 피그말리온의 조각상은 너무나 완벽해서 사람의 작품이 아니라 마치 대자연의 솜씨처럼 보였지요.

피그말리온은 자기 손으로 만든 작품에 감탄하다가 급기야는 사랑에 빠지고 말았습니다. 가끔씩 그것이 살아 있는지 아닌지 확인하려고 손으로 만져 보았는데, 도저히 상아 조각상이라고는 믿을 수가 없었지요. 조각상을 껴안기도 하고, 젊은 아가씨들이 좋아할 만한 선물도 주었지요. 반짝이는 조개껍질, 반질반질한 조약돌, 작은 새, 온갖 빛깔의 꽃, 그리고 구슬과 호박을 선물했답니다. 또한 몸에 옷을 입히고, 손가락에 보석 반지를 끼우고, 목에 목걸이도 걸어 주었어요. 귀에 귀고리를 달았고 가슴에는 진주를 줄줄이 꿰어 만든 장신구를 걸쳐 주었습니다. 옷이 조각상의 몸에 잘 맞아서 옷을 입은 맵시도 맨몸의 아름다움 못지않았어요.

이렇게 치장한 조각상을 소파 위에 누이고선 자기 아내라고 불렀지요. 소파에는 티로스 지방의 염료로 물들인 고급스러운 천을 깔았답니다. 또한 아주 보드라운 깃털로 만든 베개로 머리를 받쳐 주었지요. 마치 조각품이 깃털의 보드라움을 느낄 수 있다는 듯이.

「피그말리온과 그 이미지」

영국 화가 번 존스의 작품이다. 신화에서는 피그말리온이 현실의 여자를 싫어하게 된 이유를 키프로스 여인들이 뭇 남자에게 몸을 파는 행위를 부끄럽게 여기지 않는 것을 혐오했기 때문이라고 설명한다. 키프로스 여인들은 섬에 온 나그네를 박대했다가 아프로디테의 저주를 받아 나그네에게 몸을 팔게 되었다.

곧 아프로디테 축제가 가까워졌지요. 키프로스 섬에서 떠들썩
하게 열리는 축제였습니다. 제물이 바쳐지고, 제단에 연기가 피
어오르면 향내가 공중을 가득 채웠어요. 피그말리온은 이 장엄
한 의식에서 자기 역할을 마친 다음, 제단 앞에 서서 조심스레 말
했지요.

"전능한 신들이시여. 기도 드리오니 제게 아내를 주세요."

아무리 피그말리온이라도 '나의 상아 처녀를'이라는 말은 도
저히 입 밖에 꺼내지 못했습니다. 대신에 '나의 상아 처녀와 같
은 아내를'이라고 말했답니다. 축제에 들른 아프로디테는 그의
말을 듣고서 속뜻을 알아차렸어요. 그래서 소원을 들어주겠다는
표시로, 제단의 불꽃을 세 번 공중으로 솟구치게 했지요. 피그말
리온은 집에 돌아오자 어여쁜 조각상을 보러 갔습니다. 소파에
몸을 기대고 조각상의 입에 키스를 했는데, 따뜻한 느낌이 들지
뭐예요. 다시 입술을 포개고 팔다리를 손으로 만져 보았지요. 상
아 조각상을 만지면 보드랍게 느껴졌고, 손가락으로 누르자 히
메토스에서 생산되는 밀랍처럼 말랑말랑한 느낌이 들었답니다.

놀라우면서도 기쁘고, 혹시 잘못 본 게 아닌가 싶어 의심과 두
려움도 생겼어요. 그래서 간절하고 설레는 심정으로 거듭거듭
조각상을 만져 보았지요. 정말로 살아 있었습니다! 핏줄을 손가
락으로 누르면 쑥 들어갔다가 손가락을 떼면 도톰하게 솟아올랐
어요. 비로소 아프로디테의 숭배자답게 피그말리온은 여신에게
감사의 인사를 올렸지요. 마지막으로 피그말리온은 자기 입술을
마찬가지로 살아 있는 그 입술에 포갰답니다. 처녀는 입맞춤을
느끼고서 낯빛이 붉어졌어요. 이윽고 조심스레 눈을 뜨더니 연

인과 눈길을 맞추었지요. 아프로디테는 자기가 맺어 준 둘의 혼인을 축복했습니다. 둘의 결합으로 아들 파포스가 태어났는데, 아프로디테에게 바쳐진 파포스라는 도시의 이름은 여기서 유래했어요.

독일 시인 실러는 「이상」이라는 시에서 피그말리온의 이야기를 빌어 자연을 사랑하는 한 청년의 마음을 이렇게 노래했습니다.

그 옛날, 넘치는 정열과 갈망으로

피그말리온이 돌을 끌어안아

마침내 차가운 빛깔의 대리석에

감정의 빛이 감돌게 한 것처럼

나도 젊은 열정을 다하여

빛나는 자연을 시인의 가슴에 안노라.

숨결과 따스함과 생명의 약동이

조각상에서 솟아 나왔던 것처럼.

그리고 나의 모든 정열을 바쳐

드디어 무언의 형상을 찾았네.

그것은 대담한 나의 키스에 응하며

내 가슴의 고동까지 이해했네.

그때엔 빛나는 자연이 나를 위해 존재했고

은빛의 시내도 노래로 흘러 넘실거렸지.

나무도 장미꽃도 서로 감정을 나누었고

내 무한한 생명의 메아리가 울려 퍼졌지.

"엄마는 나무껍질 속에 들어 있네."

드리오페와 이올레는 자매였습니다. 드리오페는 안드라이몬의 아내였는데, 남편에게 사랑을 듬뿍 받는 데다 첫 아이도 낳아서 행복에 겨운 날들을 보내고 있었어요. 어느 날 자매는 강둑을 따라 걷고 있었지요. 강둑은 물가까지 완만한 경사를 이루고 있었고, 둑 위에는 도금양나무가 우거져 있었답니다. 둘은 님프의 제단을 장식할 꽃다발을 만들려고 꽃을 따러 나온 길이었어요. 드리오페는 소중한 아기를 가슴에 안은 채 젖을 주면서 걷고 있었지요. 물가에 연꽃이 하나 있었는데, 만발한 진홍빛 꽃이 무척이나 아름다웠습니다.

드리오페는 꽃을 몇 송이 따서 아기의 손에 쥐여 주었어요. 이올레도 따라 하려는데, 언니가 딴 연꽃의 줄기에서 피가 뚝뚝 흐르고 있지 뭐예요! 어쩐 일일까요? 그것은 싫어하는 남자에게 쫓겨 달아나다가 끝내 연꽃으로 변신하고만 님프 로티스였지요. 마을 사람들에게 들었던 이야기가 그제야 생각났지만 이미 엎질러진 물이었답니다.

드리오페는 자신이 저지른 짓을 깨닫고는 화들짝 놀라 자리를 급히 떠나려고 했어요. 하지만 몸이 꿈쩍도 않기에 내려다보니, 두 발에서 뿌리가 뻗어 나와 땅에 딱

「드리아드」
영국 화가 에블린 드 모건의 작품이다. 드리아드는 신화에서 나무의 님프이다. 나무를 상하게 한 사람을 징벌했다. 드리오페 역시 연꽃 나무에서 꽃을 따 벌을 받았다.
드 모건 센터 소장

「힐라스와 나이아스들」
영국 화가 헨리에타 레이의
작품이다. 나이아스는 신화
에서 물의 님프이다. 고대 사
람들은 자연물에 여러 정령
이 깃들어 있다고 믿었다. 이
정령이 님프이다. 님프는 신
들 가운데서 하층에 속하며
수명이 매우 길지만 신처럼
영원히 존재하지는 않는다.

들러붙어 있었지요. 발을 떼려고 안간힘을 썼지만 윗몸만 버둥
거릴 뿐이었답니다. 나무가 위로 올라와 차츰차츰 온몸을 집어
삼키고 있었어요. 고통스러워 머리칼을 쥐어뜯으려 했지만 이미
양손은 이파리로 변해 있었지요. 아기를 품고 있던 어미의 젖가
슴이 점점 딱딱해져 갔고 젖도 흘러나오지 않았습니다.

한동안 이올레는 언니의 슬픈 운명을 멀거니 바라만 볼 뿐, 아
무런 도움도 줄 수 없었어요. 그러다가 이올레는 나무둥치를 껴
안았지요. 나무가 자라는 것을 막으려는 듯, 또한 자신도 언니처
럼 나무껍질로 둘러싸이기를 바라는 것처럼 말이죠. 이때 드리
오페의 남편 안드라이몬이 장인과 함께 다가왔어요. 두 사람이
드리오페가 어디 있는지 묻자 이올레는 나무를 가리켰어요. 셋
은 아직은 온기가 남은 나무둥치를 끌어안고서 잎사귀에 연신
입을 맞추었지요.

이제 드리오페의 몸은 온데간데없고 오직 얼굴만 남아 있었습니다. 여전히 눈에서 눈물이 쉴 새 없이 흘러 잎사귀에 뚝뚝 떨어지고 있었어요. 아직 말은 할 수 있었는지라 이렇게 말했지요.

"저는 죄가 없어요. 이런 벌을 받을 만한 짓을 한 적이 없어요. 아무도 해친 적 없고요. 만약 제 말이 거짓이라면, 내 이파리들이 말라서 시들고 줄기는 베어져 불탈 거예요. 이 아기를 데려가 유모에게 맡겨 주세요. 종종 가지 밑으로 데려와 젖을 먹이고 그늘에서 놀게 해 주세요. 그리고 자라서 말을 할 수 있게 되면 저를 엄마라고 부르게 해 주세요. 그리고 '내 엄마는 이 나무껍질 속에 들어 있네.'라고 애처롭게 말하게 해 주세요. 하지만 강둑을 조심하고 특히 꽃을 꺾을 때 주의하라고 일러 주세요. 덤불마다 여신이 변장을 하고 있을지 모르니까요.

사랑하는 당신, 안녕히 계세요. 이올레랑 아버지도요. 저를 조금이라도 아끼신다면 도끼가 저를 해치지 못하게 해 주세요. 짐승들이 저를 물어뜯거나 내 가지를 꺾지 못하게 해 주세요. 저는 몸을 굽힐 수가 없으니, 이리 올라와 제게 키스해 주세요. 제 입술은 여전히 느낄 수가 있으니, 아기를 들어 올려 제가 입 맞출 수 있게 해 주세요. 이제 더는 말을 할 수가 없네요. 이미 나무껍질이 목까지 올라왔거든요. 이제 곧 나를 완전히 집어삼킬 거예요. 제 눈은 덮어 주지 않으셔도 괜찮아요. 가만히 있어도 곧 나무껍질이 제 두 눈을 덮을 테니까요."

곧이어 입술의 움직임이 멈추었고, 사람의 목숨이 완전히 끊어졌어요. 하지만 가지들마다 얼마 동안 생명의 온기는 남아 있었지요.

키츠는 「엔디미온」의 다음 구절에서 드리오페를 등장시키고 있답니다.

그녀가 류트를 켜자, 생생한 전주곡이

물결치듯 흘러나와 길을 펼쳐 나갔네.

길 따라 그녀의 목소리가 떠돌아다녔네.

드리오페가 아기를 달래는 쓸쓸한 자장가보다

더욱 율동적이고 숲의 정취 가득한 노래였노라.

아도니스, 바람꽃이 된 미소년

아프로디테는 어느 날 아들 에로스와 놀아 주다가 그만 가슴에 상처가 났습니다. 아들이 갖고 있던 화살에 찔렸던 거예요. 급히 아들을 떼어 놓았지만 상처는 생각보다 깊었지요. 아프로디테는 상처가 채 낫기도 전에 아도니스를 보았답니다. 에로스의 화살에 찔린 후 아도니스를 처음 보았기에 그만 반하고 말았어요.

지금껏 잘 다니던 파포스 마을도, 크니도스 섬도, 게다가 보석이 쏟아져 나오는 아마투스에도 가고 싶은 마음이 싹 사라졌지요. 심지어 하늘에서 노는 것에도 흥미를 잃었습니다. 하늘보다는 아도니스가 더 소중했으니까요. 아도니스만 졸졸 따라다니며 함께 지내려고만 애썼지요. 이전에 아프로디테는 그늘에서 쉬면서 자기의 예쁜 모습을 가꾸는 데만 정신이 팔려 있었답니다. 하지만 이제는 사냥의 여신 아르테미스와 같은 차림새로 숲과 언덕을 헤매고 다녔어요. 사냥개를 데리고 토끼와 사슴 등 사냥하기 안전한 짐승을 쫓아다녔지요. 하지만 늑대나 곰 등 피비린내를 풍기는 무서운 짐승들 근처에는 얼씬도 하지 않았습니다. 또

한 아도니스에게도 위험한 짐승을 조심하라고 타일렀어요.

"겁 많은 것들한테 용감하세요." 아프로디테가 말했지요.

"용감한 것들한테 용감하게 굴다가는 위험천만해진답니다. 위험한 처지에 놓이지 않도록 조심하세요. 당신만이 나의 행복이니 부디 위험은 멀리하세요. 무시무시한 자연의 무기로 중무장한 짐승들을 공격하지 마세요. 그런 위험에 맞닥뜨리면서까지 당신의 명예가 드높아지길 바라진 않아요. 이 아프로디테를 사로잡은 당신의 젊음과 아름다움도 사자나 털 복숭이 멧돼지 앞에서는 무용지물일 거랍니다. 짐승들의 끔찍한 발톱과 어마어마한 힘을 생각해 보세요! 나는 짐승들이라면 딱 질색이에요. 이유가 궁금한가요?"

「아프로디테와 아도니스」
이탈리아 화가 베첼리오 티치아노의 작품이다. 아프로디테가가 연인 아도니스를 붙잡고 충고의 말을 건네고 있다. 아도니스는 왠지 귀찮다는 표정이다.
게티 센터 소장

곧이어 아탈란테와 히포메네스의 이야기를 들려주었습니다. 아프로디테를 배신한 탓에 사자로 변해 버린 두 사람에 관한 이야기였어요.

이런 충고를 해 준 다음에 아프로디테는 백조가 이끄는 이륜마차에 올라 하늘로 날아갔지요. 하지만 아도니스는 너무도 도도한 인물인지라 그런 자잘한 충고에 연연하지 않았답니다. 굴속에 있던 멧돼지를 사냥개들이 몰아내자 아도니스는 창을 던져 멧돼지의 옆구리에 꽂았어요. 도리어 멧돼지는 입으로 창을 물어 빼낸 다음에 아도니스를 쫓아왔지요. 아도니스는 재빨리 달아났지만 멧돼지한테 이내 따라잡히고 말았습니다. 멧돼지가 큰 이빨로 옆구리를 콱 물자, 아도니스는 치명적인 상처를 입고 들판에 쓰러지고 말았어요.

한편 아프로디테는 아직도 백조가 이끄는 이륜마차를 타고 하늘을 날고 있었지요. 키프로스 섬으로 날아가던 중에 하늘에 울려 퍼지는 애인의 비명 소리를 들었답니다. 그래서 백조들을 다시 지상으로 향했어요. 땅에 가까이 내려와 둘러보니 이미 아도니스는 피범벅이 되어 죽어 있었지요. 황급히 이륜마차에서 내려 애인의 시체를 끌어안고서 아프로디테는 가슴을 치고 머리칼을 쥐어뜯었습니다. 그러고는 운명의 여신들을 원망하면서 이렇게 외쳤어요.

"오냐, 너희들이 일단은 이겼구나. 하지만 내 슬픔의 기억은 영원할 것이니! 오 내 사랑 아도니스,

당신의 죽음과 내 탄식이 해
마다 새로워지게 하겠어요.
당신의 피는 꽃으로 변할 거
예요. 이 꽃이 주는 위안만으
로도 나는 아무것도 부럽지
않아요."

이렇게 말하고서는 아도니
스의 피에 넥타를 뿌렸지요.
피와 넥타가 섞이자, 연못에
빗방울이 떨어질 때처럼 거
품이 일었답니다. 그리고 한
시간쯤 지나서 석류꽃처럼

「아도니스의 죽음에
울부짖는 아프로디테」
이탈리아 화가 프란체스코
푸리니의 작품이다. 또 다른
버전의 신화에서는 아도니
스를 두고 페르세포네가 아
프로디테와 경쟁했다. 결국
아도니스는 일 년 중 일부는
지상에서 아프로디테와, 나
머지는 지하에서 페르세포
네와 지내게 되었다.
부다페스트 미술 박물관 소장

붉은 꽃 한 송이가 피었어요. 하지만 꽃은 오래 피어 있지 않았지
요. 전하는 말로는 바람이 불면 꽃이 피고 다시 바람이 불면 꽃이
졌다고 해요. 그래서 이 꽃을 바람의 꽃, 즉 아네모네라고 불렀지
요. 필 때도, 질 때도 바람의 도움을 받는 꽃이랍니다.

밀턴은 「코머스」에서 아프로디테와 아도니스의 이야기를 이
렇게 노래했어요.

히아신스와 장미의 화단

젊은 아도니스가 종종 쉬던 꽃밭

부드러운 졸음으로 상처를 치유하며

지내던 곳, 그리고 땅 위에는 슬퍼하며

아시리아의 여왕이 주저앉아 있었네.

히아신스, 사랑의 회한이 서린 꽃

아폴론은 히아킨토스라는 미소년을 무척 좋아했습니다. 히아킨
토스가 운동경기를 할 때 따라 갔고, 물고기를 잡으러 갈 때는 그
물을 들고 뒤따랐지요. 사냥을 하러 가면 사냥개를 이끌고 앞장
섰고, 산에 소풍을 갈 때도 뒤따랐어요. 그러느라 리라도, 활도
까맣게 잊고 지냈지요. 어느 날 둘은 원반던지기 놀이를 하고 있
었답니다. 아폴론은 힘과 기술을 모두 갖춘 이답게, 원반을 높이
들어 하늘 멀리 던졌어요.

히아킨토스는 원반이 날아가는 것을 보고서는 자기도 어서 던
져 보고 싶은 마음에 미친 듯이 원반을 따라갔지요. 그런데 그만
원반이 땅에 닿자마자 튀어 오르더니 히아킨토스의 이마를 강타
했습니다. 히아킨토스는 정신을 잃고 쓰러지고 말았어요. 얼굴이
납빛으로 변한 아폴론은 청년을 안고서 온갖 방법으로 출혈을 멈
추고 꺼져 가는 소년의 목숨을 살리려고 애썼지만 허사였지요. 상
처는 약의 힘으로 고칠 수 없는 것이었답니다. 정원에 핀 백합의
줄기를 꺾으면 꽃봉오리를 아래로 떨구듯, 죽어 가는 소년의 머리
도 목에 붙어 있기 너무 버겁다는 듯 어깨 위로 축 늘어졌어요.

"히아킨토스, 네가 죽어 가는구나." 아폴론은 울부짖었지요.

"나 때문에 네가 청춘을 빼앗기고 죽어 가는구나. 네가 얻은 것은
고통이요, 내가 얻은 것은 죄로구나. 내가 대신 죽을 수만 있다면야!
하지만 그럴 수는 없으니, 너는 추억과 노래 속에서 나와 함께 살자
꾸나. 나의 리라가 너를 기념하리라, 나의 노래가 너의 운명을 이야
기하리라. 그리고 너는 내 회한이 깃든 한 송이 꽃이 되리라."

아폴론이 이렇게 말하는 동안 땅으로 흘러내리던 피는 풀을

「히아킨토스의 죽음」

프랑스 화가 메리 조세프 블롱델의 작품이다. 히아킨토스 역시 아도니스와 마찬가지로 그리스 민족의 식물 신이었던 것으로 추정한다. 히아킨토스가 태어났다고 전하는 아미클라이 지방에서는 오래전부터 '히아킨티아'라는 제사를 지냈다. 후대에 아폴론 축제로 흡수되었다.

물들였어요. 그러더니 이윽고 티로스에서 나는 염료보다 더 고운 빛깔의 꽃 한 송이가 피었지요. 백합을 닮은 꽃이었는데, 다만 은백색인 백합과 달리 그 꽃은 진홍색이었답니다. 아폴론은 그것으로도 모자랐는지 더 큰 영예를 주었어요. 꽃잎에다 자신의 탄식을 아로새겼던 것이지요. 이런 까닭에 히아신스라고 불리는 이 꽃은 오늘날까지도 슬픔으로 입을 다물지 못하는 모양을 하고 있답니다. 해마다 봄이 오면 미소년의 슬픈 운명을 이 꽃이 떠올리게 해 주지요.

전하는 말로는 제피로스(서풍의 신)도 히아킨토스를 좋아했다고 해요. 제피로스는 히아킨토스가 아폴론을 좋아하는 것에 질투가 났지요. 그래서 원반을 원래 가야 할 경로에서 벗어나 히아킨토스를 치도록 바람을 불어 버렸다고 합니다. 키츠는 「엔디미온」에서 이 이야기를 다루면서 원반던지기 놀이를 구경하는 사람들을 묘사하고 있어요.

> 그들은 원반 투수들에게 주의를 줄 수 있었건만
> 양쪽에 늘어서서 슬픈 죽음을 동정만 하고 있네.
> 히아킨토스, 서풍의 잔인한 입김이 불어닥쳐
> 그가 죽었을 때, 제피로스는 후회했노라.
> 아폴론보다 먼저 하늘로 날아올라
> 흐느끼는 빗속에서 그 꽃을 어루만지네.

밀턴의 「리시다스」에서도 히아킨토스에 대한 비유를 찾을 수 있지요.

> 탄식이 아로새겨진 저 생생한 꽃처럼

아도니스의 죽음과 부활은
무엇을 의미할까요?

아도니스는 죽어서 아네모네가 되었다고 전한다. 종교학자들은 그가 죽었다가 살아나는 존재로서 식물 신이라고 해석한다. 아도니스의 이름은 셈어로 '주인님'이란 뜻이고, 실제로 고대 아테나이 등 여러 도시에 아도니스의 죽음을 슬퍼하거나 부활을 축하하는 축제가 있었다. 어떤 판본에 따르면 아도니스는 너무나 아름다워 아프로디테와 페르세포네가 서로 그를 차지하려고 다투었다고 한다. 아프로디테가 어린 아도니스를 상자에 담아 페르세포네에게 맡겼는데, 페르세포네가 그의 아름다움에 반해 돌려주지 않으려 했다. 결국 싸움이 나서 이들은 제우스를 찾아갔다. 제우스는 일 년을 셋으로 나누어 3분의 1은 아프로디테에게, 3분의 1은 페르세포네에게, 나머지 3분의 1은 아도니스에게 주었다. 아도니스는 자기 몫을 아프로디테에게 더했다고 한다. 이 이야기는 페르세포네 이야기와 비슷하다. 제우스는 이번에도 일 년의 3분의 1은 데메테르에게, 3분의 1은 하데스에게, 3분의 1은 페르세포네에게 맡겼다. 페르세포네가 자기 몫은 어머니와 합치겠다고 해서 일 년 중 3분의 2는 지상에 머물게 되었다. 데메테르는 딸이 자신과 함께 있는 동안은 기뻐서 곡식을 주고, 딸이 남편에게 가 있는 동안은 곡식을 주지 않았다. 이것이 겨울이 생겨난 이유라고 한다. 이러한 이야기와 비교할 때 아도니스 역시 겨울이면 죽었다가 봄이면 다시 살아나는 씨앗을 상징한다. 식물 신(植物神)일 수도 있다.

아도니스 옆에 피어 있는 아네모네

9 죽음도 초월한 사랑 |
케익스와 알키오네

어떻게 사랑이 변하니? 우리에게는 이미 익숙해진 말입니다. 한때는 그 토록 간절히 서로를 원했지만 어느 순간부터 둘은 또는 어느 한쪽은 마음이 식어가지요. 그런 변화가 당연하다고 느끼면서도 우리는 왠지 가슴 한편으로는 슬픔을 느낍니다. 그래서 '영원한 사랑은 없을까?'라고 한 번씩은 물어보게 되지요. 고대 신화에서도 사랑은 매우 중요한 주제였어요. 그중에 서도 케익스와 알키오네의 사랑은 죽음이라는 인생의 궁극적인 장벽마저 넘어설 만큼 깊고 숭고했지요. 이 둘의 깊고 깊은 사랑은 신들마저도 감동시켰어요. 신들은 어떻게든 이 부부의 사랑을 이어 주려고 발 벗고 나섰답니다. 우리들 마음속에 크고 깊은 울림을 주는 슬픈 사랑 이야기를 따라가 볼까요?

- 저는 당신을 저 음산한 바다로 보낼 수 없습니다. 며칠 전에 바닷가에 널브러진 배의 잔해를 당신도 보았겠지요. 저는 이름만 적혀 있을 뿐 시신 없는 무덤도 종종 보았습니다. (오비디우스 『변신 이야기』)
- 마지막 파도가 내리박히며 어마어마한 무게와 매서운 기세로 배를 밑바닥까지 침몰시켰다. (오비디우스 『변신 이야기』)
- 몸에 날개가 돋아난 후에도 이들 사랑의 서약은 깨지지 않았다. (오비디우스 『변신 이야기』)

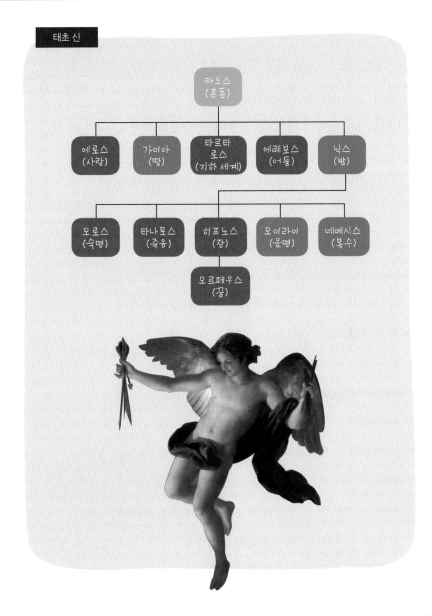

태초 신

케익스의 숨이 파도에 흩어지다

케익스는 테살리아의 왕이었습니다. 나라를 폭력과 부정이 아
닌 평화로 다스리고 있었어요. 샛별(금성) 헤스페로스의 아들답
게 케익스는 아버지의 준수한 용모를 빼다 박았지요. 알키오네
는 바람의 신 아이올로스의 딸이자 케익스의 아내로, 남편을 끔
찍이 따랐답니다. 그러던 어느 날, 케익스는 형을 잃고서 깊은 상
실감에 젖어 들었어요. 게다가 형의 죽음 뒤에 기이한 일들이 잇
따라 생기자, 신들이 자신을 미워한다고 여겼지요. 그래서 케익
스는 멀리 이오니아 지방의 카를로스로 가서 아폴론의 신탁을
받아야겠다고 생각했습니다. 하지만 아내 알키오네에게 그런 뜻
을 비치자 아내는 온몸을 바들바들 떨더니 얼굴이 사색이 되었
어요.

"여보, 제가 무슨 잘못을 했기에 당신의 사랑이 식고 말았나
요? 예전에는 늘 저를 먼저 생각하던 당신의 마음은 지금 어디에
있나요? 제가 없어도 편하게 지낼 수 있다는 말씀인가요? 저와
헤어지는 편이 낫다고 여기시나요?"

알키오네는 남편을 붙잡아 두려고 무서운 폭풍 이야기로 겁을
줬지요. 바람을 마음대로 부리는 아이올로스의 딸이다 보니, 어
렸을 때부터 집에서 늘 듣던 이야기였거든요.

"바람이 한꺼번에 불어닥칠 때에는," 알키오네가 말했답니다.
"천지가 뒤흔들릴 정도로 무시무시하다고요. 그래도 정 가시려
거든 저도 데려가 주세요. 안 그러면 저는 당신이 맞닥뜨릴 바람
은 물론이고 온갖 걱정들로 안절부절못할 테니까요."

아내의 말에 케익스 왕의 마음은 천근만근이었답니다. 왕도

왕비 못지않게 함께 가고 싶은 마음은 굴뚝같았지만, 왕비를 위험천만한 바닷길에 데려갈 수는 없었어요. 그래서 진심으로 아내를 달랜 후 마지막으로 이렇게 말했지요.

"약속하리다. 내 아버지 샛별의 빛을 걸고 말이오. 운명이 허락한다면 두 달 안에 돌아오겠소."

이렇게 말한 다음 왕은 배를 창고에서 꺼내 노와 돛을 달도록 명령했습니다. 알키오네는 이처럼 준비하는 과정을 지켜보며 마치 불길한 예감에 휩싸인 듯 부들부들 떨었어요. 흐르는 눈물 속에, 흐느끼는 울음 속에 알키오네는 작별 인사를 건넸지요. 곧이어 정신을 잃고 땅바닥에 쓰러지고 말았답니다.

케익스가 어쩔 줄 몰라 머뭇거리고 있는데, 젊은 뱃사공들이 노를 움켜쥐더니 천천히 질서 정연하게 노를 저어 힘차게 파도를 갈랐어요. 잠시 후 정신을 차린 알키오네가 눈을 떴지요. 아른거리는 눈물 사이로 갑판에 선 남편의 모습이 보였습니다. 아내에게 손을 흔들고 있었어요. 알키오네는 배가 아득히 사라질 때까지 남편에게 손을 흔들어 주었지요. 이윽고 남편의 모습을 분간할 수 없을 만큼 배가 멀어졌답니다. 알키오네는 눈을 동그랗게 뜨고서 돛에 어리는 한 줄기 희미한 빛이라도 보려고 애썼어요. 차츰 배의 모습이 가물가물해지더니 어느새 푸른 바다 저 너머로 영영 사라졌지요. 이제 어쩔 수 없이 알키오네는 터벅터벅 방으로 돌아가 쓸쓸한 소파 위에 몸을 던졌습니다.

한편, 배가 항구를 유유히 벗어나자 산들바람이 돛 줄 사이를 노닐었어요. 선원들은 노를 거두고 돛을 올렸지요. 목적지까지 절반쯤 이르렀던 어느 날 밤이었답니다. 바다가 거대하게 굽이쳐 흰 파도가 일고, 동풍이 거세게 불기 시작했어요. 선장은 돛을 내리라고 지시했지만 폭풍 때문에 내릴 수 없었지요. 귓전을 때리는 파도 소리와 바람 소리 때문에 선장의 명령이 들리지 않았으니까요. 뱃사람들은 각자 알아서 노를 움켜잡거나 돛을 내리려고 바쁘게 움직였답니다. 다들 최선을 다하고 있었지만 폭풍은 더욱 거세졌어요. 뱃사람들의 고함 소리, 돛대 밧줄들이 윙윙 우는 소리, 거대한 파도가 부딪혀 흩어지는 소리가 콰르릉거리는 천둥소리와 합쳐졌지요. 넘실거리는 바닷물은 하늘에 닿을 듯 솟구치며, 흰 물보라를 구름 속까지 흩뿌렸답니다. 그러다가는 다시 가라앉아 스틱스 강처럼 새까만 색으로 바뀌었어요.

이처럼 시시각각 달라지는 바다의 상태에 따라 배도 변해 갔습니다. 이제 배는 사냥꾼의 창끝으로 돌진하는 사나운 짐승 같았어요. 하늘에 구멍이 뚫린 듯 폭우가 쏟아져 내렸지요. 잠시 번개가 그치자 폭풍우 속에 캄캄한 밤의 어둠이 찾아오나 싶었답니다. 그런데 순간 번개가 다시 번쩍이면서 어둠이 갈래갈래 흩어지고 천지 사방이 대낮 같이 환해졌어요. 뱃사람들의 숙련된 솜씨도, 용감한 정신도 다 소용없었지요. 밀려오는 파도마다 넘실대는 죽음의 그림자! 선원들은 공포에 사로잡혀 넋을 잃었습니다. 집에 있는 부모님과 처자식들 생각에 다들 가슴이 사무쳤어요.

케익스는 알키오네를 생각했지요. 아내를 그리워하며 오직 아내의 이름만을 중얼거렸답니다. 하지만 아내가 이곳에 없다는 사실이 안심될 따름이었어요. 곧 돛대가 번개에 맞아 박살이 났고 키가 부러졌지요. 곧이어 집채만 한 파도가 솟구쳐 난파선을 잠시 내려다보더니 쏟아져 내려 배를 산산조각 냈습니다. 선원들은 충격에 정신을 잃고 물밑으로 가라앉아 다시는 떠오르지 못했어요. 더러는 난파선 잔해에 매달려 있었지요.

케익스는 널빤지를 필사적으로 붙잡고 있었답니다. 한때는 왕의 지휘봉을 쥐던 손으로 말이지요. 그리고 헛된 줄 알면서도 아버지와 장인을 부르며 살려 달라고 외쳤지요. 하지만 가장 많이 부른 이름은 알키오네였답니다. 아내 생각을 끝끝내 떨칠 수 없었던 거예요. 파도가 자신의 시신을 아내한테로 데려가 아내가 장례를 치를 수 있기만을 기도했지요. 결국 바닷물에 휩쓸려 케익스는 가라앉았습니다. 그날 밤에는 샛별도 빛을 잃었어요. 별은 하늘을 떠날 수 없기에 구름으로 슬픈 얼굴을 가리고 있었기 때문이지요.

모르페우스가 알키오네의 슬픈 꿈이 되다

한편, 알키오네는 이런 끔찍한 일은 꿈에도 몰랐답니다. 다만 남편이 약속한 날짜에 돌아오기만을 손꼽아 기다리고 있었어요. 그러면서 남편이 돌아오면 입힐 옷과 자신이 입을 옷을 장만해 두고 있었지요. 모든 신들에게 자주 향을 피워 올렸지만, 특히 헤라에게 더 자주 피웠습니다. 왜냐고요? 헤라가 바로 부부의 사랑을 지켜 주는 수호신이거든요. 이젠 저승 사람인 줄도 모르고 남편을 위해 알키오네는 쉴 새 없이 기도를 올렸어요. 무사하기를, 집에 돌아오기를, 그리고 집을 떠났다고 자기 외의 다른 여자에게 눈독 들이지 않기를 빌었지요. 하지만 이 셋 중에서 이루어진 것

이리스
무지개의 여신으로, 천지를 잇는 무지개를 통해 신들의 명령을 전했다. 헤르메스는 주로 제우스의 사자 역할을, 이리스는 헤라의 사자 역할을 했다.

「히프노스」
수면의 신이다. 로마 신화에서는 '솜노스'라고 부른다. 날개 달린 벌거벗은 청년이나 역시 날개 달린 턱수염 있는 남자로 묘사된다. 이 신의 이름에서 '최면술(Hypnotism)' 등의 말이 유래했다.
영국 박물관 소장

은 마지막 기도뿐이었답니다. 마침내 헤라 여신은 이미 죽은 사람을 위한 기도를 차마 더 듣고 있을 수 없었어요. 장례식에 바쳐야 할 손을 자신의 제단을 향해 치켜들고 있는 것을 더 이상 볼 수가 없었지요. 마침내 헤라는 이리스를 불러 말했습니다.

"나의 충실한 전령 이리스야, 잠의 신 히프노스가 사는 집으로 가거라. 히프노스에게 부탁해서 케익스에게 일어난 일을 알키오네의 꿈속에서 알려 주도록 하여라."

이리스는 일곱 색깔 알록달록한 옷을 입고 하늘을 아름답게 물들이며 잠의 신의 궁전으로 찾아갔어요. 킴메리오스인의 나라 근처에 산속 동굴이 하나 있는데, 그곳이 바로 게으른 히프노스의 거처였지요. 이곳은 아폴론도 동이 틀 때든 한낮이든 해 질 녘이든 감히 접근할 수 없었답니다. 구름과 짙은 안개가 땅에서 뿜어져 나왔기에 희미한 빛이 어렴풋이 깜빡이고 있었어요. 머리에 볏이 달린 새벽의 새(닭)도 그곳에서는 새벽의 여신을 향해 시끄럽게 울지 않았지요. 경계심 많은 개나 영리한 거위도 정적을 깨뜨리는 법이 없었고요. 들짐승도 가축도 바람에 흔들리는 나뭇가지도 심지어 어떤 사람의 말소리도 없이, 그야말로 쥐 죽은 듯이 고요했답니다. 오로지 침

묵이 지배하는 곳이었어요. 다만 동굴의 바위 밑에는 레테의 강이 흐르고 있는데, 찰랑거리는 그 물소리를 들으면 저절로 잠이 들었지요.

동굴 입구에는 양귀비와 다른 약초들이 무성했습니다. 밤의 여신이 이런 약초들의 즙을 지상에 뿌리면 세상 만물이 잠에 빠지게 되는 것이었어요. 히프노스의 거처에는 문이 없었지요. 삐걱거리는 경첩 소리가 나서는 안 되었기 때문이랍니다. 또한 문지기도 없었어요. 오직 집 한가운데 흑단으로 만든 소파에 검은 깃털 이불이 깔려 있고 검은 커튼이 드리워져 있을 뿐이었지요. 거기서 잠의 신은 편하게 누워 잠을 자고 있었습니다. 주위에는 꿈들이 놓여 있었어요. 각양각색의 모습을 한 온갖 꿈들이었지요. 마치 수확한 곡식의 이삭들처럼, 숲의 이파리들처럼 또는 바닷가의 모래알처럼 많고 많았답니다.

이리스는 동굴에 들어가서 주위에 너저분하게 널려 있던 꿈들을 말끔히 치워 버렸어요. 그러자 무지개의 여신 이리스의 광채가 동굴을 가득 채웠지요. 잠의 신은 가까스로 눈을 떴지만 금세 턱수염을 가슴께로 늘어뜨리며 다시 졸았답니다. 그러더니 드디어 정

「밤과 잠」
영국 화가 에블린 드 모건의
작품이다. 태초 신인 밤의 여
신 닉스가 타나토스와 히프
노스를 낳았다. 이외에도 파
괴, 보복, 율법, 불평의 신들
을 남자 없이 홀로 낳았다.
카오스에서 태어난 닉스는
제우스조차 함부로 대하지
못했다.

신을 차리고는 한쪽 팔에 몸을 기댄 채 비스듬히 앉아 무슨 일로
왔는지 물었어요. 이리스가 신들의 전령인 걸 잠의 신도 알고 있
었거든요. 이리스는 대답했지요.

"히프노스여, 신들 중에서 가장 점잖고, 마음을 평온케 해 주
며 상심한 가슴을 달래 주는 이여. 헤라께서 그대에게 지시하기
를 알키오네에게 꿈을 보내 주라고 하셨어요. 테살리아의 트라
킨 마을에 있는 여자인데, 남편이 이미 죽었다는 사실 그리고 배
가 난파한 모든 정황을 꿈으로 알려 주라고 하셨지요."

헤라의 지시를 전하고 나서 이리스는 급히 자리를 떴습니다.
눅눅한 공기를 마시고 있자니 정신이 혼미해져서 더 이상 참을
수 없었거든요. 도망치듯 동굴을 빠져나온 다음 무지개 다리를
타고 왔던 길을 되돌아갔어요.

히프노스는 아들이 많았어요. 그중에서 **모르페우스**를 불렀답니다. 모르페우스는 모양을 모방하는 데 천재였어요. 걸음걸이나 외모, 말하는 방법, 심지어 사람마다 고유한 옷차림과 태도까지 흉내 냈지요. 하지만 오직 사람만 모방할 수 있었고, 새나 짐승이나 뱀 등의 동물들은 다른 형제에게 맡겼답니다. 이 역할을 맡은 형제는 이켈로스였어요. 그리고 셋째인 판타소스는 바위, 물, 나무 등 무생물로 변하는 변신술을 부렸지요. 이들 셋은 왕이나 귀족이 잠자는 동안 베갯머리에서 꿈 시중을 들었고, 다른 형제들은 보통 사람들 사이를 누비고 다녔습니다. 히프노스는 모든 자식들 중에서 모르페우스를 골라 이리스가 하라는 대로 실행하라고 일렀어요. 그러고선 다시 베개를 베고 달콤한 잠 속으로 빠져들었지요.

모르페우스는 소리 없이 날개를 펄럭여 날아갔답니다. 금세 테살리아에 도착해 날개를 떼어 놓고는 케익스의 모습으로 변신했어요. 왕의 모습이긴 했지만 시체처럼 파리한 얼굴과 발가벗은 몸으로 가련한 아내의 침대 앞에 섰지요. 턱수염은 흠뻑 젖었고, 머리카락에서는 물방울이 연신 뚝뚝 떨어졌습니다. 하염없이 눈물을 흘리며 침대에 몸을 기대고는 이렇게 말했어요.

"가여운 내 사랑, 당신의 남자를 알아보겠소? 아니면 죽고 나니 내가 영 딴 사람으로 보이는 것이오? 나를 바라보고 누군지 알아차려 보오. 나는 이미 죽은 당신 남편의 영혼이라오. 알키오네, 당신의 기도도 아무 소용이 없었다오. 나는 죽었소. 내가 돌아오리라는 헛된 희망을 더 이상 품지 말기를. 에게 해에서 폭풍우를 만나 배는 가라앉았고, 당신의 이름을 애타게 부르던 내 입을 파도

「모르페우스와 이리스」
프랑스 화가 게렝의 작품이다. 모르페우스는 수면 및 진정에 효과적인 약품 '모르핀(Morphine)'과 형태학을 뜻하는 '모폴로지(Morphology)'의 유래가 되었다.
에르미타슈 미술관 소장

케익스로 변신한 모르페우스
케익스로 변신한 모르페우스가 알키오네 앞에 나타난 장면이다. 물에 빠져 죽은 사람답게 괴이한 모습이다.

가 가득 채웠지. 근거 없는 소식도 아니고 수상쩍은 소문도 아니라오. 물에 빠져 죽은 모습으로 직접 당신에게 내 운명을 전하러 온 것이오. 일어나시오! 나를 위해 울어 주고 나를 위해 탄식해 주오. 울어 주는 이 한 명 없이 저승으로 가지 않게 해 주오."

말을 하면서 모르페우스는 케익스의 목소리를 그대로 흉내 냈어요. 그리고 진짜 눈물을 쏟아 냈고 손짓도 케익스를 그대로 따라 했어요.

알키오네는 꿈속에서 눈물을 흘리고 신음하며 두 팔을 뻗었습니다. 남편의 몸을 껴안으려고 버둥거렸지만 잡히는 것이라고는 허공뿐!

"가지 마세요!" 알키오네가 울부짖었어요.

"어디로 날아가시나요? 저도 데리고 가세요."

상실의 상처에서 날개가 돋아나다

알키오네는 자기 목소리에 놀라 잠에서 깼지요. 깜짝 놀란 눈으로 주위를 샅샅이 둘러보며 남편이 아직 있는지 찾았답니다. 비명 소리에 놀라 달려온 하인이 등불로 방 안을 환히 비추고 있었습니다. 남편의 모습이 온데간데없자 자기 가슴을 내리치고 옷을 잡아 뜯었어요. 머리카락이 사정없이 헝클어지든 말든 도리질을 치면서 하염없이 울었지요. 유모가 왜 그렇게 슬퍼하냐고 묻자 알키오네는 대답했답니다.

"이제 알키오네는 없어요. 남편과 함께 이미 죽은 목숨이지요. 어떤 위로의 말씀도 마세요. 그이는 배가 가라앉는 바람에 황천길로 갔어요. 내 눈으로 보았고 그이인 줄 알아차렸지요. 두 팔을 뻗어 붙잡으려 했지만 그이의 영혼은 사라지고 말았네요. 영혼이긴 하지만 진짜 제 남편이 맞았어요. 하지만 늘 보던 준수한 풍채가 아니었지요. 얼굴은 파리하고 몸은 벌거벗은데다 머리카락은 바닷물에 흠뻑 젖어 있었어요. 그이의 모습에 나는 가슴이 미어졌지요. 바로 여기 이 자리에 가여운 그이가 서 있었답니다."

말을 마치자 알키오네는 남편의 발자국을 찾으려고 두리번거렸어요. 곧이어 혼잣말로 중얼거렸지요.

"이거였어요. 내 예감이 바로 이런 것이었다고요. 그래서 떠나지 말라고, 파도에 몸을 싣지 말라고 신신당부했던 거예요. 아, 가시려거든 나도 함께 데려가 달라고 그토록 애원했건만! 그랬더라면 훨씬 나았을 것을. 적어도 당신 없이 여생을 보내지 않아도 될 거잖아요. 나 홀로 쓸쓸한 죽음을 맞이하지 않아도 될 것을. 모든 것을 체념하고 묵묵히 살아갈 수야 있겠지만 나 자신에게 너무나 가혹한 처사이겠지요. 나는 빈껍데기로 살아가려고 애쓰지 않을래요. 가엾은 당신과 떨어지지 않을래요. 이번만큼은 당신과 함께할래요. 내가 죽으면 설령 한 무덤에 우리가 함께 묻히진 못하더라도 묘비명만은 함께 있겠지요. 내 재가 당신의 재와 섞이지는 못할지라도 내 이름은 당신 곁에 새겨질 거예요."

슬픔에 겨워 더 이상 말을 잇지 못하더니, 이내 눈물과 흐느낌이 오래오래 말을 대신했답니다.

이윽고 아침이 되었어요. 알키오네는 떠나기 전에 남편을 마지막으로 배웅했던 곳을 찾았지요.

"여기서 한참이나 서성이던 그이는 손에 쥔 밧줄을 던지고, 마지막 입맞춤을 해 주었지."

그런 말을 중얼대며 주변의 온갖 것들을 둘러보며 남편과 함께 나눈 마지막 시간을 회상했답니다. 그러다가 바다 저편을 바라보니 어떤 희미한 물체가 물 위를 둥둥 떠다니고 있었어요. 처음에는 긴가민가했지만 차츰 파도에 실려 가까이 다가오는 걸 보니 분명 어떤 사내의 몸뚱이였지요. 누군지는 몰라도 배가 가라앉자 물귀신이 된 사내처럼 보였답니다. 가슴이 시큰해진 알키오네는 눈물을 뚝뚝 흘리면서 탄식했어요.

"아! 불쌍한 사람. 그리고 만약 아내가 있다면 그 여인도 불쌍하여라!"

시신은 파도에 휩쓸려 더욱 가까이 다가왔어요. 이제 얼굴이 보일락 말락 가까워져 오자 알키오네는 자꾸만 가슴이 두근거렸지요. 아니나 다를까 뭍에 가까이 다다른 사내의 얼굴을 보니 바

로 자신의 남편 케익스였답니다. 떨리는 손을 남편의 시신을 향해 뻗으며 알키오네는 절규했습니다.

"아, 사랑하는 여보! 어째서 이런 모습으로 돌아오신 건가요?"

마침 바닷가에 방파제가 하나 있었어요. 바닷물이 거세게 밀려드는 것을 막으려고 지은 것이었지요. 알키오네는 방파제 위에 올라서서 (어떻게 그 높은 곳을 올라갔는지 놀라울 따름이지만) 몸을 날렸어요. 그 순간 날개가 돋아 알키오네는 허공을 타고 내려오더니, 가련한 새처럼 수면을 스치듯 날았어요. 날면서 목에서는 슬픔이 가득한 소리를 냈는데, 깊은 탄식에 젖은 사람의 목소리 같았답니다. 이내 알키오네는 핏기 없이 싸늘한 남편의 시신 앞에 닿았어요. 방금 새로 생긴 날개로 사랑하는 이의 몸

「케익스와 알키오네」
영국 화가 리처드 윌슨의 작품이다. 떠내려온 케익스의 시체와 절규하는 알키오네의 모습이다.

「케익스와 알키오네」

기탈리아 화가 코라도 지아퀸토의 작품이다. 영어에 '핼시언 데이(Halcyon Days)'라는 말이 있다. 평온하고 행복한 시대라는 뜻이다. 12월 21일 전후의 고요한 날들을 일컫는다. 바람의 신 아이올로스가 물총새가 된 케익스와 알키오네가 알을 품을 수 있도록 바람을 막아 준 이야을 감싸고선 뾰족한 부리로 키스를 하려고 애썼지요. 케익스가 실제로 입맞춤을 느꼈는지 아니면 파도의 출렁거림 때문인지, 마치 머리를 치켜드는 것 같았습니다.

사실 케익스는 정말로 느꼈어요. 그리고 이 부부를 가엾게 여긴 신들의 도움으로 둘은 새롭게 변신했지요. 지금도 짝짓기를 하고 새끼들도 낳는대요. 겨울에 날씨가 포근한 일주일 동안 알키오네는 바다 위에 떠 있는 둥지에서 알을 품지요. 그동안은 바다도 뱃사람들에게 길을 내어 준답니다. 알키오네의 아버지 아이올로스가 바람이 얼씬거리지 못하게 막아 주기 때문이에요. 아이올로스의 손자들을 위해 바다가 잠잠히 쉬고 있는 기간인 셈이지요.

이 이야기의 마지막 부분이 바이런의 시 「아비두스의 신부」에 묘사되고 있는 듯합니다. 하지만 사실은 바다에 둥둥 뜬 시체를 보고서 지은 시예요.

이리저리 뒤척이는 베개 위에서 흔들리듯
그의 머리는 넘실대는 파도에 오르내리네.
손은 더 이상 생명의 움직임이 사라졌건만
아직도 미약하게 삶을 움켜쥐려는 듯하네.
솟구치는 물결을 따라 높이 내던져졌다가
이윽고 수면 위에 잔잔히 떠 있고…….

밀턴도 「그리스도의 탄생에 부치는 찬가」에서 이 물총새 이야기를 하고 있지요.

그러나 평화로운 밤이 왔도다.

그곳에 빛의 왕자가 나타나

평온이 바다를 다스리는 때가 왔네.

바람은 경이로움에 잠잠해지고

바닷물에 부드럽게 입맞춤하고

온순한 바다에 새로운 기쁨을 속삭이네.

바다는 이제 노여움을 까맣게 잊었나니.

마법에 걸린 듯 고요한 물결 위에 새들이 알을 품나니.

키츠도 「엔디미온」에서 이렇게 노래하고 있답니다.

오, 마법의 잠이여! 오, 안락한 바닷새여!

영혼의 고통스러운 바다에서 알을 품고 있네.

바다가 잠잠하고 평온한 동안에.

꿈의 신이 어떻게 사람의 모습을 지니게 되었을까요?

헤라가 알키오네에게 꿈을 보내는 과정은 이렇다. 헤라의 시녀인 이리스가 잠의 신을 찾아가고, 이어 잠의 신이 자기 아들인 꿈의 신 모르페우스를 알키오네에게 보낸다. 이리스가 찾아간 잠의 집은 조용하고 어두컴컴하고 아늑해서 사람이 잠들기에 아주 좋은 조건을 갖추고 있다. 잠의 신은 한창 수면을 취하는 중이고, 꿈의 신도 마찬가지다. 여기서 잠의 신과 꿈의 신은 인간에게 나타나는 현상(잠과 꿈)에 모습이 주어지고 이 모습이 신격화된 것이다. 이와 같이 추상적인 개념이 구체적인 모습으로 그려진 것을 '알레고리'라고 부른다. 알레고리는 특히 그림에서 잘 나타난다. 들라크루아가 그린 「민중을 이끄는 자유의 여신」이 대표적이다. 이 그림에서는 아름답고 체격이 큰 여신이 전장으로 나아가고 있는 사람들을 이끌고 있다. 자유라는 개념을 여성의 모습으로 그렸다. 불핀치의 신화집과 이것의 원천인 『변신 이야기』에는 유명한 알레고리 장면이 몇 등장한다. 뒤에서 볼 에리시크톤 이야기에 나오는 허기의 신도 그중 하나다. 케익스와 알키오네 이야기에서 잠의 신이 잠들어 있는 것처럼, 에리시크톤 이야기에 나오는 굶주림의 여신도 매우 배고픈 상태다. 알레고리 장면의 특징은 거기에 일종의 농담이 담겨 있다는 점이다. 잠의 신을 찾아간 이리스는 쏟아지는 졸음을 참기가 어렵고, 굶주림의 여신을 찾아간 님프는 배가 고파져 돌아선다. 졸음과 배고픔에 시달리는 여신이나 님프라니, 정말 재미있지 않은가!

「민중을 이끄는 자유의 여신」

10 사랑이 다가오면 그 품에 안겨라 | 베르툼누스와 포모나, 이피스와 아낙사레테

사랑은 인생의 가장 큰 기쁨이자 동시에 지독한 고통의 원천이기도 합니다. 봄날 피어나는 꽃들처럼 인생의 꽃밭을 기쁨으로 가득 채울 때도 있지만, 송두리째 불모의 메마른 황무지로 뒤바꾸기도 하지요. 사랑이 찾아올 때는 두려움이 함께 엄습하기도 한답니다. 사랑 때문에 자신의 소중한 꿈이 깨지면 어쩌나? 나중에 사랑이 떠나가면 어쩌나? 하지만 이런 두려움이 따른다고 해서 인생의 소중한 결실인 사랑을 외면할 수는 없겠지요. 장미꽃 가지에 가시가 돋아 있듯, 진정으로 가치 있는 일에는 늘 어려움이 깃들게 마련이니까요. 한 어여쁜 님프의 마음을 얻기 위해 어느 신이 펼치는 낯간지러우면서도 재치 넘치는 구애 이야기를 엿들어 보아요.

- 춤 잘 추는 젊은 사티로스들과 뿔에 솔잎 관을 쓴 판들이 포모나를 꾀었습니다. 나이보다 젊어 보이는 실레노스, 낫과 남근으로 도둑들을 꾸짖는 프리아포스도 포모나를 차지하고 싶어 안달이었습니다. (오비디우스 『변신 이야기』)

- 이피스는 아낙사레테 집 문턱에 몸을 누이고 닫힌 문을 매정하다며 원망했습니다. (오비디우스 『변신 이야기』)

- 젊은이로 돌아간 베르툼누스는 힘으로 포모나를 차지하려고 준비했지만 그럴 필요는 없었다. (오비디우스 『변신 이야기』)

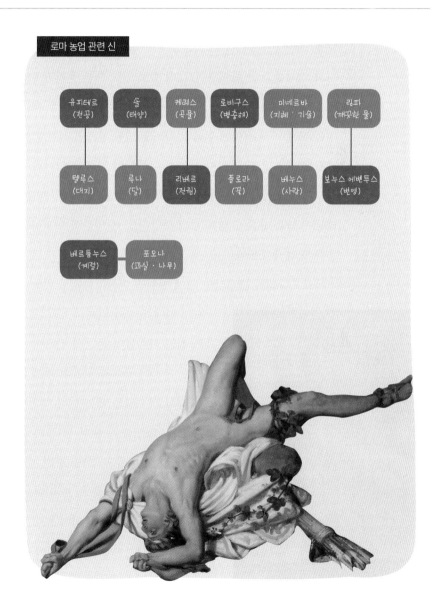

로마 농업 관련 신

| 유피테르 (천공) | 솔 (태양) | 케레스 (곡물) | 로비구스 (병충해) | 미네르바 (지혜·기술) | 림파 (깨끗한 물) |

| 텔루스 (대지) | 루나 (달) | 리베르 (전원) | 플로라 (꽃) | 베누스 (사랑) | 보누스 에벤투스 (번영) |

베르툼누스 (계절) = 포모나 (과실·나무)

계절의 신이 노파로 변신한 까닭은?

하마드리아데스라고 하는 숲의 님프들이 있었습니다. 포모나는 이들 중 한 명이었어요. 정원을 소중히 가꾸고 과일나무를 기르는 데는 둘째가라면 서러운 포모나였지요. 포모나는 숲이나 강에는 관심이 없었고, 농사짓는 땅과 맛있는 사과를 맺는 과일나무를 애지중지했답니다. 오른손에 든 포모나의 무기는 창이 아니라 가지를 치는 칼이었어요. 이 칼로 어느 때는 웃자란 나무를 자르거나 어지럽게 자란 가지들을 짧게 쳤지요. 또 어느 때는 가지를 쪼개서 그 사이에 접붙일 가지를 끼워 넣으며 시간 가는 줄 몰랐답니다. 또한 자신이 아끼는 나무들이 가뭄에 힘겨워 하지 않도록 관심을 기울였어요. 시냇가에서 물을 길어 와 목마른 뿌리들이 물을 마실 수 있게 뿌려 주었지요. 이 일만이 포모나의 가슴을 뜨겁게 데웠습니다.

아프로디테의 관심사인 연애 따위는 거들떠보지도 않았어요.

「포모나」
프랑스 화가 니콜라 푸셰의 작품이다. 포모나는 로마 신화에 등장하는 님프이다. 로마인에게는 원래 인격신(人格神)이 없었다. 로마인이 그리스인과 접촉하면서 로마 고유의 신도 모습을 바꾸어 인격신이 된 것이다.

자기 일에 열정이 넘치다 보니, 포모나는 시골 사람들이 은근히 신경이 쓰였지요. 혹시나 들어와서 훔쳐 가지 않을까 해서 과수원을 꼭꼭 닫아 두었답니다. 사티로스(숲과 들의 신)들과 파우누스(들판과 목동의 신)들은 전 재산을 바쳐서라도 포모나를 얻고 싶어 안달이었어요. 나이에 비해 젊어 보이는 실바누스 노인도, 솔잎 관을 머리에 쓴 판도 마찬가지였지요.

아무리 그래도 포모나를 사랑하는 마음은 베르툼누스가 가장 컸습니다. 하지만 베르툼누스는 다른 신들에 비해 그다지 잘난 축에 들지 못했어요. 그래서 추수하는 농부로 변장해서 바구니에 곡식을 담아 포모나에게 건네주었지요. 그때 모습은 영락없이 시골 농부 차림이었답니다. 마른 풀로 된 띠를 두르고 있었는데, 방금 전 풀밭에서 구르다 나온 행색이었어요. 가끔씩 손

「베르툼누스」
이탈리아 화가 주세페 아르침볼도의 작품이다. 베르툼누스는 로마의 계절의 신이다. '변화한다'는 뜻인 '베르테레(Vertere)'에서 유래했다. 이 작품은 화가가 신성 로마 제국 황제 루돌프 2세를 온화한 계절의 신으로 표현한 것이다.
스코클로스터 성 소장

에 나무 조각을 쥐고 나타기도 했는데, 이때는 소의 멍에를 힘겹게 벗기고 오는 길이었지요. 때로는 가지치기 가위를 들고 다니며 포도밭 일꾼 노릇을 했답니다. 어깨에 사다리를 떡하니 지고 나타날 때도 있었는데, 사과를 따러 가는 것처럼 보였어요. 또 어떤 때는 은퇴한 군인처럼 뚜벅뚜벅 걷기도 했고, 낚시를 하러 가는 듯 낚싯대를 들고 다니기도 했지요. 이런 식으로 번번이 포모나 곁에 다가갔고, 자주 볼수록 사랑의 마음도 커져만 갔습니다.

어느 날은 노파로 위장하여 나타났는데, 희끗희끗한 머리엔 모자를 쓰고 손에는 지팡이를 들었지요. 노파는 과수원에 들어오더니 나무에 열린 과일을 칭찬했어요.

"어여쁜 아가씨, 소문이 자자하더니 역시 잘 키우셨네요."

그렇게 말하며 포모나에게 키스를 했는데, 노파의 입맞춤이라기엔 꽤나 강렬했다는 사실! 노파는 담장 위에 앉아 과일이 주렁주렁 달린 가지들이 머리 위로 드리워진 모습을 바라보았어요.

맞은편에는 느릅나무가 한 그루 있었는데, 포도가 알알이 영근 포도나무 넝쿨이 휘감고 있었지요. 노파는 느릅나무와 거기에 붙어 있는 포도나무를 함께 칭찬했답니다. 문득 노파는 이런 말을 던졌어요.

"포도나무가 휘감아 주지 않고 느릅나무 혼자 서 있다면, 쓸모없는 이파리들 말고는 아무런 소용이 없을 테지요. 마찬가지로 포도나무도 느릅나무를 휘감고 있지 않으면 땅바닥을 기고 있을 테고요. 아가씨는 어째서 느릅나무와 포도나무에서 교훈을 얻어 배필을 만날 생각을 않는지요? 부디 그러면 좋겠네요. 헬레네도 그리고 영리한 오디세우스의 아내 페넬로페조차도 아가씨처럼 구혼자가 많지는 않았지요. 따라붙는 남정네들한테 아가씨가 아무리 퇴짜를 놓더라도 구애는 그치지 않을 거예요. 전원의 신들 그리고 이 산에 자주 나타나는 온갖 신들이 호시탐탐 기회를 노릴 테니까요.

하지만 아가씨가 신중하게 정말 좋은 낭군을 만나고자 한다면, 이 늙은이의 충고를 귀담아들으세요. 아가씨를 정말 끔찍이도 아끼는 마음에서 하는 말인데, 다른 자들은 다 물리치고 베르툼누스를 배필로 받아들이세요. 베르툼누스라면 내가 뼛속까지 훤히 알고 있으니까요. 베르툼누스는 여기저기 떠도는 신이 아니라 이 산에 터를 잡고 사는 신이지요. 요즘 사내들은 아무나 맞닥뜨리면 좋다고 따라다니지만 베르툼누스는 그런 치들과는 전혀 다르답니다. 오직 아가씨한테만 일편단심이에요. 게다가 젊고 잘생긴 데다 마음만 먹으면 어떤 모습으로도 변신할 수 있지요. 따라서 아가씨가 원하는 대로 모습을 바꿀 수 있다고요.

노파로 변장해 포모나를 설득하는 베르툼누스
이탈리아 화가 프란체스코 멜치의 「베르툼누스와 포모나」이다. 로마인들은 본래 자연물을 숭배했다. 따라서 로마 신들은 그리스 신보다 자연물과 밀접한 관계를 맺었다. 포모나와 플로라 등이 이러한 예다.
베를린 국립 회화관 소장

더군다나 아가씨가 좋아하는 일, 그러니까 정원 가꾸기를 무척 좋아합니다. 그래서 아가씨의 과수원을 거뜬히 가꿀 수 있어요. 하지만 지금은 과일도 꽃도 다른 어떤 것에도 흥미를 잃고 오직 아가씨한테만 마음을 두고 있지요. 그러니 제발 베르툼누스를 가엾이 여기고, 지금 내가 그 사내의 입을 빌어 말하고 있다고 상상해 줘요. 신들은 가혹한 짓을 미워하고 아프로디테 여신은 무정한 마음을 미워한다는 점을 기억해요. 그런 이들에게는 조만간 벌을 내린다는 것을요. 이 말이 믿기게끔 이야기를 하나 해 드릴게요. 키프로스 섬에서는 잘 알려진 사실이지요. 부디 이 이야기를 듣고 더욱 자비로워지시길 바랍니다."

노파의 이야기를 계속 들어볼까요?

「히폴리토스의 죽음」
프랑스 화가 조제프 데지레 쿠르의 작품이다. 신화에서 아프로디테가 '무정한 마음'을 벌주는 이야기는 많다. 나그네들을 박대한 키프로스 여인들에게 저주를 내렸고 순결의 여신 아르테미스를 섬기며 자신을 무시하는 히폴리토스를 죽였다.
파브르 미술관 소장

"아가씨, 꽃과 열매를 낭비하지 마세요."

"이피스라는 청년이 있었지요. 가난한 집안에서 태어난 젊은이 였는데, 유서 깊은 테우크로스 집안의 아낙사레테라는 귀부인을 보고 사랑에 빠져 버렸답니다. 이피스는 짝사랑으로 괴로워하다 가 드디어 여자의 집 문 앞에서 최후의 말을 내뱉었어요.

'아낙사레테여, 그대가 이겼습니다. 이제 더 이상 나의 끈질긴 애원을 들을 일은 없을 겁니다. 승리를 만끽하세요! 머리에 월계 관을 쓰고 환희의 노래를 부르세요. 그대가 이겼으니까요! 나는 죽습니다. 돌덩어리 심장을 지닌 여인이여, 맘껏 기뻐하시길! 내 가 곧 하려는 짓도 그대에게 기쁨을 주려는 뜻이랍니다. 그러니 나를 칭찬해 주어야 마땅하지요. 죽도록 사랑을 바쳤건만 그대 의 차디찬 마음은 기어이 나를 죽게 만드는군요. 내 죽음을 그대 가 소문으로 듣게 하진 않겠습니다. 그대 앞에 갈 테니 내가 죽는 모습을 두 눈으로 똑똑히 지켜보고 마음껏 즐기세요. 아, 신들이 시여! 인간의 고뇌를 굽어살피시는 분들이시여, 내 운명을 지켜 봐 주소서! 마지막으로 이것 하나만 부탁드리나이다. 후대 사람 들이 저를 기억하게 해 주십시오. 명대로 살지는 못하지만 이름 만이라도 오래 전해지게 해 주십시오.'

말을 마치자 눈물로 뒤범벅된 창백한 얼굴을 여자의 집 쪽으 로 돌렸답니다. 마침내 문기둥에, 종종 사랑의 꽃다발을 걸곤 했 던 문기둥에 밧줄을 걸었어요. 올가미에 머리를 집어넣고서는 또 이렇게 중얼거렸지요.

'무정한 여인이여! 그래도 이 꽃다발만큼은 기쁘게 받을 테지요.' 이피스가 곧장 아래로 떨어지자 목이 툭 부러졌답니다. 떨어

지면서 문에 부딪히는 소리가 났는데, 그 소리가 마치 신음 소리
같았어요. 하인들이 문을 열자 이피스는 이미 죽어 있었지요. 다
들 가여움에 혀를 차면서 청년을 일으켜 안고 어미의 집으로 데
려다주었습니다. 아비는 벌써 세상을 떠났으니까요. 어미는 아들
의 싸늘한 주검을 끌어안았지요. 곧이어 아들을 잃은 어미의 구
슬픈 넋두리가 흘러나왔답니다.

　비통한 장례 행렬이 마을을 지나고 있었어요. 납빛으로 굳은
시신은 상여에 실려 화장터로 향하고 있었지요. 마침 아낙사레테
의 집이 장례 행렬이 지나는 길에 있었답니다. 구슬피 우는 사람
들의 곡소리가 아낙사레테의 귀에도 들어왔어요. 이미 복수의
신이 자신을 벌하기로 점찍어 놓은 줄도 모른 채, 아낙사레테는
장례 행렬 구경을 하러 탑 위로 올라갔지요. 그곳에서 열린 창문
을 통해 장례 행렬을 내려다보았습니다. 그런데 상여에 놓인 이
피스의 시신에 채 눈길이 닿기도 전에 두 눈이 굳기 시작했어요.
몸속의 뜨거운 피도 차가워져 갔고요. 물러나려고 애썼지만 발이 옴짝달싹 하지 않았지요. 얼굴을 돌리려고 해도 목은 꿈쩍도 하지 않았어요. 그녀의 온몸은 점점 굳어 가더니 마치 그녀의 마음처럼 돌덩어리가 되고 말았답니다.

이 이야기가 믿어지지 않으신다면 살라미스에 있는 아프로디테 신전에 가 보세요. 아나사레테의 생전 모습을 그대로 간직한 석상이 지금도 서 있을 테니까요. 어여쁜 아가씨! 이런 이야기를 귀담아들으시고, 사랑이 다가오면 비웃거나 머뭇거리지 말고 받아들이세요. 그러면 봄 서리가 당신의 어린 열매를 시들게 하거나, 사나운 바람이 당신의 꽃을 떨어뜨리는 그런 일들은 일어나지 않을 거예요!"

베르툼누스는 이 말을 마치고서 노파로 변장한 모습을 버렸습니다. 이제 준수하고 어엿한 청년의 모습으로 포모나 앞에 섰어요. 포모나가 보기에 마치 구름 속으로 햇살이 비치는 것만 같았지요. 그는 다시 한 번 사랑을 애원하려 했지만 그럴 필요가 없었

「베르툼누스와 포모나」
플랑드르 화가 페테르 루벤스의 작품이다. 과실(포모나)이 계절(베르툼누스)을 알지 못하면 제때 열매를 맺지 못한다. 이 이야기를 해석하는 한 가지 방식이다.

답니다. 말솜씨와 수려한 본모습에 님프도 홀딱 반했으니까요. 둘은 사랑의 불꽃에 함께 불타올랐지요.

포모나가 사과나무 과수원의 수호자였기에 영국 시인 존 필립스는 포모나를 노래한 시를 지은 적이 있답니다. 스코틀랜드 시인 제임스 톰슨은 「사계」라는 시에서 존 필립스를 이렇게 노래했어요.

필립스는 포모나의 시인, 그녀의 두 번째 남편
운율을 따르지 않은 시구로 고귀한 일을 해냈네.
영국풍의 자유로움으로 영국식 노래를 부른다네.

포모나는 다른 과일들의 성장도 주관했답니다. 따라서 톰슨은 이런 시도 남겼지요.

포모나, 유자나무 숲으로 나를 데려가 주오.
상큼한 레몬과 시큼한 라임이 자라는 곳으로
초록 잎들 사이에 오렌지가 반짝이는 곳으로
이 모든 경쾌한 빛깔들이 섞이는 곳으로
넉넉한 타마린드 그늘 밑에 나를 뉘어 주오.
산들바람이 불어올 때면, 그 나무에 달린
열을 식혀 주는 열매가 살랑대는 그곳으로.

이야기 속에 왜 이야기를 넣었을까요?

포모나와 베르툼누스 이야기는 우리에게 전하는 몇 안 되는 로마 신화 중 하나이다. 이 이야기에서 베르툼누스가 님프 포모나를 설득하기 위해 이피스와 아낙사레테 이야기를 들려준다. 이런 이야기 형식을 보통 '액자식 구성'이라고 부른다. 액자 안에 그림을 끼워 넣듯이 한 이야기 속에 다른 이야기를 넣었기 때문이다. 데메테르와 페르세포네 이야기도 액자식 구성을 취하고 있다. 데메테르가 페르세포네를 찾아다니는 이야기 안에 아레투사 이야기가 들어 있다. 이런 액자식 구성이 자주 보이는 것은 불핀치가 『변신 이야기』의 방식을 따랐기 때문이다. 오비디우스는 이야기들을 짧게 쓰면서도 그것을 모아 긴 작품을 만들고자 했다. 이를 위한 방법 중 하나가 바로 액자식 구성이다. 한편 여러 사람이 모여서 서로 이야기를 하나씩 들려주는 방법도 있다. 불핀치는 오비디우스가 이어 놓은 이야기들을 토막토막 나누어서 소개했기 때문에 이 방법이 눈에 잘 띄지 않는다. 한 군데 예외는, 악타이온 이야기와 레토와 농부들 이야기가 연결된 부분이다. 악타이온 이야기를 들은 어떤 사람이 레토와 농부들 이야기를 들려준다. 레토와 농부들 이야기는 원래 『변신 이야기』에서 니오베가 불행을 당하는 걸 본 사람이 다른 사람들에게 들려주는 이야기이다. 불핀치가 재치 있게 다른 데로 옮겨 붙였다.

∞
강의 신 알페이오스에게 납치당할
위기에 처한 아레투사

11 정화된 인간의 영혼 |
에로스와 프시케

봄 이 오면 꽃밭에 나비들이 팔랑팔랑 날아다닙니다. 봄 햇살 속을 누비
는 나비의 날갯짓은 한없이 가볍고 부드럽고 우아하지요. 나비를 바
라보는 이들의 마음속에는 저절로 자연과 생명의 위대함과 경이로움 그리고
아름다움이 깃들어요. 이 나비의 춤이 뽐내는 아름다움은 진정 어디서 오는
것일까요? 어쩌면 춥고 길었던 겨울 동안 애벌레로 견디며 보낸 시간이 만들
어 낸 기쁨의 춤이기 때문이 아닐까요? 차가운 땅 속에서 봄을 기다렸던 간
절한 마음 때문이 아닐까요? 이런 생각을 고대 그리스 사람들도 했나 봅니
다. 그리스어로 나비를 뜻하는 프시케의 이야기를 귀담아들으면 인간의 정
신이 어떻게 인내의 과정을 통해 드높아지는지 엿볼 수 있답니다.

- 프시케는 잠든 남편 옆에 있던 화살집에서 화살 하나를 꺼내다가 상처를 입었다. 상처에서 피가 흐르더니 사랑의 열꽃이 더욱 타올랐다. 프시케는 에로스를 껴안고 셀 수도 없이 입맞춤했다. (아풀레이우스 『황금 당나귀』)
- 가니메데스가 제우스의 잔을 채우고 디오니소스가 다른 신들의 잔을 채웠다. 신의 음료인 넥타였다. 헤파이스토스가 만찬을 준비하는 동안 시간의 신들이 장미와 달콤한 향으로 결혼식장을 장식했다. (아풀레이우스 『황금 당나귀』)

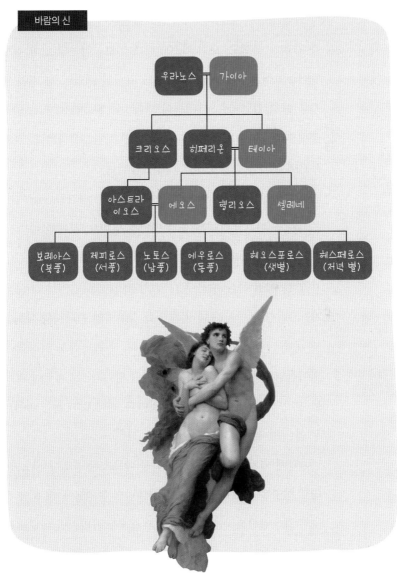

223

저주받은 프시케, 신의 궁전으로 가다

어떤 왕과 왕비 사이에는 세 딸이 있었습니다. 첫째와 둘째도 남부럽지 않은 미모를 자랑했어요. 하지만 막내는 너무나 아름다워서 인간의 언어로는 제대로 표현할 길이 없을 정도였지요. 아름답다는 소문이 널리 퍼지는 바람에 이웃 나라의 낯선 이들조차 막내 공주를 보러 떼 지어 몰려왔답니다. 보았다 하면 놀라움을 감추지 못했고, 오직 아프로디테에게나 어울릴 만한 찬사를 늘어놓았어요. 사실 아프로디테도 자신의 제단이 텅 비어 있는 것을 알고 있었지요. 사내들이 죄다 어여쁜 처녀에게로 발길을 돌렸으니까요. 이 처녀가 지나갈 때면 사람들은 찬양의 노래를 부르며 꽃과 꽃다발로 길을 내주었습니다.

불멸의 신들에게나 어울리는 이런 찬사가 인간을 드높이는 데 쏟아지자, 아프로디테는 화가 단단히 났어요. 분개한 나머지 비단결 같은 머리채를 마구 헝클어뜨리며 이렇게 외쳤지요.

파리스
본문에서 '양치기'란 트로이의 왕자 파리스를 뜻한다. 아테나, 헤라, 아프로디테, 이 세 여신들 중에서 가장 아름다운 여신을 지목하라는 제우스의 명을 받들어 아프로디테를 선택했다.

"인간 계집 하나 때문에 나의 영광이 빛을 잃어야 한단 말인가? 고귀한 양치기는 나의 걸출한 경쟁자인 아테나와 헤라보다도 내가 더 아름답다고 판정했느니라. 제우스 신도 인정했던 판정이건만 그것은 정녕 헛된 짓이었단 말인가? 그 계집이 내 명예를 손바닥 뒤집듯 뒤엎진 못할 것이다. 격에 맞지 않는 아름다움을 얻은 걸 후회하게 만들어 주겠노라."

이렇게 외치고는 날개 달린 아들 에로스를 불렀습니다. 안 그래도 심술을 타고난 아들인데, 어머니의 불평을 듣자 더욱 심술보가 차올랐어요. 아프로디테는 프시케를 가리키며 이렇게 말했지요.

"사랑하는 내 아들아, 저 오만불손한 아름다움을 벌하여라. 저 계집이 받는 상처가 클수록 이 어미에게 더 달콤한 복수가 된단다. 기고만장한 계집의 마음속에 저열하고 비천하며 아무짝에도 쓸모없는 사내에 대한 열정을 가득 채워 다오. 지금이야 우쭐우쭐 의기양양해 하고 있다만 그만큼 뼈저린 후회를 하게 해 다오."

에로스는 어머니가 내린 명령을 따를 준비를 했습니다. 아프로디테의 정원에는 샘이 두 개 있는데, 하나는 단맛이 났고 하나는 쓴맛이 났어요. 에로스는 호박으로 만든 물병 두 개에다 두 샘물을 각각 담았지요. 이어서 물병을 자신의 화살통에 매달고 서둘러 프시케의 방으로 날아갔답니다. 그때 프시케는 곤히 자고 있었어요. 에로스는 쓴 물을 프시케의 입술에 몇 방울 떨어뜨렸지

「에로스와 프시케」
프랑스 화가 알퐁스 르그로의 작품이다. 에로스가 프시케와 처음 대면하는 장면이다. 에로스는 고대 그리스 미술에서 주로 날개 달린 청년의 모습으로 등장한다.
테이트 브리튼 갤러리 소장

「프시케」
프랑스 화가 윌리앙 아돌프
부그로의 작품이다. 프시케
는 그리스어로 '영혼' 또는
'나비'라는 뜻이다. 프로메테
우스가 인간을 창조할 때 아
테나가 날려 보낸 나비가 인
간의 콧구멍으로 들어갔다
고 한다. 여기서 나비는 영혼
을 의미한다.

요. 아름다운 처녀의 모습에 에로스도 가
여운 마음이 들긴 했지만요. 곧이어 에로
스는 화살촉으로 프시케의 옆구리를 살
짝 건드렸답니다. 그러자 프시케가 잠에
서 깨어나 에로스 쪽으로 눈을 활짝 떴어
요. 물론 인간에게 신은 보이지 않기 때문
에 프시케는 에로스를 보지 못했지요. 그
런데도 에로스는 깜짝 놀라 허둥대다가
그만 화살로 자기 몸을 찌르고 말았어요.
상처는 신경 쓸 겨를도 없이 에로스는 자
기가 저지른 짓을 돌이키고 싶었답니다.
그래서 비단결 같은 프시케의 곱슬머리에
기쁨의 단물을 부어 주었습니다.

아프로디테의 눈살을 찌푸리게 만든 이후로, 프시케의 미모는
아무 쓸모가 없어지고 말았어요. 여전히 모든 눈이 프시케를 향
하고 모든 입이 프시케를 칭송했지만, 왕도 귀족도 평민도 청혼
을 하지 않았답니다. 적당히 아름다웠던 두 언니는 오래 전에 다
른 나라 왕자들에게 시집을 갔어요. 하지만 프시케는 쓸쓸한 방
에서 자신의 고독을 한탄했지요. 온갖 칭송을 받았건만 결국 사
랑을 받지 못하자, 자신의 아름다움도 지겨워졌습니다.

프시케의 부모님은 혹시나 신들의 노여움을 산 게 아닐까 싶어
아폴론 신전에 가서 신탁을 내려 달라고 했어요. 신탁의 내용은
이랬지요.

"그 처녀는 인간의 사랑을 받아 신부가 될 운명이 아니니라.

신랑은 산꼭대기에서 기다리고 있노라. 신들도 인간도 대적할 수 없는 괴물이 처녀의 신랑감이니라.”

이런 청천벽력 같은 신탁에 온 백성이 낙심했답니다. 왕과 왕비는 슬픔에 빠져 헤어 나오질 못했어요. 하지만 프시케는 이렇게 말했지요.

“사랑하는 아버지, 어머니. 왜 제 처지를 슬퍼하시나요? 사람들이 제게 분수에 맞지 않는 칭찬을 늘어놓을 때 슬퍼하셔야 했어요. 전부 이구동성으로 저를 아프로디테라고 떠받들 때 말이에요. 그 이름 때문에 지금 벌을 받고 있다는 걸 이제야 깨달았어요. 저는 순순히 따를래요. 저를 산꼭대기의 바위로 데려다주세요. 기구한 운명이 저를 위해 마련해 둔 바위로요.”

이윽고 모든 준비가 갖추어지자 공주는 행렬 속으로 들어갔습니다. 혼례 행렬이라기보다 장례 행렬에 더 가까웠어요. 백성들의 탄식 속에서 부모님과 함께 프시케는 산을 올라갔지요. 꼭대기 근처에 이르자 모두 슬픈 마음을 안은 채 떠났고 프시케 혼자

「프시케의 혼례」
영국 화가 번 존스의 작품이다. 괴물이 프시케의 남편이라는 신탁을 받았기 때문에 혼례 행렬 분위기가 우울하다. 벨기에 왕립 미술관 소장

「바다 위로 프시케를 날려 보내는 제피로스」
이탈리아 화가 리날도 만토바노의 작품이다. 제피로스는 서풍의 신이다. 남풍 노토스, 북풍 보레아스와 형제이다. 봄을 불러오는 부드러운 바람으로 알려졌다.
팔라초 델 테 소장

남았답니다.

프시케는 산등성이에 한참을 홀로 서 있었어요. 두려움에 심장은 고동치고 슬픔이 복받쳐 두 눈에선 눈물이 하염없이 흘렀지요. 마침 친절한 제피로스(서풍)가 프시케를 공중으로 띄워 꽃이 만발한 골짜기로 살며시 데려다주었습니다. 차츰 마음의 안정을 찾게 되자 프시케는 풀밭에 누워 스르르 잠이 들었어요. 곤히 자고 났더니 한결 개운했지요. 주위를 둘러보니 근처에 큰 나무들이 우뚝 선 숲이 있었답니다. 숲으로 들어가니 한가운데에 수정처럼 맑은 샘이 있었어요. 그곳을 지나자 으리으리한 궁전이 나타났지요. 위엄이 깃든 대문의 모습만 보아도 인간의 작품이 아니라 신의 별장임을 알 수 있었습니다. 호기심에 이끌려 프시케는 궁전 안으로 성큼 들어섰어요. 마주치는 것마다 경이롭고 환상적이었지요. 장엄한 황금 기둥들이 둥근 지붕을 떠받치고 있었답니다. 숲 속의 사냥 풍경이 생생하게 새겨진 벽화가 감탄을 자아냈어요. 계속 안으로 들어가니 화려한 연회장 말고도 방들이 많았지요. 거기에는 온갖 보물들이며 아름답고 진귀한 자연의 산물과 예술품들이 가득했습니다.

이러한 것들에 정신이 한참 팔려 있는데, 어떤 목소리가 프시케를 불렀어요. 주위에 아무도 없는데도 이런 말이 들려왔지요.

"여왕이시여, 지금 보고 계신 것들은 전부 여왕님 것입니다.

여왕님이 들고 계신 목소리는 하인들의 것입니다. 저희는 여왕님께서 명령만 내리시면 무엇이든 정성껏 받들어 모시겠습니다. 그러니 침소로 드셔서 솜털 침대에서 푹 쉬시기 바랍니다. 그리고 원하신다면 욕실에서 목욕을 하시고요. 옆방에는 저녁 식사가 준비되어 있으니, 언제든 원하실 때 드시면 됩니다."

프시케는 목소리만 들리는 하인들에게 귀를 기울였어요. 그리고 욕실에서 몸을 씻었고 푹 쉰 다음 옆방의 식탁에 가서 앉았지요. 눈에 보이는 하인이 없는데도 식탁이 금세 차려졌답니다. 아주 맛있는 음식들과 포도주가 그득했습니다. 또한 보이지 않지만 어디선가 음악이 흘러나와 프시케의 귀를 즐겁게 해 주었어요. 어떤 이는 노래를 부르고 또 어떤 이는 리라를 켰는데, 모두 어우러져 놀랍게도 아름다운 화음을 만들어 냈지요.

남편의 얼굴은 볼 수가 없었습니다. 남편은 어두운 밤에만 살며시 나타났다가 아침 해가 뜨기 전에 부리나케 떠났어요. 하지만 남편의 목소리에는 애정이 가득 담겨 있었지요. 목소리만으로도 프시케의 마음은 사랑으로 흘러넘쳤답니다. 프시케는 종종 남편에게 새벽에 떠나지 말고 얼굴을 보여 달라고 했어요. 남편은 요지부동이었지요.

「에로스의 정원에 들어가는 프시케」
영국 화가 존 워터하우스의 작품이다. 육중한 문 앞에 선 프시케의 얼굴이 수심에 차 있다. 에로스와 프시케 이야기는 고대 로마 작가 아풀레이우스의 「황금 당나귀」에 실린 것이다.

"사랑은 의심과 함께 살 수 없습니다."

오히려 남편은 그럴 만할 사정이 있으니, 자기 얼굴을 볼 생각은 꿈에도 말라고 당부했답니다. 그러면서 이런 말도 덧붙였어요.

"왜 나를 보려고만 합니까? 내 사랑을 믿지 못하나요? 무언가 불만이라도 있는 건가요? 만약 얼굴을 본다면 나를 두려워할 수도, 숭배할 수도 있겠지요. 하지만 나의 바람은 당신이 나를 사랑해 주는 것뿐입니다. 당신이 나를 신처럼 떠받들기보다는 똑같은 인간으로 여기고 사랑해 주기를요."

남편의 말을 듣고 프시케는 한동안 마음이 놓였고, 신혼 초의 새로운 경험 때문에 무척 행복했답니다. 하지만 결국 프시케의 마음에는 번민이 찾아들었어요. 딸의 생사도 모르는 부모님 생각 그리고 신혼 재미를 함께 나눌 수 없는 언니들 생각 때문이었지요. 그래서 급기야 궁전이 번드르르한 감옥처럼 느껴지기 시작했습니다. 어느 날 밤 남편이 찾아왔을 때 프시케는 고민을 털어놓았어요. 그래서 언니들을 궁전으로 불러도 좋다는 승낙을 남편한테서 간신히 받아 냈지요.

날이 밝자 프시케는 제피로스에게 남편의 지시를 전달했답니다. 제피로스는 냉큼 산 아래로 내려가 두 언니를 막내가 사는 골짜기로 데려왔어요. 세 자매는 오랜만에 감격 어린 포옹을 나누었지요. 긴 포옹이 끝난 후 프시케가 말했습니다.

"제가 사는 집으로 가요. 거기서 언니들을 정성껏 대접할 테니 마음껏 즐기세요."

곧바로 언니들의 손을 이끌고 황금 궁전으로 갔어요. 목소리만 들리는 하인들이 줄곧 시중을 들었지요. 두 언니는 욕실과 식탁

「프시케에게 등불과 칼을 주는 언니들」
이탈리아 화가 조르다노의 작품이다. 프시케의 언니들이 프시케에게 의심을 심어 주는 장면이다.

에서 마음껏 호사를 누렸고, 온갖 보물들도 구경했지요. 두 언니는 막내가 자기들과는 비교도 안 될 만큼 호강을 누리는 모습을 보자 시샘이 났어요.

두 언니는 온갖 질문들을 쏟아 냈는데, 가장 궁금하게 여긴 것은 신랑이었어요. 프시케는 남편이 잘생긴 청년이며 낮에는 주로 산에서 사냥을 하며 보낸다고 대답했지요. 이 대답이 무언가 미심쩍다고 여긴 언니들이 계속 추궁을 하는 바람에 결국 프시케는 남편의 얼굴을 본 적이 없다고 실토를 했습니다. 기다렸다는 듯 두 언니는 프시케의 가슴을 의심의 먹구름으로 채워 나갔어요.

"잊지 말아라." 두 언니는 말했지요.

"저 아폴론 신의 신탁에 따르면 네가 끔찍하고 무시무시한 괴물과 혼인할 운명이라는 걸 말이야. 이 골짜기에 사는 사람들은

「에로스와 프시케」
이탈리아 화가 주세페 마리아
크레스피의 작품이다. 등불로
에로스의 모습을 확인하는 장
면이다. 호기심이 왕성한 프
시케는 이야기가 진행되는 내
내 금기를 계속 깬다.
우피치 미술관 소장

네 남편이 끔찍한 뱀이라고 말하더라. 맛있는 음식을 먹여 한동
안 너를 살찌운 다음에 결국엔 잡아먹으려는 속셈이래. 방법을
알려 줄 테니 그대로 하렴. 등불과 날카로운 칼을 준비해 두어라.
남편에게 들키지 않도록 그것을 몰래 숨겨 놓았다가 사람들 말
이 맞는지 그른지 네 눈으로 직접 확인해라. 만약 사실이면 주저
하지 말고 괴물의 머리를 잘라라. 그래야 네가 다시 자유의 몸이
된단다."

프시케는 애써 못 들은 척하려고 했지만 언니들의 충고가 마
음에 큰 동요를 일으켰어요. 언니들이 떠난 후에도 프시케의 귓
가에는 언니들 말이 계속 들려오는 듯했지요. 스스로도 궁금증
이 커져서 도저히 참을 수가 없었답니다. 기어이 등불과 날카로
운 칼을 준비해 남편이 보지 못하는 곳에다 두었어요. 남편이 깊
이 잠들었을 때 프시케는 가만히 일어나 등불을 켜고 드디어 신

랑의 얼굴을 보았지요. 끔찍한 괴물은커녕 아주 잘생기고 매력적인 신이었습니다. 황금빛 곱슬머리가 새하얀 목과 발그레한 뺨에 치렁치렁 드리워져 있었어요. 양어깨에는 흰 눈보다 더 새하얗고 부드러운 날개가 한 쌍 달려 있었고요. 날개에 달린 빛나는 깃털은 봄꽃처럼 화사했지요. 그때 얼굴을 더 자세히 보려고 등불을 기울이는 바람에 기름 한 방울이 신의 어깨 위에 떨어졌답니다. 깜짝 놀라 눈을 뜬 남편은 잠시 프시케를 빤히 쳐다보았어요. 그러고는 한마디 말도 없이 새하얀 날개를 펴고 창밖으로 날아가 버렸지요. 프시케는 남편을 따라가려다 창밖으로 떨어져 땅 위에 나뒹굴고 말았습니다. 흙 위에 쓰러져 있는 프시케를 보고서 에로스는 허공에서 잠시 멈추더니 말했어요.

"아, 어리석은 프시케여. 이것이 내 사랑에 대한 보답인가요? 나는 어머니의 명령을 어겨 가면서까지 당신을 아내로 삼았지요. 그런데도 나를 괴물이라 여겨 목을 자르려고 했나요? 이제 떠나세요. 언니들한테로 가세요. 언니들 말을 내 말보다 더 믿는 것 같으니까요. 영원히 당신을 떠나보내는 것 말고는 다른 벌은 내리지 않을 겁니다. 하지만 '사랑은 의심과 함께 살 수 없다.'라는 말은 꼭 기억하시길!" 말을 마치자 에로스는 저 멀리 날아가 버렸답니다. 슬프게 탄식하는 가엾은 프시케만 홀로 땅바닥에 남겨 둔 채로.

정신을 차리고 주위를 둘러보니 궁전과 정원은 감쪽같이 사라졌어요. 게다가 어찌 된 일인지 프시케는 언니들이 사는 마을에서 그리 멀지 않은 들판에 덩그러니 앉아 있었지요. 프시케가 언니들에게 가서 안타까운 이야기를 전부 들려주자, 못된 언니들은 겉으로는 슬픈 척하면서도 속으로는 고소해했답니다. 언니들은 속으로 이렇게 생각했어요.

'이제 어쩌면 우리 둘 중 한 명을 신부로 맞이할지도 몰라.'

언니 둘은 그런 생각으로 각자 몰래 이튿날 꼭두새벽에 일어나 산으로 올라갔어요. 산꼭대기 근처 바위에 이르자 제피로스를 불러 자기를 바람에 실어 주인한테로 데려다 달라고 했지요. 그러고선 풀쩍 아래로 뛰어내렸지만 제피로스는 받아 주지 않았답니다. 두 언니는 그만 벼랑 아래로 떨어져 산산조각이 나고 말았어요.

고난을 딛고 빛나는 날개를 펼치다

한편 프시케는 끼니도 거른 채 밤낮으로 남편을 찾아 헤맸어요. 그러던 중 어느 산의 벼랑 근처에 세워진 장엄한 신전을 찾았어요. 프시케는 한숨을 쉬며 혼잣말을 했습니다.

"어쩌면 내 사랑, 내 낭군께서 저기 사실지 몰라."

이어서 두근대는 마음으로 신전을 향해 걸어갔어요.

신전에 들어가자마자 곡식 무더기가 눈에 들어왔어요. 다발로 묶여 있는 밀 이삭도 있었고, 묶여 있지 않은 밀 이삭도 있었고, 군데군데 보리 이삭도 섞여 있었지요. 낫과 갈퀴 등 온갖 추수 농기구들도 여기저기 흩어져 있었답니다. 마치 후덥지근한 한낮에 일하다 지친 농부들이 마구 내팽개쳐 놓은 듯했어요.

신실한 프시케는 보기 흉한 이런 모습을 말끔히 정리했지요. 어떤 신이든 소홀히 대하지 않아야 결국에는 신들의 가호를 받게 된다는 독실한 믿음 때문이었습니다. 마침 신전의 주인은 곡물과 풍요의 여신 데메테르였어요. 데메테르는 프시케가 아주 경건한 것을 알고서 이렇게 말을 건넸지요.

"프시케야, 너의 신심은 참으로 훌륭하구나. 너를 아프로디테의 심술로부터 보호해 줄 수는 없지만 여신의 불편한 심기를 달랠 절묘한 방법을 알고 있단다. 고귀한 여신 아프로디테에게 가서 스스로 무릎을 꿇어라. 그러고는 겸손하고 복종하는 마음으로 용서를 얻도록 애쓰도록 하여라. 그러면 네가 잃어버린 남편을 아프로디테가 되찾아 줄지도 모르느니라."

프시케는 데메테르의 말에 따라 아프로디테의 신전으로 갔답니다. 마음을 굳게 먹으려고 애쓰면서 분노한 여신에게 무슨 말을 해야 좋을지 곰곰이 생각하며 걸었어요. 하지만 일이 잘 안 풀릴지도 모르고 자칫하다가는 목숨이 위태로울 것만 같았지요.

아니나 다를까 아프로디테는 프시케를 보자 노여움을 쏟아 냈습니다.

"배은망덕하고 불경스러운 하인 같으니라고! 네 낭군이 있다는 사실이 이제야 기억났더냐? 아니면 아낌없이 사랑을 베풀었건만 쓰라린 상처만 입고 돌아온 네 남편을 보러 온 것이더냐? 너처럼 발칙한 것이 남편을 섬길 수 있는 유일한 방법은 부지런함과 성실함뿐이니라. 네가 집안

살림을 잘하는지 내가 시험해 보마."

여신은 프시케를 신전의 창고로 데려갔어요. 창고에는 콩을 포함해 밀과 보리 등 온갖 곡식이 한데 섞여 수북이 쌓여 있었지요. 아프로디테의 상징 동물인 비둘기 모이로 모아둔 것이었답니다. 거기서 여신은 이렇게 말했어요.

"너 혼자서 이 모든 곡식들을 종류별로 나누어 놓아라. 해가 지기 전에 반드시 일을 마쳐야 한다."

아프로디테는 프시케에게 일거리를 맡겨 놓고 떠났습니다.

프시케는 엄청난 작업량에 기가 질려 바닥에 멍하니 앉아만 있었어요. 산더미 같은 곡식 더미 앞에서 손가락 하나 움직이지 못했지요. 한숨만 쉬며 앉아 있는데, 에로스가 작은 개미들을 불러 모았답니다. 들판에 사는 개미들을 데려와 프시케를 도우라고 시킨 거예요. 개미언덕의 지도자를 따라 다리가 여섯인 개미 무리는 곡식 더미로 다가갔지요. 개미들은 단 한순간도 쉬지 않고 일사천리로 곡식들을 종류별로 나누었습니다. 일을 마치자 개미들은 언제 왔냐는 듯 흔적도 없이 사라졌어요.

저녁 무렵에 아프로디테는 신들의 만찬을 마치고 돌아왔지요. 내쉬는 숨에는 좋은 향기가 감돌았고 머리에는 장미꽃 화관을 쓰고 있었답니다. 일을 말끔하게 마친 것을

「사랑의 신전에 있는 프시케」
영국 화가 에드워드 포인터의 작품이다. 아프로디테는 프시케에게 몇 가지 시련을 주어 프시케를 시험한다. 워커 미술관 소장

「프시케의 두 번째 시험」
이탈리아 건축가이자 화가
인 줄리오 로마노의 작품이
다. 줄리오 로마노의 작품은
과장된 기교로 유명하다. 프
시케를 도운 강의 신이 다소
기괴하게 표현되어 있다.

보자 여신은 냅다 소리쳤어요.

"못된 것 같으니라고! 이건 네가 한 일이 아니다. 네가 꼬드겨
신세를 망친 네 남편이 한 일이다."

그렇게 말하고는 저녁이랍시고 시커먼 빵 한 조각을 던져 주
고서 여신은 가 버렸지요.

이튿날 아침 아프로디테는 프시케를 다시 불러 이렇게 말했습
니다.

"저기를 보거라. 물가를 따라 줄지어 선 나무들이 보일 것이다.
저기 가면 양치기 없이 풀을 뜯고 있는 양들이 있는데, 등에는 황
금빛 양털이 수북하다. 가서 값비싼 양털을 모조리 깎아 나에게
가져오너라."

프시케는 이번에는 꼭 자기 손으로 일을 마쳐야겠다고 다짐하
며 고분고분 강가로 갔어요. 바로 이때 강의 신이 갈대를 통해 노
래하듯 소곤댔지요.

"오, 너무 지쳐 초췌해진 여인이여, 위험한 강을 건너지 마오.

강 저편 무서운 숫양 근처에 가지 마오. 해가 떠오르는 아침에는 양들이 사나워진다네. 날카로운 뿔과 무례한 이빨로 사람을 해친다네. 대신에 한낮이 되면 양 떼들이 그늘을 찾는다오. 차분해진 물길도 양 떼들을 쉬게 해 준다오. 그때 안전하게 물을 건너 저편으로 가면 덤불에 붙은 황금 양털을 쉽게 얻으리니."

인정 많은 강의 신이 노래한 대로 했더니 프시케는 금방 일을 마쳤어요. 황금 양털을 가득 안고서 프시케는 아프로디테에게 돌아왔지요. 하지만 깐깐하기 이를 데 없는 여신은 이번에도 인정하지 않고서 이렇게 말했습니다.

"네가 스스로 해낸 일이 아니란 걸 내가 모를 줄 알았더냐? 나는 아직도 네가 쓸모 있는 여자인지 판단이 서지 않는다. 그래서 한 가지 일을 더 시켜야겠다. 이번에는 이 상자를 갖고 저승 세계로 가서 페르세포네에게 건네며 이렇게 전하여라. '나의 주인이신 아프로디테께서 보내서 왔어요. 당신의 아름다움을 지켜 주는 화장품을 조금 나누어 주시길 주인님은 바라세요. 병든 아들을 돌보느라 주인께서 아름다움을 조금 잃어버리셨기 때문이랍니다.' 심부름은 지체 없이 해야 하느니라. 오늘 저녁에 화장품을 바르고 신들의 연회에 가야 한단 말이다."

프시케는 이제 죽음이 가까웠음을 알아차렸어요. 제 발로 저승 세계인 에레보스로 내려가야 하니까요. 그리고 이왕 죽을 바에야 조금이라도 지체하지 않기로 했지요. 프시케는 높은 탑 꼭대기로 올라갔어요. 아래로 곧장 떨어지면 저승 가기에 가장 빠른 지름길이겠거니 여겼답니다. 하지만 탑 꼭대기에 서자 어떤 목소리가 들려왔어요.

"가엾고 불쌍한 여인이여, 어째서 그처럼 끔찍하게 생을 마감하려고 하는가? 지금까지 훌륭하게 어려움을 헤쳐 나왔는데, 이제 와서 비겁하게 마지막 위험에 굴복하려고 하는가?"

곧이어 그 목소리는 어떤 동굴로 들어가 하데스의 나라에 이르는 길을 알려 주었지요. 그리고 어떻게 하면 길에서 만날 온갖 위험을 피할 수 있는지, 머리가 셋 달린 개 케르베로스를 따돌릴 수 있는지도 가르쳐 주었답니다. 마지막으로 뱃사공 카론을 설득하여 검은 강을 건너갔다 다시 건너올 수 있는 방법도 일러 주었어요. 하지만 목소리는 이렇게 덧붙였지요.

"페르세포네가 아름다움이 담긴 화장품 상자를 건네주면 절대로 그것을 들여다보거나 열어서는 안 된다. 호기심에 못 이겨 아름다움의 비결을 엿보려 해서는 결코 안 되느니라."

프시케는 충고를 마음에 깊이 새기고서 그대로 따랐습니다.

「카론과 프시케」
영국 화가 존 로댐 스펜서 스탠호프의 작품이다. 카론은 죽은 자를 저승으로 건네주는 뱃사공이다. 프시케는 2오보로스의 돈과 굳은 빵 2개로 카론을 매수해 저승의 강을 건넜다.

조심조심 나아갔더니 드디어 하데스의 나라에 무사히 도착했어요. 페르세포네의 궁전에 들어가니 맛있는 음식이 차려진 만찬이 기다리고 있었지요. 성대한 대접을 극구 사양하고서 대신 거친 빵 한 덩이에 만족하며 아프로디테의 부탁을 전했답니다. 곧이어 귀중한 화장품이 담긴 상자를 받았답니다. 상자는 뚜껑이 닫혀 있었습니다. 프시케는 상자를 가지고 왔던 길로 되돌아갔지요. 다시 햇빛을 볼 수 있다는 생각에 기뻐하면서 걸음을 재촉했습니다.

하지만 위험한 일을 무사히 마치게 되자 상자 속의 내용물을 보고 싶은 마음이 자꾸만 더 간절해졌어요. 그래서 이렇게 혼잣말을 했지요.

"여신의 화장품을 나르고 있으니, 조금만 내 뺨에 발라서 사랑하는 님의 눈에 더 예쁘게 보여도 되지 않을까?"

이어서 조심스레 상자를 열어 보니 그 안에는 화장품이라고는 전혀 없었고, 대신에 지옥의 영원한 잠이 들어 있었답니다. 감옥에서 풀려난 잠이 덮쳐 오자 프시케는 길 한가운데 쓰러져 곤히 잠이 들었어요. 잠자는 시체가 되어 아무런 감각도 움직임도 없었지요.

하지만 그 무렵에 에로스는 마음의 상처가 가라앉자 사랑하는 프시케를 보고 싶어 견딜 수가 없었답니다. 그래서 마침 열려 있던 창문의 작은 틈새로 빠져나가 훨훨 하늘을 날아 프시케가 잠들어 있는 곳에 도착했어요. 프시케의 몸에서 잠을 모아 다시 상자에 담은 후에 화살촉으로 프시케의 몸을 살짝 건드려 깨웠지요. 프시케가 깨어나자 에로스는 말했습니다.

「에로스와 프시케의 결혼식」
이탈리아 화가 펠라지오 팔라지의 작품이다. 암브로시아는 신화에 등장하는 신들의 음식이다. 꿀·물·과일·치즈·올리브유 등으로 만든다고 한다. 암브로시아를 마시면 영생할 수 있다. 탄탈로스가 암브로시아를 훔쳐서 지옥에 떨어졌다.
디트로이트 미술관 소장

"이번에도 당신은 호기심 때문에 거의 죽을 뻔했어요. 하지만 어쨌든 어머니가 시킨 일을 제대로 해냈으니 나머지 일은 내가 책임지겠어요."

말을 마치자마자 에로스는 눈 깜짝할 사이에 하늘로 솟아오르더니 순식간에 제우스 앞에 나타났지요. 둘의 사랑을 지켜 달라는 에로스의 간곡한 애원에 제우스의 마음이 움직였답니다. 제우스가 아프로디테에게 마음을 풀라고 하자 마침내 여신도 둘의 사랑을 허락했어요. 그리고 제우스는 헤르메스를 불러 프시케를 천상의 만찬 자리에 데려오게 했지요. 프시케가 도착하자 제우스는 암브로시아를 한 잔 건네며 말했습니다.

"프시케야, 이 잔을 받아 마시고 불사의 존재가 되거라. 그러면 이제부터 너희 둘의 인연은 에로스라도 끊을 수 없게 되어 이 혼인은 영원히 지속되리라."

마침내 프시케는 에로스와 맺어지게 되었어요. 그리고 두 사

「프시케의 납치」
프랑스 화가 윌리앙 아돌프 부그로의 작품이다. 프시케는 미술 작품에서 흔히 나비 날개를 가진 형상으로 묘사된다.
개인 소장

람은 예쁜 딸을 하나 낳았는데, 아이의 이름을 헤도네(기쁨)라고 지었대요.

에로스와 프시케의 이야기는 보통 우화로 여겨집니다. 나비를 뜻하는 그리스어가 프시케인데, 이 말은 영혼을 뜻하기도 해요. 나비만큼 영혼의 불멸성을 강렬하고 아름답게 상징하는 생명체는 없어요. 꿈틀꿈틀 기어 다니는 길고 지루한 송충이 시절을 보내고서야 나비는 무덤과도 같은 고치를 나와 빛나는 날개를 펼친답니다. 팔랑팔랑 한낮의 햇살 속을 날며 봄꽃의 가장 향기롭고 감미로운 꿀물을 빨아먹지요. 따라서 프시케는 고통과 고난을 거치면서 정화된 인간의 영혼을 상징합니다. 참되고 순수한 행복은 그런 아픔을 겪고 나서야 찾아오는 법이지요.

예술 작품에서 프시케는 나비의 날개를 지닌 처녀로 표현되고 있어요. 그 옆에는 에로스가 함께 등장하는데, 둘은 여러 가지 상황에서 우화적으로 그려지고 있답니다.

밀턴은 「코머스」의 마지막 대목에서 에로스와 프시케의 이야기를 이렇게 노래하고 있어요.

그녀의 유명한 아들, 천상의 멋진 에로스가
달콤한 사랑에 빠진 프시케를 차지하도다.

프시케의 길고 긴 방황이 끝난 후에

신들의 승낙이 너그러이 내려진 후에

프시케는 에로스의 영원한 신부가 되었네.

곧 프시케의 고운 허리춤에서 태어났다네.

축복이 넘치는 두 쌍둥이

'젊음'과 '기쁨'이. 제우스가 맹세했듯이.

에로스와 프시케 이야기는 스코틀랜드 출신의 시인 T. K. 허비의 아름다운 시에도 잘 표현되어 있지요.

옛날 옛적에 사람들은 밝은 이야기를 지었지.

이성보다는 환상으로 그려진 날개가 펄럭이던 때였네.

진리의 맑은 강이 황금 모래 바닥 위로 흐르던 때였지.

진리가 담긴 숭고하고 신비로운 이야기를 노래하였네.

그녀의 이야기는 무척이나 달콤하면서도 엄숙하나니

그녀는 순례자의 마음으로 꿈을 좇아 나섰다지.

온 세상 떠돌며 사랑의 숭배자를 찾아다녔나니

천상에 살고 있는 임을 찾아 땅 위를 헤맸다지!

온 마을에, 유령이 출몰하는 샘가에

광물 무늬 아른대는 침침한 동굴을 지나서

소나무 신전에, 달빛 어룽거리는 야산에

고요가 별들에게 귀 기울이는 곳에서

알 품은 비둘기가 사는 숲 속 깊숙한 빈터였네.

향긋한 공기가 감도는 알록달록한 골짜기였지.

그녀는 에로스의 먼 메아리를 들었네.

사방에 가득한 그의 발자국을 보았지.

그러나 긴긴 이별의 시간! 의심과 두려움 탓이었네.

그런 유령의 형상들이 땅을 뒤덮어 메마르게 하고서

죄와 눈물의 자녀인 그녀에게로 다가왔다네.

하지만 영원히 죽지 않을 빛나는 영혼을 낳았어.

그녀는 간절한 마음과 눈물 어린 두 눈으로 마침내

임께서 오직 하늘 위에 있음을 알게 되었네.

날개가 그녀의 지친 심장을 띄워 올리자

천상에서 에로스의 천사 아내가 되었어라.

  에로스와 프시케의 이야기는 2세기경 작가인 아풀레이우스의 작품에 처음 등장했습니다. 따라서 이 책에서 다루는 다른 전설들보다 훨씬 뒤에 나온 이야기예요. 키츠는 「프시케에게 부치는 송가」에서 이 점을 말하고 있지요.

올림포스의 빛바랜 모든 천사들을 통틀어

가장 최근에 태어난 가장 아름다운 모습이네.

아폴론의 사파이어 빛깔의 별보다 고우며

또는 해 질 녘의 요염한 노을빛보다 예쁘다네.

이보다 더 곱지만, 그대의 신전은 텅 비었지.

제단에는 꽃 한 송이 쌓여 있지 않아라.

달콤한 노래를 부르는 처녀들의 합창도 없지.

한밤중, 이슥한 시간인지라

목소리도, 류트도, 피리도, 그윽한 향기마저

사슬에 매달린 풍요로운 향로에서 사라졌도다.

사당도, 숲도, 신탁도 그리고 열기마저

꿈꾸는 예언자의 창백한 입가에 사라졌도다.

무어의 「여름 축제」에는 가면무도회가 묘사되어 있는데, 이 시 속에 등장하는 인물들 중 한 명이 프시케랍니다.

오늘밤 어두운 가면을 썼건만

젊은 여주인공의 빛은 가려지지 않네.

에로스의 아내인 그녀가 땅 위를 거닌다네.

올림포스에서 맺은 신성한 맹세로

그의 신부로 맺어진 여인이라네.

인간에게는 새하얀 이마의 반짝이는 빛으로

알려진 나비 한 마리, 나비의 신비한 빛깔은

영혼을 뜻한다네 (그리 여기는 이 드물지만)

그렇게 새하얀 이마에 드리워진 반짝이는 빛으로

우리는 오늘밤 여기에 프시케가 있음을 아노라.

프시케와 콩쥐가 비슷한 시련을 받았다고요?

에로스와 프시케 이야기는 원래 2세기 로마 작가인 루키우스 아풀레이우스의 『황금 당나귀』에 실린 것이다. 원래 제목은 '변신 이야기'이다. 하지만 오비디우스가 쓴 같은 제목의 작품이 더 유명하기 때문에 혼란을 피하기 위해 보통 '황금 당나귀'라고 부른다. 이 작품은 마법에 걸려 당나귀로 변한 주인공이 여기저기 돌아다니면서 여러 이야기를 듣는 내용이다. 에로스와 프시케 이야기도 그중 하나다. 이 이야기에서 눈에 띄는 것은 프시케가 시어머니인 아프로디테가 내리는 명령을 수행하는 과정이다. 프시케가 해야 하는 일들은 모두 집안일이라고 할 수 있다. 곡식 고르기, 양털 모으기, (불핀치 책에는 생략되어 있지만) 물 긷기, 자잘한 물건을 얻어 오는 일 등이다. 이런 일은 보통 민담에서 여성 영웅들이 수행한다. 우리는 비슷한 일들을 콩쥐나 신데렐라도 했다는 것을 알고 있다. 유일한 예외는 남성 영웅인 헤라클레스가 외양간 청소를 한 것이다. 그 후 옴팔레 여왕에게 노예로 팔려 가서 여자 옷을 입고 실 잣는 일까지 한다. 에로스와 프시케 이야기에는 민담적 요소가 많이 포함되어 있다. 나쁜 언니들과 못된 시어머니도 민담적 요소다. 불핀치는 이 이야기도 조금 약하게 그렸다. 원작인 『황금 당나귀』에는 프시케가 언니들에게 복수하기 위해 거짓말하는 장면, 언니들이 끔찍하게 죽는 장면, 여러 신들이 프시케를 박대하는 장면 등이 들어 있다. 불핀치는 이런 불편한 내용을 모두 삭제했다.

아프로디테에게 샘물을 바치는 프시케

12 고난 후에 얻게 된 사람들 | 카드모스, 미르미돈

삶의 길목에서 뜻밖의 고난에 처할 때가 종종 있지요. 그런 순간이 찾아오면 나 홀로 고통 속에 놓여 있는 듯, 온 세상이 나를 버린 듯한 느낌이 들기도 합니다. 하지만 묵묵히 고난을 견뎌 내며 진실로 새로운 꿈을 가슴속에 품게 되면 어느덧 힘든 일도 지나가고 새로운 사람들이 내 곁에 다가와 줄 때도 많답니다. 이것이 바로 인생의 크나큰 축복이자 신비로움이겠지요. 이번 장에서 만나게 될 카드모스와 미르미돈 이야기는 그러한 메시지를 담고 있습니다. 잃어버린 누이를 찾아 고난의 길을 떠난 카드모스에게는 누가 나타나 줄까요? 돌림병으로 수많은 백성들을 잃고 절망에 빠져 있던 아이아코스 왕은 어떻게 고난을 이겨 내고 다시 나라를 일으켜 세우게 될까요?

- 아게노르의 아들아, 지금 네가 죽인 뱀을 보느냐? 너도 인간들 앞에서 그렇게 뱀이 될 것이다.
  (오비디우스 『변신 이야기』)
- 이렇게 테바이라는 도시가 섰다. 카드모스는 아버지에게 추방당한 덕분에 축복을 받은 셈이다.
  (오비디우스 『변신 이야기』)
- 카드모스가 계속 말을 하려고 했지만 혓바닥이 둘로 갈라졌다. 입에서 말은 나오지 않고 쉭쉭거리는 소리만
  새어 나왔다. 자연과 운명이 허락한 카드모스의 목소리였다. (오비디우스 『변신 이야기』)

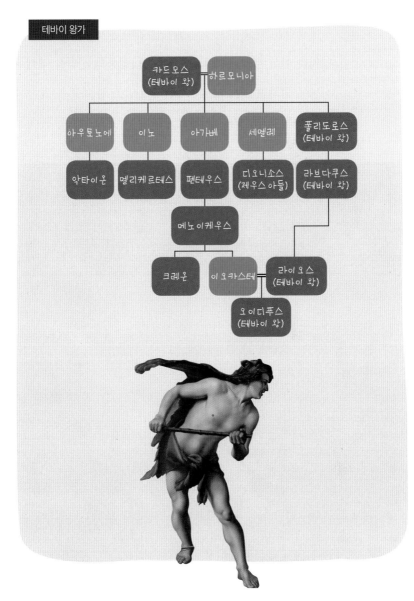

테바이 왕가

카드모스 (테바이 왕) — 하르모니아

아우토노에 · 이노 · 아가베 · 세멜레 · 폴리도로스 (테바이 왕)

악타이온 · 멜리케르테스 · 펜테우스 · 디오니소스 (제우스 아들) · 라브다쿠스 (테바이 왕)

메노이케우스

크레온 · 이오카스테 · 라이오스 (테바이 왕)

오이디푸스 (테바이 왕)

뱀 이빨에서 테바이 선조가 태어나다

어느 날 제우스는 황소로 변신해 에우로페를 납치했습니다. 에우로페는 페니키아의 왕 아게노르의 딸이었어요. 아게노르는 아들 카드모스에게 누이를 찾아오라고 시키면서 만약 찾지 못하면 결코 돌아오지 말라고 단단히 일렀지요. 카드모스는 누이를 찾아 사방팔방을 뒤졌지만 찾지 못했답니다. 돌아갈 수도 없는 처지인지라 어느 나라에 정착해야 할지 아폴론의 신탁을 구했어요. 신탁에 의하면 카드모스는 들판에서 암소 한 마리를 찾아서 어디로 가든 따라가라고 했지요. 그리고 암소가 멈추는 곳에 마을

을 세워 테바이라고 이름 붙여야 한다고 했습니다.

카드모스가 신탁을 받은 카스탈리아의 동굴을 빠져나오자, 과연 어린 암소가 설렁설렁 지나가고 있었어요. 카드모스는 아폴론에게 감사의 기도를 올린 후에 암소를 바짝 뒤쫓았지요. 암소는 계속 걸어가 케피소스의 얕은 수로를 지나 파노페 평야로 나왔답니다. 거기서 멈추더니 넓은 이마를 치켜들고선 음메에 울음소리로 하늘을 가득 채웠어요. 카드모스는 다시 감사의 기도를 올린 다음, 허리를 굽혀 낯선 땅에 입을 맞추었지요. 얼굴을 든 다음에는 주위의 산에다 반갑게 인사를 건넸습니다.

제우스에게 희생 제물을 바치고 싶었던 카드모스는 하인들을 시켜 의식에 쓸 맑은 물을 가져오라고 시켰어요. 근처에 아직 한 번도 도끼가 침범하지 않은 아주 오래된 숲이 있었지요. 숲 한가운데에는 동굴이 하나 있었는데, 덤불로 수북하게 뒤덮인 동굴 지붕은 낮은 아치를 이루고 있었답니다. 지붕 아래에 깨끗한 물이 솟구치는 샘이 있었어요. 그리고 동굴 안에는 머리에 볏이 달리고 비늘이 황금처럼 반짝이는 무시무시한 뱀이 한 마리 숨어 있었지요. 눈은 불꽃처럼 활활 타오르고, 몸은 독으로 잔뜩 부풀어 있었어요. 게다가 세 개의 혀가 한꺼번에 날름거렸고, 이빨도 세 줄이나 나 있었습니다. 하인들이 샘에 항아리를 담그자 뽀글뽀글 물소리가 나기 무섭게 뱀은 동굴 바깥으로 머리를 내밀며 쉬이이익 무시무시한 소리를 냈어요. 사색이 된 하인들은 항아리를 손에서 놓치고 온몸을 바르르 떨었지요. 뱀은 비늘로 뒤덮인 거대한 몸으로 똬리를 튼 다음, 가장 키가 큰 나무보다도 더 위로 머리를 치켜들었답니다. 하인들은 공포에 질려 옴짝달싹 못하고 있었어요. 뱀은 어떤 이는 송곳니로 물어 죽이고 어떤 이는 칭칭 감아 죽이고 또 어떤 이는 독기를 내뿜어 죽였지요.

카드모스는 한낮이 다 되어도 하인들이 감감무소식이자 직접 찾으러 나섰습니다. 사자 가죽으로 만든 겉옷을 입고, 손에는 투창 외에 긴 창도 하나 들었어요. 그리고 창보다 더 든든한 무기인 두둑한 배짱을 가슴속에 품고 나섰지요. 숲에 들어갔더니 하인들은 시체가 되어 널브러져 있고 괴물의 턱은 피로 홍건히 젖어 있었답니다. 카드모스는 이렇게 외쳤어요.

"오, 충직한 나의 부하들아! 너희들의 원수를 갚든지 아니면 나도 따라 죽으마."

말을 마친 카드모스는 커다란 돌을 들어 온 힘을 다해 뱀에게 던졌지요. 성벽을 무너뜨릴 만큼 큰 돌이었지만 뱀은 돌을 맞고 꿈쩍도 하지 않았습니다. 그러자 카드모스는 투창을 던졌어요. 이번에는 전보다 성공적이었지요. 창이 뱀의 비늘을 뚫고 들어가 내장을 찔렀거든요. 고통으로 움찔하던 괴물은 머리를 돌려 상처를 보더니 입으로 창을 물어 빼내려고 했답니다. 하지만 그만 창이 부러지는 바람에 뾰족한 창 촉이 살 속에 완전히 박혀 버렸어요. 뱀의 목은 분노로 부풀고, 턱은 피 묻은 거품이 부글부글 끓었지요. 콧구멍에서는 독기가 마구 뿜어져 나왔답니다. 뱀은 이제 몸을 돌돌 말아 똬리를 틀었다가 다시 땅에 떨어진 나무둥치처럼 몸을 쭉 폈습니다. 그런 자세로 뱀은 앞으로 다가왔어요. 카드모스는 뒤로 물러서면서 괴물의 벌어진 턱을 향해 창을 겨누었지요. 뱀은 창을 낚아채 창끝의 금속 부분을 물어서 떼어 내려고 했답니다. 마침 뱀이 뒤에 있는 나무둥치 쪽으로 머리를 젖히

는 순간, 카드모스는 바로 이때다 싶어 창을 날렸어요. 창은 정확
히 뱀을 꿴 채로 나무둥치에 꽂혔지요. 육중한 무게가 실리자 나
무는 휘청거렸고 뱀은 고통으로 버둥거리며 죽어 갔습니다.

카드모스는 자신이 무찌른 괴물을 살펴보고서 엄청난 크기에
새삼 놀랐어요. 이때 어떤 목소리가 들려왔지요. (어디서 들려오
는지는 몰랐지만 분명 생생하게 들렸답니다.) 거대한 뱀의 이빨
을 뽑아서 땅에 심으라는 말이었어요. 카드모스는 그 말대로 했
지요. 땅에 고랑을 판 다음 이빨을 심었답니다. 뱀의 이빨은 원
래 한 무리의 사람들로 자라게 될 운명이었지요. 땅에 이빨을 심
기가 무섭게 땅덩어리가 움직이기 시작하더니 여러 개의 창끝이
땅 위에 나타났어요. 곧이어 깃털 달린 투구들이 나왔고, 그 다음

「카드모스와 아테나」
플랑드르 화가 요르단스의
작품이다. 신화에 아테나가
카드모스에게 이빨을 던지
라고 충고한 것으로 나온다.
테바이의 시조 카드모스는
그리스에 문자를 제일 처음
전한 사람으로 여겨진다.
프라도 미술관 소장

다음에는 무기를 든 사내들의 어깨와 가슴과 팔다리가 드러났습니다. 이윽고 무장한 전사들이 부대를 이루었어요. 깜짝 놀란 카드모스는 새로운 적이 왔구나 싶어 다시 싸울 자세를 취했지요. 하지만 그중 한 명이 말했답니다.

"우리들의 싸움에 끼어들지 마시오."

말을 마치더니 전사는 땅에서 태어난 형제들 중 한 명을 칼로 내리쳤어요. 곧 그 역시도 다른 이의 화살에 몸이 뚫리고 말았지요. 화살을 쏜 전사도 또 다른 이에게 죽임을 당했습니다. 이런 식으로 모든 전사들은 서로에게 상처를 입히며 죽어 갔지요. 마지막엔 겨우 다섯 명밖에 남지 않았어요. 마침내 다섯 명 중 한 명이 무기를 버리며 말했지요.

"형제들아, 이제 그만 평화롭게 지내자!"

이들 다섯이 카드모스와 힘을 합쳐 마을을 세웠고, 이름을 테바이라고 지었답니다.

카드모스는 아프로디테의 딸인 하르모니아(조화로움)를 신부로 맞이했어요. 신들이 혼례를 빛내 주러 올림포스를 떠나 지상으로 내려왔고, 특히 헤파이스토스는 눈부시게 아름다운 목걸이를 손수 만들어 신부에게 선물했지요. 하지만 카드모스 가족에게는 재앙이 기다리고 있었습니다. 왜냐하면 카드모스가 죽인 뱀이 사실은 전쟁의 신 아레스에게 바쳐진 성스러운 동물이었기 때문이에요. 두 딸 세멜레와 이노뿐 아니라 나중에는 손자 악타이온과 펜테우스도 불운한 죽음을 맞았지요. 그러자 카드모스와 하르모니아는 테바이가 싫어져 그곳을 떠나 엥켈레이스인들의 나라로 갔습니다. 엥켈레이스인들은 카드모스 내외를 공손히 맞이하였고, 카드모스를 왕으로 추대했어요. 하지만 자식들이 당한 불행 때문에 부부는 늘 마음이 무거웠지요. 그러던 어느 날 카드모스는 외쳤답니다.

"뱀의 목숨이 신들에게 그리도 소중한 것이라면 나도 뱀이 되겠노라."

말을 마치기 무섭게 카드모스의 모습이 달라지기 시작했어요. 하르모니아가 그 광경을 보고서 자기도 남편과 운명을 함께하게 해 달라고 신들에게 기도했지요. 곧이어 둘은 뱀

「제우스와 세멜레」
이탈리아 화가 피에트로 델라 베키아의 작품이다. 세멜레가 제우스의 번갯불에 타 죽기 직전의 장면이다. 카드모스의 자손들은 대대로 비극적인 결말을 맞는데, 그 가운데 가장 유명한 인물이 오이디푸스다.

「카드모스와 하르모니아」
영국 화가 에블린 드 모건의
작품이다. 하르모니아는 조화
의 여신이다. 불화의 여신인
에리스와 대척점에 있다. 뱀
이 된 카드모스와 하르모니
아는 전생에 대한 기억 때문
에 인간과 잘 지냈다고 신화
에 전한다.

으로 변했습니다. 지금도 둘은 숲에서 살고 있는데, 원래 인간이었음을 잊지 않았대요. 그래서 사람들이 나타나도 피하지 않고 아무도 해치지 않는다지요.

전설에 의하면 카드모스는 페니키아인이 만든 알파벳 문자를 그리스에 처음 들여왔다고 합니다. 바이런도 당시의 그리스인들에게 그 점에 대해 말하고 있어요.

그대들은 카드모스가 준 문자를 지녔건만
노예를 위해 준 문자라고 생각하는가?

밀턴은 이브를 유혹한 뱀을 묘사하면서 이 고대 신화 속의 뱀을 떠올리고는 이렇게 노래하고 있지요.

그 모습 매력이 넘쳤고
아름다웠지. 그 어떤 뱀보다도
더 아름다웠네. 일리리아에서 변신한
카드모스와 하르모니아보다도
에피다우로스의 신보다도.

나무에서 후두둑 떨어진 개미 인간들

미르미돈은 트로이 전쟁 때 아킬레우스가 이끌고 간 군대였습니다. 그런 까닭에 어떤 정치 지도자를 맹종하는 무리를 오늘날에도 미르미돈이라고 불러요. 하지만 미르미돈의 본래 이야기는 사납고 거친 느낌이 아니라 성실하고 평화로운 느낌을 주지요.

아테나이의 왕 케팔로스가 아이기나 섬을 찾아왔답니다. 오랜 벗이자 서로 동맹을 맺은 사이인 아이아코스 왕에게 도움을 얻으려고 온 것이었어요. 그때 아이아코스는 크레타 왕인 미노스와 전쟁을 치르고 있던 중이었지요. 아이아코스는 케팔로스를 극진히 대접하고 기꺼이 도움을 주겠다며 이렇게 약속했습니다.

"나에게는 백성들이 많습니다. 내 나라를 지키는 병력을 빼고는 왕께서 필요한 만큼 군대를 빌려 드리겠습니다."

이에 케팔로스는 대답했어요.

"고마운 말씀입니다. 그런데 솔직히 궁금한 게 하나 있습니다. 주위를 둘러보니 청년들이 아주 많은데 하나같이 나이가 엇비슷합니다. 하지만 내가 예전에 알았던 사람들은 아무리 둘러보아도 찾을 길이 없군요. 도대체 어떻게 된 것입니까?"

아이아코스는 탄식을 내뱉더니 슬픈 목소리로 대답했어요.

안 그래도 말하려던 참이었는데, 물어보시니 바로 대답하지요. 시작은 슬퍼도 끝은 행복한 이야기라고 할 수 있긴 합니다. 이전에 아셨던 사람들은 지금은 먼지와 재로 변하고 말았답니다! 노한 헤라 여신이 보낸 전염병이 온 나라를 휩쓸었지요. 여신이 이 나라를 미워한 까닭은 자기 남편과 바람을 피우던 애인

「제우스의 방문을 받는 아이기나」
프랑스 화가 장 바티스트 그 뢰즈의 작품이다. 아이기나 는 강의 신 아소포스의 딸이 다. 제우스에게 납치당해 섬 에서 아이아코스를 낳았다. 이 때문에 이 섬을 아이기나 섬으로 불렀다.

의 이름을 딴 나라 이름 때문이었답니다. 처음에는 신의 분노 때 문에 생긴 병인 줄도 모르고, 우리는 병을 퇴치하려고 안간힘을 썼습니다. 하지만 전염병이 너무 강력해서 백약이 무효인지라 우리는 포기하고 말았지요.

설상가상으로 하늘은 두꺼운 구름으로 가득 덮여 뜨거운 공기 를 가득 품었습니다. 후텁지근한 남풍이 네 달 동안이나 밀려왔 지요. 그러다 보니 샘과 우물이 탁해졌습니다. 수천 마리의 뱀들 이 땅 위를 기어 다니며 샘에다 독을 뿜어냈습니다. 처음에는 전 염병이 개나 소나 양이나 닭 같은 하등동물에게만 영향을 미쳤 지요. 불운한 농부는 자기 황소가 밭의 고랑을 채 다 파기도 전에 속수무책으로 쓰러지는 모습에 경악했고요. 양들은 괴로운 울음

소리를 내며 털이 빠졌고 몸이 수척해졌답니다. 예전엔 경주에서 선두를 달렸던 말들도 이제는 우승은 고사하고, 마구간에서 그저 비참하게 죽어갔지요. 멧돼지도 야성을 잃었고, 수사슴도 민첩함을 잃었으며, 곰도 더 이상 사냥할 기력을 잃었습니다. 모두 생기가 사라졌습니다. 시체들이 길에, 들판에, 숲에 가득 차는 바람에 공기는 독한 냄새로 코를 찔렀지요. 정말 믿기지 않는 일이지만, 개도 까마귀도 심지어 굶주린 늑대도 시체들을 건드리지 않았습니다. 시체들이 썩는 바람에 감염이 더욱 확산되었답니다.

그러자 이번에는 전염병이 시골 사람들을 덮치고 이어서 도시 주민들을 덮쳤지요. 처음에는 뺨이 붉어지더니 숨 쉬기가 어려워졌지요. 혀가 차츰 거칠어지고 부었으며, 메마른 입은 혈관이 불거지며 벌어져 모두가 공기를 마시려고 헐떡였습니다. 사람들은 몸의 열기 때문에 옷도 입지 못하고 침대에도 눕지 못해, 땅바닥에 드러누웠지요. 하지만 땅이 열을 식혀 주기는커녕 드러누운 땅마저 열기로 달아올랐습니다. 의사도 아무 소용이 없었답니다. 의사들도 환자와 접촉하는 바람에 감염이 되었던 겁니다. 따라서 헌신적인 의사들일수록 제일 먼저 희생을 당했지요. 치료해서 나을 가망이 없어지자 사람들은 죽기만을 원했지요. 고통에서 벗어나는 유일한 길이 죽음이었던 겁니다.

급기야 사람들은 그냥 마음 내키는 대로 했답니다. 어떤 처방을 찾아야 할지 신경을 쓰지도 않았어요. 사실 아무런 처방이 없었지요. 사람들은 아무런 거리낌 없이 우물과 샘으로 몰려가서 더러운 물을 마셨습니다. 하지만 갈증은 해소하지도 못한 채 죽어 갔지요. 많은 이들이 물에서 빠져나올 힘도 없어서 샘 한가운 데서 죽었습니다. 그런데도 다른 이들은 샘물을 마셨지요. 침대에 누운 환자들은 기력이 쇠한 몸으로 기어 나왔지만, 설 힘도 없어서 땅바닥에 드러누워 죽었지요. 사람들은 이웃들을 미워해 이웃집에서 멀리 떨어지려고 했답니다. 병이 왜 생기는지 모르니까 이웃집에서 병이 건너온 것이라고 여겼어요. 어떤 이들은 서 있을 기력이 있는 한 터벅터벅 걸어갔습니다. 또 어떤 이들은 땅에 쓰러져 마지막으로 세상을 쳐다본 다음 죽어서 눈을 감았답니다.

그러는 내내 제 심정이 어떠했겠습니까? 인생을 증오하고 죽은 백성들을 뒤따라가고픈 마음 외에 무슨 다른 마음이 있었겠습니까? 사방에 내 백성들이 죽어 널브러져 있었지요. 마치 익어서 터진 사과들이 사과나무 아래 뒹굴고 있는 듯했고, 폭풍이 지나간 참나무 아래 도토리들이 무더기로 떨어져 있는 듯했답니다. 왕께서도 저기 높은 곳에 신전이 보일 겁니다. 제우스의 신전입니다. 아, 얼마나 많은 이들이 저기서 하염없이 빌었던가요? 남편은 아내를 위해, 부모는 자식을 위해 빌고 또 빌었건만 다들 기도 중에 죽어갔습니다! 사제들이 희생 제물을 준비하는 와중에도, 병에 걸린 동물들은 사람 손에 죽임을 당하기도 전에 번번이 쓰러졌습니다.

마침내 신성한 것에 대한 존경심이 죄다 사라졌답니다. 시체는 묻지도 않은 채 방치되었지요. 화장할 땔감이 부족해 사람들은 나무를 차지하려고 서로 싸웠습니다. 마침내 애통하게 울어줄 사람들도 남지 않았답니다. 아들과 남편이, 늙은이와 청년이

「펠레우스와 테티스의 결혼식에서 열린 신들의 축제」

네덜란드 아브라함 블루마에르트의 작품이다. 신화의 영웅 아킬레우스는 이 이야기를 하고 있는 아이아코스의 손자다. 아이아코스는 엔데이스 사이에서 펠레우스와 텔라몬을 낳았다. 펠레우스는 여신 테티스와 결혼해 아킬레우스를 낳았다.

마우리트하위스 왕립 미술관 소장

「아이아코스 왕과 미르미돈」
플랑드르 화가 프란스 프란켄 2세의 작품이다. 참나무에서 인간들이 떨어지는 장면이다. 아이아코스는 죽은 후 정의감을 인정받아 저승의 3대 판관이 되었다.

울어 주는 사람도 없이 다들 죽어갔습니다.

나는 제단 앞에 서서 하늘을 우러르며 이렇게 말했습니다.

"아, 제우스 신이시여! 당신이 진정 저의 아버지이시고 자식을 부끄러워하지 않으신다면 저의 백성들을 다시 돌려주소서. 아니면 저도 함께 데려가 주소서!"

그러자 하늘에서 천둥소리가 우르릉거렸습니다.

"무슨 징조로구나. 부디 좋은 일을 내려 주신다는 신호이기를!" 저는 외쳤습니다.

우연히도 제가 서 있던 곳 옆에 가지가 넓게 펼쳐진 참나무가 한 그루 있었답니다. 제우스 신께 바쳐진 참나무였습니다. 가만히 보니 개미 떼가 부지런히 움직이고 있었지요. 개미들은 입에 작은 곡식 알갱이를 문 채 길게 줄을 지어 나무둥치를 오르고 있었습니다. 개미들의 수가 너무도 많아 저는 감탄하며 외쳤습니다.

"아, 아버지시여! 저 개미 떼처럼 많은 백성을 내게 주소서. 그리하여 텅 빈 나라를 채우게 하소서!"

곧이어 참나무가 흔들리며 가지에서 사르락사르락 소리가 났습니다. 바람 한 점 불어오지 않는데 말이지요. 저는 사지를 부르르 떨면서도 땅과 나무에 입을 맞추었습니다. 저는 애써 속마음을 감추려 했지만 실은 소원이 이루어지기를 간절히 바랐습니다. 이윽고 밤이 왔고, 근심으로 초조한 몸을 잠이 포근히 감쌌지요. 꿈에서 참나무가 제 앞에 서 있었는데, 무수한 가지마다 살아 움직이는 생명체들이 가득 달려 있었습니다. 참나무가 가지들을 흔드는가 싶더니, 곡식을 모으는 그 부지런한 생명체를 헤아릴 수 없이 땅 위로 떨어트렸습니다.

땅에 떨어진 개미들은 몸집이 부풀며 차츰 커지더니 하나씩 똑바로 섰습니다. 이윽고 여분의 다리와 검은 피부가 사라지더니 결국 사람의 모습으로 바뀌었습니다. 그때 잠에서 깨어난 저는 신들이 원망스러웠답니다. 달콤한 꿈속의 장면을 앗아 가고 참혹한 현실로 되돌려 놓은 신들이 말입니다. 그런데 신전 밖에서 웅성웅성 사람들의 목소리가 들려오는 것이 아니겠습니까? 제 귀에는 꽤 낯선 목소리들이었습니다. 아직 잠이 덜 깬 것인가 어리둥절하고 있는데, 아들 텔라몬이 신전의 문을 열어젖히며 외쳤습니다.

"아버지, 여기로 와 보세요. 아버지의 소원을 훨씬 능가하는 장관을 직접 보세요!"

　나가보니 꿈에서 보았던 대로 엄청나게 많은 사람들이 행진을 하고 있었습니다. 놀라움과 기쁨 속에서 지켜보고 있자니, 다들 내게로 다가와 무릎을 꿇고 나를 왕으로 받들겠노라고 했습니다. 저는 제우스 신을 걸고 맹세한 다음에 텅 빈 나라를 새로운 종족에게 배분했고 농사지을 땅도 나누어 주었습니다. 저는 그들을 미르미돈이라고 이름 붙였는데, 개미(미르멕스)에서 나왔기 때문입니다. 왕께서도 보신 적이 있을 것입니다. 개미의 성격을 닮은 사람들 말입니다. 부지런하고 근면하여 열심히 모으고, 모은 것은 끝끝내 지킵니다. 그런 사람들 중에서 사람을 뽑아 군대를 만드십시오. 나이는 젊고 가슴에는 용맹함이 가득한 자들을 데리고 전쟁터로 가시면 됩니다.

　이 전염병에 대한 이야기는 아테나이에서 발생한 전염병에 대해 그리스 역사가 투키디데스가 남긴 기록을 바탕으로 오비디우스가 쓴 것입니다. 투키디데스는 실제로 경험한 일을 기록으로 남겨 두었어요. 그래서 후대의 모든 시인과 작가들은 비슷한 장면을 묘사할 필요가 있을 때에는 그의 기록에서 상세한 내용을 빌려다 쓰곤 하였지요.

그리스인은 왜 인간이 개미로부터 생겨났다고 생각했나요?

사실 그리스 신화는 최초에 인간이 어떻게 생겨났는지 뚜렷하게 설명하지 않는다. 메소포타미아 신화에는 신들이 어려운 일을 시키기 위해 인간을 만들었다는 이야기가 있다. 그리스 신화에는 프로메테우스가 인간을 창조했다는 빈약한 설명이 전하는 정도. 오비디우스와 불핀치는 인간이 어떻게 생겨났는지 여러 가지 설명을 한꺼번에 전한다. 우리는 이미 2과에서 데우칼리온과 피라 이야기를 보았다. 대홍수가 지나간 다음에 데우칼리온과 피라가 어깨 너머로 돌을 던졌고, 남자가 던진 돌에서는 남자들이, 여자가 던진 돌에서는 여자들이 생겨났다. 고대 그리스어로 돌은 '라아스'이고 사람은 '라오스'다. 이렇게 발음이 비슷한 데서 이런 이야기가 생겨나지 않았을까 추측하는 학자도 있다. 한편 '인간이 돌에서 생겨났기 때문에 어려운 일을 잘 견딘다.'라는 말은 인생은 처음부터 고통스러운 것으로 정해져 있다는 뜻인 듯하다. 메소포타미아 신화에도 이와 비슷한 설명이 나온다. 인간이 개미에서 나왔다는 미르미돈 이야기도 인간과 개미가 무리 지어 사는 점, 끝없이 일을 해야 하는 점에서 닮았기 때문에 생긴 것은 아닐까. 그 밖에도 『변신 이야기』에는 인간이 버섯에서 생겨났다는 설과 한 무리의 인간이 물푸레나무에서 나왔다는 설이 있는데, 불핀치는 이것까지는 소개하지 않았다.

참나무에서 떨어지는 미르미돈족

13 응답 없는 사랑의 메아리
| 니소스와 스킬라, 에코와 나르키소스, 클리티에 등

산속에서 메아리 소리를 들어 본 적이 있나요? 무슨 말이든 외치는 대로 산도 그 말을 메아리로 되돌려 줍니다. 하지만 누군가가 외치는 말을 따라만 할 뿐 메아리는 먼저 말을 걸지는 못하지요. 만약 메아리도 마음이 있어서 누군가를 사랑한다고 상상해 볼까요? 그렇다면 메아리는 그 누군가가 자기를 불러 주기 전에는 결코 사랑하는 이에게 말을 건넬 수조차 없답니다. 얼마나 가슴 아픈 일일까요? 고대 그리스 신화에는 메아리에 깃든 이런 슬픈 의미가 담긴 에코와 나르키소스 이야기가 있답니다. 어쩌면 단순한 자연 현상이라고 넘길 수도 있는 메아리에서 깊은 진리를 찾아낸 고대의 지혜가 놀랍기도 합니다. 나르키소스가 에코를 거부한 이유도 흥미로워요.

- 우리가 나르키소스를 사랑했듯 그도 누군가를 사랑하게 하소서. 하지만 그 사랑은 이루어지면 안 됩니다. 부디 그가 사랑의 아픔을 겪게 하소서. (오비디우스 『변신 이야기』)
- 내가 허리를 숙여 수면에 얼굴을 가져다 대면 너 역시 얼굴을 가져오며 입술로 나를 맞이하는구나. (오비디우스 『변신 이야기』)
- 클리티에는 질투가 나서 레우코토에가 아폴론에게 순결을 잃은 일을 소문냈습니다. (오비디우스 『변신 이야기』)

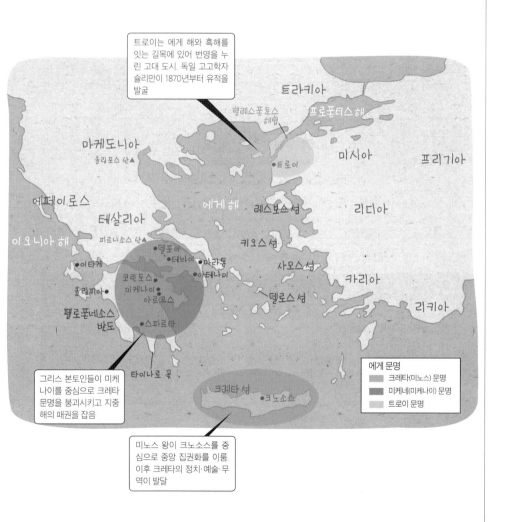

트로이는 에게 해와 흑해를 잇는 길목에 있어 번영을 누린 고대 도시. 독일 고고학자 슐리만이 1870년부터 유적을 발굴

그리스 본토인들이 미케나이를 중심으로 크레타 문명을 붕괴시키고 지중해의 패권을 잡음

미노스 왕이 크노소스를 중심으로 중앙 집권화를 이룸. 이후 크레타의 정치·예술·무역이 발달

에게 문명
크레타(미노스) 문명
미케네(미케나이) 문명
트로이 문명

딸에게 배반당한 니소스

크레타의 왕 미노스는 메가라와 전쟁을 하고 있었습니다. 메가라의 왕은 니소스였고, 스킬라는 니소스의 딸이었어요. 여섯 달 동안 포위를 당하고서도 메가라는 여전히 버티고 있었지요. 왜냐하면 니소스에게 보랏빛 머리카락 한 가닥이 남아 있는 한 메가라는 절대 함락되지 않으리라는 예언 때문이랍니다. 성벽에 탑이 하나 있었는데, 거기에 서면 미노스의 군대가 진을 치고 있는 평야가 보였어요. 스킬라는 이 탑에 종종 올라가 적군의 막사를 살폈지요. 대치 상황이 길어지다 보니 스킬라는 적군의 우두머리들을 분간할 수 있게 되었어요. 특히 스킬라는 미노스에게 감탄했습니다. 투구를 쓰고 방패를 든 늠름한 기품에 홀딱 반했지요. 창을 던질 때는 솜씨와 힘이 어우러져 그야말로 멋진 모습을 연출했지요. 게다가 활시위를 당기는 모습은 아폴론 뺨칠 정도였답니다.

한술 더 떠, 미노스가 투구를 벗고 자주색 옷을 입고 화려하게 장식한 흰 말에 올라타 거품 이는 말의 입을 고삐로 다룰 때면 스킬라는 감탄한 나머지 거의 제정신이 아니었어요. 미노스가 지니고 있는 무기며 손에 쥐고 있는 고삐가 스킬라로서는 부러울 따름이었지요. 스킬라는 적진을 지나 미노스에게로 갈 수 있다면 얼마나 좋을까 상상했습니다. 탑에서 뛰어내려 적의 진영 한가운데로 가고 싶은 충동도 느꼈어요. 미노스가 들어올 수 있게 성문을 연다든지 미노스를 기쁘게 할 수만 있다면 뭐든 다 하고 싶은 충동도 일었지요. 탑에 앉아서 스킬라는 이렇게 혼잣말을 했답니다.

"이 참혹한 전쟁을 기뻐해야 할지 슬퍼해야 할지 모르겠네. 미노스가 우리의 적이란 것이 슬프지만, 어쨌거나 미노스를 내 눈으로 보게 된 것은 기쁘니까. 어쩌면 미노스는 나를 인질로 삼아 우리에게 평화를 가져다줄지 몰라. 할 수만 있다면 여기서 적진으로 날아가 항복의 뜻을 전하고 싶어. 하지만 그건 아버지를 배신하는 짓! 안 돼! 미노스를 다시 보지 않는 편이 나아. 아니야. 정복자가 인자하고 너그러운 사람이라면 때로는 정복당하는 편이 더 나은 선택일지도 몰라. 미노스는 분명 정의로운 왕이야. 우리가 정복당하는 편이 나을 것 같아.

결말이 그렇다면 전쟁을 하다가 성문이 열리느니 기꺼이 미노스에게 성문을 열어 주지 못할 게 뭐야? 될 수 있는 한 전쟁을 오래 끌지 말고 살육을 줄이는 게 나아. 게다가 전쟁이 오래 지속되어 혹시나 누군가가 미노스를 다치게 하거나 죽이면 어떻게 해? 그럴 용기를 지닌 이는 분명 없겠지만, 미노스 왕인지 모르고 그

럴 수도 있는 일이야. 그러니 내가 가서 항복하는 거야. 내 나라를
지참금으로 해서 미노스의 신부가 되고, 이 전쟁도 끝내는 거지.
하지만 어떻게? 성문은 군사들이 철통같이 지키고 있는 데다 열
쇠는 아버지께서 갖고 계셔. 아버지가 내 앞길을 막고 있어.

아, 신들이 나서서 아버지를 처치해 준다면야! 하지만 왜 신들
이 해 주기만 바라고 있지? 나처럼 사랑에 불타는 여자들은 제
손으로 사랑의 걸림돌을 치워 버릴 거야. 그리고 나보다 더 대담
한 여자가 세상 어디에 있겠어? 나는 목적을 위해서라면 물불을
가리지 않을 거야. 하지만 지금 여기서는 물이나 불을 상대할 게
아냐. 아버지의 보랏빛 머리카락만 있으면 돼. 지금으로선 황금
보다 더 소중한 그 머리카락이 내가 바라는 모든 것을 가져다줄
거야."

크노소스 궁전 터
1900년 영국의 고고학자인
아서 에번스가 크레타 섬에
서 발견했다. 에게 문명 전기
를 지배했던 미노스 왕의 궁
전이 있다. 고대 왕궁 건축 가
운데 규모가 가장 크다.

크노소스 궁전의 그리핀
벽화
에게 전기 문명인 크레타(미
노스) 문명 시기에는 회화가
절정을 맞았다. 그림에 상상
의 동물인 그리핀과 지역 야
생화가 그려져 있다.

스킬라가 그런 생각을 하는 동안, 이윽고 밤이 찾아와 온 궁궐이 잠에 빠져 들었습니다. 스킬라는 아버지의 침실에 들어가 운명을 결정할 머리카락을 잘랐어요. 곧바로 스킬라는 성을 빠져나가 적진으로 들어갔지요. 왕에게로 데려가 달라고 부탁해 왕 앞에 이르자 이렇게 말했답니다.

"저는 스킬라예요. 니소스 왕의 딸이지요. 제 나라와 제 아버지의 궁궐을 당신께 바치겠어요. 당신 외에는 아무런 보답도 바라지 않을게요. 오직 당신을 사랑해서 이런 일을 벌였으니까요. 여기 이 보랏빛 머리카락을 보세요! 제가 아버지와 나라를 당신께 넘긴다는 징표랍니다."

스킬라는 아버지의 머리카락을 든 손을 앞으로 내밀었어요. 미노스는 뒤로 발을 빼며 받지 않으려 했지요.

"악랄한 계집 같으니라고! 신들이 너를 파멸시킬 것이다. 이 시대의 수치로다! 부디 땅도 바다도 너에게는 쉴 곳을 주지 않기를! 제우스 신께서 어린 시절을 보낸 내 나라 크레타가 너 같은

지옥의 심판관 미노스
프랑스 화가 귀스타브 도레의 작품이다. 알리기에리 단테의 서사시 『신곡』「지옥편」에 들어간 삽화이다. 미노스는 생전에 공정했기 때문에 죽어서 지옥의 심판관이 되었다고 신화에 전한다.

괴물로 더럽혀져서는 안 될 터!"

그렇게 말하고서 미노스는 정복된 나라를 공정하게 다스리라고 부하들에게 명령하고, 함대를 즉각 그 섬에서 철수시켰습니다.

스킬라는 분통이 터졌어요.

"고마운 줄 모르는 왕이로군." 스킬라가 외쳤지요.

"이런 식으로 나를 버리고 떠나다니! 내가 승리를 가져다주었는데. 나는 당신을 위해 부모도 나라도 버렸는데! 솔직히 죄 많은 나는 죽어 마땅하지만 당신 손에는 죽지 않겠어."

함대들이 해변을 떠날 때 스킬라도 바다로 뛰어들었습니다. 바다를 헤엄쳐 미노스 왕이 타고 가는 배의 꼬리 부분을 붙잡았어요. 그렇게 스킬라는 반갑지 않은 밀항자로 배에 달라붙어 바닷길을 가고 있었지요. 하지만 높이 날고 있던 바다수리 한 마리가 스킬라를 보자 곧장 내려와 덮쳤답니다. 바다수리는 스킬라를 사정없이 부리와 발톱으로 물고 할퀴었어요. 스킬라의 아버지 니소스가 바다수리로 변신한 거예요. 깜짝 놀라 배를 놓친 스킬라는 물속으로 가라앉을 뻔했지요. 하지만 어떤 동정심 많은 신의 도움 덕분에 스킬라는 작은 새로 변했습니다. 바다수리는 아직도 그 옛날의 원한을 품고 있어요. 하늘 높이 날다가도 그 작은 새를 발견하기만 하면 곧장 내려와 부리와 발톱으로 공격하지요. 옛날에 저지른 고약한 짓에 대한 복수랍니다.

나르키소스, 물에 비친 연인을 원망하다

에코는 아름다운 님프였는데 숲과 언덕을 좋아해 사냥에 흠뻑 빠져 살았습니다. 아르테미스가 아끼는 님프여서 여신이 사냥을 나서면 따라다녔어요. 하지만 에코는 한 가지 단점이 있었지요. 말하기를 너무 좋아해서 잡담이든 토론이든 마지막에는 자기가 하는 말로 끝을 맺어야 직성이 풀렸답니다. 어느 날 헤라가 남편을 찾고 있었어요. 남편 제우스는 님프들과 어울려 노닥거리고 있던 터라 헤라를 피해 숨었지요. 에코가 조잘조잘 수다로 여신을 붙들어 두고 있는 틈에 님프들은 모두 도망을 칠 수 있었습니다. 사정을 알게 된 헤라는 에코에게 벌을 내렸어요.

"나를 속인 혀를 더 이상 나불거리지 못하게 해 주마. 하지만 단 한 가지 목적으로는 혀를 쓸 수 있게 해 주지. 대답은 할 수 있다. 이제 너는 먼저 말을 건넬 수는 없고, 들은 말을 따라만 할 수 있느니라."

그 후 어느 날 에코는 나르키소스를 보았습니다. 산에서 사냥감을 쫓고 있던 청년이었어요. 에코는 청년에게 반해 몰래 뒤를 밟았지요. 아, 얼마나 간절히 낭랑한 목소리로 말을 걸어 대화를 나누고 싶었는지요! 하지만 에코로서는 불가능한 일이었답니다. 다만 청년이 먼저 말을 건네기를 초조하게 기다렸어요. 대답할 말은 진즉 준비해 두고서요. 어느 날 청년은 사냥하던 일행과 떨어져 혼자 있게 되자 큰 소리로 외쳤지요.

"여기 누가 있나요?"

에코는 대답했어요.

"있나요?"

나르키소스는 두리번거렸지만 아무도 보이지 않자 다시 외쳤지요.

"이리 나와요."

에코는 대답했어요.

"이리 나와요."

소리만 들릴 뿐 아무도 나오지 않자 나르키소스는 다시 불렀지요.

"왜 나를 피하는 거죠?"

그러자 에코도 똑같이 물었어요.

"그러지 말고 함께 다녀요."

청년이 말했지요. 에코는 진심을 다하여 청년과 똑같이 말했습니다. 그러고는 부리나케 달려와 청년의 목을 감싸 안았어요. 청년은 깜짝 놀라 외쳤지요.

"이거 놔! 너한테 잡히느니 차라리 죽어 버리겠어!"

"차라리 죽어 버리겠어."

에코는 쓸쓸히 따라했답니다. 청년은 떠났고, 님프는 붉어진 얼굴을 감추려고 깊은 숲으로 들어갔어요. 이후로 줄곧 에코는 동굴이나 산의 벼랑 위에 살았지요. 에코는 슬픔에 빠져 쇠약해지더니 결국에는 몸의 살점이 모두 빠져나가 버렸습니다. 뼈는 바위로 변해 버리고 남은 것이라고는 목소리뿐이었어요. 그래서 누군가가 불러 주면 대답할 만반의 준비를 하고 있지요. 말을 따라하는 오랜 버릇을 지금도 버리지 못하고 있답니다.

나르키소스의 냉정한 반응은 이번 경우만이 아니었어요. 에코한테 그랬듯이 다른 님프들한테도 전부 퇴짜를 놓았지요. 어느

「에코」
프랑스 화가 카바넬의 작품이다. 에코(Echo)는 '메아리'라는 뜻의 영어 단어이기도 하다. 에코와 나르키소스 이야기는 메아리라는 자연 현상을 설명하기 위한 이야기이다. 메트로폴리탄 미술관 소장

「에코와 나르키소스」
영국 화가 존 워터하우스의
작품이다. '자기도취증'을 뜻
하는 나르시시즘(Narcissism)
은 이 나르키소스의 이야기
에서 비롯했다.
워커 미술관 소장

날 나르키소스를 유혹하려다 허탕을 친 한 처녀가 기도를 올렸
습니다. 누군가를 짝사랑하는 고통이 어떤 것인지 나르키소스도
언젠가는 느끼게 해 달라고요. 분노의 여신이 기도를 듣고 응답
해 주었지요.

어느 곳에 맑은 샘이 하나 있었는데, 물이 수정처럼 깨끗했답
니다. 양치기들도 그곳으로 양 떼를 몰지 않았고 산양은 물론이
고 숲의 어떤 짐승도 들르지 않았어요. 떨어진 이파리나 나뭇가
지로 덮여 있지도 않았고 주위에는 파릇파릇 풀이 자라 있었지
요. 게다가 바위가 감싸고 있어서 뜨거운 햇빛도 들어오지 않았
습니다. 이곳에 어느 날 나르키소스가 찾아왔어요. 종일 사냥을
하느라 온몸은 더위와 목마름에 지칠 대로 지쳐 있었지요. 몸을
구부려 샘물을 마시려는데 물에 비친 자기 모습이 보였습니다.
거울이 없던 시대였던지라 그만 그 모습을 샘 속에 사는 아름다운 물의 정령이라 여기고 말았답니다.

나르키소스는 감탄을 하면서 물의 정령을 바라보았어요. 별처럼 빛나는 두 눈, 디오니소스나 아폴론의 머리카락처럼 치렁치렁한 곱슬머리, 둥그스름한 두 뺨, 새하얀 목, 벌어진 입술, 사냥으로 다져진 건장한 몸매. 나르키소스는 그만 자기 자신과 사랑에 빠지고 말았지요. 급기야 입맞춤을 하려고 입술을 갖다 댔고, 그 다음엔 사랑하는 임을 껴안으려고 팔을 물속에 담갔습니다. 만지면 사라지더니 잠시 후 다시 나타나 새롭게 나르키소스를 유혹했어요. 나르키소스는 자기 자신을 버리고 떠날 수가 없었지요. 급기야 음식도 휴식도 잊은 채, 샘 가장자리를 돌고 돌며 자기 모습만 하염없이 바라보았답니다. 물의 정령이라고 여긴 (실은 자기 자신인) 이에게 나르키소스는 말했어요.

"아름다우신 분이여, 왜 나를 피하시나요? 분명 내 얼굴이 흉하지는 않을 텐데요. 님프들이 전부 반한 얼굴인데, 그대도 내게 무관심해 보이지는 않네요. 내가 팔을 뻗으면 그대도 똑같이 내게 팔을 뻗고, 내가 미소로 인사를 건네면 그대도 똑같이 따라하니까요."

이렇게 말하며 샘 위로 눈물을 떨어뜨리자 물에 비친 모습이 일그러지기 시작했지요. 물의 정령이 떠나가는 줄 알고 나르키소스는 다급히 외쳤어요.

"부디, 가지 마세요! 그대를 만지지는 않을 테니 그저 바라보기만이라도 하게 해 주세요."

이런 말들을 홀로 중얼거리던 나르키소스는 사랑의 불길에 몸과 마음이 타들어 갔습니다. 차츰 아름다운 낯빛이 어두워지고,

「나르키소스」
헝가리 화가 줄러 벤추르의 작품이다. 오비디우스의 『변신 이야기』에 따르면 나르키소스는 태어났을 때 "자기 자신을 모르면 오래 살 것"이라는 예언을 받았다. '나르시서스(Narcissus)'는 수선화라는 뜻의 영어 단어이다.
헝가리 국립 박물관 소장

예전에 님프 에코를 반하게 했던 용모도, 활기도 사라졌어요. 그래도 에코는 곁을 지켰답니다. 나르키소스가 "아! 아!"하고 외치면 에코도 그 말을 따라했지요. 이윽고 나르키소스는 시름시름 앓더니 죽었답니다. 죽은 후 망령이 되어 배를 타고 저승의 강을 건널 때에도 물에 비친 자기 모습을 쳐다보았다고 해요. 많은 님프들, 특히 물의 님프들이 나르키소스를 위해 울어 주었어요. 님프들이 안타까움에 가슴을 칠 때 당연히 에코도 그러했지요. 님프들은 땔감을 준비해 화장을 시켜 주려 했지만 시신을 찾을 수가 없었답니다. 대신에 나르키소스가 죽었던 자리에는 꽃이 한 송이 피어 있었어요. 속은 보랏빛이고 겉은 이파리처럼 생긴 하얀 꽃잎들이 둘러싼 꽃이었지요. 나르키소스라 불리는 이 꽃(수선화)은 그에 대한 슬픈 사연을 지금까지 간직하고 있습니다.

밀턴은 「코머스」의 공주의 노래에서 에코와 나르키소스 이야기를 노래하고 있어요. 공주는 숲에서 두 동생을 찾아다니다 동생들의 주의를 끌기 위해 이런 노래를 부르지요.

어여쁜 에코, 가장 어여쁜 님프

바람이 통하는 조개껍질 속에 살아 보이지 않네.

느리게 흐르는 메안데르 강가의 풀숲에

제비꽃 수놓은 계곡에서 산다네.

사랑을 잃은 나이팅게일이

밤새 슬픈 노래로 당신을 위로하네.

나르키소스의 모습을 지닌 한 쌍을

당신은 내게 말해 주실 수 있나요?

오, 혹시 그 한 쌍을

꽃이 만발한 동굴 속에 숨기셨다면

어딘지만 알려주세요.

어여쁜 말의 여왕, 천상의 딸이여.

당신의 말 하늘로 올라가, 그 고운 울림

천상의 모든 화음 속에 아름답게 섞이리니.

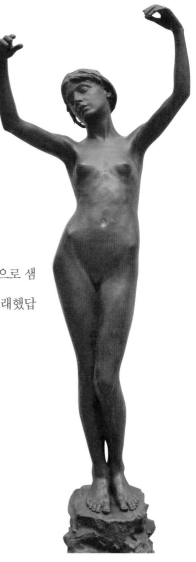

「에코」
영국 조각가 에드워드 온슬로 포드의 작품이다. 에코는 숲과 샘의 님프다.
ⓒketrin1407
레이디 레버 아트 미술관 소장

밀턴은 나르키소스의 이야기를 빌어, 이브가 처음으로 샘에 비친 자신의 모습을 바라보는 장면을 이렇게 노래했답니다.

그날 나는 잠에서 자주 깨었네.

깨어나 처음 본 내 모습은 고요했네.

꽃그늘 아래에서 무척이나 궁금해졌네.

내가 누군지, 저편 어디서 어떻게 왔는지?

그때 멀지 않은 곳에서 중얼거리는 소리

동굴에서 물이 흘러나와 퍼져 나가네.

「이브」

미국 화가 애나 리 메리트의 작품이다. 이브는 『구약 성서』 「창세기」에 등장하는 인류의 어머니다. 금단의 열매를 먹어 최초의 인간인 아담과 함께 에덴동산에서 쫓겨났다.

개인 소장

호수로, 거기서 하늘빛으로 맑게 고여 있었네.

나는 신선한 호기심으로 다가가 몸을 눕혔네.

초록 둔덕 위에서 맑은 물속을 바라보았지.

또 다른 하늘이 들어찬 듯 매끄러운 호수 속을

바라보려 몸을 구부렸더니, 바로 맞은편에

어떤 형체가 물속에서 희미하게 드러났지, 그 형체도

몸을 구부려 나를 바라보았네. 내가 놀라 주춤하자

그 또한 놀라 주춤. 재미있어 다시 돌아와 보면

저 또한 즐거운 표정으로 돌아와 있었네.

마음이 통하는 사랑스러운 모습이었네. 거기서 나는

언제까지고 눈을 떼지 못한 채 헛된 소망으로 야위어 갔네.

왜 이런 목소리가 내게 경고하지 않았단 말인가.

"어여쁜 이여, 거기서 그대가 보는 모습은 그대 자신이라네."

　나르키소스 이야기만큼 시인들이 즐겨 노래하는 옛이야기는 없답니다. 아래에 각각 표현법이 다른 두 풍자시를 소개할게요. 첫 번째는 아일랜드 출생의 영국 시인 올리버 골드스미스의 작품이지요. 두 번째는 영국 시인 윌리엄 쿠퍼의 작품이에요.

　왜 아니겠나, 신의 섭리가 그랬던 것은
　미워서가 아니라 가엾게 여겨서라네.
　청년이 에로스처럼 눈이 멀고 만 것은
　나르키소스의 운명에서 구해 내기 위해서라네.

　　　　「번개에 맞아 눈이 먼 한 아름다운 청년에 대하여」

　벗이여, 조심하게. 맑은 시내나 샘물을
　잘못하면 네 못생긴 갈고리, 그러니까
　자네의 코가 우연히 보일 수도 있으니까.
　그랬다가는 너도 나르키소스의 운명
　너는 자신을 미워하며 시들어 갈 테야.
　그가 자신을 사랑하며 시들어 갔듯이.

　　　　　　　　　　　　　　「못생긴 사내에 대하여」

해바라기가 된 클리티에

클리티에는 물의 님프였습니다. 태양신 아폴론을 사랑했지만 아폴론은 클리티에를 사랑하지 않았어요. 그래서 풀어헤친 긴 머리카락을 어깨 밑으로 늘어뜨린 채 차가운 땅에 종일 앉아 수척해져 갔지요. 아흐레 동안 식음을 전폐하고 앉아 있었답니다. 흘러내리는 눈물과 찬 이슬만이 유일한 음식이었어요.

아폴론이 떠올라 질 때까지 하루의 갈 길을 가는 동안 클리티에는 줄곧 태양, 즉 아폴론의 행로를 바라보았지요. 다른 것은 거들떠보지 않고 얼굴은 오직 아폴론에게로 향했습니다. 전하는 바에 의하면 마침내 클리티에의 몸은 땅에 뿌리를 내리고 얼굴은 꽃이 되었다고 해요. 해가 떠서 질 때까지 줄곧 해만 바라보며 좇는 꽃은 바로 해바라기! 해바라기가 늘 해를 바라보는 까닭은 아폴론을 사랑하는 님프의 마음이 깃들어 있기 때문이에요.

토머스 후드의 「꽃들」이라는 시에 클리티에가 잠깐 나온답니다.

「클리티에」
영국 화가 프레더릭 레이턴의 작품이다. 클리티에는 사랑이 이루어질 수 없다는 것을 알면서도 아폴론을 향해 손을 뻗는다. 그림은 처절한 사랑을 아름답게 표현했다.
개인 소장

실성한 클리티에는 사절이야.
해만 바라보다 머리가 돌았으니까.
세련되었지만 행실 나쁜 튤립도
나는 외면할 테야.

앵초꽃은 시골 처녀
제비꽃은 수녀
나는 다만 우아한 장미를 사랑하지.
모든 꽃의 여왕이기에.

해바라기는 변하지 않는 마음의 상징이에요. 그래서 무어는 이런 시를 남겼지요.

진정으로 사랑하는 마음은 결코 변하지 않네.

진정으로 끝까지 사랑한다네.

저 해바라기가 해 뜰 때 태양신을 바라보면

해가 질 때까지 줄곧 바라보는 것처럼.

「클리티에」
영국 화가 에블린 드 모건의 작품이다. 해바라기로 변하는 모습을 표현했다. 오비디우스는 『변신 이야기』에서 클리티에가 아폴론(혹은 헬리오스)이 사랑한 여자를 질투해서 괴롭힌 이야기를 소개한다.

헬레의 파도가 삼킨 사랑

레안드로스는 아비도스의 청년이었습니다. 아비도스는 아시아와 유럽을 가르는 해협의 아시아 쪽 해안에 위치한 도시였어요. 맞은편 해안에 세스토스라는 도시에는 헤로라는 아가씨가 살았지요. 헤로는 아프로디테를 모시는 여사제였답니다. 레안드로스는 헤로를 사랑했어요. 밤이 되면 해협을 헤엄쳐 건너가 연인과 밀회를 즐겼지요. 헤로는 탑에 횃불을 밝혀 길을 안내해 주었고요. 어느 날 밤 폭풍우가 일어 파도가 거칠어졌습니다. 체력이 다한 레안드로스는 그만 물에 빠져 죽어 버렸답니다. 파도에 실린 시신이 유럽 쪽 해변으로 밀려오자 헤로는 연인의 죽음을 알았지요. 절망한 헤로도 탑에서 뛰어내려 바닷물에 빠져 죽었습니다.

키츠는 이런 소네트를 남겼어요.

여기로 오라, 어여쁜 모든 처녀들이이여.

진지하게, 다소곳하게 그리고 우아한 빛을

그대의 눈꺼풀의 속눈썹 속에 밝게 숨기고서

그리고 예쁜 두 손을 얌전하게 맞잡고서

마치 너무나 차분해 스스로도 알지 못할 듯이

그대의 환한 아름다움의 희생자는

그의 젊은 영혼의 밤 속으로 가라앉았네.

음산한 바다 한복판에서 허우적대며 가라앉았네.

젊은 레안드로스는 발버둥 치다 죽어 갔네.

기진맥진한 채 그는 입술을 오므렸네.

헤로의 뺨과 그녀의 미소가 떠오르건만

오, 끔찍한 꿈이여! 그의 몸은 무겁게 가라앉았네.

팔과 어깨가 잠시 희끄무레 빛난 후 사라졌네.

고혹적인 숨결은 모조리 물거품으로 떠오르네.

「레안드로스의 그림에 부쳐」

레안드로스가 헬레스폰토스 해협을 헤엄쳐 건너간 이야기는 누군가 꾸며 낸 이야기이겠거니 여기거나 도저히 불가능한 일이라고 생각되었지요. 하지만 바이런은 몸소 해협을 건너 그 가능

성을 입증했어요. 「아비도스의 신부」라는 시에서 바이런은 이렇게 말하고 있지요.

이 팔다리를 넘실넘실 저 파도가 버티어 주었네.

해협의 폭이 가장 좁은 곳도 거리가 1.6킬로미터에 가까운 데다, 마르모라 해에서 에게 해 쪽으로 쉴 새 없이 해류가 흐르고 있답니다. 바이런 이래로 몇몇이 그곳을 헤엄쳐 건너긴 했어요. 아직도 그곳은 수영 실력과 체력을 시험하는 장소로 남아 있지요. 과감히 도전해서 성공을 거두는 독자들은 오래도록 널리 명성을 얻을 것입니다.

「헤로와 레안드로스」
영국 화가 윌리엄 에티의 작품이다. 아비도스는 헬레스폰토스 해협의 아시아 쪽에 있는 도시였다. 헬레스폰토스 해협은 지금의 다르다넬스 해협으로 유럽과 아시아를 가르고 있다.
개인 소장

바이런의 같은 시 제2편에서는 이 이야기를 다음처럼 노래하고 있어요.

거센 바람에 헬레의 파도 드높아라.

폭풍우가 치던 그날 밤의 바다처럼

그때 에로스는 그를 구하는 것을 잊었네.

젊고 아름답고 용감한 그 청년을

세스토스의 딸의 유일한 희망을

오, 하늘가의 높은 곳에서 홀로

탑의 횃불이 빛나고 있었건만

돌풍이 거세게 일고 흰 포말이 부서지고

바닷새 날카롭게 울어 돌아가라 경고했건만

하늘에는 짙은 구름, 바다에는 거친 너울

신호와 소리들이 모두 가지 말라고 일렀건만

그는 볼 수 없었네, 들으려고 하지도 않았네.

끔찍한 일을 예고하는 어떤 소리도 신호도

그의 눈은 다만 사랑의 불빛만을 보았지.

환히 내리비치는 사랑의 별빛만을

귓가에는 헤로의 노래만이 울려 퍼졌네.

"너, 파도야. 연인들을 오래 떼어 놓지 말아 다오."

오래된 이야기이건만 사랑은 언제나 새로워라.

젊은 연인들이여, 언제나 이 진리를 증명해 주오.

영혼을 몸 밖에 두고 다니는 사람에 대해 알아볼까요?

니소스와 스킬라 이야기에서 스킬라는 아버지 니소스의 보랏빛 머리카락을 끊어서 적에게 가져간다. 니소스의 힘은 이 머리카락에 달려 있다. 생명도 머리카락에 달려 있어서 그것이 끊기는 순간 니소스가 죽었을 수 있다고 신화는 암시한다. 이렇게 어떤 존재의 힘이나 생명이 외부의 물건에 의존하고 있는 경우, 이 힘이나 생명을 '외부 영혼'이라고 부른다. 『구약 성서』에 나오는 삼손 이야기도 외부 영혼에 대한 이야기이다. 삼손이 잠든 사이에 적들이 그의 머리를 밀었고, 그러자 그의 엄청난 힘이 사라졌다. 그리스 신화에서는 우리가 뒤에 보게 될 멜레아그로스와 아탈란테 이야기에 나오는 사건이 가장 유명하다. 멜레아그로스가 태어날 때 운명의 여신들이 나타나서 타고 있는 장작을 가리키며 "저 장작이 다 타면 아이가 죽을 것이다."라고 예언했다. 그 말을 듣고 어머니는 얼른 장작을 꺼내 불을 껐다. 이러한 이야기는 판소리 『수궁가』에 나오는 토끼의 간 이야기에도 반영되어 있는 것 같다. 이 이야기에서는 토끼가 위기를 모면하기 위해 자기는 이따금 간을 밖으로 꺼내 말린다고 둘러댄다. 토끼의 간 이야기에는 위험한 곳으로 여행할 때 영혼을 숨겨 두고 떠난다는 모티프도 있다. 이 모티프를 따르는 가장 대표적인 것이 북유럽 신화인 심장 없는 거인 이야기이다. 거인은 자기 심장을 안전한 곳에 숨겨 두고 다닌다. 제임스 프레이저가 쓴 인류학서 『황금 가지』에 이런 사례들이 아주 많이 나온다.

삼손의 머리카락을 잘라 내는 델릴라

14 신에게 도전한 인간의
최후 | 아라크네, 니오베

인간은 어떤 분야에서 뛰어난 재주와 솜씨를 갖추길 원합니다. 사실 인류 문명의 모든 놀라운 업적은 이러한 희망이 실현된 결과이겠지요. 그 자체로는 무척이나 소중한 인류의 자산인 셈입니다. 하지만 인간은 훌륭한 솜씨나 지식이나 능력을 갖게 되거나 높은 지위에 오르고 나면 거기서 만족하지 않는 경향이 있지요. 자신의 재주나 솜씨에 우쭐해서 그만 오만방자해질 때가 찾아오곤 한답니다. 고대 신화에서는 인간의 이러한 성향을 꿰뚫어 보았어요. 그래서 재주가 출중한 이가 신에게 도전장을 던졌다 큰 벌을 받게 되는 이야기를 통해 인생에서 겸손의 의미를 일깨워 주었답니다. 그러나 어찌 보면 위정자들이 권력을 유지하기 위해 백성들에게 겁을 주려는 뜻인지도 몰라요.

- 못된 것아, 누구 마음대로 네 목숨을 버리려 하느냐? 목숨을 보존해 이렇게 늘 매달려 있거라. 이 벌은 법이니 네 후손들도 두고두고 이 벌을 받으리라. (오비디우스 『변신 이야기』)
- 금실로 짠 프리기아풍 옷을 입고 등장한 니오베가 성을 내니 그녀의 아름다움이 더 돋보였다.
(오비디우스 『변신 이야기』)
- 다마식톤이 연한 힘줄에 꽂힌 화살을 뽑으려고 하자 두 번째 화살이 깃이 잠길 때까지 목을 꿰뚫었다.
(오비디우스 『변신 이야기』)

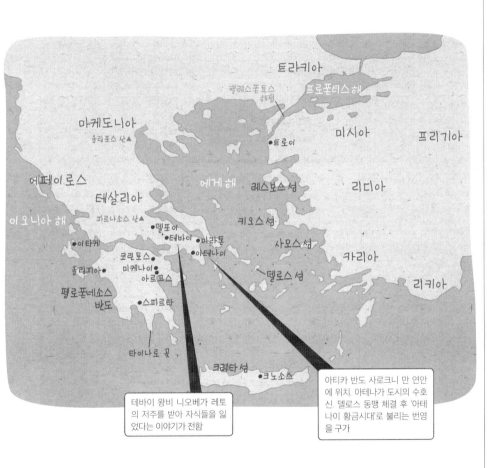

테바이 왕비 니오베가 레토의 저주를 받아 자식들을 잃었다는 이야기가 전함

아티카 반도 사로크니 만 연안에 위치. 아테나가 도시의 수호신. 델로스 동맹 체결 후 '아테나이 황금시대'로 불리는 번영을 구가

아라크네, 재주를 믿고 신과 겨룬 여인

지혜의 여신 아테나는 제우스의 딸입니다. 아테나는 완벽하게 무장한 어른의 모습으로 아버지의 머리에서 태어났대요. 아테나는 실용적인 기술과 더불어 장식적인 기술을 관장했어요. 즉, 남자에게 필요한 농사와 항해 기술 그리고 여자에게 필요한 실잣기와 길쌈 그리고 바느질 기술을 관장했지요. 또한 전쟁의 여신이기도 하답니다. 하지만 오직 방어를 위한 전쟁에만 관여했을 뿐, 선혈이 낭자한 폭력을 좋아하는 아레스와는 거리가 멀었지요.

아테나이는 이 여신이 선택한 도시였어요. 마찬가지로 그 도시를 원했던 포세이돈과 겨루어 아테나가 끝내 얻어 낸 곳이기도 했고요. 자세한 이야기는 이러했지요. 아테나이의 첫 번째 왕인 케크롭스가 다스리던 시절에 두 신은 이 도시를 놓고서 경쟁을 벌

「아테나이를 차지하기
위한 아테나와
포세이돈의 경쟁」
프랑스 화가 르네 앙투안 우아스의 작품이다. 아테나이
(현대어로 아테네)는 고대 그리스 문명의 중심지였다. 황금기인 기원전 478~431년에는 민주 정치가 발달하고 경제적으로 번영했다.
베르사유 궁전 소장

였습니다. 다른 신들이 선언하기를 인간에게 가장 쓸모 있는 선물을 내놓는 이에게 도시를 주겠노라고 했어요. 포세이돈은 말을, 아테나는 올리브를 선물로 내놓았지요. 신들은 올리브가 더 쓸모 있다고 판정을 내리고서 도시를 아테나에게 주었답니다. 그리고 여신의 이름을 따 도시 이름도 아테나이가 되었어요.

또 한 차례 시합이 있었는데, 이번에는 한 인간이 대담하게도 아테나와 겨루겠다고 나섰지요. 아라크네라는 처녀였는데, 길쌈과 자수에 재주가 뛰어났답니다. 님프들도 숲과 샘을 떠나 처녀의 솜씨를 보러 왔을 정도였어요. 완성된 옷과 자수가 아름답기도 했지만, 일을 하는 처녀의 모습 또한 아름다웠지요. 아라크네가 헝클어진 양털에서 실을 뽑아 실타래를 만드는 모습, 또는 실을 손가락으로 가려내고 빗질을 하여 가볍고 부드러운 뭉치를 만드는 모습, 또는 물레를 솜씨 좋게 돌리거나 직물을 짜거나 짠 뒤에 수를 놓는 모습을 본 이들은 아테나에게서 직접 배운 기술이 아닐까 여겼답니다. 하지만 아라크네는 스스로 터득한 기술이며, 자신은 여신에게 배울 마음은 눈곱만큼도 없다며 이렇게 말했어요.

"아테나와 솜씨를 겨루게 해 주세요. 만약 내가 지면 벌을 받겠어요."

아테나는 이 말을 듣고 괘씸하게 여겼지요. 그래서 노파로 변신하여 아라크네를 찾아가 진심 어린 충고를 건넸습니다.

"한평생 산전수전 다 겪어서 하는 말이니, 부디 내 말을 고깝게 듣지 말구려. 인간들과는 솜씨를 겨루어도 좋지만 여신한테 덤비진 말아요. 오히려 아가씨가 한 말을 용서해 달라고 여신께 간청하세요. 너그러우신 분이니 용서해 줄 거요."

아라크네는 물레질을 멈추고 노파를 노려보았어요.

"그런 충고는 할머니 따님이나 하녀한테 하세요. 나로서는 합당한 말을 했으니 번복할 생각이 없어요. 여신이라고 내가 겁낼 줄 아세요? 신께서 자신만만하다면 와서 저랑 한번 겨루어 보시던가요."

아테나는 변신을 풀고서 정체를 드러냈지요.

"여신이 여기 왔노라."

님프들이 공손하게 몸을 굽혔고 다른 구경꾼들도 모두 경의를 표했습니다. 아라크네 혼자만 놀라지 않았어요. 사실 얼굴이 상기되어 두 뺨이 붉게 달아올랐다가 이내 창백해졌지요. 하지만 결심을 바꾸지는 않았답니다. 어리석게도 자기 재주를 믿고서 운명을 시험해 보기로 했어요. 아테나는 더 이상 참지 않았고 더 이상 충고도 건네지 않았지요.

둘은 시합을 벌였습니다. 각자 자리에 앉은 다음 베틀에 실을 올렸어요. 가느다란 북이 실 사이를 오가며 직물이 촘촘하게 짜였지요. 둘 다 손놀림이 매우 빠른 데다 시합의 열기가 더해져 힘든 줄도 전혀 몰랐답니다. 티로스에서 나는 염료로 물들인 실은 다른 색깔의 실과 두드러지게 달랐는데도 다른 실들과 맞닿으면서 자연스레 빛깔이 어울려 전체적으로 놀라울 만큼 아름다운 색상이 되었어요. 비온 후에 햇빛에 반사되어 긴 활 모양으로 하늘을 물들이는 무지개 빛깔 같았지요. 무지개의 색들도 서로 맞닿은 부분에서는 하나의 색으로 보이지만 조금 떨어져서 보면 전혀 다른 두 색으로 보이니까요.

아테나는 직물에다 자신이 포세이돈과 겨루던 때의 장면을 짜넣었습니다. 하늘의 열두 신이 그려졌고 한가운데에는 위엄 가득한 제우스가 앉아 있었어요. 바다의 지배자인 포세이돈이 삼지창을 들고 땅을 세게 내려치자 땅에서 말 한 마리가 튀어나왔지요. 아테나의 모습은 머리에 투구를 쓰고 가슴은 방패로 가려져 있는 모습으로 그려졌답니다. 그런 모습들이 가운데를 차지했고 네 귀퉁이에는 신들이 불편한 심기를 드러내고 있었어요. 왜냐고요? 시건방진 인간들이 감히 신들과 겨루려 하는 장면이었으니까요. 이런 장면들을 넣은 건 시합을 포기하라고 은근히 경고하는 뜻이었지요. 너무 늦기 전에 말이에요.

「레다와 백조」
이탈리아 화가 프란체스코
멜치의 작품이다. 제우스는
백조로 변신해 레다와 사랑
을 나누었다. 레다가 낳은 알
에서 카스토르와 폴리데우케
스 등이 태어났다.
우피치 미술관 소장

아라크네는 신들의 단점과
실수를 교묘하게 드러내는 모
습들을 직물에 가득 짜 넣었습
니다. 한 장면에서는 레다가 백
조를 껴안고 있는데, 사실은 제
우스가 백조로 변신한 것이었
어요. 다른 장면에는 다나에가
그려져 있었지요. 아버지가 다
나에를 청동 감옥에 가두어 놓
았는데, 이번에도 제우스는 황
금 소나기로 변신해 감옥 속으
로 쏟아져 들어가고 있답니다.

또 다른 장면에는 제우스가
황소로 변신해 에우로페를 속
여 넘기는 모습이 그려져 있어
요. 황소가 온순한 척하자 에우로페는 황소의 등에 올라탔지요.
그러자 제우스는 에우로페를 등에 태운 채 바다로 가서 크레타
섬으로 헤엄쳐 갔습니다. 너무나 생생하게 표현되어 황소도 진
짜처럼 보이고 바닷물도 진짜처럼 보여요. 에우로페는 해변을
막 떠나려는 순간, 뒤를 돌아보며 친구들에게 간절하게 도움을
청하고 있지요. 이어서 넘실대는 파도에 놀라 몸을 바들바들 떨
면서 발에 물이 닿지 않도록 오므리고 있답니다.

아라크네는 그 외에도 그와 비슷한 모습들을 짜 넣었는데, 하
나같이 훌륭한 작품이었어요. 하지만 매우 오만하고도 불경스러

웠지요. 아테나는 아라크네의 솜씨에 감탄을 금하지 못하면서도 모욕을 당했다고 여겨 불같이 화를 냈지요. 그래서 직물을 북으로 내리쳐 갈기갈기 찢었답니다. 이어서 아라크네의 이마에 손을 댔어요. 뜬금없이 왜 그랬을까요? 아라크네로 하여금 죄책감과 수치심을 느끼도록 마술을 부린 것이지요. 갑자기 아라크네는 마음이 괴로워지기 시작했습니다. 도저히 참을 수 없게 되자 뛰쳐나가 목을 매 자살하고 말았어요. 밧줄에 목을 매 죽어 있는 모습을 보자 아테나는 아라크네가 가여워졌지요.

"다시 살아나거라!"

아테나가 외쳤답니다.

"죄 많은 여인이여, 너는 이 교훈을 영원히 잊지 말지니라. 그런 뜻에서 너와 네 자손들은 영원토록 매달려 살게 되리라."

아테나는 독한 식물의 즙을 아라크네에게 뿌렸어요. 곧바로 아라크네는 머리카락이 빠졌고 코와 귀도 빠져 버렸지요. 그리고 몸이 쭈그러들었고 머리도 차츰 작아졌습니다. 손가락은 옆구리에 붙더니 네 개의 다리가 되었어요. 그리고 전체적으로 둥그런 몸뚱이가 되었지요. 몸에서 실을 뽑아내 집을 짓고 실에 매달려 살게 되었답니다. 이렇게 하여 아테나는 아

거미로 변한 아라크네
프랑스 화가 귀스타브 도레의 작품이다. 알리기에리 단테의 『신곡』 「연옥편」에 들어간 삽화이다. 단테는 교만한 벌로 무거운 바위를 진 사람들을 아라크네에 빗댔다.

라크네를 거미로 바꾸어 버리고 말았어요.

에드먼드 스펜서는 「무이오포트모스」(Muiopotmos. '나비의 운명'이란 뜻)라는 시에서 아라크네 이야기를 다루고 있지요. 이 시인이 스승으로 여기는 오비디우스의 작품을 따르고 있으면서도 이야기의 결말에서는 스승을 능가하고 있습니다. 다음 두 대목은 아테나가 올리브나무를 만든 후에 무슨 일이 일어났는지를 노래하고 있어요.

이파리 하나로 아테나는 나비를 만들었다네.
정교한 장치처럼 작동해 놀라운 가벼움으로
올리브나무들 사이를 팔랑팔랑 날아다녔네.
가만히 바라보면 정말 살아 있는 듯했다오.
날개에는 보들보들한 보푸라기
등에는 비단같이 매끄러운 솜털이여.
쭉 뻗은 더듬이, 털이 복슬복슬한 넓적다리
온몸엔 영롱한 빛깔, 그리고 반짝이는 눈빛이여.

이것을 아라크네가 보았지, 압도당한 채로
진정 귀한 솜씨로 만들어 낸 걸작이었네.
한마디 부정도 못했지, 한참 멍하니 선 채로
눈을 떼지 못하고 하염없이 바라보았네.
그녀의 침묵은 다만 당혹감의 표시였다오.
아테나의 승리 앞에 아라크네는 굴복했네.
그러나 깊은 초조와 격렬한 열기에 휩싸여

그녀의 온몸의 피가 독한 원한으로 바뀌었네.

위의 시에서는 아라크네가 여신 때문이 아니라 스스로의 굴욕감과 분노 때문에 거미로 변했다고 보고 있어요. 다음 구절은 데이비드 개릭이 막무가내식의 구닥다리 용기를 풍자한 작품이지요.

시인들이 말하듯, 한때 아라크네

한 여신의 솜씨를 얕잡아 보았지.

곧 이 대담한 인간은 몰락하였네.

자만심에 빠져 불운을 자초했지.

「실 잣는 사람들: 아라크네의 우화」
스페인 화가 디에고 벨라스케스의 작품이다. 전경에서 아테나와 아라크네가 시합을 하고 있다. 후경에서는 아테나가 아라크네를 벌하고 있다. 가장 오른쪽에 고개를 돌리고 있는 여자가 아라크네다.
프라도 미술관 소장

데이비드 개릭
(1717~1779)
18세기에 활동한 영국의 배우이자 극작가이다. 영국 연극계에 자연스러움과 힘찬 연기 양식을 확립했다.

오, 아라크네의 운명을 조심하기를!

신중하세요, 클로에. 고분고분하시라.

여신의 미움을 받기 십상이거늘

솜씨와 재치가 여신과 비슷한지라.

「수놓는 한 여인에 대하여」

영국 시인 앨프레드 테니슨은 「예술의 궁전」이라는 시를 지었습니다. 궁전을 장식한 예술 작품들을 묘사하면서 시인은 에우로페를 이렇게 노래했어요.

어여쁜 에우로페, 외투가 훌렁 벗겨졌네.

어깨에서 흘러내려 등 뒤로 날아갔지.

한손에는 크로커스 노란 꽃이 고개 숙였네.

또 한손은 온순한 황소의 금빛 뿔을 잡았지.

또한 이 시인은 「공주」라는 시에서 다나에를 이렇게 노래하고 있지요.

이제 다나에가 땅에 누워 별을 바라보듯

그대의 온 마음 나에게로 열리네.

화살비가 니오베의 열네 기쁨을 살해하다

아라크네의 비참한 말로는 온 세상에 널리 알려졌습니다. 그 소식은 우쭐대는 모든 인간들에게 신과 겨루지 말라는 경고가 되어 주었어요. 하지만 단 한 명, 역시 나이도 지긋한 이 부인만큼은 겸손의 미덕을 배우지 못했지요. 바로 테바이의 왕비 니오베였답니다. 사실 니오베는 자부심이 넘칠 만했어요. 니오베가 기세등등해진 까닭은 남편의 유명세 때문만도, 자신의 미모만도, 훌륭한 혈통만도, 왕국의 위세만도 아니었지요. 실은 바로 자식들 때문이었습니다. 어쩌면 니오베는 세상에서 가장 행복한 여인이었을 텐데, 그렇다고 떠벌린 것이 화근이었어요.

해마다 열리는 여신 레토와 그녀의 두 자녀, 즉 아폴론과 아르테미스를 기념하는 축제 때의 일이었지요. 테바이 사람들이 머리에 월계관을 쓴 채 신전에 모여 제단에 유향을 피우고 기원을 올렸답니다. 이때 니오베가 군중 속에서 걸어 나왔어요. 옷차림은 황금과 보석으로 치장해 호화롭기 그지없었고 용모도 아름다웠지만 얼굴은 한껏 화가 난 표정이었지요. 니오베는 걸음을 멈추더니 도도한 표정으로 주위를 둘러보며 말했습니다.

"이 무슨 어리석은 짓이냐! 너희들 눈앞에 서 있는 이는 내팽개치고서 생전 본 적도 없는 존재를 더 좋아하다니!

어째서 레토는 숭배하면서 나는 숭배하지 않는 것이냐? 내 아버지 탄탈로스는 신들의 식탁에 초대받았고, 내 어머니는 여신이었다. 내 남편은 이 나라 테바이를 세워 다스리고 있다. 그리고 나는 아버지에게서 프리기아 땅을 물려받기도 했다. 어디를 둘러보아도 내 위세가 드러나지 않는 곳이 없다. 게다가 나의 외모와 기품도 여신보다 못할 것이 없다. 게다가 아들이 일곱, 딸이 일곱이다. 모두 훌륭한 가문과 동맹을 맺도록 사위와 며느리를 물색하는 중이다.

이만하면 자랑할 만하지 않느냐? 그런데도 너희들은 티탄의 딸로, 게다가 자식이 둘뿐인 레토를 나보다 더 숭배하느냐? 내 자식은 레토의 일곱 배나 된다. 나는 진정으로 복된 여인이요, 앞으로도 그럴 것이다! 누구라도 내 말을 부정할 이가 있느냐? 나는 자식이 많으니 아무 걱정이 없다. 나의 위세는 운명의 여신 티케도 어쩌지 못할 것이다. 설령 이 여신이 많은 것을 앗아 가더라도 내겐 여전히 많은 것이 남아 있을 테니까. 내 자식들 중 몇 명을 잃더라도 자식이 단 둘뿐인 레토처럼 가엾은 꼴이 될 리는 없지. 이런 위엄을 몰라보는 것들 같으니라고! 다들 머리에 월계관을 벗어던지고 여신 숭배도 그만두어라!"

백성들이 니오베의 기세에 눌려 떠나자 예배는 중단되었지요.

여신 레토는 노발대발했습니다. 여신의 거처인 킨토스 산꼭대기에서 아들과 딸에게 이렇게 말했어요.

"얘들아, 이 어미는 너희 둘을 무척이나 자랑스럽게 여긴단다. 그런데 이제껏 헤라 외에는 누구에게도 뒤진다고 여긴 적이 없건만 지금은 내가 여신이 맞기는 한 건지 헷갈릴 지경이다. 너희들이 날 지켜 주지 않으면 더 이상 아무도 날 숭배하지 않을 거란다."

레토가 이런 말을 주절거리자 아폴론이 끼어들었지요.

"어머니, 아무 말 마세요. 말하고 자시고 할 게 뭐 있나요? 바로 벌을 내리면 되지요."

「니오베의 아들: 상처 입은 니오비데」
프랑스 조각가 장 자크 프라디에의 작품이다. 니오베의 아들이 등에 꽂힌 화살을 뽑아내려 하고 있다. '니오비데'란 니오베의 자식을 소재로 삼은 조각품을 뜻한다.
루브르 박물관 소장

아르테미스도 맞장구를 쳤습니다. 둘은 쏜살같이 하늘을 날아 도시의 탑 위에 내리고선 구름으로 몸을 가렸어요. 성문 앞에는 넓은 평야가 펼쳐져 있었는데, 그곳에서 도시의 청년들이 전쟁놀이를 하고 있었지요. 니오베의 아들도 끼어 있었답니다. 일부는 화려하게 장식한 활기찬 말을 탔고 일부는 쌩쌩 달리는 이륜마차를 몰았어요.

맏아들 이스메노스는 입에 거품을 문 말을 타고 질주하고 있었는데, 갑자기 하늘에서 날아온 화살에 맞았지요. 이스메노스는 외마디 비명을 지르며 고삐를 놓치고 땅에 떨어져 죽었습니다. 또 한 아들은 하늘에서 날아오는 활 소리를 듣고서는 말고삐를 풀고 도망을 쳤어요. 하지만 도망가는 등 뒤에 어김없이 화살이 내리꽂혔지요. 마치 출항한 뱃사람이 폭풍우가 몰려오자 급히 항구로 되돌아가려 했지만, 결국 파도에 휩쓸리는 꼴이었답니다. 그보다 어린 두 아들은 방금 공부를 마치고 놀이터로 나와 씨름을 하는 중이었어요. 가슴을 맞대

「니오베의 아이들을
살해하는 아폴론과
아르테미스」
프랑스 화가 피에르 샤를 좀
베르의 작품이다. 니오베가
자신의 아이와 신들 사이에
서 있다. 니오베 곁에서 죽거
나 죽어 가는 사람들은 니오
베의 자식들이다.

고 서 있는데 화살 한 개가 날아와 둘의 몸통을 동시에 꿰뚫었지요. 둘은 같이 비명을 지르고 애통한 눈빛으로 주위를 둘러보더니 마지막 숨을 함께 내쉬었습니다.

형인 알페노르는 두 동생이 쓰러지는 것을 보고서 도와주러 급히 달려왔어요. 하지만 형의 의무를 다하려다 그만 자신도 죽고 말았지요. 남은 아들은 오직 일리오네우스 하나뿐이었답니다. 일리오네우스는 하늘로 팔을 치켜들고 외쳤어요.

"신들이시여, 나를 살려 주소서!"

기도 말고는 다른 방법이 없었지요. 모든 신들의 이름을 다 불렀답니다. 하지만 사실 그럴 필요는 없었지요. 기도를 들은 아폴론은 하나 남은 아들을 살려 주고 싶었어요. 하지만 이미 화살이 시위를 떠난 뒤여서 어떻게 손쓸 수가 없었지요.

백성들이 놀라 혼비백산하고 신하들이 슬피 울자 니오베도 무슨 일이 벌어졌는지 곧 알게 되었습니다. 니오베로서는 상상조차 할 수 없었던 일이었어요. 신들이 그런 일을 벌인 것에 니오베는 분개하면서도, 또한 신들의 그런 능력에 기겁했지요. 더군다나 남편은 충격을 이기지 못하고 자살하고 말았답니다. 오, 가엾은 니오베! 조금 전까지만 해도 사람들을 신전에서 쫓아내고 기세등등하게 성으로 돌아왔건만 이제는 적들에게조차 동정을 받는 처지가 되었어요. 니오베는 죽은 아들들 앞에 꿇어앉아 한 명씩 모두에게 입을 맞추었지요. 그런 다음 간신히 하늘로 팔을 치켜들고 외쳤습니다.

"피도 눈물도 없는 레토야. 나를 생지옥에 밀어 넣으니 이제 속이 시원하냐? 오냐, 나도 일곱 아들을 따라 죽을 테니, 실컷 즐겨 보아라. 하지만 네가 이긴 줄 아느냐? 아들과 남편을 잃었지만 나는 아직 너보다 자식이 많다."

니오베가 말을 끝맺기도 전에 화살이 날아오는 소리가 들리자 모두들 경악했어요. 하지만 니오베만은 태연했지요. 큰 슬픔에 빠진 터라 무서움을 느끼지 못했기 때문이랍니다. 딸들은 상복을 입고 죽은 오빠와 남동생들 앞에 서 있었어요. 한 명이 화살에 맞아 쓰러져 이제껏 울어 주던 시체들 위로 꼬꾸라졌지요. 또 한 명은 어머니를 위로하려다가 갑자기 말을 멈추고 땅에 쓰러져 죽었고요. 셋째는 잽싸게 도망치려 했고, 넷째는 숨어서 살아 보려 했지요. 다섯째는 어찌할 줄 몰라 부들부들 떨고만 있었는데, 결국엔 다 죽고 말았습니다. 여섯째마저 죽고 나자 이제 딸도 딱 한 명 남았어요. 어미는 마지막 남은 딸을 품에 안고 온몸으로 지켰지요.

"한 명은 남겨 주세요! 이 애가 막내딸이에요. 오, 그 많던 자식들 중에 한 명은 살려 주세요!"

그렇게 울부짖는데도 기어이 막내딸마저 쓰러져 싸늘하게……. 니오베는 아들과 딸과 남편의 시체더미 속에서 넋을 잃고 주저앉았답니다. 바람이 불어도 머리칼이 나부끼지 않았고 뺨은 핏기가 사라졌고 두 눈은 꼼짝 않고 어딘가를 노려보고 있었어요. 하지만 전혀 살아 있는 모습 같지 않았지요. 혀는 입천장에 달라붙었고, 핏줄은 생명의 액체를 더 이상 나르지 않았습니다. 목은 더 이상 구부러지지 않았고, 팔도 움직이지 않았으며 발도 걸음을 걷지 못했어요. 니오베는 겉도 속도 모조리 돌로 변하고 말았지요. 그런데도 눈물만은 계속 흘러내렸답니다.

그 모습 그대로 한 줄기 회오리바람에 실려 니오베가 태어난 산으로 옮겨졌어요. 지금도 니오베는 바윗덩어리의 모습으로 그곳에 남아 있대요. 바위에서는 쉴 새 없이 물방울이 똑똑 떨어지는데, 그것은 니오베의 끝없는 슬픔이라지요.

니오베의 이야기에 빗대어 바이런은 로마의 몰락을 훌륭하게 묘사하고 있습니다.

여러 나라의 어머니 니오베여! 거기 그렇게
자식도 왕관도 없이 슬픔 속에 말 없이 서 있네.
야윈 두 손에 빈 유골 단지 들려 있는데
그 안의 신성한 먼지는 오래 전에 흩어져 버렸네.
스키피오의 무덤에는 이제 재조차 사라졌고
시신을 두는 자리에는 예전의 영웅들은
모조리 사라지고 당신의 눈물만이 흐른다오.
늙은 티베리스 강이여! 무정한 황무지를
지나는가?
누런 물결을 일으켜 니오베의 고통을 가려
주려무나.

『귀공자 해럴드의 순례』 제4편 79절

딸을 감싸는 니오베
로마 제국 시기에 제작된 조각상을 조르조 좀머가 찍은 사진이다. 피렌체 우피치 미술관의 '니오베의 방'에는 니오베와 니오베의 자식들의 최후를 형상화한 대리석 작품들이 있다.
우피치 미술관 소장

이 이야기는 피렌체 왕립 미술관에 있는 조각상으로도 표현되어 있습니다. 원래는 한 사원의 박공(博栱, 고대 그리스 신전의 지붕 근처에 있는 삼각형 구조물. 장식을 위해 조각상이 새겨져 있음)에 배치될 예정이었던 한 무리의 조각상들 중 가장 으뜸인 조각상이에요. 겁에 질린 아이를 끌어안고 있는 어미의 모습은 고대 조각상 중에서도 최고 걸작으로 손꼽히지요. 라오콘 조각상이나 아폴론 조각상과 같은 명작들과 어깨를 견주는 작품이랍니다. 아래는 이 조각상과 관련이 있는 그리스의 한 풍자시예요.

신들이 돌로 바꾸었지만, 헛수고였을 뿐이네.
조각가의 솜씨가 그녀의 숨결을 되살렸으니.

니오베의 이야기는 분명 슬프기 그지없습니다. 하지만 무어가 「길 위의 노래」에서 이 이야기를 빗댄 재치에는 미소를 짓지 않을 수가 없어요.

걸출한 인물 리처드 블랙모어 경은
달리는 마차 안에서 시를 짓곤 했네.
현명한 자들의 판단이 옳다면
시와 죽음 사이에서 한평생을 보냈다네.
종일토록 휘갈겨 쓰다가 멍하니 보내다가
마치 아폴론이 이륜마차를 손쉽게 몰면서
한때는 고상한 노래를 읊조리다가
또 한때는 젊은 니오베를 죽였던 것처럼.

리처드 블랙모어 경은 의사였답니다. 그러면서 수많은 시를 지었는데 매우 시시한 시들이어서 지금은 대부분 잊혔어요. 무어처럼 재치 있는 시인이 재미 삼아 노래하지 않았다면 아무도 기억하지 못하겠지요.

제우스는 여자를 찾을 때 왜 동물로 변신했나요?

아라크네가 짠 직물 그림에는 제우스가 동물 모습을 하고 여자들을 찾아다니는 내용이 많이 담겨 있다. 그리스 신화 신들은 왜 이렇게 동물의 모습으로 여자를 찾는 것일까? 학자들은 처음 그리스 땅에 살던 사람들이 주로 땅의 여성 신을 섬겼다고 추정한다. 이후 인도유럽족이 하늘의 남성 신을 데리고 들어왔다. 남신들은 원래 그 땅에서 섬기던 여신들의 권력을 빼앗았다. 이 여신들은 주로 동물 모습으로 섬겨졌기 때문에, 남신들도 여신들에게 대응하려고 동물의 모습을 취했다. 예를 들면 헤라는 서사시에서 '황소 눈의 헤라'라고 소개된다. 이를 볼 때 헤라는 원래 황소 얼굴을 가진 여신이었을 것이다. 고대 그리스어에서 '눈'을 가리키는 단어와 '얼굴'을 가리키는 단어가 같다. 그리스 남부 아르고스 지역에서는 헤라 축제 때면 관례로 각 집안의 젊은이들이 어머니를 소가 끄는 수레에 태우고 신전까지 행진했다. 황소 여신을 섬기는 축제기 때문이다. 아테나도 '올빼미 눈을 가진 아테나'로 소개된다. 아테나도 원래 올빼미 얼굴의 여신이었을지도 모른다. 나중에는 올빼미가 아테네의 상징 동물이 되었다. 인간의 지성이 발달하면서 새 모습의 여신이 이상하게 여겨지자 동물을 신의 몸에서 떼어 냈을 것이다. 이를 합리적으로 설명하려고 떼어 낸 동물을 관련 신의 상징 동물로 삼지 않았을까? 여신들은 새의 모습을 취하는 경우가 가장 많다. 예언자들이 새 소리를 듣고 예언을 하는 전통도 이와 연관이 있다.

아테나와 올빼미

15 영웅 페르세우스의 승리 전략 | 페르세우스와 메두사, 아틀라스, 안드로메다 등

그 리스 로마 신화에는 영웅들이 많이 등장한답니다. 어쩌면 신화는 신과 영웅의 이야기라고 바꾸어 불러도 좋을지도 몰라요. 페르세우스는 바로 이러한 영웅들 중 한 명이랍니다. 신화 속의 영웅들은 종종 남신과 인간 여자 사이에서 태어난 경우가 많아요. 영웅은 보통 기구한 어린 시절을 보내다가 어른이 되면 모험에 나서서 적을 제압하며 용맹을 떨치게 되지요. 그리고 영웅에게는 꼭 빠지지 않는 이야기가 하나 있어요. 무엇일까요? 바로 사랑 이야기예요. 그러면 페르세우스는 어떤 모험과 역경을 거쳐 어떤 사랑을 얻게 될까요? 또한 이 이야기에는 무서운 괴물 메두사가 흥미롭고도 중요한 역할을 한답니다.

- 메두사의 머리를 베자 몸의 잘린 부분에서 날개 달린 말 페가소스와 크리사오르가 튀어나왔다.
  (아폴로도로스 『도서관』)
- 괴물은 깊은 상처를 입고 하늘 높이 솟구치기도 하고 물속으로 뛰어들기도 했다. 때로는 멧돼지처럼 빙빙 돌기도 했는데, 마치 개 떼가 자신을 에워싸고 짖어 대는 바람에 겁에 질린 것 같았다. (오비디우스 『변신 이야기』)
- 그대의 공적을 보면 그대의 요구가 정당하지만, 내게는 그녀와 보낸 무수한 세월이 있습니다.
  (오비디우스 『변신 이야기』)

미케나이, 티린스와 함께 미케네(미케나이) 문명 3대 도시. 신화에서 미케네 문명 초기에 페르세우스 가문이 아르고스 왕국과 티린스 왕국을 부흥

세리포스 섬. 떠내려 온 다나에와 어린 페르세우스를 세리포스의 왕이 돌보아 주었다고 전함. 로마 제국 시대에는 유배지. 현재는 관광지로 유명

거센 파도처럼 무서운 여자들

그라이아이는 태어날 때부터 머리가 희끗희끗했던 세 자매를 가리킵니다. 고르곤은 괴물처럼 생긴 여자들이었어요. 이빨은 멧돼지 이빨처럼 아주 컸고 발톱은 놋쇠로 되어 있었고 머리카락은 뱀 같았지요. 그리스 신화에 등장하는 고르곤 중에서 가장 유명한 것이 메두사인데, 바로 다음에 이야기할 내용이랍니다. 이들을 언급하는 이유는 현대 작가들의 독창적인 이론을 소개하기 위해서예요. 고르곤과 그라이아이는 바다에 대한 두려움을 의인화한 존재들일 뿐이라는 주장이랍니다. 고르곤은 넓디넓은 바다 한가운데서 이는 거센 파도를 의미하고, 그라이아이는 해안의 바위에 부딪혀 부서지는 흰 파도를 의미한다는 것이지요. 그리스어로 그라이아이는 '희다'는 뜻이고, 고르곤은 '굳세다'는 뜻입니다.

사람을 돌로 만드는 뱀 머리카락 메두사

페르세우스는 제우스와 다나에 사이에서 태어난 아들이었어요. 페르세우스가 태어나기 전, 외할아버지 아크리시오스는 딸의 아이 때문에 자신이 죽게 되리라는 신탁을 받고 깜짝 놀랐지요. 그래서 어미와 아기를 상자 속에 넣은 다음 바닷물에 떠내려 보냈답니다. 상자는 바다를 떠돌다가 세리포스 섬에 이르렀어요. 거기서 한 어부가 발견해 어미와 아기를 그 나라의 왕인 폴리덱테스에게 데려갔지요. 이 왕 덕분에 모자는 따뜻한 보살핌을 받았습니다.

어느덧 페르세우스가 어른이 되자, 왕은 메두사를 무찌르는

일에 페르세우스를 내보냈어요. 메두사는 온 나라를 쑥대밭으로 만드는 무시무시한 괴물이었지요. 한때는 아름다운 머리카락이 돋보이던 어여쁜 아가씨였는데, 무모하게도 아테나와 미모를 겨루고 말았답니다. 그래서 여신은 메두사의 매력을 앗아 가고, 아름다운 머리카락을 혓바닥 날름대는 뱀들로 바꾸어 버렸어요. 생긴 모습이 너무나도 흉측한 괴물이었던지라, 어떤 생물체라도 메두사를 보기만 하면 돌로 변하고 말았지요. 메두사가 사는 동굴 주위에는 사람과 동물의 석상들이 널려 있었습니다. 메두사를 힐끗 보다가 그대로 굳어 돌이 되어 버린 이들이었어요.

「페르세우스와 그라이아이」
영국 화가 번 존스의 작품이다. 그라이아이는 3명이 하나의 눈과 이빨을 돌려 가며 사용했다고 한다. 페르세우스가 중간에 이 눈을 가로챘기 때문에 그라이아이는 메두사가 사는 곳을 가르쳐 주었다.
슈투트가르트 미술관 소장

PEGASVS

@RYSAOR

MEDVSA

PERSEVS

다행히 페르세우스는 아테나와 헤르메스의 총애를 받고 있었지요. 아테나는 자신의 방패를, 헤르메스는 날개 달린 신발을 빌려주었답니다. 그래서 메두사가 자고 있는 틈에 페르세우스는 직접 이 괴물의 얼굴을 똑바로 쳐다보지 않고 다가갈 수 있었어요. 표면이 매끈한 아테나의 방패에 비친 모습을 보면서 접근했던 것이지요. 페르세우스가 메두사의 머리를 잘라 아테나에게 전하자, 아테나는 메두사의 머리를 자신의 방패 아이기스 한가운데에 끼워 넣었대요.

밀턴은 「코머스」에서 아이기스를 이렇게 노래하고 있답니다.

저 뱀의 머리를 한 고르곤 방패

지혜로운 아테나, 순결한 처녀 신의 방패

무엇으로 여신은 적을 딱딱한 돌로 만들었나.

다만 위엄이 어린 결연한 표정이 그랬다네.

그리고 돌연한 경배심과 창백한 두려움이

잔혹한 폭력성과 뒤섞인 고상한 아름다움이 그랬다네!

「건강을 유지하는 방법」이라는 시의 작자인 암스트롱은 물 표면에 생긴 얼음의 효과를 이렇게 노래하고 있어요.

이제 매서운 북풍이 휘몰아치나니

저 굳어 가는 땅에, 키르케가 일으켰던, 아니

쓰러진 메데이아가 건 주문보다 매서운 찬바람이 부네.

넘실넘실 강둑에 출렁거리던 시내들은 저마다

「메두사의 머리」

플랑드르 화가 페테르 루벤스의 작품이다. 잘린 메두사의 머리는 매우 공포스러운 형상이기는 하지만 바라보지 않고는 견딜 수 없는 매혹의 형상이기도 하다. 패션 브랜드 베르사체가 메두사 머리를 로고로 사용했다.
빈 미술사 박물관 소장

고요히 얼어붙어 강둑 사이에 멈추어 있고

시든 갈대들도 더 이상 움직이지 않나니

파도는 사나운 북동풍에 시달리며

화난 머리를 짜증스럽게 흔들어 대고

광포한 거품들이 전부 단단히 굳어

얼음의 장관을 연출하노라.

……

저러한 솜씨야말로

저토록 준엄하고 갑작스럽고 소름 끼치는 모습은

정말이지, 끔찍하기 그지없는 메두사라네.

숲 속을 어슬렁대는 야생의 거주자들을 그녀는

돌로 만들어 버렸지. 마치 거품 문 사자가

먹잇감에 광포하게 들이닥치듯이

그녀의 빠르기와 힘은 그들의 다급함을 앞질렀네.

그들은 제자리에서 꼼짝없이 얼어붙은 채

분노한 대리석처럼 서 있네!

아틀라스가 손님을 거절한 대가를 치르다

메두사를 해치운 다음, 페르세우스는 괴물의 머리를 들고서 산 넘고 바다 건너 멀리멀리 날아다녔습니다. 밤이 찾아올 무렵, 페르세우스는 해가 지는 지구의 서쪽 끝에 다다랐어요. 거기서 아침까지 잠을 푹 잤지요. 그곳은 아틀라스 왕의 영토였는데, 이 왕은 모든 인간들을 합친 것보다 체구가 더 컸대요. 아틀라스의 나라는 가축들이 풍부했으며, 그걸 뺏으려거나 시비 거는 이웃 나라도 없었답니다. 하지만 정작 아틀라스의 자랑거리는 자신의 정원이었어요. 황금 과일들이 황금 가지에 주렁주렁 매달려 있었고 절반은 황금 잎사귀에 감싸여 있었지요.

페르세우스가 아틀라스에게 말했습니다.

"나는 손님으로 여기에 왔소. 만약 왕께서 귀한 혈통을 중하게 여기신다면, 내 아버지가 제우스란 점을 알려 드리오. 만약 영웅적인 행동을 높이 사신다면, 내가 메두사를 무찔렀음을 알려 드리오. 나는 하룻밤 묵을 곳과 음식을 원하오."

하지만 아틀라스는 예로부터 전해 오던 예언이 생각났어요. 제우스의 아들이 어느 날 찾아와 자신의 황금 사과를 훔쳐 갈 것이라는 예언이었지요. 그래서 이렇게 쏘아붙였습니다.

"썩 꺼져라! 영웅이 어떻고 아버지가 어떻고 하는 가당찮은 말을 누가 들어줄 줄 아느냐!"

이 말과 함께 페르세우스를 쫓아내려고 했답니다. 페르세우스
는 자신이 직접 상대하기엔 거인이 너무나 강했기에 짐짓 이렇게
말했어요.

"내 호의를 마뜩찮게 여기니 이거 섭섭하군. 그래도 선물이니
이거나 받으시오."

이 말과 함께 페르세우스는 얼굴을 돌린 다음, 메두사의 머리
를 치켜들었지요. 곧바로 아틀라스의 거대한 몸은 돌로 변하고
말았습니다. 턱수염과 머리카락은 수풀로, 팔과 어깨는 절벽으
로, 머리는 산꼭대기로, 뼈는 바위로 변했어요. 곧이어 온몸이 부
풀더니 거대한 산이 되었지요. (신들은 그 광경을 즐겁게 구경했
다는 사실!) 아틀라스는 지금도 어깨 위에 모든 별과 하늘을 이
고 있답니다.

바다 괴물을 해치워 안드로메다를 얻다

페르세우스는 계속 날아가 에티오피아 사람들의 나라에 도착했어요. 그 나라의 왕은 케페우스였고 왕비는 카시오페이아였지요. 카시오페이아는 자신의 미모에 우쭐해서 감히 바다의 님프들과 견주었습니다. 님프들은 거세게 분노하여 거대한 바다 괴물을 보내 해변을 초토화시켰어요. 놀란 케페우스가 어찌 대처해야 할지 신탁을 받아 보았지요. 딸 안드로메다를 괴물에게 잡아먹히게 바치라는 신탁이 내려졌답니다. 그래서 바다 괴물이 오는 길목에 딸을 데려다 놓았어요. 마침 페르세우스가 하늘 위에서 내려다보니 한 아가씨가 벼랑 위 사슬에 묶여 있었지요. 흘러내리는 눈물과 바람에 살랑대는 머리카락만 아니었다면 영락없이 돌로 만든 조각상인 줄 알았을 거예요. 꼼짝달싹도 않고 안색에도 핏기가 전혀 없었기 때문이지요. 페르세우스는 깜짝 놀라 하마터면 날개 펄럭이는 것도 잊을 뻔했어요. 하늘에 두둥실 뜬 채 페르세우스가 말했습니다.

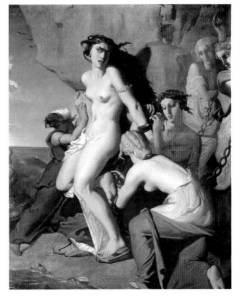

「안드로메다를 묶는 네레이스들」
프랑스 화가 테오도르 샤세리오의 작품이다. 카시오페이아에게 모욕당한 바다 님프인 네레이스들이 복수하듯 안드로메다를 벼랑에 묶고 있다.
루브르 박물관 소장

"저기, 아가씨, 그런 사슬에는 어울리지 않네요. 대신에 사랑하는 연인들을 묶어 두는 사슬에나 어울릴 듯하군요. 부탁이니 이름이 무언지 어느 나라에 사는지 그리고 왜 그렇게 묶여 있는지 알려 주시겠어요?"

처음에 안드로메다는 수줍어 가만히 있었답니다. 그리고 할 수만 있다면 두 손으로 얼굴을 가리고 싶은 마음이었어요. 하지만 계속 말을 않고 있으면 진짜 무슨 잘못을 저질렀다고 오해를 받을까 봐 자기 이름과 나라를 털어놓았지요. 그리고 어머니가 미모를 자랑하다 이 사달이 났다는 사실도요. 안드로메다가 채 말을 끝맺기도 전에 바다에서 어떤 소리가 들려왔답니다. 곧이어 바다 괴물이 물 위로 머리를 들어 올리더니 넓은 가슴으로 파도를 가르며 슬렁슬렁 다가왔어요. 안드로메다는 비명을 질렀고, 이제 막 도착한 아버지와 어머니는 둘 다 어쩔 줄 몰라 했지요. 어머니가 더 안절부절못했는데, 도와주지도 못하고 그저 우두커니 서서 울부짖다가 가엾은 딸을 끌어안을 뿐이었습니다. 그때 페르세우스가 외쳤어요.

"울고불고할 시간은 나중에도 흘러넘칩니다. 지금은 우리 모두가 따님을 구해야 할 때입니다. 나는 제우스의 아들이자 메두사를 해치운 영웅이기도 하니 구혼자로서 손색이 없을 겁니다. 하지만 신들이 허락한다면 따님을 구한 공로로 따님을 얻고 싶습니다. 나의 용맹함으로 따님을 구해 내면, 그 보답으로 따님을 내게 주시겠습니까?"

부모가 그러겠다고 하면서 (아니라고 할 수가 있을까요?) 딸은 물론이고 나라를 통째로 지참금으로 주겠다고 약속했지요.

이제 괴물은 솜씨 좋게 돌팔매질을 하면 돌이 날아가 맞을 만큼 가까이 왔답니다. 그러자 청년은 갑자기 하늘 위로 높이 솟구쳤어요. 높은 하늘 위에서 독수리가 햇볕을 쬐는 뱀을 발견했을 때처럼, 청년은 괴물한테로 급강하하여 목을 덥석 움켜잡았지요. 괴물이 고개를 돌려 송곳니로 물지 못하게 하려고 말이에요. 그런 다음 청년은 괴물의 등에 냉큼 올라타더니 어깨 속으로 장

「페르세우스와 안드로메다」
영국 화가 프레더릭 레이턴의 작품이다. 안드로메다를 구하러 오는 페르세우스는 두 가지 모습으로 그려진다. 하나는 페가소스를 타고 날아오는 모습, 다른 하나는 날개 달린 신발을 신고 오는 모습이다.
워커 미술관 소장

**바다 괴물을 무찌르는
페르세우스**
프랑스 화가 귀스타브 모로
의 「안드로메다와 페르세우
스」이다. 바다 괴물을 무찌르
는 페르세우스의 모습을 표
현했다.
귀스타브 모로 미술관 소장

검을 깊숙이 찔러 넣었습니다. 상처를 입어 괴로운 나머지 괴물은 공중으로 잠시 솟구치더니 다시 바닷물에 곤두박질쳤어요.

곧이어 사납게 짖는 사냥개들에 둘러싸인 멧돼지처럼 좌우로 몸을 비틀며 맹렬하게 돌진해 왔지요. 청년은 날개를 펄럭여 공격을 요리조리 피했답니다. 그러면서 틈만 나면 괴물의 비늘 사이로 칼을 찔러 넣어 상처를 냈어요. 한 번은 겨드랑이에 한 번은 옆구리에, 이런 식으로 꼬리까지 내려가며 공격을 가했지요. 급기야 짐승의 콧구멍에서 핏물이 콸콸! 영웅의 날개가 핏물에 젖자 더 이상 날개를 이용할 수 없었습니다. 그러자 페르세우스는 파도가 넘실대는 바위에 내린 다음 뾰족한 바위 끝을 잡고 몸을 지탱했어요. 떠내려오던 괴물이 옆을 지나는 찰나, 최후의 일격을 가했지요. 해변에 모인 사람들이 어찌나 큰 함성을 질렀던지 근처 언덕들까지 들썩들썩! 왕과 왕비는 기뻐서 어쩔 줄 몰랐답니다. 장래의 사윗감을 껴안고서 딸과 왕실을 살려 낸 구원자라고 칭송했어요. 그제야 이 싸움의 원인이자 보답인 아가씨는 바위에서 내려왔지요.

카시오페이아는 에티오피아인이었습니다. 따라서 돋보이는 미녀이긴 하지만 피부색이 검었으리라고 시인 밀턴은 여겼던 것 같아요. 밀턴은 그의 시 「펜세로소」(Penseroso, '사색하는 사람'이라는 뜻)에서 우울(Melancholy)에 대해 언급하면서 이 이야기를 노래하고 있지요.

현명하고 성스러운 여신이여.

그대의 숭고한 용모는 너무도 눈부셔

인간의 눈으로는 포착할 수 없나니

우리의 하찮은 시력을 넘어선 아름다움이여.

검은 예지의 빛깔로 감싸여 있는 그대여.

　그 검정 빛깔은

고상한 멤논 왕자의 누이에 비하거나

별이 된 에티오피아의 왕비, 그러니까

미녀랍시고 바다의 님프들에게 우쭐대다가

신의 노여움을 산 카시오페이아에 비할 만하여라.

　카시오페이아를 '별이 된 에티오피아의 왕비'라고 한 까닭은, 왕비가 죽은 후 별자리가 되었기 때문이랍니다. 우리가 아는 별자리 카시오페이아는 이 왕비의 이름을 땄어요. 비록 영광스럽게도 별이 되긴 했지만, 오랜 적이던 바다의 님프들은 끝까지 심술을 부렸지요. 카시오페이아를 북극성 가까운 하늘에 비스듬히 매달아 놓았던 것입니다. 이게 무슨 심술이냐고요? 밤마다 겸손의 미덕을 배우게끔, 카시오페이아의 머리를 아래로 향하게 해 두었다는 사실!

　멤논은 에티오피아의 왕자인데, 이 이야기는 다음에 소개할게요.

비겁한 파혼자는 영웅의 마지막 전리품

감격에 겨운 왕과 왕비는 페르세우스와 안드로메다를 데리고 궁으로 돌아갔습니다. 거기서 잔치가 벌어져 모두들 즐거운 시간을 보내고 있었어요. 그런데 갑자기 전쟁이라도 난 듯 큰소리가 났지요. 안드로메다의 약혼자였던 피네우스가 부하들을 이끌고 들이닥쳐서는 공주를 내놓으라며 난동을 피우는 소리였답니다. 부질없는 짓이라며 왕은 이렇게 충고했어요.

"자네가 그런 소리를 하려거든 내 딸이 바위에 묶여 있을 때 했어야지. 괴물의 밥이 되기 직전에 말이네. 내 딸을 그런 운명에 처하도록 신들이 판결했을 때 모든 혼약은 무효가 되었네. 죽게 된 마당에 이전 약속이 무슨 소용이겠는가?"

피네우스는 아무 대답도 하지 않고서 다짜고짜 페르세우스에게 창을 던졌습니다. 하지만 빗나가는 바람에 아무런 해도 입히지 못했어요. 페르세우스가 너도 맛 좀 보라며 창을 던지려 하자, 비겁한 공격을 감행했던 자는 달아나 제단 뒤에 숨었지요. 제단 뒤에 숨은 행동은 자기 부하들에게 왕의 손님들을 공격하라는 신호였답니다. 부하들이 칼을 빼내 다가오자 손님들도 무기를 들고 맞섰어요. 늙은 왕은 싸움을 말리려고 했지만 소용이 없었지요. 왕은 잔칫집에서 난동을 피우는 일에 자신은 책임이 없다고 신들에게 외치면서 자리를 피했습니다.

그야말로 일대 혈투가 벌어졌어요. 페르세우스 일행은 초반에 싸움에서 밀렸지요. 적의 수가 너무 많았으니까요. 패배가 눈앞에 닥쳐오는가 싶었는데, 갑자기 페르세우스에게 묘안이 떠올랐답니다. '적을 이용해 나를 지켜야겠다.'라고 생각한 뒤, 큰 목소

「페르세우스와 피네우스」
이탈리아 화가 안니발레 카라치와 도메니키노의 작품이다. 전하는 안드로메다 이야기 가운데 일부만 남아 있는 에우리피데스의 『안드로메다』가 가장 아름답다고 평가받는다.

리로 외쳤어요.

"나의 편은 모두 고개를 돌리시오!"

그러고는 메두사의 머리를 높이 쳐들었지요.

"어림없는 수작에 우리가 놀랄 성 싶으냐?"

테스켈로스가 이렇게 외치며 창을 던지려 했지만, 바로 그 자세로 돌이 되었습니다. 암픽스는 넘어진 적의 몸에 칼을 막 꽂으려는데 팔이 굳어 버렸어요. 칼을 꽂을 수도 칼을 거둘 수도 없었지요. 또 한 명은 악을 쓰느라 입을 크게 벌린 채로 굳어 버려 아무런 목소리가 나오지 않았답니다. 페르세우스의 친구들 중 한 명인 아콘테우스도 메두사를 쳐다보는 바람에 마찬가지로 돌로 굳어 버렸어요. 아스티아게스가 그를 칼로 내리쳤지만 상처를 입히기는커녕 쨍그랑 소리를 내며 칼이 튕겨 버렸지요.

피네우스는 비겁하게 공격을 먼저 시작하고도 끔찍한 결과를 맞이하자 당황했습니다. 자기편을 불렀지만 아무런 대답도 없었어요. 만져 보니 모두들 돌이 되어 있었으니까요. 그제야 무릎을 꿇고서 두 팔을 뻗어 페르세우스에게 애걸했지요. 얄밉게도 고개는 옆으로 돌린 채로!

"내 모든 걸 가져가도 좋으니, 목숨만은 살려 주시오."

페르세우스가 이렇게 맞받아쳤답니다.

"졸렬한 겁쟁이 같으니라고! 내 특별히 은혜를 베풀겠다. 네 몸에 무기는 절대 닿지 않게 해 주마. 게다가 너는 이 승리를 기념하는 뜻에서 내 집에 영원히 보존되리라."

말을 마친 페르세우스는 피네우스가 고개를 돌리고 있던 쪽으로 슬쩍 메두사의 머리를 가져갔어요. 피네우스는 영원히 돌덩어리로 굳어 버렸지요. 고개를 옆으로 돌린 채 무릎을 꿇고 두 팔을 벌려 애걸하는 자세 그대로 돌이 되었답니다.

밀만은 「세이모어」에서 페르세우스의 이야기를 이렇게 노래하고 있어요.

저 전설 속 리비아의 결혼 잔치처럼, 페르세우스가

노여움 속에서도 차분하게 서 있던 그때처럼, 그가

발목의 깃털로 반은 땅에 서서 반은 공중에 뜬 채로

저 방패에 빛나는 메두사의 머리로

미쳐 날뛰는 적들을 돌로 만들었던 그때처럼

하지만 브리튼의 왕 세이모어에게 그런 마법은 없지만

간담을 서늘케 하는 위엄 어린 표정이 있었나니

왕이 엄숙한 낯빛으로 일어서 걸음을 내딛자

야단법석이던 곳이 이내 조용해졌나니.

메두사는 왜 괴물이 되어야 했나요?

페르세우스와 메두사 이야기에서 메두사는 무서운 괴물로 그려진다. 하지만 '메두사'라는 이름의 원뜻은 '다스리는 여자'다. 결국 '여왕'이라는 뜻이다. 여왕은 왜 괴물이 되었을까? 몇몇 학자들은 그리스 지역의 인종 구성과 종교가 달라졌기 때문이라고 설명한다. 앞 과에서 설명한 것처럼 인도유럽족이 하늘의 남성 신을 그리스에 데리고 들어와, 남성 신이 본래 섬겨지던 땅의 여성 신 자리를 차지했다는 뜻이다. 이전에 섬겨지던 여신들은 둘 중 하나의 운명을 맞게 된다. 우선 새로 도착한 남성 신의 아내가 되는 경우다. 헤라가 여기에 해당한다. 신화에서 헤라와 제우스가 충돌하는 모습이 자주 나온다. 원래 독립적인 여신을 남신에게 종속시켰기 때문이다. 다른 경우는 괴물이 되어 죽는 경우다. 메두사가 대표적인 사례다. 괴물이 되어 죽은 다른 존재로는 아폴론에게 화살 맞아 죽은 델포이의 뱀(또는 용)이 있다. 이 뱀의 이름은 대개 피톤으로 알려져 있지만, 어떤 판본에는 델피네라는 암컷으로 등장한다. 한편 메두사에 대한 다른 설명도 있다. 무시무시한 얼굴이 먼저 생겨나 나쁜 것을 쫓아내는 기능을 했고, 몸은 오히려 나중에 붙었다는 것이다. 그리스인은 적에게 공포심을 심어 주기 위해 메두사를 방패에 많이 썼다. 하지만 그리스 사람들은 괴물도 예쁘게 그리는 경향이 있어서 메두사는 점차 무서운 모습에서 멀어지고, 나중에는 방패에서 사라졌다.

메두사의 머리

16 신화의 핵심 조연, 괴물들
| 기간테스, 스핑크스, 페가소스 와 키마이라 등

그리스 신화의 시대에는 신과 인간 외에도 갖가지 괴물이 살았습니다. 괴물은 신화 속에서 자주 등장해 이야기의 감칠맛을 돋우는 역할을 했어요. 때로는 괴물이 발단이 되어 중대한 사태로 이어지기도 했지요. 오늘날에도 오이디푸스 콤플렉스라는 말로 유명한 오이디푸스 이야기는 오이디푸스가 괴물 스핑크스를 만나 수수께끼에 답하는 장면부터 본격적으로 시작된답니다. 고대에는 이외에도 각양각색의 괴물들이 있었는데, 아주 몸집이 크거나 인간과 동물이 결합된 형태 등 흉측한 모양도 많았어요. 그리고 괴물이면서도 인간과 사이좋게 지내는 이웃 같은 괴물도 있었지요. 또한 비범한 능력을 지녔기에 영웅이 활약하는 데 꼭 필요한 도움을 준 괴물도 있었습니다.

- 기간테스가 천상의 지배권을 얻고자 산을 쌓아 올린 후 이 산을 딛고 높은 곳까지 쳐들어왔다.
  (오비디우스 『변신 이야기』)
- 당신은 카드모스의 나라에 와서 스핑크스에게 바치던 피 묻은 공물에서 우리를 해방시켜 주셨습니다. 우리가 어떤 귀띔도, 어떤 가르침도 드린 적이 없는데 당신은 오로지 신의 도우심으로 저희를 구원하셨습니다.
  (소포클레스 『오이디푸스 왕』)
- 켄타우로스들이 여인을 한 명씩 끌고 나갔습니다. 결혼식장은 마치 적에게 함락된 도시였습니다.
  (오비디우스 『변신 이야기』)

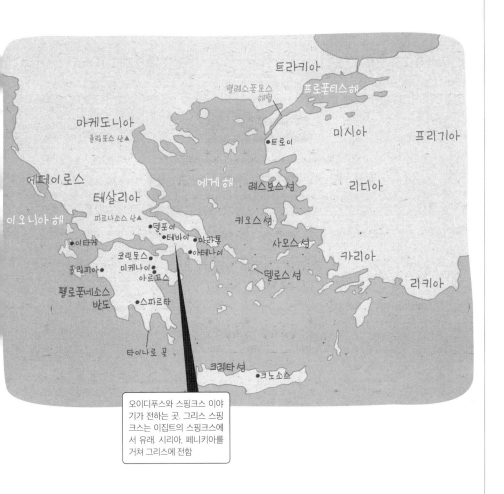

오이디푸스와 스핑크스 이야기가 전하는 곳. 그리스 스핑크스는 이집트의 스핑크스에서 유래. 시리아, 페니키아를 거쳐 그리스에 전함

「기간테스의 추락」

이탈리아 건축가이자 화가인 줄리오 로마노의 작품이다. 추락한 기간테스들이 화면의 아랫부분을 가득 채우고 있다. 기간테스와 올림포스 신들과의 전쟁을 기간토마키아(Giganthomachia)라고 부른다. 그리스어로 '거인들의 싸움'이라는 뜻이다. 이 전쟁에서 헤라클레스가 큰 공을 세웠다. 이때 많은 기간테스들이 죽었고 살아남은 기간테스들은 뿔뿔이 흩어졌다고 한다. 올림포스 신들이 이 전쟁을 통해 지배력을 다졌다.

기간테스, 올림포스 신들과 맞선 거인족

그리스 신화에서 괴물이란 괴상망측한 몸을 지닌 존재입니다. 대체로 공포감을 주는 녀석들인데, 엄청나게 힘이 세고 사나워요. 주로 인간에게 해코지를 하거나 못살게 구는 역할로 등장하지요. 어떤 괴물은 다른 동물의 모습과 합쳐져 있기도 하답니다. 가령 스핑크스와 키마이라가 그런 예인데, 이들은 짐승들의 온갖 난폭한 성질들과 더불어 인간의 지혜와 재주도 겸비하고 있어요.

반면에 기간테스는 주로 크기 면에서 인간과 달랐지요. 우리가 꼭 알아야 할 점은 기간테스도 저희들끼리 천차만별이라는 것이랍니다. 이렇게 불러도 된다면 인간적인 기간테스는 인간과 생판 다른 종족이라고 볼 수는 없었어요. 서로 사랑도 하고 다투기도 했으니까요. 키클롭스, 안타이오스 그리고 오리온 등이 이런 기간테스입니다. 하지만 초인적인 기간테스는 신들과 전쟁도 치를 만큼 몸집이 엄청나게 컸어요. 가령 티티오스가 누우면 넓디넓은 들판을 다 덮었대요. 그리고 엥켈라도스라는 기간테스는 에트나 산을 그 위에 통째로 올려놓자 겨우 제압당했다고 하네요.

앞에서도 우리는 기간테스가 신들과 벌인 전쟁과 그 결과를 이야기한 적이 있지요. 전쟁이 일어났다 하면 기간테스야말로 무시무시한 적임이 입증되었습니다. 브리아레오스처럼 팔이 백 개나 달려 있거나 티폰처럼 불을 내뿜는 녀석들도 있었거든요. 한때 신들도 두려움에 떨다가 이집트로 도망쳐서 여러 모습으로 변신해 숨어 지내기도 했지요. 제우스는 이집트로 도망쳐 숫양으로 지낸 덕분에, 굽은 뿔이 달린 암몬 신으로 숭배를 받았답니다. 그리고 아폴론은 까마귀로, 디오니소스는 염소로, 아르테미스는 고양이로, 헤라는 소로, 아프로디테는 물고기로, 헤르메스는 새로 변신했어요. 또 언젠가 기간테스는 하늘로 올라가려고 시도했지요. 그러기 위해 오사 산을 들어 올려 펠리온 산에 포개 놓은 적도 있었다는 사실! 하지만 결국에는 제우스의 번개에 굴복당하고 말았답니다. 번개는 아테나가 처음 만들었고, 헤파이스토스와 키클롭스가 그 기술을 배워 제우스를 위해 만들어 주었어요.

스핑크스, 수수께끼로 악명을 떨치다

테바이의 왕 라이오스에게 어느 날 무서운 신탁이 내려졌습니다. 갓 태어난 아들이 크면 왕의 자리는 물론이고 목숨까지 위태롭다는 내용이었어요. 그래서 왕은 아기를 어느 목동에게 맡기면서 죽이라고 지시했지요. 하지만 목동은 가여운 마음에 차마 아기를 죽일 수가 없었답니다. 그렇다고 왕의 뜻을 완전히 거스를 수도 없어, 아기의 발을 묶은 다음 나뭇가지에 매달아 두었어요. 이렇게 매달려 있는 아기를 어느 머슴이 발견해 주인집으로 데려갔지요. 주인 내외는 아기를 양자로 삼고 오이디푸스라는 이름을 지어 주었습니다. '부푼 발'이라는 뜻이었어요.

세월이 한참 흐른 후, 라이오스 왕은 시종 한 명만 거느린 채 델포이로 가고 있었지요. 그러다가 어느 좁은 길에서 이륜마차를 타고 오는 한 청년과 마주쳤답니다. 청년이 길을 비켜 주지 않자 시종이 말 한 마리를 죽였어요. 그러자 이 낯선 청년은 화가

단단히 나서 라이오스와 시종을 한꺼번에 살해했지요. 이 청년
이 바로 오이디푸스였으니 자기도 모르게 아버지를 죽였던 것입
니다.

이 사건 직후부터 테바이에는 괴물이 출몰해 대로를 마구 휘
젓고 다녔어요. 스핑크스라는 괴물인데, 사자의 몸통에 여자 얼
굴이 달려 있었지요. 스핑크스는 바위 꼭대기에 웅크리고 있다
가 지나가는 행인들을 사로잡았답니다. 잡아 놓고서는 수수께
끼를 하나 내어 답을 맞히면 살려 주고 맞히지 못하면 죽인다고
했어요. 이제껏 수수께끼를 푼 사람이 아무도 없었지요. 그러니
까 붙잡힌 행인들은 모조리 황천길로 떠났다는 사실! 오이디푸
스는 이런 무서운 소식에도 눈 하나 깜짝하지 않고 시험 삼아 그

길로 나섰습니다. 과연 스핑크스가 나타나 수수께끼를 던졌어요.

"아침에는 네 발로 걷다가, 점심에는 두 발로, 저녁에는 세 발로 걷는 동물이 무엇이냐?"

오이디푸스는 대답했지요.

"바로 인간이다. 어렸을 때는 두 손과 두 무릎으로 기고, 자라서는 똑바로 서서 걷다가, 늙으면 지팡이를 짚고 걸으니까."

스핑크스는 자기가 낸 수수께끼가 풀리자 치욕을 견디지 못하고 바위에서 뛰어내려 죽어 버렸답니다.

백성들은 오이디푸스를 구세주로 떠받들며 열렬히 환영했고, 급기야 왕으로까지 추대했어요. 선왕의 왕비인 이오카스테도 아내로 삼게 했지요. 부모가 누구인지 몰랐던 오이디푸스는 이미 아버지를 죽였고 이제는 자기 어머니와 결혼하고 말았습니다. 이런 천인공노할 비밀은 누구도 모른 채 세월이 흘러갔어요. 그러다 마침내 테바이에 굶주림과 돌림병이 퍼졌지요. 신탁을 받아 본 결과, 오이디푸스의 두 가지 죄상이 낱낱이 드러나고 말았답니다. 이오카스테는 자결을 하고 말았어요. 오이디푸스는 미쳐 날뛰다가 끝내 자기 눈을 찌르고 테바이를 떠나 온 세상을 떠돌았지요. 사람들은 오이디푸스를 만나면 기겁을 하고 피했어요. 하지만 그의 딸들만은 그를 저버리지 않고 끝까지 따랐어요. 오이디푸스는 비참한 떠돌이 생활을 이어 가다가 마침내 기구한 인생을 마쳤다고 합니다.

페가소스, 영웅들이 사랑한 천마(天馬)

페르세우스가 메두사의 머리를 잘랐을 때 피가 땅속으로 스며들었습니다. 이 피에서 태어난 날개 달린 말이 페가소스였어요. 아테나가 이 말을 사로잡아 길들여 무사 여신들에게 선물로 주었지요. 무사 여신들이 사는 헬리콘 산에는 히포크레네라는 샘이 있었는데, 페가소스가 발굽으로 차서 솟아난 샘이었답니다.

키마이라는 불을 내뿜는 무시무시한 괴물이에요. 몸의 앞쪽은 사자와 양을 합친 모습이고 뒤쪽은 용의 모습이지요. 이 괴물이 리키아라는 나라를 엉망진창으로 만들자, 그곳 왕인 이오바테스는 키마이라를 무찌를 영웅을 찾고 있었습니다. 마침 그때 한 청년이 왕의 궁궐에 도착했어요. 벨레로폰이라는 용감한 무사였지요. 이 청년은 왕의 사위인 프로이토스에게서 받은 편지를 왕에

「아레초의 키마이라」
아레초에서 발견된 청동상이다. 기원전 400년경에 제작된 것으로 추정한다. 키마이라는 리키아에 있던 같은 이름의 화산을 의인화한 괴물이라 여겨진다. ©Sailko
피렌체 국립 고고학 박물관 소장

게 건넸답니다. 내용인즉, 청년이 천하무적의 뛰어난 무사라고 한껏 추어올리고서는 편지 말미에 그 자를 죽여 달라고 적혀 있었어요. 프로이토스가 장인에게 벨레로폰을 죽여 달라고 한 까닭은 아내 안테이아가 그 젊은 무사를 침이 마르도록 칭찬하는 터라 질투가 났기 때문이라네요. 벨레로폰이 자신을 죽이라는 내용의 편지를 들고 온 이후로, '벨레로폰의 편지'란 말이 생겼지요. 편지를 든 이에게 해로운 내용이 담긴 편지를 일컫는 말입니다.

편지를 찬찬히 읽고 난 왕은 어찌할 바를 몰랐어요. 반가운 손님을 해치기도 싫고 그렇다고 사위의 부탁을 외면하기도 어려웠으니까요. 하지만 곧 묘책이 떠올랐지요. 벨레로폰을 보내 키마이라와 싸우게 하는 것! 벨레로폰도 왕의 제안을 수락했지요. 하지만 싸우러 나가기 전에 점쟁이 폴리이도스의 의견을 물었더니, 가능하다면 페가소스를 데리고 가는 편이 좋다고 조언했답니다. 그러면서 벨레로폰더러 그날 밤에 아테나의 신전에 가서 하룻밤을 묵으라고 했어요. 점쟁이 말대로 했더니 과연 자고 있는 틈에 아테나가 와서 황금 고삐를 주고 갔지요. 벨레로폰이 잠에서 깨니 황금 고삐가 손에 쥐어져 있었습니다. 게다가 아테나는 페가소스가 페이레네 샘에서 물을 마시고 있다고 알려 주었어요. 그런데 황금 고삐를 보자 이 날개 달린 말은 부르고 말 것도 없이 제 발로 찾아와 얌전히 잡혔지요. 벨레로폰은 말의 등에 올라타 하늘 높이 날아올랐답니다. 금세 키마이라를 찾아내서는 단박에 괴물을 요절냈어요.

키마이라를 무찌른 후에도 벨레로폰은 고약한 주인 때문에 몇 차례 더 시련과 힘든 일을 겪었지요. 하지만 페가소스 덕분에 모

「키마이라와 싸우러 가는 벨레로폰」

러시아 화가 알렉산드르 안드레예비치 아바노프의 작품이다. 벨레로폰의 손에 페가소스의 황금 고삐가 쥐어져 있다. 아테나가 수호하듯 벨레로폰의 뒤에 떠 있다.

든 고난을 물리칠 수 있었습니다. 마침내 이오바테스 왕도 벨레로폰 이 신들의 총애를 받는 특별한 인 물임을 깨닫고서 자기 딸과 결혼 을 시킨 후 나라를 물려주었어요. 하지만 벨레로폰은 자만심에 빠 져 신들의 분노를 사고 말았지요. 들리는 말로는 날개 달린 말을 타 고 신들이 사는 천상 세계로 올라 가려고까지 했대요. 하지만 제우 스가 등에 한 마리를 보내 페가소스

「페가소스에 탄 벨레로폰」
이탈리아 화가 티에폴로의 작품이다. 벨레로폰은 신화 에서 헤라클레스 이전의 위 대한 영웅 가운데 하나이다. 라비아 궁전 소장

를 물어뜯게 하는 바람에, 벨레로폰은 말 등에서 떨어져 절름발 이에다 애꾸눈이 되고 말았답니다. 그 뒤로 벨레로폰은 사람들 의 눈을 피해 알레이온 들판을 외로이 떠돌다가 비참하게 죽었 어요.

밀턴은 『실낙원』 제7권 첫머리에서 벨레로폰을 이렇게 노래 했지요.

우라니아, 그대 이름을 부르나니
하늘에서 내려오세요, 그대의 솜씨대로.
나는 그대의 신성한 목소리를 좇아
페가소스의 날개에 올라 올림포스 위로 날아오르네.
그대를 따라 오르다
하늘 중 최고의 하늘 속으로

지상의 손님으로서 (그대가 마련한) 정화된 대기 속으로

내려올 때는 안전하게 안내해 주세요.

나를 내 고향으로 데려다주세요.

천마의 고삐를 놓치지 않도록

(한때 벨레로폰이 하늘을 낮게 날다가 그랬지요.)

그래서 알레이온 들판에 떨어져

속절없이 쓸쓸하게 떠돌지 않도록.

영국 시인 에드워드 영은 「밤의 명상」이란 시에서 무신론자에 대해 이렇게 말하고 있어요.

자기 생각에 눈멀어 미래를 부정하면

그대처럼 벨레로폰은 자신도 모른 채

스스로를 고발하고 스스로를 심판했네.

자신의 가슴을 읽으면 불멸의 삶을 알건만

어쩌면 그대는 세상 속에 휩쓸려

거짓된 삶을 사네, 그대는 속고 말았네.

페가소스는 무사 여신들의 말이었기에 시인들이 늘 즐겨 노래하는 대상이었습니다. 실러는 재미있는 이야기를 들려주었어요. 어느 궁핍한 시인이 페가소스를 농부에게 파는 바람에, 이 말이 수레를 끌고 쟁기질을 하게 되었다는 이야기지요. 그런 일이 영 맞지 않다 보니 페가소스는 빛 좋은 개살구 신세였답니다. 마침 한 청년이 찾아와서는 자기가 말을 한번 몰아보겠다고 했어

요. 청년이 말 등에 타자마자 처음에는 앙탈을 조금 부리더니 이
내 고분고분해졌지요. 곧이어 위엄과 광채가 가득 빛나더니 멋
진 날개를 펴고 하늘 위로 날아올랐답니다. 미국 시인 롱펠로도
「마구간의 페가소스」에서 이 유명한 말의 모험담을 기록하고 있
어요.

셰익스피어의 『헨리 4세』에도 페가소스가 등장하지요. 이 작
품 속 인물인 버논은 헨리 왕자를 보고서 이렇게 묘사합니다.

나는 헨리 왕자를 보았네, 투구 가리개를 올리고

넓적다리에 가리개를 달고 위엄 있게 무장한 채

깃털 달린 헤르메스처럼 몸을 솟구쳐

말안장에 사뿐히 올라탔네.

마치 구름 위에서 천사가 내려와

사나운 페가소스를 이리저리 몰듯이

놀라운 말타기 솜씨로 세상을 매혹시켰듯이.

케이론, 영웅들의 스승이 된 켄타우로스

이 괴물들은 머리에서 허리까지는 사람이고 나머지 부분은 말의
모습이에요. 옛날 사람들은 말을 무척 좋아했기에 말과 인간이
합쳐진 모습을 그다지 나쁘게 여기지 않았지요. 따라서 켄타우로
스는 고대인들이 좋아했던 유일한 괴물이며 고상한 성품을 지녔
답니다. 켄타우로스는 인간과 곧잘 어울려 지냈기에 페이리토스
와 히포다메이아가 결혼할 때도 손님으로 초대를 받았어요. 이
잔치에서 켄타우로스족의 하나인 에우리티온이 술에 잔뜩 취해

신부에게 난폭한 짓을 하려고 했지요. 다른 켄타우로스들도 가담하는 바람에 살벌한 싸움이 벌어졌고, 결국 여러 켄타우로스가 죽음을 맞았습니다. 이것이 저 유명한 라피타이인과 켄타우로스족의 싸움이에요. 고대의 조각가와 시인들은 이 사건을 작품의 소재로 즐겨 다루었지요.

하지만 모든 켄타우로스가 페이리토스의 잔치에 간 손님들처럼 무례하지는 않았습니다. 케이론이라는 켄타우로스

「아테나와 켄타우로스」
이탈리아 화가 산드로 보티첼리의 작품이다. 케이론 같은 예외도 있지만 일반적으로 켄타우로스는 야만과 무지를 상징한다. 보티첼리는 지혜가 무지를 저지하는 것을 지혜의 여신 아테나가 켄타우로스를 제압하는 우화로 표현했다.
우피치 미술관 소장

는 아폴론과 아르테미스에게 가르침을 받아 사냥, 의술, 음악 및 예언술에 뛰어났어요. 그리스 신화에 나오는 가장 유명한 영웅들은 모두 케이론의 제자였지요. 특히 아폴론은 자기 아들 아스클레피오스를 케이론에게 맡아 달라고 부탁했답니다. 이 현자가 아기 아스클레피오스를 데리고 집에 오자, 딸 오키로에가 아버지를 맞더니 대뜸 예언을 했어요. 오키로에는 예언자였답니다. 장차 아기가 큰일을 해내리라는 예언이었지요. 아스클레피오스는 자라서 유명한 의사가 되었는데, 한 번은 죽은 사람을 살려 낸 적도 있었대요. 저승을 다스리는 신 하데스는 이를 괘씸하게 여겼습니다. 하데스의 부탁을 받아 제우스가 번개로 그 의사를 죽였지만 죽은 후에는 신으로 대우해 주었어요. 켄타우로스족을 통틀어 가장 지혜롭고 공정한 이는 케이론이었지요. 그래서 제우스는 죽은 케이론을 궁수자리라는 별자리에 올려놓았답니다.

피그마이오스, 콧방귀를 부르는 난쟁이족

피그마이오스는 난쟁이 종족이었는데, 이 이름은 큐빗(Cubit, 고대의 척도로서, 팔꿈치에서 손가락 끝까지의 길이)을 뜻하는 그리스어에서 나왔어요. 피그마이오스는 키가 그 정도였대요. 나일 강 상류쯤에 살았다는데, 인도에서 살았다는 말도 있지요. 호메로스에 의하면 두루미는 매년 겨울 피그마이오스의 나라로 날아왔다고 합니다. 두루미는 그 작은 종족에게는 피비린내 나는 전쟁의 신호였다고 해요. 이 탐욕스러운 침입자들로부터 곡식이 가득한 들판을 지켜 내려고 무기를 들고 싸웠답니다. 피그마이오스와 이들의 적인 두루미는 여러 예술 작품의 주제가 되고 있습니다.

후세의 작가들에 의하면 피그마이오스 군대는 헤라클레스가 잠들어 있는 것을 보고서 싸울 채비를 했대요. 마치 한 나라와 전쟁을 치르겠다는 기세였다고 하네요. 하지만 헤라클레스는 잠에서 깨어나자 작은 전사들을 보고 콧방귀를 뀌었지요. 그는 미소를 짓고는 몇몇을 사자 가죽에 돌돌 싸서 미케나이의 왕 에우리스테우스에게 갖다 주었답니다.

밀턴은 『실낙원』 제1편에서 피그마이오스를 이렇게 노래하고 있어요.

그것은 마치 인도의 산 너머에 사는
피그마이오스 종족들이나 난쟁이 님프와 같네.
한밤중에 숲의 가장자리에서나 아니면 연못가에서
축제가 벌어지는데, 늦은 귀가길 한 농부가 본다네.

(아니면 꿈속의 풍경이던지), 위로는 달이 두둥실 떠서 밤하늘에 자리하고, 아래로 땅 가까이에는 은은한 달빛의 길을 내어 주네. 그들이 흥청망청 춤추자, 농부의 귀는 유쾌한 음악에 사로잡히네. 흥겨우면서도 오싹한지라, 농부는 가슴이 두근두근.

그리핀, 황금 둥지에 사는 보석 사냥꾼

그리핀(그리폰)은 사자의 몸통에 독수리의 머리와 날개가 달려 있고 등은 깃털로 덮인 괴물이었어요. 새처럼 둥지를 지었지만 그 속에 알을 낳는 대신 마노라는 보석을 낳았지요. 발톱은 아주 길었는데, 워낙 길어서 사람들은 그리핀의 발톱으로 컵을 만들 정도였답니다. 그리핀의 고향은 인도였어요. 그리핀은 산속에서 황금을 찾은 다음 그것으로 둥지를 지었는데, 그렇다 보니 사냥꾼들이 둥지를 무척 탐냈지요. 따라서 그리핀은 밤새 둥지를 지켜야만 했습니다. 이 괴물들은 본능적으로 어디에 보석이 묻혀 있는지 잘 찾아냈어요. 그리고 약탈자들이 접근하지 못하도록 최선을 다해 막았지요. 그리고 당시 이 그리핀들과 더불어 스키티아의 외눈박이 종족인 아리마스포이인들이 번영을 누리며 살았답니다.

밀턴은 『실낙원』 제2편에서 그리핀을 이렇게 노래하고 있어요.

마치 그리핀이 날개를 펄럭여

황야를 지나고 언덕과 메마른 골짜기 너머로

아리마스포이인들을 쫓아갔듯이

불철주야 지키던 황금을 몰래

훔쳐 간 그들을 붙잡으러.

베아트리체의 수레를 끄는 그리핀
영국 시인이자 화가 윌리엄 블레이크의 작품이다. 알리기에리 단테의 『신곡』에서 베아트리체는 천국 여행 전에 그리핀 눈에 반사된 빛으로 단테의 눈을 단련시켰다. 영국 박물관 소장

벨레로폰처럼 억울한 경우를 당한 남자가 또 있다고요?

우리는 예부터 전하는 이야기 전체를 뭉뚱그려서 '신화'라고 부른다. 하지만 이 넓은 의미의 신화는 다시 신화, 민담, 전설 등으로 세분된다. '민담'이란 사람들이 재미로 서로에게 들려주던 이야기를 가리킨다. 벨레로폰 이야기처럼 '여자에게 모함당하는 젊은이 이야기'도 그중 하나다. 어떤 젊은이가 높은 신분의 여자에게 유혹을 받고 유혹을 거절했다가 나중에 보복당한다는 내용이다. 이것을 '보디발 모티프'라고 한다. 『구약 성서』의 한 일화에서 온 것이다. 이 일화에서 요셉이라는 젊은이가 이집트의 보디발에게 노예로 팔려 간다. 보디발의 아내에게 유혹을 당했지만 거절했다가 모함을 받아 감옥에 갇힌다. 그리스 신화에서 히폴리토스 이야기가 보디발 모티프를 따른 것 중에 가장 유명하다. 테세우스의 젊은 새 부인 파이드라는 테세우스의 아들 히폴리토스를 사랑하게 되어 유혹하지만 실패한다. 결국 히폴리토스는 모함을 받고 집에서 쫓겨나 바닷가에서 괴물 소에 죽는다. 아킬레우스의 아버지가 되는 펠레우스도 이와 비슷한 일을 당했다는 이야기가 전한다. 하지만 이런 이야기들은 대개 행복한 결말을 맞는다. 요셉은 이집트의 총리대신이 되었고 죽은 히폴리토스는 의술의 신 아스클레피오스가 다시 살려 냈다. 벨레로폰은 모함 사건을 계기로 키마이라를 죽여 왕의 사위가 되었고 펠레우스 역시 여신 테티스를 아내로 얻었다.

히폴리토스의 죽음

17 모험인가 약탈인가?
아르고 원정대 |
황금 양털, 메데이아

신화에서 손에 땀을 쥐게 하는 흥미진진한 대목 중 하나가 바로 모험 이야기일 거예요. 모험 이야기에서는 숭고한 과제를 짊어진 영웅이 머나먼 곳으로 길을 떠나 온갖 역경을 이겨 내어 목적을 이룹니다. 모험 이야기에는 모험을 떠나게 만드는 중요한 계기가 있기 마련이지요. 이 장에서 소개할 아르고 원정대의 모험 이야기는 황금 양털이 계기가 되었답니다. 황금 양털을 찾아오는 이야기인데, 왠지 황금으로 된 양털을 찾아온다는 데서 약탈의 냄새가 나기도 하지요. 어쩌면 영웅이란 약탈자의 다른 이름일지도 몰라요. 약탈을 정당화하려고 영웅으로 포장하는 것일 수도 있으니까요. 또한 이 이야기에는 여자 마법사가 등장해 중요한 역할을 한답니다. 도대체 어떤 여인일까요?

- 왜 나는 이방인에 대한 사랑으로 나를 태우고 있을까? 왜 낯선 것과 결혼하고 싶어 하는 걸까?
  (오비디우스 『변신 이야기』)

- 저를 도우소서. 그러면 산을 떨게 하고 대지를 울리게 하고 혼령이 무덤에서 나오게 하겠습니다.
  (오비디우스 『변신 이야기』)

- 나는 내 아이들을 죽일 겁니다. 이 아이들을 구해 줄 사람은 아무도 없겠지요. 그렇게 나는 이아손의 집을 송
  두리째 무너뜨리겠습니다. (에우리피데스 『메데이아』)

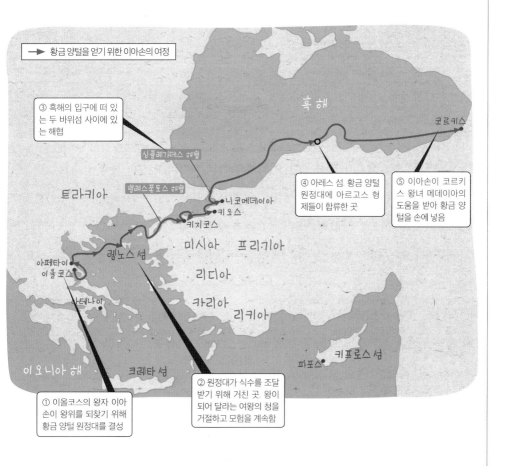

→ 황금 양털을 얻기 위한 이아손의 여정

③ 흑해의 입구에 떠 있
는 두 바위섬 사이에 있
는 해협

④ 아레스 섬. 황금 양털
원정대에 아르고스 형
제들이 합류한 곳

⑤ 이아손이 코르키
스 왕녀 메데이아의
도움을 받아 황금 양
털을 손에 넣음

흑해

코르키스

심클레가데스 해협

헬레스폰토스 해협

트라키아

니코메데이아
키오스
키지코스

미시아   프리기아

아패타이
이올코스

렘노스 섬

리디아

아테나이

카리아   리키아

이오니아 해

크레타 섬

파포스

키프로스 섬

① 이올코스의 왕자 이아
손이 왕위를 되찾기 위해
황금 양털 원정대를 결성

② 원정대가 식수를 조달
받기 위해 거친 곳. 왕이
되어 달라는 여왕의 청을
거절하고 모험을 계속함

아르고 호, 황금 양털을 찾아 나서다

까마득한 옛날, 테살리아에 어느 왕과 왕비가 살았습니다. 왕은 아타마스, 왕비는 네펠레였어요. 슬하에는 딸 하나 아들 하나를 두었지요. 세월이 흐르면서 왕은 왕비를 거들떠보지도 않게 되었답니다. 결국 조강지처를 버리고 새장가를 들었어요. 네펠레는 계모 때문에 자식들이 힘들어지지 않을까 싶어 멀리 어딘가로 보낼 궁리를 했지요. 마침 헤르메스가 이들을 가엾게 여겨 황금 털이 난 숫양 한 마리를 보내 주었어요. 네펠레는 숫양이 자식들을 안전한 곳으로 데려가리라 믿고서 등에 태웠지요. 그러자 숫양은 아이 둘을 태운 채 하늘로 날아올라 동쪽으로 날아갔답니다.

유럽과 아시아를 가르는 해협을 건너고 있을 때, 딸 헬레가 등에서 떨어져 바다에 빠졌어요. 그래서 이 해협의 이름을 헬레스폰토스라고 불렀지요. 오늘날의 다르다넬스 해협을 가리킵니다. 아무튼 아랑곳하지 않고 숫양은 계속 날아가 코르키스에 다다랐어요. 흑해의 동쪽 바닷가에 있는 이 나라에 아들 프릭소스를 안전하게 내려 주었지요. 그 나라의 왕인 아이에테스는 프릭소스를 따뜻하게 맞아 주었답니다. 프릭소스는 숫양을 잡아 제우스에게 제물로 바쳤고 황금 양털을 왕에게 주었어요. 왕은 신성한 숲에 황금 양털을 놓아두고서 용으로 하여금 밤낮으로 지키게 했지요.

아타마스의 왕국인 테살리아 근처에는 친척이 다스리는 또 하나의 왕국이 있었습니다. 그곳의 왕 아이손은 정치에 신물이 나서 아우인 펠리아스에게 왕위를 물려주었어요. 그렇지만 한 가지 조건을 달았지요. 자기 아들인 이아손이 어른이 되기 전까지만 나라를 대신 맡아 달라는 조건이었답니다. 이아손은 장성하여 삼촌에게 왕위를 다시 넘겨 달라고 했어요. 펠리아스는 기꺼이 그러겠다고 하면서도 동시에 이런 제안을 했지요. 뭐냐하면 황금 양털을 찾으러 영광스러운 모험을 떠나 보지 않겠냐는 것이었습니다. 널리 알려진 대로 코르키스 왕국에 있는 황금 양털은 엄연히 그들 가문의 소유였으니까요.

프릭소스와 헬레
헬레가 바다에 빠진 장면이다. 코르키스 왕 아이에테스는 프릭소스와 자신의 딸인 칼키오페를 결혼시켰다. 프릭소스의 자식인 아르고스 4형제가 이후 아르고 호 원정에 참여한다.
나폴리 국립 고고학 박물관 소장

　이아손은 솔깃한 나머지 제안을 수락하고 원정에 나설 채비를 했지요. 당시 그리스에 있는 항해용 선박이라고는 나무 기둥 속을 움푹하게 파낸 작은 배나 뗏목이 전부였답니다. 그러니까 이아손이 아르고스라는 사람을 불러와 오십 명을 태울 수 있는 배를 만들게 한 것은 당시로서는 엄청난 일이었어요. 다행히 배는 완성되었고, 제작자의 이름을 따서 '아르고' 호라고 불렀지요. 이아손은 그리스의 용맹한 청년들을 불러 모았고 자신이 이 무리의 대장을 맡았습니다. 청년들 대부분은 나중에 그리스의 영웅들과 반인반신들 가운데서도 특히 이름을 떨쳤어요. 헤라클레스, 테세우스, 오르페우스, 네스토르 같은 영웅들도 여기에 속했지요. 이 무리는 배의 이름을 따서 아르고나우테스(아르고 호의 선원들)라고 불렸답니다.

영웅들을 태운 아르고 호는 테살리아를 떠나 렘노스 섬에 잠시
머문 다음 미시아를 거쳐 트라키아로 갔어요. 거기서 현인 피네
우스를 만나서 앞으로 갈 길에 대해 가르침을 받았지요. 피네우
스에 따르면 흑해 입구는 작은 바위섬 두 개로 가로막혀 있었습
니다. 두 바위섬은 바닷물 위에 떠 있다가 가끔씩 위아래와 양옆
으로 흔들리는데, 배가 그 사이에 끼이면 산산조각이 난다고 했
어요. 그래서 이 바위섬은 심플레가데스, 즉 '충돌하는 섬'이라고
불렸대요. 피네우스는 이 위험천만한 물길을 통과하는 비법을
알려 주었지요. 배가 두 바위섬 근처에 다다르자 뱃사람들은 비
둘기 한 마리를 날려 보냈답니다. 이 비둘기는 깃털 몇 가닥만 떨
어뜨렸을 뿐, 두 바위섬 사이를 안전하게 통과했어요. 그러자 두

바위섬이 맞부딪혔다가 다시 벌어지는 순간을 포착할 수 있었지요. 이때다 싶어 이아손과 부하들은 열심히 노를 저어 무사히 빠져나갔습니다. 빠져나가기 직전에 두 섬이 닫히는 바람에 배의 꼬리가 살짝 스쳤을 뿐이에요. 이후 해안가를 따라 노를 저어 나아가다가 흑해의 동쪽 끝에 있는 코르키스 왕국에 상륙했지요.

이아손은 자신의 사명을 코르키스의 왕인 아이에테스에게 알렸답니다. 왕은 황금 양털을 가져가도 좋다고 하면서도 한 가지 조건을 붙였어요. 청동 발을 지닌 불 뿜는 황소 두 마리를 끌고 쟁기질을 하여 카드모스가 죽인 용의 이빨들을 땅에 심어 달라는 조건이었지요. 그러면 땅에서 한 무리의 무사들이 튀어나와 이빨을 뿌린 이를 공격할 거라는 사실을 잘 알고 있었지만 이아손은 수락했습니다. 그리고 언제 실행할지 날짜도 정해 놓았어요. 하지만 그 전에 이아손은 기회를 엿보아 왕의 딸인 메데이아에게 자신의 사정을 털어놓았지요. 이때 메데이아에게 반한 이아손은 결혼을 약속했답니다. 이아손이 헤카테 여신의 제단 앞에 서서 결혼을 맹세하자 메데이아도 받아들였어요. 덕분에 유능한 마법사였던 메데이아의 도움으로 이아손은 마력을 얻을 수 있었지요. 불 뿜는 황소의 날숨을 견딜 수 있고 무사들의 공격을 물리칠 수 있는 마법이었답니다.

약속한 날이 되자 사람들은 아레스 신의 숲에 모였어요. 왕은 왕좌에 앉았고 수많은 사람들이 산기슭을 가득 메웠지요. 이윽고 청동 발이 달린 황소가 콧구멍에서 불을 내뿜으며 달려왔답니다. 발아래 펼쳐진 풀밭이 불길에 활활 타올랐어요. 불가마에서 나는 듯한 쉭쉭거리는 소리가 났고 잿더미에 물을 끼얹을 때

카드모스가 죽인 용
토마스 불핀치는 이 책 12과 카드모스 왕 이야기에서는 이 괴물을 '거대한 뱀'이라고 했다.

처럼 연기가 피어올랐지요. 이아손은 두 황소에 맞서 대담하게 나아갔습니다. 그리스에서 선발된 영웅 친구들조차 그 모습을 보면서 몸을 부들부들 떨었어요. 불 뿜는 숨에도 아랑곳없이 이아손은 담담한 목소리로 소들의 분노를 가라앉혔지요. 차분해진 소들의 목을 다정스러운 손길로 어루만져 주었답니다. 그러다가 잽싸게 멍에를 둘러씌웠어요. 그런 다음 두 황소를 몰아 쟁기를 끌었지요. 코르키스인들은 어안이 벙벙해졌고, 그리스의 영웅들은 떠나갈 듯 함성을 질렀습니다. 이어서 이아손은 용의 이빨을 땅에 뿌린 다음에 흙을 덮어 주었어요. 그러자 희한하게도 한 무리의 무사들이 땅에서 솟아올랐지요. 이들은 나타나자마자 무기를 휘두르며 이아손에게 덤벼들었답니다. 그리스인들은 영웅이 해를 입을까 발을 동동 굴렀고, 비법을 알려 준 메데이아조차 두려워 낯빛이 사색이 되었어요. 이아손은 한동안 칼과 방패로 공격을 막아 냈지요. 하지만 무사들의 수가 압도적으로 많았기에 결국 메데이아가 가르쳐 준 마법을 쓰기로 했습니다. 돌을 하나 주워서 적들 한가운데에 던졌어요. 그러자 적들은 서로에게 무기를 겨누더니 뒤엉켜 싸웠지요. 이윽고 용의 이빨에서 나온 무사들은 전부 죽고 말았답니다. 그리스인들은 모두 뛰쳐나와 영웅을 부둥켜안고 감격의 눈물을 흘렸어요. 메데이아도 그럴 수만 있다면 달려 나가 이아손을 안고 싶었지요.

　이제 남은 일은 황금 양털을 지키는 용을 달래 재우는 것이었습니다. 이 일도 메데이아가 준 마법의 약을 몇 방울 뿌리자 말끔하게 해결되었어요. 마법의 약 냄새를 맡자 용은 온순해져 잠시 꼼짝 않고 서 있었지요. 그러더니 이제껏 한 번도 닫은 적 없

「이아손과 메데이아」
프랑스 화가 귀스타브 모로의 작품이다. 그리스 신화 곳곳에 등장하는 마녀 키르케가 메데이아의 고모이다. 메데이아는 시대를 초월해 예술가들의 영감을 불러일으킨 대표적인 신화 속 인물이다. 오르세 미술관 소장

「용에 독을 뿌리는 이아손」
이탈리아 화가 살바토르 로사의 작품이다. 이아손은 이올코스의 왕자다. 영어로는 제이슨(Jason)이라 부른다.
세인트루이스 미술관 소장

아르고(Argo)
노아의 방주를 아크(Ark)라고 한다. 『구약 성서』에서 노아는 땅에서 물이 다 빠졌는지 확인하기 위해 비둘기를 날려 보낸다.

는 커다란 두 눈을 감았답니다. 용은 곧바로 모로 누워 깊은 잠에 빠져들었어요. 이아손 일행은 황금 양털을 낚아챈 다음, 메데이아를 데리고 급히 배로 향했지요. 아이에테스 왕이 손쓸 새가 없도록 서둘러 배를 띄웠고, 곧장 테살리아를 향해 나아갔습니다. 이윽고 테살리아에 무사히 도착한 이아손은 황금 양털을 펠리아스에게 건넸어요. 그리고 아르고 호는 포세이돈에게 바쳤지요.

이후 황금 양털이 어떻게 되었는지는 알 길이 없답니다. 그러니 어쩌면 다른 많은 황금 보물과 마찬가지로 죽기 살기로 얻을 만한 가치는 없는 것이었는지도 몰라요.

신화의 이야기여서 꾸며 낸 내용들이 많이 포함되었을 수도 있지요. 하지만 후대 작가의 말대로 그 속에 어떤 진리가 포함되어 있다고 볼 만한 이야기입니다. 그리고 그것은 아마도 중요한 해상 탐험으로서는 처음 있는 일이었을 거예요. 게다가 절반쯤은 해적질이었는지도 모르지요. 역사 기록을 보면 당시에는 다른 모든 나라에서도 그랬답니다. 또한 해상 탐험을 통해 값비싼 약탈품이 전해졌을 테니, 어딘가에서 황금 양털을 가져온다는 생각이 떠오를 만도 했을 거예요.

박식한 신화학자인 J. 브라이언트에 의하면 아르고 원정대는 노아의 방주 이야기가 와전된 것이라고 해요. '아르고'라는 이름에서 그런 낌새가 나며, 비둘기가 나타나는 장면이 그런 심증을 굳힌다고 합니다.

포프는 「성 세실리아의 날에 바치는 송가」에서 아르고 호의
출항을 축하하고 있어요. 아울러 오르페우스의
음악이 지닌 힘도 찬양하고 있지요. 여기서 트
라키아인은 오르페우스를 가리킨답니다.

그 대담한 첫 배가 드디어 물살을 가르자
배 뒤쪽에서 트라키아인은 쾌재를 불렀
다네.
아르고 호는 자기 몸인 나무들을 바라
보았네.
높은 펠리온 산에서 바닷가로 내려온 나무
였지.
바닷가에 둘러선 반인반신들의 함성 소리에
출항하는 영웅들은 사기가 하늘을 찔렀
다네.

존 다이어의 시 「황금 양털」에도 아르고
호와 영웅들에 관한 이야기가 나오지요.
다음 구절은 이 원시적인 해상 모험이 훌
륭하게 묘사된 대목이랍니다.

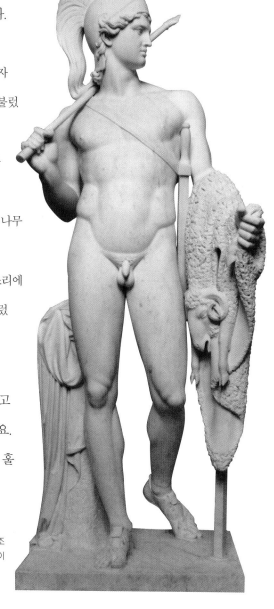

「황금 양털을 든 이아손」
덴마크 조각가 토르발센의 작품이다. 토르발센은 고대 그리스 조
각에서 영감을 받은 작품을 많이 제작했다. 「에로스와 프시케」 등이
있다.
토르발센 박물관 소장

「힐라스와 님프들」
영국 화가 존 워터하우스의
작품이다. 힐라스 역시 황금
양털 원정에 참여했지만 님
프에게 붙잡혀 이야기 도중
에 사라진다.
맨체스터 미술관 소장

에게 해 연안 곳곳에서

용감한 청년들이 몰려들었네, 그들은 바로

훌륭한 쌍둥이 카스토르와 폴리데우케스

음유시인 오르페우스

바람처럼 재빠른 제테스와 칼라이스

천하장사 헤라클레스, 이외에도 유명한 여러 영웅들

깊숙한 이올코스의 모래 해변에 함께 모였네.

갑옷들은 번쩍번쩍, 탐험의 눈빛은 반짝반짝

곧이어 갑판의 큰 돌을 월계수 밧줄로 감아올리니

드디어 닻이 올랐도다.

자랑스러운 도전에 걸맞게 능숙한 솜씨로 만든

늘씬하게 뻗은 용골이여

이 기나긴 용골 위에 높은 돛대를 올리고

돛에 바람 가득 안고 배는 떠나가네.

배에 익숙지 않은 영웅들이지만 곧 알게 되었네.
바다 너울을 타고 대담하게 나아가는 배를
금빛 별들이 인도하고 있음을.
케이론의 솜씨로 천구에 별들을 표시했듯이.

「힐라스」
영국 조각가 헨리 앨프리드 피그럼의 작품이다. 이 이야기는 기원전 3세기 시인 테오크리토스에게 영감을 주었다. 테오크리토스는 『힐라스』라는 소(小)서사시를 지었다.

헤라클레스는 힐라스라는 미소년을 사랑했답니다. 그 때문에 헤라클레스는 원정 도중에 원정대와 헤어지게 되었어요. 무슨 일이 있었을까요? 미시아라는 곳에서 힐라스가 물가로 갔는데, 샘의 님프들이 이 미소년의 용모에 반해서 붙들어 두고 있었기 때문이지요. 헤라클레스가 힐라스를 찾아 떠난 사이에 아르고 호는 다시 바다로 출항했습니다. 이런 사연으로 헤라클레스가 남게 되었는데, 무어는 이 이야기를 아름다운 시로 노래하고 있어요.

힐라스가 물병을 들고 샘가로 가는 길
들판엔 빛이 가득하고 마음은 한껏 느긋했네.
빛은 미소년을 따라 초원과 언덕을 거닐다가
그만 아름다운 꽃에 빠져 길을 잃었다네.

마찬가지로 나와 같은 많은 청년들은
학문의 사원 곁을 흐르는 샘을 맛볼 수 있었건만
길가의 꽃에 마음을 빼앗겨 시간을 허비하였네.
그리하여 가벼운 물병조차 채우지 못하였네.

메데이아, 냉혹한 여자 마법사

헤카테

아르테미스가 달밤의 아름다움을 나타낸다면, 헤카테는 달밤의 어두움과 두려움을 상징한다. 헤카테는 주술과 마법의 여신이어서 밤에 땅 위를 떠돈다. 오직 개들만이 이 여신의 기척을 느껴 짖었다고 한다.

바티칸 미술관 소장

황금 양털을 되찾은 것을 축하하는 잔치가 열렸습니다. 흥겨운 자리이건만 이아손은 마음이 마냥 편치만은 않았어요. 아버지 아이손이 없었기 때문이지요. 아버지는 늙고 병들어 잔치에 올 수가 없었답니다. 그래서 이아손은 아내 메데이아에게 말했어요.

"여보, 나를 위기에서 구해 준 당신의 마법으로 한 가지만 더 해 주오. 내 수명을 몇 년 앗아 가는 대신 그걸 내 아버지한테 더해 주구려."

이에 메데이아가 대답했지요.

"하지만 그런 식은 곤란해요. 내 마법이 통한다면 당신의 수명이 줄지 않고도 아버님의 수명이 늘어날 거예요."

며칠이 지나 보름달이 두둥실 뜨자, 온 세상이 잠들어 있을 때 메데이아는 홀로 집을 나섰어요. 세상은 고요 속에 잠겨 있고, 가녀린 잎사귀 하나도 바람에 떨리지 않았습니다. 메데이아는 먼저 별들에 주문을 건 다음 보름달에도 주문을 외웠어요. 이어서 지옥의 여신 헤카테에게 그리고 땅의 여신 텔루스에게 주문을 외웠지요. 텔루스는 마법의 효험을 지닌 식물들을 자라게 해 주는 여신이었답니다. 또한 메데이아는 숲과 동굴의 신들, 산과 계곡의 신들, 호수와 강의 신들 그리고 바람과 안개의 신들에게도 힘을 주십사 빌었어요.

메데이아가 주문을 외우자 별빛이 갑자기 환해지면서 하늘에서 무언가가 내려왔지요. 하늘을 나는 뱀들

이 이끄는 이륜마차였습니다. 메데이아
는 이륜마차에 올라 공중으로 떠오르더
니 머나먼 어떤 곳으로 날아갔어요. 그곳
에는 신비한 약효를 지닌 식물들이 자라
고 있었지요. 메데이아는 어떤 식물을 골
라서 약효를 뽑아낼지 잘 알고 있었답니
다. 꼬박 아흐레 밤을 약초를 찾아다녔어
요. 그동안에는 궁전이든 민가의 집이든
어디에도 가지 않고 아무도 만나지 않았
지요.

아흐레가 지나자 메데이아는 제단을
두 개 쌓았습니다. 하나는 헤카테에게 바
치는 제단이고 다른 하나는 청춘의 여신

인 헤베에게 바치는 제단이었어요. 제단에 검은 양을 한 마리 잡
아서 바치고 우유와 포도주를 뿌렸지요. 이어서 하데스와 하데
스에게 잡혀간 신부에게 간곡히 부탁했답니다. 늙은 왕의 목숨
을 서둘러 앗아 가지 말라고요. 이어서 마법으로 왕을 그곳으로
데려와 깊은 잠에 빠지게 만들었지요. 잠에 빠진 왕을 약초로 만
든 침대 위에 뉘었는데, 마치 죽은 사람 같았습니다. 이아손은 물
론이고 아무도 접근하지 못하게 했어요. 아무도 보지 않아야 마
법에 부정이 타지 않는 법이니까요. 이제 메데이아는 치렁치렁
한 머리카락을 휘날리며 제단을 세 번 돌았지요. 이어서 불붙은
나뭇가지들을 피에 적신 다음 제단에 놓고 태웠답니다. 그러는
사이 가마솥 안에 든 물이 부글부글 끓었어요.

네덜란드 화가 도메니쿠스 판
비넨의 작품이다. 아이손은
이올코스를 세운 초대 왕 크
레테우스와 티로의 아들이다.
포 미술관 소장

메데이아는 가마솥 안에 마법의 약초들과 쓴 즙이 나는 씨앗
과 꽃들, 먼 동쪽 지방에서 가져온 돌들 그리고 해변에서 가져온
모래를 넣었지요. 게다가 달빛을 받으며 모은 흰 서리, 가면올빼
미의 머리와 날개 그리고 늑대의 내장까지 넣었습니다. 여기서
끝일까요? 천만의 말씀! 거북 껍질 조각들, 생명력이 강한 동물
인 수사슴의 간 그리고 이백 년 넘게 산 까마귀의 머리와 부리가
더해졌지요. 그것도 모자라 '이름도 없는' 온갖 해괴한 것들을 모
조리 집어넣은 후에 마른 올리브 가지로 휘저었답니다. 이윽고
올리브 가지를 빼내자 초록색이 감돌았고 곧 이파리와 새로 달

린 올리브가 주렁주렁 매달렸어요. 그리고 액체가 부글부글 끓으면서 때때로 넘치기도 했는데, 액체가 떨어진 자리에는 봄의 새싹처럼 풀들이 파릇파릇 자라났지요.

모든 준비가 갖추어지자 메데이아는 늙은 왕의 목을 칼로 그어 몸속의 피를 전부 빼냈습니다. 그 다음에 왕의 입과 상처 속에다 가마솥의 액체를 쏟아부었어요. 액체가 몸속으로 완전히 스며들자, 하얗던 머리카락과 수염이 다시 청춘의 검은 색을 되찾았지요. 창백하고 초췌한 안색도 말끔히 사라졌답니다. 핏줄마다 싱싱한 피가 쌩쌩 흘렀고 팔다리는 힘과 기운이 넘쳤어요. 왕 스스로도 깜짝 놀랐지요. 마치 사십 년 전의 청춘 시절로 돌아간 것만 같았습니다.

이 일은 메데이아가 좋은 일에 솜씨를 발휘한 경우지만 그렇지 않은 때도 있었어요. 바로 마법을 복수의 수단으로 사용한 경우이지요. 앞서 나왔듯이, 이아손의 삼촌 펠리아스는 조카의 왕위를 가로채고서 이아손을 왕국에서 멀리 내보냈습니다. 하지만 펠리아스에게도 조금은 인자한 면이 있었던지 딸들이 아버지를 무척 따랐어요. 마침 메데이아가 아이손 왕을 위해 마법을 썼다는 소문이 들렸지요. 그러자 딸들은 자기 아버지를 위해서도 마법을 써 달라고 메데이아에게 부탁했습니다. 메데이아는 짐짓 그러겠다고 해 놓고선 이전처럼 가마솥에 마법의 액체를 만들었어요. 그러고는 늙은 양 한 마리를 가져오게 해서 가마솥에다 풍덩 집어넣었지요. 곧이어 가마솥 안에서 음메에 소리가 들렸답니다. 뚜껑을 열자마자 양이 뛰어나와 쏜살같이 초원을 향해 달려갔답니다.

펠리아스의 딸들은 이 실험에 만세를 부르며, 아버지한테 그렇게 해 줄 일정을 잡았어요. 하지만 메데이아는 펠리아스를 위한 가마솥은 조금 다르게 준비했지요. 맹물에다 몇 가지 시시한 풀만 집어넣었다는 사실! 밤이 되자 메데이아는 딸들과 함께 펠리아스의 침실에 들어갔습니다. 메데이아가 미리 주문을 걸어 놓았기에 왕과 호위병들은 깊은 잠에 빠져 있었어요. 딸들은 무기를 빼 들고 침상에 섰지만 머뭇거리며 찌르질 못했지요. 그러자 메데이아는 꾸물대지 말라고 다그쳤습니다. 마침내 딸들은 고개를 돌린 채 마구잡이로 아버지를 찔렀어요. 깜짝 놀라 잠에서 깬 아버지가 비명과 함께 외쳤지요.

"애들아, 지금 뭐하는 짓이냐? 아버지를 죽일 셈이냐?"

가슴이 철렁 내려앉는 바람에 딸들은 손에서 무기를 놓았답니다. 결국 메데이아가 나서 최후의 일격을 가했고, 그제야 왕의 입이 닫혔어요.

이제 왕을 가마솥 안에 담그고 나서 메데이아는 뱀이 이끄는 말을 타고 급히 줄행랑을 쳤지요. 한참 후에야 딸들은 깜빡 속아 끔찍한 복수극에 이용되었다는 사실을 깨달았습니다. 하여튼 그렇게 메데이아는 남편을 대신해 복수를 해 주었지만, 재주는 곰이 부리고 돈은 되놈이 벌고 말았어요. 무슨 말이냐고요? 남편을 위해서라면 물불을 안 가렸건만 결국 이아손은 코린토스의 공주 크레우사와 결혼하려고 메데이아를 버렸지요. 배은망덕한 남편 때문에 메데이아는 분개했답니다. 그래서 신들에게 복수를 허락해 달라고 한 다음, 독 묻은 옷을 신부에게 선물로 보냈어요. 게다가 자기 자식들을 죽이고 궁전에 불을 지른 다음 이륜마차에

올라 아테나이로 도망쳤지요. 그곳에서 테세우스의 아버지 아이게우스 왕과 결혼했습니다. 나중에 테세우스의 모험담을 이야기할 때 메데이아는 다시 등장해요.

메데이아가 마법을 거는 이야기는 『맥베스』에 나오는 마녀를 떠올리게 하지요. 작품 속의 아래 구절은 고대의 마법을 실감나게 그려 낸답니다.

가마솥 주변을 돌자 빙빙

독 품은 내장을 던지자 첨벙

늪에 사는 뱀을 싹둑싹둑

끓이자 보글보글 볶자 지글지글

도롱뇽 눈알 개구리 발가락

박쥐의 털 개의 혓바닥

살무사의 혀 발없는도마뱀의 독니

도마뱀의 다리 올빼미 새끼의 날개

게걸스러운 상어의 밥통

밤에 캔 독미나리 뿌리, 몽땅 집어넣자.

『맥베스』 제4막 1장

그리고 또 한 대목

맥베스: 지금 무얼 하는 거요?

마녀들: 무어라 이름 붙일 수 없는 일이오.

메데이아 이야기 중에는 아무리 마녀의 짓이라 하더라도 너무 끔찍한 내용도 있어요. 차마 기록으로 남기기도 두려울 정도지요. 동서고금의 시인들 모두 그 잔혹함에 혀를 내두른 이야기입니다. 메데이아가 코르키스에서 도망칠 때 동생 압시르토스도 데리고 갔다고 해요. 아이에테스의 배가 아르고 호를 바짝 뒤따르자 메데이아는 동생을 죽인 후 사지를 찢어 바다에 던졌지요. 아이에테스가 처참하게 죽은 아들의 시신을 수습하여 장례를 치르러 떠나자 아르고 호는 유유히 도망칠 수 있었답니다.

스코틀랜드 출신의 시인 토머스 캠벨의 시 속에 고대 그리스 시인 에우리피데스가 쓴 비극 『메데이아』의 합창 부분을 번역한

테세우스 독살에 실패한 메데이아

프랑스 화가 플랑드랭의 「테세우스가 아들이라는 것을 알아본 아이게우스」이다. 화면 왼쪽에서 메데이아가 도망치고 있다. 메데이아는 아이게우스와의 사이에 낳은 자신의 아이를 왕으로 삼으려고 테세우스를 독살하려고 한다.

압시르토르를 바다에 던지는 메데이아
메데이아는 클리타임네스트라와 함께 그리스 신화에서 대표적인 독부(毒婦)로 등장한다. 여성상을 왜곡한 가부장적인 고대 신화에 반대해 메데이아의 입장에서 쓴 소설이 현대 독일 작가 크리스타 볼프의 『메데이아』이다. 스톡홀름 국립 미술관 소장

내용이 나와요. 에우리피데스는 메데이아의 만행을 소개하는 척하면서 사실은 자신의 고향 아테나이를 찬양하고 있지요. 다음이 작품의 첫 구절이랍니다.

오, 악랄한 왕비여! 혈육의 피에 젖은

번들거리는 마차를 타고 아테나이로 향하는가.

아니면 그대의 끔찍한 친족 살해의 죄를

평화와 정의가 만발한 그 나라에서 숨기려는가?

메데이아는 잔혹한 살인법을
어디서 배웠을까요?

메데이아와 이아손 이야기에는 사람을 토막 내서 죽이는 장면이 여러 번 등
장한다. 우선 메데이아가 이아손과 함께 황금 양털 가죽을 가지고 도망칠 때
일어난 일이다. 추격자들에게 쫓기게 되자 메데이아는 자기 동생 압시르토
스를 토막 내서 바다에 던진다. 추격자들이 토막들을 수습하는 동안 이아손
일행은 위기를 모면한다. 또 다른 이야기는 그리스 땅에서 일어난다. 메데이
아는 늙은 왕 펠리아스의 딸들을 유혹해 펠리아스를 토막 내어 솥에 삶게 한
다. 학자들은 토막 살해가 샤머니즘 전통이라고 설명한다. 토막 살해 전통은
동아시아에서부터 시베리아와 중앙아시아를 거쳐 흑해 가까이까지 널리 퍼
져 있었다. 샤먼(무당)이 되려는 사람들은 자신이 악령들에게 갈가리 찢겨
먹히는 환각을 겪었다. 그리스에서는 샤머니즘이 일찍이 사라져서 토막 살
해가 범죄 행위로 바뀌어 전하게 되었다. 그리스 신화에서 이와 비슷한 토막
살해 이야기는 트로이 전쟁의 총지휘자, 아가멤논의 조상 대에 다시 등장한
다. 탄탈로스는 아들이자 아가멤논의 조상 펠롭스를 잡아서 신들에게 대접
했다. 신들이 토막 난 펠롭스를 다시 붙여서 살려 냈다. 펠롭스의 아들들도
서로 싸우다가 형이 동생의 자식들을 잡아 아비에게 먹였다. 이런 토막 살해
이야기가 펠롭스 집안과 관련해 두 번이나 등장하는 것은 이 집안이 원래 소
아시아 지방 출신인 것과 관련이 있을 것이다. 소아시아에는 샤먼 전통이 조
금 남아 있었다.

∞
양을 솥에 삶아
펠리아스의 딸들을 안심시키는 메데이아

18 언제나 애꿎은 여자 탓 |
멜레아그로스와 아탈란테

옛날에는 나쁜 일이 생겼다 하면 여자 탓으로 돌리는 일이 다반사였습니다. 수많은 목숨들이 스러져 간 트로이 전쟁도 여신들의 질투와 더불어 절세 미녀 헬레네에게 원인을 몽땅 뒤집어씌웠어요. 싸움을 일으킨 남자들의 폭력성이나 영토와 재물에 대한 탐욕 등은 쏙 숨겨 버리고 애꿎은 약자인 여자를 내세웠던 것이지요. 이 장에 등장하는 멜레아그로스의 이야기도 마찬가지 맥락이랍니다. 아르고 원정대의 영웅 중 한 명인 멜레아그로스는 욱하는 성질이 있어서 그만 숙부를 죽이는 죄를 저지르고 말지요. 그런데 이로 인한 고통은 모두 어머니가 떠맡아 괴로운 선택을 강요당한답니다. 멜레아그로스의 악행도 아탈란테라는 여자의 매력 때문이라고 덮어씌우지요.

- 여인이여, 그 선물을 내려놓으시오. 우리가 받을 명예를 가로채지 마시오! 그대의 아름다움을 과신하지 않는 게 좋을 거요. 사랑에 눈먼 저 녀석이 그대를 지켜 주지 못할 수도 있소! (오비디우스 『변신 이야기』)
- 그는 아내와 함께 이곳에 들어가 금지된 욕망으로 성소를 욕보였다. 신상들은 그들을 차마 쳐다보지 못했고, 탑 모양 관을 쓴 어머니는 그들을 스틱스 강물에 넣으려다 주저하셨다. 가벼운 벌이라고 생각한 것이다. (오비디우스 『변신 이야기』)

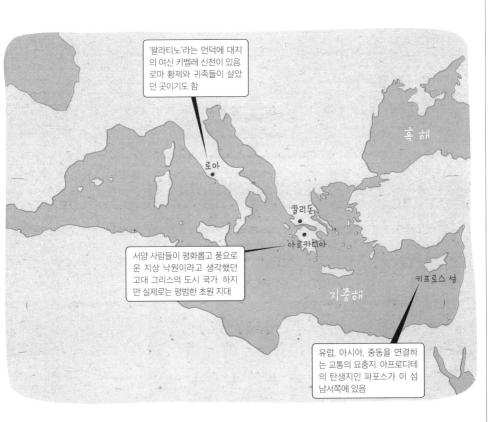

친아들의 목숨을 거두어야 했던 어머니

멜레아그로스는 아르고 원정대 영웅 중 하나였습니다. 칼리돈의
왕 오이네우스와 왕비 알타이아 사이에서 태어난 아들이었어요.
아들이 태어났을 때 알타이아는 운명의 세 여신을 보았지요. 운
명의 실을 잣는 세 여신은 아들의 운명을 예언해 주었답니다. 무
엇이냐면 난로 속에서 타고 있는 장작이 다 타면 아들의 생명도
다할 것이라는 예언! 알타이아는 부리나케 장작을 꺼내 불을 껐
어요. 그러고는 오랫동안 장작을 조심스레 보관해 두었지요. 아
들 멜레아그로스는 무럭무럭 자라 소년이 되더니 이어서 청소년
을 거쳐 어른이 되었습니다.

  그러던 어느 날 신들에게 제물을 바치던 오이네우스 왕이 깜
빡하고서 아르테미스 여신을 건너뛰었어요. 왕따를 당한 여신

「운명의 세 여신」
이탈리아 화가 소도마의 작
품이다. 라케시스(왼쪽)는 인
생의 길이를 정하고, 아트로
포스(가운데)는 가위로 실을
잘라 생명을 거두고, 클로토
(오른쪽)는 실패를 들고 운명
의 실을 잣는다.
로마 국립 미술관 소장

이 가만있을 리 없겠죠? 어마어마한 크기의 멧돼지를 보내 온 나라의 들판을 쑥대밭으로 만들었지요. 멧돼지의 모습을 말하자면 눈은 시뻘겋게 번쩍번쩍, 털은 창끝처럼 뾰족뾰족, 엄니는 인도 코끼리의 상아처럼 길쭉길쭉했답니다. 자라던 곡식들이 다 짓밟히고, 포도나무와 올리브나무가 죄다 꺾였지요. 가축들도 광포한 괴물에 쫓겨 사방팔방으로 흩어져 버렸습니다. 그야말로 속수무책이었어요.

하지만 대담하게도 멜레아그로스는 미쳐 날뛰는 괴물을 때려잡자며 그리스의 영웅들을 불러 모았어요. 테세우스와 그의 친구 페이리토스, 이아손, 나중에 아킬레우스의 아버지가 되는 펠레우스, 아이아스의 아버지 텔라몬, 게다가 그때는 젊었지만 나이가 든 뒤에도 아킬레우스나 아이아스와 함께 트로이 전쟁에 참가한 용장 네스토르 등 수많은 영웅들이 이 사냥에 동참했답니다. 아르카디아의 왕 이아소스의 딸 아탈란테까지 참가했어요. 반짝반짝 빛나는 황금 혁대를 옷에 차고, 왼쪽 어깨에는 상아로 만든 화살통을 매고, 왼손에는 활을 들고 나타났지요. 어여쁜 얼굴에 늠름한 기상이 함께 서려 있는 매력적인 아가씨였습니다. 멜레아그로스는 첫눈에 반해 버렸어요.

사냥에 나선 영웅들은 괴물의 굴 근처에 다다랐지요. 나무와 나무 사이에는 튼튼한 그물을 여기저기 쳐 놓았습니다. 사냥개들을 풀어 풀밭에 난 사냥감의 발자국을 쫓게 했어요. 숲 속의 내리막길을 따라 내려가니 늪이 나왔지요. 늪의 갈대밭에 숨어 있던 멧돼지가 사냥개들이 짖는 소리를 듣고는 곧장 개들을 향해 달려들었어요. 한 마리, 또 한 마리가 멧돼지에 받혀 나가떨어지

더니 죽었답니다. 이아손은 마음속으로 아르테미스에게 기도를
올리며 창을 던졌습니다. 기도를 듣고 흡족해진 여신은 창이 괴
물에 닿도록 해 주었지만 상처는 내지 못하게 했어요. 창이 날아
가는 동안에 뾰족한 창끝을 뽑아 버렸던 것이지요. 네스토르는
멧돼지가 달려들자 나무를 타고 올라가 위기를 면했답니다. 텔
라몬은 멧돼지를 쫓았지만 아뿔싸! 튀어나온 나무뿌리에 걸려
고꾸라졌어요.

마침내 아탈란테가 쏜 화살이 괴물의 피를 처음으로 맛보았
지요. 가벼운 상처였지만 멜레아그로스는 기뻐하며 아탈란테를
한껏 추어올렸습니다. 그러자 잉카이오스는 여자가 칭찬받는
모습에 배알이 뒤틀렸어요. 정말 용감한 자는 자기라고 고래고
래 외치며, 멧돼지와 이 괴물을 보낸 여신에게 도전장을 던졌지
요. 다짜고짜 덤벼들었지만 격분한 괴물에게 치명상을 입고 나
동그라졌습니다. 테세우스는 긴 창을 던졌지만 나뭇가지를 맞
고 빗나갔어요. 이아손이 쏜 화살도 빗나가는 바람에 애꿎은 사
냥개만 죽고 말았지요. 하지만 결국 멜레아그로스가 한 차례의
공격 실패 후 괴물의 옆구리에 창을 찔러 넣었답니다. 이어서 멧
돼지에게 달려들어 연거푸 찌르자 괴물은 드디어 숨통이 끊어
졌어요.

주변에서 함성이 터져 나왔지요. 다들 이 영웅에게 다가와 손
을 맞잡고 기뻐했습니다. 잘린 멧돼지의 머리를 발로 밟아 승리
를 기념한 다음, 영웅은 아탈란테에게 멧돼지 머리와 털가죽을
전리품으로 건넸어요. 이 모습에 다들 시샘이 나서 소란이 일었
지요. 특히 멜레아그로스의 외삼촌 플렉시포스와 톡세우스가 가

「칼리돈의 멧돼지 사냥」
플랑드르 화가 페테르 루벤
스의 작품이다. 그리스 각지
의 유명한 영웅들과 활을 든
아탈란테가 흉포한 멧돼지
를 잡기 위해 달려들고 있다.
빈 미술사 박물관 소장

장 반대했답니다. 둘은 아탈란테가 받은 전리품을 빼앗아 버렸
어요. 멜레아그로스는 사랑하는 여인에 대한 모독이 곧 자신을
모독하는 일이라고 여겨 눈이 뒤집히고 말았지요. 그래서 그만,
친척이라는 사실도 잊고서 둘의 심장을 칼로 찔렀습니다.

그런 줄도 모르고 알타이아는 아들의 승리에 보답하는 선물을
바치러 신전에 왔어요. 세상에나! 두 오라비의 시신이 신전에 덩
그러니 놓여 있었지요. 알타이아는 슬픔에 못 이겨 가슴을 치며
울부짖었습니다. 그리고는 축하의 의복을 벗고 황급히 장례 복
장으로 갈아입었어요. 하지만 살인자가 누군지 알게 되자 슬픔
은 사라지고 친아들에 대한 복수의 마음이 불타올랐지요. 오래
전에 보관해 두었던 운명의 장작, 멜레아그로스의 생사를 좌지
우지할 장작이 떠올랐답니다. 알타이아는 장작을 꺼내 놓고 불
을 지필 준비를 마쳤어요. 하지만 네 번이나 장작을 불 속에 던져

넣으려다 마음을 돌이켰지요. 친아들을 제 손으로 죽이는 짓인
지라 차마 엄두가 나지 않았거든요. 모정이 먼저냐 오라비에 대
한 도리가 먼저냐, 알타이아는 갈팡질팡 어쩔 줄을 몰랐습니다.
자기가 하려는 짓에 몸서리를 치다가도, 또 문득 아들이 한 짓이
괘씸하여 참을 수가 없었어요. 바람이 불자 이쪽으로 흔들렸다
가 파도가 치니 저쪽으로 흔들리는 배처럼, 알타이아의 마음은
갈피를 잡지 못했지요. 하지만 결국 모정보다는 오라비에 대한
도리가 먼저였답니다. 알타이아는 운명의 장작을 다시 손에 들
고 이렇게 외쳤어요.

"복수의 여신들이시여, 보이시나요? 제가 들고 있는 제물이 보
이시나요? 죄는 죄로 갚아야 하는 법! 제 친정 테스티오스 집안
에 아들이 둘이나 죽었는데, 오이네우스만 아들의 승리에 기뻐
해서야 되겠나이까? 하지만 아! 정녕 제가 무슨 짓을 하려는 건

가요? 오라비들이여, 어미 된 몸인지라 손이 말을 듣지 않네요. 용서해 주시길. 아들은 죽어 마땅하건만, 내 손으로는 차마 못할 짓이네요. 하지만 아들이 승승장구해서 칼리돈을 떵떵거리며 다스려야 할까요? 내 두 오라비는 원한도 풀지 못하고 저승 언저리를 떠돌고 있을 텐데요. 당치도 않는 소리! 아들아, 네 목숨은 내가 준 선물이니 지금 죽어서 죄를 씻어라. 내가 너에게 두 번이나 준 생명이니, 처음은 태어날 때 두 번째는 이 장작을 꺼냈을 때 네가 받은 생명이다. 오, 이럴 줄 알았다면 그때 죽게 놓아둘 것을! 아, 승리란 악한 것이로구나. 하지만 결국 오라비들이 이기게 해 주겠어요."

말을 마치자 알타이아는 고개를 돌린 채 운명의 장작을 불구덩이 속으로 던졌습니다.

장작은 불타면서 처절한 신음 소리를 냈어요. 어쩌면 알타이아의 귀에 그렇게 들렸겠지요. 그 순간, 멀리 떨어져 있던 멜레아그로스가 느닷없이 고통을 느꼈답니다. 순식간에 몸이 불길에 휩싸였는데, 죽음의 고통을 오직 대담한 자긍심 하나만으로 견뎌 냈어요. 다만 뜬금없이 명예롭지 못하게 죽어가는 것이 한탄스러웠지요. 마지막 숨을 헐떡이면서 늙은 아버지와 형제와 아끼는 누이들 그리고 사랑하는 아탈란테를 불렀습니다. 마지막으로, 자신을 그런 죽음으로 내몬 장본인인지도 모른 채 어머니를 불렀어요. 불길이 더욱 거세지자 영웅의 고통도 커져만 갔지요. 곧이어 둘 다 스러졌고 둘 다 꺼졌습니다. 장작은 재가 되었고 멜레아그로스의 목숨도 떠도는 바람 속으로 사라졌으니까요.

알타이아는 장작을 불더미에 던져 넣고 나서, 그 냉혹한 두 손

「멜레아그로스의 죽음」
프랑스 화가 프랑수아 부셰의 작품이다. 멜레아그로스는 부하들에게 안겨 천천히 죽어가고 있고, 오른쪽에는 아탈란테가 슬픔과 충격에 휩싸여 실신하고 있다.
렌 미술관 소장

으로 제 목숨을 끊었어요. 누이들도 멜레아그로스의 죽음에 피눈물을 흘렸지요. 이제야 아르테미스는 한때 자신을 분노하게 만든 집안이 가여워졌답니다. 그래서 죽은 자들을 모두 하늘을 나는 새로 변하게 해 주었대요.

황금 사과로 맺어진 결혼, 파국을 맞다

이처럼 슬프디슬픈 일은 한 여인으로 말미암아 생겼습니다. 얼굴을 보자면, 남자라 하기엔 너무 여자 같고 여자라 하기엔 너무 남자 같은 아탈란테 때문이었어요. 하지만 정작 아탈란테는 아무 잘못도 없었지요. 한때 아탈란테의 운명을 예언하는 신탁이 내려졌는데, 이런 내용이었답니다.

"아탈란테여, 결혼하지 말지어다. 결혼이 너의 무덤이 되리라."

깜짝 놀란 아탈란테는 인간 세상을 떠나 숲 속에서 사냥에 빠져 살았어요. 숱한 사내들이 몰려와 구애를 하자 아탈란테는 한가지 조건을 제시했지요. 덕분에 사내들의 끈질긴 요구를 보란 듯이 물리칠 수 있었습니다. 아탈란테의 말을 직접 들어 볼까요?

"달리기를 해서 나를 이기는 사내에게 시집가겠어요. 하지만 만약 시합을 해서 진다면, 누구든 벌로 목숨을 내어놓아야 해요."

이런 살 떨리는 조건에도 시합을 청한 자가 몇 명 있었답니다. 심판을 맡기로 한 히포메네스는 빈정대며 말했어요.

"아니, 장가 한번 가 보겠다고 불구덩이 속으로 뛰어들겠다니, 생각이 있는 건지 없는 건지!"

하지만 시합을 위해 아탈란테가 겉옷을 벗어던지자 금세 마음이 바뀌어 이렇게 알랑거렸지요.

"용서하게, 청년들. 이런 엄청난 보상이 기다리고 있는 줄은 미처 몰랐다네."

히포메네스는 모두가 시합에 지기를 내심 바랐습니다. 그리고 왠지 이길 것 같아 보이는 자가 보이면 질투심이 들끓었어요. 심판이 그런 생각을 하든 말든 아탈란테는 쏜살같이 내달렸지요. 산들바람까지 불자 마치 발에 날개가 달린 듯했어요. 달릴 때 이 처녀는 더욱 요염해 보였답니다. 긴 머리카락은 어깨 위에서 춤추었고, 화사한 옷자락은 뒤로 너풀너풀 휘날렸으니까요. 하얀 살갗에 발그레한 홍조가 어린 모습은 마치 대리석 벽에 진홍빛 커튼을 드리운 것 같았지요. 시합에 참가한 사내들은 모조리 뒤처지고 말았습니다. 아탈란테는 이들을 가차 없이 죽여 버렸어요. 그런데도 히포메네스는 굴하지 않고 이 처녀를 빤히 쳐다보며 말했지요.

"저런 굼벵이들을 이겼다고 지금 우쭐대나요? 내가 나설 테니 진짜 시합은 이제부터요."

아탈란테는 가여운 듯 측은한 표정을 지으며 히포메네스를 바라보았답니다. 이겨야 할지 져 주어야 할지 도통 판단이 서지 않아 이렇게 중얼거렸어요.

"저렇게 젊고 잘생긴 사내가 어찌 제 목숨은 안중에도 없을까? 잘 생기긴 했지만 꼭 준수한 용모 때문이 아니라 너무 젊으니까 가엽기만 하네. 이 사내가 시합을 단념하면 얼마나 좋을까? 하지만 나한테 반해서 꼭 시합을 하겠다면, 날 이겨 주었으면 좋겠어."

아탈란테가 이런 생각에 빠져 머뭇거리자 구경꾼들은 시합을 보고 싶어 다들 안달이 났지요. 그러자 아탈란테의 아버지가 나서서 시합 준비를 하라고 딸을 다그쳤습니다. 히포메네스는 아프로디테에게 간절한 기도를 올렸어요.

"아프로디테이시여, 나를 도우소서! 여신님 덕분에 제가 지금껏 살아오지 않았나이까?"

아프로디테는 기도를 듣고서 흐뭇했지요.

아프로디테의 소유인 키프로스 섬에 이 여신의 신전이 있었답니다. 신전의 정원에 나무가 한 그루 있었는데, 이파리와 가지가 노랗고 황금 사과가 달려 있었어요. 아프로디테는 사과를 세 개 딴 다음, 아무도 몰래 히포메네스 앞에 나타나 사과를 건네고 사용법을 알려 주었습니다. 신호가 떨어지자 두 선수는 출발선을 뛰쳐나가 모래 위를 내달렸어요. 발놀림이 얼마나 가벼웠던지, 마치 물 위나 구름 위를 사뿐사뿐 건너뛰는 듯했지요. 구경꾼들은 큰소리로 히포메네스를 응원했답니다.

"최선을 다해라! 더 빨리, 더 빨리! 다 따라잡았다! 방심하지 마라! 조금만 더, 조금만 더!"

달리던 처녀와 총각 중에 이런 고함 소리를 듣고서 누가 더 기뻐했는지는 모를 일이에요. 하지만 결승점은 까마득한데, 벌써 히포메네스는 숨

「히포메네스와 아탈란테」
프랑스 화가 니콜라 콜롬벨의 작품이다. 아탈란테와의 달리기 경주에서 많은 구혼자들이 목숨을 잃자, 히포메네스는 아프로디테 여신이 준 황금 사과를 사용해 경주에서 승리한다.
리히텐슈타인 박물관 소장

이 가빠 오고 목이 탔지요. 바로 그때 황금 사과 한 개를 던졌습니다. 처녀가 깜짝 놀라 달리기를 멈추고 사과를 주웠어요. 이 틈에 히포메네스가 앞질렀지요. 사방에서 환호성이 터져 나왔답니다. 아탈란테는 온 힘을 다해 달려 다시 따라잡았어요. 그러자 히포메네스가 두 번째 사과를 던졌지요. 다시 아탈란테가 멈추었지만 이내 따라잡았습니다. 어느덧 결승선이 다가왔어요. 이제 남은 기회는 딱 한 번이었지요. "여신이시여, 부디 성공하게 해 주소서!"라고 말하며 히포메네스가 마지막 사과를 옆쪽으로 멀리 던졌답니다.

아탈란테는 그걸 보고서 주춤했어요. 하지만 아프로디테가 나서 아탈란테의 마음을 움직였지요. 결국 아탈란테는 사과를 주우러 가는 바람에 시합에서 졌습니다.

드디어 히포메네스가 아탈란테를 차지했어요. 하지만 두 연인은 행복한 나날에 빠져 아프로디테에게 경배를 올리는 것을 깜

빡 잊고 말았지요. 여신은 둘의 배은망덕에 심사가 뒤틀렸답니
다. 그래서 둘이 키벨레에게 무례한 짓을 하게끔 만들었어요. 막
강한 능력의 이 여신이 그런 짓을 그냥 넘길 리가 없었지요. 여신
은 둘에게서 인간의 모습을 빼앗았습니다. 대신에 각자의 생김
새에 어울리는 동물로 바꾸어 버렸어요. 아탈란테는 구혼자들의
피에 굶주린 사냥의 여왕답게 암사자로 바뀌었고, 아탈란테를
차지한 남자 히포메네스는 수사자로 바뀌었지요. 여신은 두 짐
승에게 멍에를 맨 다음 자신의 마차를 몰게 했답니다. 그래서 지
금도 여신 키벨레를 표현한 모든 조각과 그림에는 두 짐승이 함
께 나와요.

키벨레는 그리스인들이 레아 또는 옵스라고 부르던 여신의

라틴어 이름이지요. 이 여신은 크로노스의 아내이자 제우스의 어머니였습니다. 그래서 예술 작품에는 헤라나 데메테르와 달리 기품 있는 여인의 모습으로 그려졌어요. 때로는 베일로 몸을 가리고 권좌에 앉아 양옆에 사자들을 거느리고 있지요. 또 어떨 때는 사자들이 모는 이륜마차를 타고 있답니다. 머리에는 성벽 모양의 왕관을 쓰고 있어요. 성벽의 탑과 총안이 새겨진 왕관이지요. 그리고 이 여신을 따르는 사제를 코리반테스라고 불렀습니다.

시인 바이런은 『귀공자 해럴드의 순례』에서 이탈리아의 베네치아를 묘사한 적이 있어요. 아드리아 해의 저지대 섬에 세워진 이 도시를 키벨레 여신의 모습에 빗대었지요.

키벨레
아프로디테는 감사 인사를 하지 않은 히포메네스와 아탈란테에게 화가 나 그들이 키벨레 여신의 신전에서 사랑을 나누게 한다. 키벨레는 둘을 사자로 만들고 자신의 수레를 끌게 하는 벌을 내린다.
©Carlos Delgado

바다에서 방금 떠오른 키벨레 같네.

자랑스러운 탑 모양의 왕관을 쓰고

아득히 멀리서 장엄한 모습으로 서 있네.

바다와 그 권능을 다스리는 베네치아여.

무어는 「길 위의 노래」에서 알프스 산의 절경을 노래하고 있습니다. 이 시에서 시인은 아탈란테와 히포메네스의 이야기를 이렇게 들려주지요.

여기 이 놀라운 풍경 속에서도 나는 알겠네.

발 빠른 환상이 진실을 멀찌감치 따돌리는 것을

마치 저 히포메네스가 황금의 환상을 내던져

잘 달리던 그녀를 따돌렸던 것처럼.

알타이아는 왜 아들 대신 오라비들을 선택했을까요?

알타이아가 오빠들의 복수를 위해 아들을 죽인 것은 현대 독자가 볼 때 다소 이상하다. 현대에는 여자가 친정 식구들보다 자식을 더 사랑하는 것이 일반적이기 때문이다. 알타이아의 선택은 모권제 영향 때문이다. 여러 인류학적 조사에 따르면 모권이 강한 사회에서 외삼촌은 부권제 사회의 아버지와 같다. '모권제' 하면 여자가 권력을 행사하는 모습을 생각하기 쉽다. 하지만 보다 일반적인 양상은 어머니의 남자 형제, 즉 아이의 외삼촌들이 아이들에 대한 권리를 갖는 것이다. 이 현상은 『일리아스』에서도 발견된다. 헥토르가 전선에서 조금 물러선 것을 보고 아폴론이 그를 질책하는 장면이 있다. 이때 아폴론은 헥토르의 외삼촌 역할을 한 것이다. 외삼촌과 조카 사이에 때때로 일어나는 갈등은 아버지와 아들 사이에 있는 세대 갈등의 변형이다. 아테나이의 상속 제도를 살펴보면 이해가 쉽다. 고대 아테나이에서는 여자에게도 유산이 주어졌다. 하지만 직접 여자에게 주는 게 아니라 그녀의 아들에게 주었다. 여자에게 아직 아들이 없으면 아이가 태어날 때까지 남자 친척들이 유산을 맡아 두었다. 따라서 외삼촌의 입장에서 볼 때, 외조카가 태어났다는 것은 맡고 있던 재산이 다른 데로 넘어간다는 뜻이다. 물론 남자 조카들이 모두 죽는다면 선대의 유산은 다시 외삼촌에게 돌아갈 수 있다. 가령 그리스 신화에서 오이디푸스의 두 아들이 서로 싸우다 모두 죽자 테바이 왕권은 외삼촌 크레온에게 돌아갔다.

서로를 죽이는
오이디푸스의 두 아들

19 인간이자 신이었던 천하장사 |
헤라클레스, 헤베와 가니메데스

헤 라클레스의 이야기는 흥미로운 점이 많습니다. 우선 헤라클레스의 열두 가지 과업은 하나하나만으로도 대단한 이야기예요. 천하장사의 상징인 인물답게 헤라클레스는 엄청난 일들을 해낸답니다. 무시무시한 괴물들을 해치우고, 저승까지 내려가기도 하지요. 그런데 헤라클레스는 힘이 장사인지라 격정을 이기지 못하고 큰 잘못을 저질러 신의 벌을 받게 된답니다. 또 헤라클레스의 아내가 남편을 의심하여 마법을 쓰는 바람에 걷잡을 수 없는 고통을 겪지요. 능력이 뛰어날수록 인생의 고난도 크다는 진리를 전해 주는 이야기인지도 몰라요. 과연 헤라클레스의 잘못은 무엇이고 아내의 마법은 어떤 것일까요? 마지막에는 헤라클레스에게 시집간 헤베 이야기도 잠깐 나온답니다.

- 그의 피는 빨갛게 달아오른 쇠를 얼음장 같은 물에 넣었을 때처럼 부글거리며 끓었다. 고통은 무자비했다. 독이 불꽃처럼 날름거리며 내장을 태웠고, 검은 땀이 온몸에서 샘솟았으며, 힘줄이 터지는 소리가 났다.
  (오비디우스 『변신 이야기』)

- 소년을 사랑하게 된 제우스는 원래 모습과 다른 모습으로 가니메데스에게 다가가기를 원했다. 새가 되려고 했지만 예사로운 새는 되려 하지 않았다. 자신의 벼락을 나를 수 있는 새여야만 했다.
  (오비디우스 『변신 이야기』)

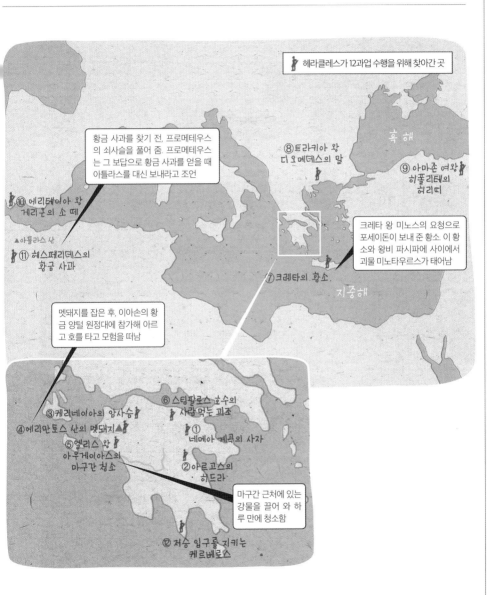

열두 과업을 완수하고 신이 된 헤라클레스

헤라클레스는 제우스와 알크메네 사이에서 태어난 아들입니다. 헤라는 남편 제우스와 인간 여자 사이에서 난 자식들은 누구든 끔찍이도 미워했어요. 그래서 태어날 때부터 헤라클레스에게 전쟁을 선포했지요. 헤라는 요람에 누워 있는 헤라클레스를 죽이려고 뱀을 두 마리 보냈답니다. 하지만 조숙한 이 아기는 두 손으로 뱀을 목 졸라 죽였어요.

그러나 성장한 뒤에 헤라클레스는 헤라의 간계에 걸려들었지요. 미케나이의 왕 에우리스테우스의 부하가 되어 온갖 명령에

「헤라클레스와 네메아의 사자」
플랑드르 화가 페테르 루벤스의 작품이다. 네메아의 사자는 헤라클레스에게 죽임을 당한 후 제우스에 의해 하늘의 별자리(사자자리)가 되었다. ⓒsailko

따라야 하는 처지가 되었습니다. 왕은 목숨을 건 모험을 헤라클레스에게 여러 번 시켰어요. 이것이 바로 '헤라클레스의 열두 가지 과업'이지요.

「헤라클레스와 히드라」
이탈리아 화가 안토니오 델 폴라이우올로의 작품이다. 네메아의 사자 가죽을 걸친 헤라클레스가 히드라를 몽둥이로 공격하고 있다. 헤라클레스는 히드라를 죽인 다음 히드라의 독을 화살 끝에 발라 두었다.
우피치 미술관 소장

첫 번째는 네메아의 사자와 싸우는 일이었답니다. 네메아 계곡에는 무시무시한 사자가 한 마리 살고 있었어요. 왕은 헤라클레스에게 이 괴물의 가죽을 가져오라고 명령했지요. 사자와 마주친 헤라클레스는 몽둥이와 화살로 공격해 보았지만 헛수고였습니다. 그래서 사자를 껴안고 목을 졸라 죽였어요. 죽은 사자를 어깨에 짊어지고 돌아왔더니, 왕은 헤라클레스가 무서운 괴력의 소유자임을 알고서 기겁을 했지요. 그래서 다음에 승전보를 알릴 때는 멀찌감치 도시 바깥에서 알리라고 지시했답니다.

다음 과제는 히드라를 죽이는 일이었어요. 이 괴물은 아르고스 지방을 휩쓸고 다니면서 아미모네 샘 근처의 늪에 살고 있었지요. 샘은 그 지역에 가뭄이 들었을 때 아미모네가 찾아냈습니다. 사연인즉 이랬어요. 포세이돈이 이 여인에게 반해 삼지창으로 바위를 치게 허락했지요. 그러자 세 군데서 샘이 솟았답니다. 거기에 히드라가 자리를 차지하고 있자 헤라클레스를 보내 죽이게 했던 거예요.

히드라는 머리가 아홉 개인데, 가운데 머리는 영원히 죽지 않는 것이었지요. 과연 헤라클레스가 가운데 머리를 몽둥이로 쳐서 떨어뜨려도, 그때마다 두 개씩 새로 머리가 났습니다. 다행히도 충성스러운 하인 이올라오스가 조언을 해 주었어요. 그의 말에 따라 헤라클레스는 히드라의 나머지 머리들을 전부 불태운 다음, 아홉 번째 불사의 머리는 거대한 바위 밑에 파묻었지요.

또 다른 과업은 아우게이아스의 마구간 청소였답니다. 엘리스의 왕 아우게이아스는 삼천 마리의 소 떼가 있었는데, 지난 삼십 년 동안 마구간을 청소한 적이 한 번도 없었어요. 헤라클레스는 알페이오스와 페네이오스 두 강물을 끌어와 단 하루 만에 청소를 마쳤지요.

다음 과업은 좀 더 까다로운 일이었습니다. 에우리스테우스 왕에게는 아드메테라는 딸이 있었어요. 아마존족의 여왕이 찬 허리띠가 탐난다고 딸이 조르자 왕은 헤라클레스에게 허리띠를 가져오라고 시켰지요. 아마존족은 여성들의 나라였답니다. 아마존족은 매우 호전적이었고, 나라에는 여러 도시가 번성하고 있었어요. 그곳의 풍습은 여자아이만 키우고 사내아이는 이웃 나라로 쫓아내거나 죽이는 것이지요. 스스로 동참한 많은 이들이 헤라클레스와 함께 길을 떠났습니다.

헤라클레스 일행은 드디어 아마존족의 나라에 이르렀어요. 여왕 히폴리테는 헤라클레스를 반갑게 맞이하면서 허리띠를 주겠다고 했지요. 하지만 헤라가 아마존족의 모습을 하고 나타나 다 된 밥에 코를 빠트렸답니다. 헤라는 그곳 사람들에게 낯선 자들이 여왕을 납치할 거라는 거짓 소문을 퍼뜨렸어요. 그러자 무장한 아마존족들이 떼를 지어 헤라클레스의 배로 다가왔지요. 헤라클레스는 히폴리테가 배신했다고 여기고서 여왕을 죽여 버린 뒤 허리띠를 빼앗아 돌아왔습니다.

또 한 가지 과업은 게리온의 소 떼를 몰아 에우리스테우스에게 데려오는 일이었어요. 게리온은 몸뚱이가 셋인 괴물이었는데, 에리테이아 섬('붉은 섬'이란 뜻)에 살았지요. 석양의 햇살 너머에 있는 섬이었기 때문에 그런 이름이 붙었답니다. 아마도 지금의 스페인이었던 것 같아요.

아무튼 게리온은 그곳의 왕이었지요. 여러 나라를 거쳐 마침내 헤라클레스는 리비아와 유럽의 국경까지 이르렀습니다. 거기서 칼페와 아빌라라는 두 개의 산을 쌓아 올렸어요. 자기가 왔음을 알리는 기념비로 삼았던 거지요. 또 어떤 이야기에 따르면 산 하나를 둘로 쪼개 양옆으로 벌리고 가운데에 지브롤터 해협을 만들었다고 해요. 아무튼 두 산은 '헤라클레스의 기둥들'이라고 불렸어요. 소 떼는 거인 에우리티온과 이 거인이 거느린 머리 둘 달린 개가 지키고 있었지요. 하지만 헤라클레스는 거인과 개를 단숨에 해치우고 소 떼를 무사히 에우리스테우스에게 몰고 왔습니다.

가장 힘겨운 과업은 헤스페리데스가 지키는 황금 사과를 따 오는 일이었어요. 어디 있는지도 모르는 사과였기 때문이지요. 헤라가

「헤라클레스의 기둥들」
로마 시대까지 '헤라클레스의 기둥들', '칼페와 아빌라'로 알려졌던 두 산은 타리크가 이끄는 이슬람 교도들이 점령한 이후부터 '자발타리크(타리크의 산)'라고 불렸다. 자발타리크는 지브롤터라는 지명의 기원이 되었다.
©Bueno

「헤스페리데스의 정원」
미국 화가 알버트 헤르터의
작품이다. '헤스페리데스'란
'저녁의 아가씨들'을 의미한
다. 헤스페리스의 복수형이
다. 헤스페리스는 세 명으로,
황금 사과가 열리는 정원을
지킨다.

자기 결혼식 때 대지의 여신에게 이 사과를 받고서 헤스페리데스한테 맡겼고, 아울러 용을 시켜 밤낮으로 지키게 했어요. 방방곡곡을 수소문하며 다니다가 헤라클레스는 아프리카에 있는 아틀라스 산에 도착했지요.

아틀라스는 신들에게 맞서 전쟁을 일으켰던 티탄족 가운데 하나였습니다. 티탄족이 전쟁에서 지는 바람에 아틀라스는 평생 어깨에 하늘의 무게를 짊어지는 벌을 받았어요. 아틀라스가 헤스페리데스의 아버지였기에 헤라클레스는 아무래도 아틀라스가 황금 사과를 찾아 가져다줄 적임자라고 보았지요.

하지만 아틀라스를 보내면 이제껏 짊어지고 있던 하늘은 누가 맡아야 할까요? 헤라클레스는 아틀라스에게 사과를 찾아오게 하고 자기가 대신 하늘을 어깨에 졌답니다. 아틀라스는 결국 사과를 찾아 돌아온 후 마지못해 다시 어깨에 짐을 졌어요. 헤라클레스는 황금 사과를 가지고 에우리스테우스에게 돌아왔지요.

밀턴은 「코머스」에서 헤스페리데스가 헤스페로스의 딸들이자 아틀라스의 조카딸이라고 보고 있습니다.

…… 저 헤스페로스와 세 딸의

아름다운 정원 한가운데서

부녀가 함께 황금 나무를 노래하네.

시인들은 서쪽을 광명과 영광의 땅이라고 보았어요. 해 질 녘에 서쪽 하늘이 아름답게 물들기 때문이었지요. 따라서 시인들은 축복의 섬이나 게리온의 소 떼들이 풀을 뜯던 붉은 섬 에리테이아 그리고 헤스페리데스의 섬이 모두 서쪽에 있다고 여겼답니다. 실제로 황금 사과는 스페인의 오렌지였을 거예요. 고대 그리스인들은 어렴풋이 소문을 듣고서 황금 사과려니 여겼을 테지요.

헤라클레스의 과업 중에서 가장 유명한 것은 안타이오스와 싸워서 이긴 일이었습니다. 안타이오스는 대지의 여신 가이아의 아들이었는데, 힘센 거인에다 레슬링의 명수였어요. 자기 어머니와 몸이 맞닿아 있는 한 안타이오스는 힘이 천하무적이었지요. 그리고 누구든 자기 나라에 낯선 자가 들어오면 레슬링을 하자고 했습니다. 만약 레슬링에 지면 목숨을 내놓으라는 조건을 걸고서요. (실제로 다들 지고 말았지요.) 드디어 헤라클레스가 이자와 맞섰어요. 헤라클레스가 여러 번 안타이오스를 집어던졌지만 소용이 없었지요. 땅에 떨어지면 다시 새 힘이 솟구쳤기 때문이랍니다. 그래서 헤라클레스는 안타이오스를 땅에서 들어 올려 공중에서 목을 졸라 죽였어요.

로마에 아벤티누스라는 산이 있는데, 산속 동굴에 카쿠스라는 거인이 살고 있었어요. 거인은 걸핏하면 주변 나라를 약탈했습니다. 마침 헤라클레스가 게리온의 소 떼를 몰고 돌아가는 길에 카쿠스가 소 몇 마리를 훔쳤어요. 영웅이 잠자고 있던 때를 노렸던 것이지요. 소가 끌려간 방향이 들통나지 않도록 거인은 소의 꼬리를 잡고 뒷걸음질 치게 하여 동굴로 끌고 갔답니다. 발자국은 모두 실제로 소가 간 방향과 반대로 나 있었어요.

헤라클레스는 이 계략에 속아 하마터면 잃은 소들을 찾지 못할 뻔했지요. 하지만 우연히도 남은 소 떼를 끌고 가던 중에 동굴 옆을 지나게 되었습니다. 그때 동굴에서 소들의 울음소리가 어렴풋이 들려왔어요. 헤라클레스는 단박에 동굴로 쳐들어가 카쿠스를 죽여 버렸지요.

마지막 과업은 저승 세계에서 케르베로스라는 개를 데려온 일이었답니다. 헤라클레스는 헤르메스, 아테나와 동행하여 하데스의 나라로 내려갔어요. 하데스는 케르베로스를 데려가도 좋다고 허락하면서 한 가지 단서를 달았지요. 무기를 쓰지 않고 개를 사로잡아 데려가라는 것! 그 괴물은 발버둥을 쳤지만 결국 헤라클레스에게 꼼짝없이 붙잡혀 에

「헤라클레스와 안타이오스」
안타이오스는 가이아와 포세이돈의 아들이다. 레슬링 시합에서 진 상대를 죽이고 나서 그 상대의 뼈를 포세이돈 신전의 지붕을 짓는 데 사용했다고 한다. ©-JvL-

우리스테우스에게로 끌려갔습니다. 개는 나중에 다시 저승 세계로 보내졌어요. 헤라클레스는 하데스의 나라에 있을 때 테세우스를 자유의 몸이 되게 해 주었지요. 테세우스는 평소 헤라클레스를 숭배하고 본받으려 했답니다. 페르세포네를 구하려다 실패하여 저승 세계에 갇혀 있던 테세우스를 헤라클레스가 풀어 주었던 거예요.

「헤라클레스와 옴팔레」
독일 화가 요한 하인리히 티슈바인의 작품이다. 헤라클레스는 이피토스를 죽인 후 광기에 시달렸다. 광기는 3년 동안 리디아 여왕 옴팔레의 노예로 지내고 그 몸값을 이피토스의 아들들에게 주고 나서야 사라졌다.

언젠가 헤라클레스는 광기가 폭발하여 친구인 이피토스를 죽여 버렸지요. 그 벌로 삼 년 동안 여왕 옴팔레의 노예로 지내야 했습니다. 그동안 영웅 헤라클레스는 성격이 바뀐 것처럼 보였어요. 여자처럼 변한 것인데 때때로 여자 옷을 입고 옴팔레의 시녀들과 함께 실을 잣기도 했지요. 반면에 여왕은 헤라클레스가 입던 사자 가죽을 걸쳤답니다.

삼 년의 노예 생활이 끝난 후, 헤라클레스는 데이아네이라와 결혼해서 알콩달콩 살았어요. 어느덧 행복한 신혼 생활도 삼 년이 지났을 무렵 헤라클레스는 아내와 여행을 떠났지요. 도중에 어느 강가에 이르렀습니다. 강가에서 네소스라는 켄타우로스족이 정해진 뱃삯을 받고 나그네들을 강 건너로 실어 주었어요. 헤라클레스는 자기는 걸어서 건너겠다고 하고서 아내는 네소스한테 맡겼지요. 그런데 네소스가 아내를 데리고 달아나려고 했답니다. 헤라클레스는 아내의 비명 소리를 듣고 화살을 쏘아 네소

「헤라클레스, 데이아네이라, 켄타우로스 네소스」

플랑드르 화가 바르톨로메우스 슈프랑거의 작품이다. 헤라클레스가 아내를 겁탈하려 한 네소스를 처치한 장면이다. 네소스는 죽기 전 간계를 부려 헤라클레스에게 앙갚음을 했다. 이후 '네소스의 셔츠'라는 말이 생겨났다. 이는 '받는 사람에게 고통을 주는 선물'이라는 뜻이다.

하노버 미술관 소장

스의 심장을 꿰뚫었어요. 네소스는 죽어 가면서도 데이아네이라에게 자기 피를 받아서 간직하라고 일러 주었지요. 남편의 사랑을 오랫동안 받게 해 줄 마법의 피였습니다.

얼마 지나지 않아 데이아네이라에게 마법의 피를 사용할 일이 생겼어요. 헤라클레스가 원정을 다니다 아름다운 여자를 한 명 포로로 잡았지요. 이올레라는 아가씨였는데, 아내보다 이올레를 더 좋아하는 기색이었답니다. 헤라클레스는 승리를 기념하는 제물을 신들에게 바치기 전에 아내에게 흰옷을 가져오라고 시켰어요.

데이아네이라는 사랑의 마법을 시도할 절호의 기회라고 여겨 그 옷을 네소스의 피에 담갔지요. 잠시 후에 핏자국을 말끔히 지웠지만 마법의 효력은 남아 있었습니다. 흰옷이 체온으로 따뜻해지자마자 독기가 온몸으로 침투해 헤라클레스는 극심한 고통을 받았어요. 광기에 휩싸인 헤라클레스는 끔찍한 옷을 건넨 리카스를 붙잡아 바다 속으로 던져 버렸지요.

그러고 나서 옷을 벗으려 했지만 옷이 살에 들러붙어 떨어지지 않았답니다. 결국에는 옷을 벗으려고 자기 살가죽까지 다 뜯어내고 말았어요. 이런 몰골로 배를 타고 집으로 돌아왔지요. 데이아네이라는 자신이 저지른 행동이 가져온 뜻밖의 결과에 놀라 목을 매어 죽었습니다.

헤라클레스도 죽을 생각으로 오이테 산에 올라갔어요. 산 위에서 장작더미를 쌓아 놓고서는 필록테테스에게 활과 화살을 건넸지요. 그리고 몽둥이를 베고 장작더미 위에 누워 사자 가죽으로 몸을 덮었답니다. 평온하고 침착한 표정을 하고서 끝내 필록테테스에게 불을 붙이라고 시켰어요. 불길이 삽시간에 피어올라

금세 모든 것을 집어삼켰지요.

밀턴은 헤라클레스의 광기를 이렇게 노래하고 있습니다. 여기서 알케이데스는 헤라클레스의 어렸을 적 이름이에요.

마치 알케이데스가 오이칼리아에서 승리의

왕관을 쓰고 돌아와, 옷에 묻은 독기를 느끼고

고통 속에서 테살리아의 소나무를 뿌리째 뽑고

오이테 산꼭대기에서 리카스를

에우보이아 바다 속으로 던져 버렸을 때처럼.

「헤라클레스와 리카스」
이탈리아 조각가 카노바의 작품이다. 네소스는 헤라클레스의 화살에 맞았기 때문에 그의 피에는 히드라의 독이 섞여 있었다. 헤라클레스는 끔찍한 고통을 견디지 못하고 옷을 가져온 리카스를 바다에 집어 던져 버린다.
©Jean-Pierre Dalbéra

신들로서도 지상의 영웅이 비참한 최후를 맞는 모습을 보기가 마음 아팠지요. 하지만 제우스만이 밝은 표정으로 이렇게 말했답니다.

"그대들이 걱정해 주는 모습을 보니 반갑소. 내가 신들의 제왕이라는 사실이 새삼 고맙구려. 내 아들을 걱정해 주어서 다들 고맙소. 물론 내 아들의 업적 때문에 그대들이 관심을 갖는다는 점은 알지만 어쨌거나 고마운 일인 것은 맞소. 하지만 이제 내가 말하노니, 근심할 것 없소. 모든 것을 정복한 내 아들이 지금 오이테 산에서 타고 있는 저런 불꽃 따위에 정복당할 리는 없소. 내 아들 속에 있는 어미의 몫은 소멸하겠지만 나한테서 받은 몫은 불멸이오. 내가 아들을 되살려 천상으로 데려올 테니 모두들 따뜻하게 맞이해 주기 바라오. 내 아들이 그런 영광을 얻는 것이 고까운 이가 있다면 명심하시오. 누가 뭐래도 내 아들은 그럴 만한 자격이 있다는 사실을!"

신들은 모두 제우스의 분부에 따르겠다고 했어요. 하지만 헤라만이 마지막 말에 마음이 언짢았지요. 자기를 콕 집어 하는

말이 아닐까 싶어서였지만 그렇다고 남편의 결정에 분통을 터뜨릴 정도는 아니었습니다. 제우스의 말대로 헤라클레스의 어미 몫이 다 타고 나자 아버지 몫인 신적인 부분은 아무런 손상도 입지 않고 새로운 활력이 샘솟기 시작했어요. 신이 된 헤라클레스는 더 고상한 풍채와 숭고한 위엄을 내뿜었지요. 제우스는 헤라클레스를 구름으로 감싼 다음 사륜마차에 태워 하늘로 데려와 별들 사이에서 살도록 해 주었답니다. 헤라클레스가 하늘에 자리를 잡자 아틀라스의 짐이 더 무거워졌다고 해요. 그제야 헤라는 헤라클레스와 화해를 하고 자기 딸 헤베를 신부로 맞이하게 해 주었지요.

독일 시인 실러는 「이상과 인생」이라는 시에서 실제와 상상의 극명한 차이를 훌륭하게 그려 내고 있습니다. 아래가 시의 마지막 두 구절이에요.

겁쟁이의 노예로까지 전락하기도 했지만

온갖 고통의 가시밭길 속을 지나면서

용감한 헤라클레스는 끝없이 싸워 나갔네.

히드라를 죽이고 사자의 힘을 짓뭉개고

벗을 저승에서 데리고 나오기 위해

죽음의 강을 건너는 나룻배에 오르기도 했네.

헤라의 증오로 말미암아 세상의 모든

고통과 수고를 짊어져야 했건만

영웅의 운명을 안고 태어난 날부터

저 장렬하고 처절한 최후의 날까지

훌륭하게 잘 견디어 왔네.

마침내 불꽃 속에서 인간의 굴레를 벗고

하늘의 순수한 숨결을 들이마시고

신으로 거듭났다네.

세상의 어둡고 무거운 짐을 죽음 속에 버리고

새롭고도 낯설고 가벼운 기분에 한껏 기뻐하며

하늘의 찬란한 빛을 향해 날아올랐다네.

올림포스의 신들은 앞다퉈 그를 맞이하러

경애해 마지않는 아버지의 거처로 모여들었고

청춘의 여신 헤베가 뺨을 발그레하게 물들인 채

신랑이 될 그에게 넥타를 따르네.

「가니메데스의 납치」

플랑드르 화가 페테르 루벤스의 작품이다. 가니메데스가 독수리로 변신한 제우스에게 납치당해 하늘로 올라가는 장면이다. 독수리에 탄 채 헤베에게서 컵을 건네받고 있다. 가니메데스는 헤베에 이어 신들을 시중드는 역할을 한다.

천상의 포도주로 신들의 잔을 채우다

헤라의 딸인 헤베는 청춘의 여신으로 신들에게 술을 따르는 일을 맡았습니다. 흔한 이야기로 헤베는 헤라클레스에게 시집가게 되면서 일을 그만두었다고 해요. 하지만 이와는 다른 설도 있어요. 조각가인 토머스 크로포드는 이 다른 설에 따라 헤베와 가니메데스를 묘사한 조각 작품들을 제작했고, 현재 아테니엄 미술관에 소장되어 있답니다.

헤베가 어느 날 신들의 시중을 들다가 넘어지는 바람에 해고를 당했어요. 후임으로 들어온 이가 가니메데스였지요. 트로이 출신의 이 소년이 이데 산에서 친구들과 놀고 있는데, 독수리로 변신한 제우스가 납치를 해서 천상 세계로 데려와 헤베의 빈자리를 맡긴 것입니다. 테니슨은 「예술의 궁전」이란 시에서 이 전설을 표현한 벽의 장식 그림을 보고 아래와 같이 노래하고 있어요.

거기서 얼굴이 새빨개진 가니메데스가
장밋빛 허벅지를 독수리의 날개에 파묻고
유성처럼 하늘로 날아올라
기둥이 즐비한 천상의 도시로 갔다네.

그리고 셸리는 「프로메테우스」라는 시에서 제우스의 잔을 따르는 가니메데스에게 이렇게 말하고 있어요.

천상의 포도주를 부어라, 이데 산의 가니메데스여.
그리하여 다이달로스의 잔들을 불꽃처럼 채워라.

헤라클레스 말고도 여자 옷을 입은 영웅이 있었다고요?

헤라클레스의 모험 이야기에는 한 가지 특이한 장면이 있다. 헤라클레스가 옴팔레라는 여왕에게 팔려 가 여자 옷을 입고 여자의 일을 했다는 것이다. 이는 영웅 설화에 자주 나타나는 요소 하나와 관련이 있다. 즉 온전한 존재가 되려면 남자도 여자의 단계를 지나야 한다는 믿음이다. 그리스 신화에서 볼 수 있는 다른 예는 아킬레우스에 대한 일화다. 테티스는 아들 아킬레우스가 트로이 전쟁터에 가면 죽으리라는 것을 알게 된다. 그래서 아킬레우스에게 여자 옷을 입혀 여자들 사이에 숨겨 둔다. 오디세우스는 승리를 위해서 아킬레우스가 필요하다고 생각하고 방물장수로 변장해 아킬레우스를 찾아온다. 여자들 앞에 여성들이 좋아하는 물건들을 늘어놓고 가운데 칼을 두었다. 아킬레우스는 본성을 숨기지 못하고 칼을 집어 드는 바람에 신분이 탄로 난다. 결국 아킬레우스는 오디세우스에게 설득당해 트로이로 떠난다. 잘 알려져 있지는 않지만 테세우스 이야기에도 남자가 여자 옷을 입는 장면이 숨어 있다. 아테나이에서는 매년 미노타우로스의 먹이로 남자 일곱, 여자 일곱을 크레타로 보냈다. 테세우스도 이때 이 무리에 끼었는데 함께 떠난 여자 일곱 중 두 명이 여장 남자였다는 것이다. 그래서 테세우스가 미노타우로스를 처치한 것을 축하하는 축제에서는 남자들이 여자 옷을 입고 행진을 한다고 한다.

여장을 한 채
칼을 집어 드는 아킬레우스